捧 读

触及身心的阅读

桃花源密码2

武陵神树

何殇 著

河北出版传媒集团

河北人民出版社

石家庄

图书在版编目（CIP）数据

桃花源密码 . 2, 武陵神树 / 何殇著 . -- 石家庄：
河北人民出版社，2021.8
ISBN 978-7-202-11386-8

Ⅰ．①桃… Ⅱ．①何… Ⅲ．①长篇小说－中国－当代
Ⅳ．① I247.5

中国版本图书馆 CIP 数据核字（2021）第 155833 号

书　　名	**桃花源密码 2：武陵神树**
	TAOHUAYUAN MIMA 2: WULING SHENSHU
著　　者	**何 殇**
责任编辑	王云弟　　刘大伟
美术编辑	于艳红
责任校对	付敬华
出版发行	河北出版传媒集团　河北人民出版社
	（石家庄市友谊北大街 330 号）
印　　刷	宝蕾元仁浩（天津）印刷有限公司
开　　本	787 毫米 ×1092 毫米　　1/16
印　　张	24
字　　数	428 000
版　　次	2021 年 8 月第 1 版　2021 年 8 月第 1 次印刷
书　　号	ISBN 978-7-202-11386-8
定　　价	45.00 元

目 录

‖‖‖‖‖‖‖‖‖‖‖‖‖‖‖‖‖‖‖‖‖‖‖‖‖‖‖‖‖‖‖ ▶

第一章

黄小意的癌症

◀ ‖‖‖‖‖‖‖‖‖‖‖‖‖‖‖ ▶

我叫马龙。

我曾问过父亲，我为什么叫马龙？父亲含混地告诉我，这个名字不是他取的。那是谁取的？他没说。

有一回，我跟一位道长闲聊，说起了自己的名字。

他问了我的生辰八字后，对我说："你这名字看起来随意，其实有讲究。你属马，是午年生人，五行属火，火为烽堠。"

"烽堠？"

"就是烽火台，戎马兵火之处所。上午八点多出生，是辰时，辰为真龙，所谓真龙出而凡马空矣。不是我捡好听的说，你这是千里挑一的'马化龙驹'命格。"

"听起来好厉害的样子。"

道长呵呵一笑，未置可否。

"别笑啊，有话直说。你这笑让人心里发毛。"

"算命卜卦，生辰八字；年月日时，缺一不可。你刚才说你的生日不准，那就没办法算准。"

"那你帮我推算一下生日呗。"

道士摆摆手说："马总啊，我就是个野道士，哪有这个本事？再说你自己的生日，你自己怎么会不知道？"

是啊，我怎么会不知道呢？我问过父亲。

他的原话是："你出生时，我在秦岭深山里搞研究，不记得了。"

为这句话，我一个星期没理他。不过，他似乎并没有注意到。直到一个星期后，我自己憋不住，想主动找他说话，他却又出差了。

打小我就习惯了父亲长时间不在家，所以他这次失踪，从道理上来说，我应该忧心忡忡，但事实上，我并没有太强烈的感觉。打个不太恰当的比方，常年不在身边的亲人，就算去世了，一时间也不会有太强烈的悲伤，直到某年某月的某一刻，才会突然意识到，人已经消失很久了。

经过琉球的一番遭遇，我越来越觉得，父亲不告而别的背后必定藏了什么不足为外人道的秘密。这些秘密或许跟奶奶有关，或许并没有，它们只属于父亲自己。

家里那次遭贼，究竟是偶然，还是有特别的缘由？父亲不告而别，与此事有无联系？谜团像一条条大鱼，在我的脑海里洄游。虽然我学的是鱼雷专业，对鱼却毫无办法。我只能仰起头，任凭热水冲击着脸颊，把这些冷水鱼赶回身体的幽深之处。

我从浴室出来，见书房亮着灯，尚锦乡正坐在书桌前看书。我问她怎么还不睡，她说刚才喝了茶，有些失眠。

她过来的这几天一直待在屋子里。我问她明天是否想出去逛街。

她低着头没有回答。隔了一会儿，她抬头看着我说，她刚才翻看了我父亲的著作和手稿，凭直觉判断他是一个非常理性的人。因为，在父亲的笔记里，她没有看出任何情感需求和个人喜好。

她说："他的字，简直就是打字机打出来的标准印刷体。"

我说："科学家不都是这样吗？严谨实证，力求准确。"

"没错，科学家应该有这样的态度。"尚锦乡说，"但科学家也是人，在科学工作以外也会有人的生活，有正常的情感和喜好。"

真是当局者迷，旁观者清。我跟父亲在同一个屋檐下生活了二十多年，已经习惯了他的心无旁骛，对此觉得理所当然。可是经尚锦乡这么一说，我顿时觉得，自己过去认为完全没问题的事，现在竟然真成了一个严重的问题。似乎，我从来没有把父亲当人，他就是父亲，一个应该让我引以为豪的科学家父亲。但除此以外，他的世界对我来说，就像是游戏里从未去探索过的黑暗区域。于是导致了目前这种不可思议的尴尬局面——父亲无故失踪，儿子想找，却不知从何入手。既不知道他喜欢去哪儿，也不知道他认识哪些人。

我想，看来还得和师父多聊聊。不管有用没用，哪怕只是对父亲多一些了解，也是没错的。

尚锦乡看我默不作声，大约以为自己语气开刃，割伤了我。她站起来，轻轻拍了拍我的胳膊说："马龙，不想那么多了。你刚才说明天出去，那我们去大雁塔吧。"

我本想答应，但忽然想起明天约了人见面，就说："这几天正是秋老虎过街，你这细皮嫩肉的，出去会被咬伤的。"

"我才不怕秋老虎，我是母老虎。"尚锦乡龇牙咧嘴，做了个鬼脸。

我明白她的想法，与其说她想玩，不如说是想让我出去散心。可是明天的确约了人，但我也不想拒绝她，只好暂时答应下来。

尚锦乡睡在我的房间。

我躺在父亲的大床上，给张进步打电话，想找他帮忙，可是他已经关机了。真是奇怪，他这种一向自恃的江湖人，怎么会关机呢？

父亲的床上没有床垫，躺着感觉特别硌。我辗转反侧，很长时间都没睡着，心里翻来覆去念叨着父亲临走前写下的那两句诗：

云横秦岭家何在？雪拥蓝关马不前。

按字面意思，父亲难道去了秦岭吗？可秦岭不是一座山，而是一条山脉，被誉为中国的龙脉，西起昆仑，东至大别山，绵延千里，何其漫漫。真要在秦岭里找一个人，无异于大海捞针。

等我醒来时，已近中午。我睡眼惺忪走出卧室，张进步正坐在客厅抽烟。看见我，他猥琐一笑："怎么这还从此君王不早朝了？"

"滚——带吃的没？"

"必须的啊。昨晚一桌没吃的鱼翅捞饭，全都给你打包回来了，厨房锅里热着呢。"

我走进厨房，炉子上蒸锅一直在冒气。揭开锅盖，竟然是一份肉丸胡辣汤和一个腊牛肉夹馍。

我端出去问："你带的啊？"

张进步说："我一个江湖人，哪能吃这个？这是小姨买的。"他把尚锦乡叫小姨这个习惯，一直没有改回来。

"她人呢？"

"刚跑步回来，洗澡去了。"

我吃到一半时，尚锦乡擦着头发走出来，对我说："出去跑步，看好多人排队，我很好奇去吃了，很好吃，就带给你一份。好吃吗？"

"嗯嗯！"狼吞虎咽的我根本顾不得回话。

吃完胡辣汤，我给邓元宝打电话。

我在日本时，接到过他的电话。他说邓春秋在出车祸前，有东西要给我。我猜应该是跟那个吊坠相关。

电话接通，邓元宝支支吾吾，似乎有些心不在焉。

二十出头的小伙子，家里遭逢变故，心情不好，可以理解。我问起邓春秋找我的事，邓元宝的反应十分过激，矢口否认。

做古董的人家里，难免有些不为外人道的东西，虽然觉得有些怪异，但他既然不想说，我也就没再追问，只是安慰了几句，就挂了电话。

张进步在旁边听见了我和邓元宝的对话，骂道："邓元宝这小子不地道。"

"怎么讲？"

"他老子找你，肯定是找到了什么东西，没准就是他说的战国墓里的宝贝。老邓一死，儿子肯定是觉得宝贝值钱，舍不得给你了。"

"别把人想得这么坏。"我说，"就算你说得对，但东西本来就是人家的，给我，我还不一定要呢。"

张进步白了我一眼："你倒是大方，那赶紧把债还了。"

年轻人不讲武德，竟然拿债务压我，我只好转换话题。

经琉球一行，我已经在心里把张进步当成了朋友，也不客气，提出请他带尚锦乡去爬大雁塔，我要去办点儿私人的事。

张进步面露难色，瞅了一眼房间里换衣服的尚锦乡，压低声音对我说："老马啊，你死猪不怕开水烫，我在江湖上还要脸呢。跟了你这么久都没把债要回来，传出去还怎么混啊？"

"那你说怎么办？"

"我得赶紧找人把那玩意儿卖了，先给你把债还上。你看小姨那一副文管所女干部的脸，我哪敢让她跟着啊？"

他说的"那玩意儿"，就是他从海底仙游宫里抠回来的珠子。

他说的有道理，不论是皇家血脉，还是五德后人，债不能拖欠。我问他找好买家没。他让我不要多问。我只好叮嘱他注意安全，别被人谋财害命。

"你就不盼着我点儿好。"

张进步嘟囔着钻进书房，打了个电话，又跟尚锦乡闲聊了几句，就走了。

尚锦乡出来，穿着极其凉快。她抱怨说西安天气太热，早上出去跑步，一会儿就大汗淋漓，跟蒸饭团似的。我说这么热的天，晚上可能会下暴雨，一下雨就凉快了。

她看了看窗外，嘟囔说："这么大太阳……"

我趁机对她说："你怕热就别出去了，在家待着吹空调。我出去办点事儿，晚饭给你点外卖，或者你等我回来，我带你去吃夜市。"

尚锦乡沉默了好一会儿，才问我，她能不能跟我一起出去。

我赶紧说："当然可以，只是要去见长辈，担心你不自在。"

"我不会不自在的。"尚锦乡摇摇头，"如果你愿意把我引荐给你的亲人朋友，我很乐意认识他们。"

既然她都这么说，再推辞就不合适了，我只好答应带她出去。

我原本计划下午去见邓元宝，晚饭到师父家里吃。既然邓元宝不愿见面，那就直奔师父家。

师父出去好几天了，只有师母和黄小意在家，我提前给他家打电话，电话是黄小意接的。她说师母上午就买了肉，拌了馅，现在正包饺子。我说我要带个朋友过来。

黄小意用郭德纲的腔调说："没问题，饺子有的是。"

刚出电梯，我就听到黄小意肆意的笑声。

她性格随了师父，开朗活泼，能说爱笑，自幼就被师父当儿子养，高中以前几乎就是个假小子，经常在学校惹祸，还被人投诉"霸凌"。不过，自从上了舞蹈学校，几年下来，她竟然养出许多女人味儿，尤其是在舞台上婀娜多姿，简直像换了个人，连我看了都会心动。但只要一下台，就又恢复了那个扯着我的耳朵，逼着我叫姐的小妹妹。

黄小意打开门，看见我身边的尚锦乡，她表情明显一愣，笑容先像落日般褪去，旋即又像月亮一样爬上来。

"妈哎，快来快来，儿媳妇上门了。"黄小意夸张地喊着。

师母匆匆从厨房出来，两手还粘着面，看见我俩，笑着说："好事儿啊，快进来，快进来……"

进门后，还没等我介绍，尚锦乡就朝师母九十度鞠躬："阿姨好，我是锦乡，冒昧拜访，请多关照。"

这大礼可是把师母吓了一跳，她手忙脚乱，赶紧伸手搀扶："这丫头，可真是太乖了。"

"妈——"黄小意大叫一声，"你的手！"

师母这才看见自己满手面粉，马上把手又缩了回去。尚锦乡弯着腰迟迟不起来，场面顿时非常喜剧。

等我和尚锦乡在沙发上坐下，师母泡了好茶，又洗了几盘水果，全都堆在我们面前。我向师母和小意介绍了尚锦乡，挑能说的，把日本的经历简单讲了一遍。

黄小意对尚锦乡的"公主"身份很感兴趣，拉着她问东问西。尚锦乡也是知无不言。看两人聊得火热，我也就放心了。

师母说师父在家闲得慌，听说重庆有个老朋友病了，就打着探病的名义出去逛了。她问起我父亲。我说电话还能打通，只是没有人接，暂时联系不上，实在不行就只好报警了。

聊了一会儿，师母去下饺子，尚锦乡说要学做中国菜，跟着进了厨房。

她俩刚走开，黄小意凑过来，神秘兮兮地问："说吧，怎么回事？"

"什么怎么回事？"

"公主啊。"

"刚才不是都说了吗？"

"说个屁！你俩是什么关系？"

"现在还没什么关系。"

"那就是说，以后会有了？"

"随缘呗。"

黄小意把手里的一颗橘子扔回筐里，没头没脑地嘟囔："那我怎么办？"

我心里咯噔一下："你？你咋了？"

黄小意没说话，眼泪像屋檐上消融的雪水，扑簌簌地掉。

"唉，"我叹了口气，伸手摸了摸她的头发，"你这是干什么？"

对我来说，小意是一个纯粹的妹妹。虽说师父师母有过撮合的心思，但被我俩断然否决了。我一直认为，她不谈恋爱，是因为心高气傲，普通男人入不了她的法眼。

黄小意抓起我的手，抹掉眼泪，直瞪瞪盯着我说："我得了乳腺癌。"

第二章
绑架邓元宝

▢▢▢▢▢▢▢▢▢▢▢▢▢▢▢

"胡说啥呢！"我猛然从沙发上跳起来。

"怎么了？"师母端着一大盘热腾腾的饺子，从厨房出来，诧异地问，"你俩聊什么呢？一惊一乍的。"

我不知道该怎么回答。

小意瞬间换了张脸，嬉笑地说："妈，我说我以后不跳舞了，把马龙吓着了。"

"不跳就不跳呗。满世界飞，不着家，爹妈见你一面还得买票。"师母说着，把饺子放在餐桌上，转身看见尚锦乡也端来一盘，赶紧迎上去。

"哎哟，小心烫着，大老远来一趟，还非要自己动手。小意，快去剥蒜，饺子都上桌了，还没蘸料呢。"

"妈，你这可过分了啊。"黄小意佯怒，"别人是娶了媳妇忘了娘，你倒好，有了儿媳妇，就把女儿当用人啊。"

晚饭气氛极其融洽，在我声明自己开车不喝酒的情况下，师母还是开了一瓶红酒，三个女人推杯换盏，把我撇在了一边。

其间，我反复观察黄小意，她却跟没事儿人一样，谈笑风生。于是我怀疑她说的乳腺癌，是她要小性子临时编造的。

我进厨房舀饺子汤，黄小意也跟进来。

她的脸上已有了绯红的酒意，怎么看都不像个生病的人。

"你别老盯着我啊，让公主看见，还以为驸马对我有意呢。"

"你刚才说的是假的吧？"

"我骗你干吗？博取同情？还是换取爱情？"黄小意看我焦急，嘻嘻一笑，端着汤出去了。

饭后开车回家，经过环城路，尚锦乡对灯火通明的城墙很感兴趣，问东问西。而我心事重重，心不在焉地应答着。

"马龙，你是不是不开心啊？"她突然问我。

"我吗？"我赶紧说，"没有啊，能活着从琉球回来，怎么会不开心？"

尚锦乡把手搭在我肩膀上，问："是不是小意姐遇到什么事了？"

"她吃你醋了吧。"我半开玩笑回答。

尚锦乡摇摇头："不是，我可以看出来她很喜欢你，但我也能感觉到，现在她对爱情的渴望并没有那么强烈。"

我不得不佩服女性的直觉，惊诧地看着她，半天都说不出话来。

尚锦乡被我看得不好意思，提醒我："认真开车。"

车开进动物研究所的院子，刚停到楼下，我就接到黄小意的电话。

"你把电话给公主。"黄小意在电话那头直截了当地说。

尚锦乡拿过电话，疑惑地放在耳边。我听见黄小意在那边笑着说："公主妹妹，我向你借用马龙一个小时行吗？"

尚锦乡也笑了："小意姐，他本来就是你的，拿去用吧，不用客气。"

黄小意在电话里说她要出去见人，但喝了酒不能开车，想让我给她当司机。我想她应该是找我有话说，就把家门钥匙给了尚锦乡，让她回家休息，我自己开车沿着原路返回。

车刚到朝阳门，电话响了，是邓元宝打来的。

接通后，电话里邓元宝气喘吁吁，声音有些沙哑："马老师，你马上来我家一趟，曲江六号，我在北门等你。我知道撞死我爸的人是谁了……啊……你是谁……放开我……"

电话那头传来嘈杂的声音，似乎是发生了争执。

"喂——喂——"我大喊两声，没人应答。

随着"啪"一声，电话断了，好像是手机摔在了地上。我赶紧拨回去，电话已

008　　　　　　　　　　　　　　　桃花源密码2 ▶ 武陵神树

经关机了。

如果说之前对于邓春秋的死，我还想跟自己撇清关系，那么此刻我再自欺欺人，无论从道义还是良心来看，都说过不去了。

我加大油门，朝着曲江六号的方向开去。

此时正值晚高峰，堵车严重。我一路狂按喇叭，但没什么用，只能跟着前面的车缓缓蠕动。

这时，黄小意的电话又打来了。

我只好告诉她有点儿急事，稍晚点儿再去找她。挂了电话，我心急如焚，从窗口探出头去，想看看前面究竟堵了多远，却无意中看到一张熟悉的脸——邓元宝。

马路对面，一辆银灰色大众越野车挤在车流里。后座车窗上，邓元宝的脸紧紧贴着玻璃，五官被挤压到变形，他似乎在拼命挣扎。没等我看清楚，他的脸就消失了，车窗遮光帘被"唰"地拉上了。

我迅速判断邓元宝被绑架了，也不管此时是在大马路上，下意识拉了手刹，开门跳下车，穿过车流，朝越野车跑过去。

马路中间隔着白色栏杆，我刚想翻过去，对面的车流动了。我恍惚感觉有人透过车窗看了我一眼，但转瞬之间，越野车向前右转，上了南二环。由于事发突然，我连车牌号都没看清，不过隐约记得不是本地车牌。

嘈杂的喇叭声此起彼伏，原来我这边的路也通了，我的车堵住了后面的车流。我转身回来，一个开奥迪车的胖子冲着我大喊大叫。我顾不上理他，跳上车，趁着绿灯在前面路口掉了个头，转上二环，加速往前追了好几公里，却始终没见那辆越野车的影子。

我只好把车停在立交桥下，拿起手机刚想报警，又迟疑了。万一因为我报警，邓元宝被害了怎么办？想来想去，我拨通了张进步的电话。

电话那边吆五喝六的，一听就是在酒桌上。我让张进步到人少的地方，把刚才发生的事给他讲了一遍，又问他要不要报警。

"马爷，您可千万别冲动啊。"张进步大声说，"人命关天，不可轻举妄动。"

"那怎么办？难道就坐视不管？"

"这种事儿只能见招拆招，究竟发生啥事儿，我们都不知道。万一是他约了别人老婆，老公找他谈判，你就报个绑架，报假案可是要负法律责任的……"张进步说话絮絮叨叨，听着已经有了五六分酒意。

"别扯这些，你就告诉我现在该怎么办？"

"回家待着等消息啊。这事儿要跟你有关，迟早会找上门来；要跟你没关系，你就不要多事儿了，自己一屁股屎还擦不净……"

挂断电话，我冷静地想了想，觉得他说的有些道理，就掉头朝黄小意家开去。

黄小意已在大门口等我，等她上了车，我问她去哪儿。

她略一思索说："我们去私奔吧。"

"啥——"我脚下猛踩刹车，车正好停在了十字路口。

黄小意哈哈大笑起来，看上去晚饭的酒意还没有彻底消退。

因为我的一脚刹车，前后左右的车都乱成一团，叫骂声和喇叭声四起。我赶紧踩油门从车缝中溜出去。

"姐，不带这么吓人的。"

黄小意停住了笑声，她说："马龙，如果我只能活一年，你愿意当我这一年的男朋友吗？"

这样的问题，我无法回答。虽然我的理智告诉我，小意的话很可能是真的，但我还是抱着万般的侥幸。

"小意，你先告诉我，你说的是真的吗？"

"当然是真的，我可以把诊断报告给你看。"

"师父和师母知道吗？"

"我还没告诉他们。"

我感觉心脏一阵绞痛，就像是被一只魔鬼的爪子紧紧攥住，嗓子一阵发干。以小意的性格和对生活的热爱，当她知道自己患了癌症时，肯定经历了，不，应该是还在经历着痛苦，只是她不肯袒露，不想让别人看到她的恐惧和不安。但我知道，行走在生命边缘的她，现在比以往任何时候都更渴望爱。

我深吸了一口气，强行让自己镇定下来，字斟句酌地对她说："小意，是这样，你知道乳腺癌并不是绝症，完全可以通过药物来治好。实在不行，及早动手术……"

"我知道啊，医生也说了，动手术就是把我的乳房切除嘛。"黄小意的声音十分平静，听不出任何悲喜，似乎在说别人的事。

她表现越平静，我心里越难过。

车在二环路上向西行驶，走到太白立交桥时，突然一辆车以极快的速度，轰鸣着从右边超过我们，变道插在前面，又马上左转，看上去特别着急。

我心情正郁闷，就骂了一句，打眼一看，竟然是一辆银色大众越野，跟劫走邓元宝的那辆一模一样。我猛踩油门，追了上去。

晚上八点多钟，太白南路一路畅通，车速都飞快。我打起精神，咬住那辆车，紧紧跟着它一路向南，穿过三环，朝着大学城的方向开去。

黄小意发现了异样，问我要干什么。

我把之前发生的事向她讲了一遍，没想到她不仅不害怕，反而表现得异常兴奋。

"我去，兜个风而已，要这么刺激吗？"

我知道她胆子大，从不怕事，但她毕竟是女孩子，我也不想把她牵扯进去，就赶紧叮嘱："万一遇到啥危险，你先跑，别管我。"

"你这也太瞧不起人了，我是那种人吗？"黄小意愤愤地说。

"这事没商量，你必须听我的。要是不同意，咱现在就回去。"

"行行行，全听你的好吧！"黄小意嘀咕着，"还别说，你这样还真有点儿男朋友的样子。"

"神经病！"

这时我们已经穿过大学城，朝着更南边的终南山方向开去。开了十几公里，马上就要到山脚下时，前面的越野车突然转弯，进了一条小路。

这一片以前是国营老厂区，厂子搬迁后，厂房租给一些小物流公司当仓库。不过据说早就要被拆迁改造了，只是涉及国有资产评估，才一直没有拆。我前几年跟煤矿做生意，供应一些机械设备，为咨询物流价格来过这里好几次，跟其中两家公司有过交流，最终因安全因素没有谈成。

这种野生的物流园，可以说是城市最灰暗的部分。因为这里位置特殊，攻可进城，守可进山，人员构成极其复杂，不仅有来自全国各地的卡车司机、三轮车夫、搬运工人，还有那些混迹在社会底层捞偏门的流氓地痞、混混无赖，甚至通缉犯和其他不明身份者也会藏匿在这里。每次公安部门治安排查，这里都是重点区域。

我记得几年前一个冬天，电视里报道过，因为有人在库房里生明火取暖，引发了一场大火灾，烧死了人，因此这里曾整顿了一段时间。后来在消防部门的强制下，绝大部分物流公司都搬走了。原本热闹的老厂区，一下子变得异常冷清。

后来听说这里要改建成生态园林，周围村子闻风而动，开农家乐，挖鱼塘，打温泉开酒店，总之是带动了西安南郊的休闲产业。可是原本说好的生态园却迟迟没动静。

如今打眼望去，除了隐约的暗淡灯光，这里几乎是一片黑暗。在这样浓重的黑暗里开车，车灯显得尤为刺眼。

绕过一片茂密的竹林，前面的越野车也许是注意到了我们，突然减速，靠边停下，可是既不熄火，也不见有人下来。

"怎么办？"黄小意紧张地搂住我的胳膊。

此时，我脑子特别清楚。如果前面的车没问题，那我们完全不需要担心。倘若它真是绑走邓元宝的车，那么车里的人此时一定在观察我们，想判断我们是在跟踪还是过路车辆。

虽然这里偏僻，但并非人迹罕至，毕竟周围就是热闹的村子，而不远处还是一处人来人往的名刹——古观音禅寺。

我把车窗玻璃打开一条缝，把音乐声放到最大，保持稳定车速，向那辆车靠近。几十米的距离，转瞬即至。

就在两车交会的刹那，我以最快的速度瞟了一眼那辆车。

车里黑黢黢的，勉强可以看见驾驶位上有人影。

黄小意紧紧攥着我的胳膊，一动不动，应该是非常紧张。直到我们的车开过几十米，她才长吁一口气，全身放松，靠在椅背上。

"真是太刺激了！"她兴奋地大叫。

"看清车牌没？"我问。

"啥？车牌？你没说让我看啊。"

那是一辆鲁Q牌照的大众越野车，车牌号已经深深刻在我的脑子里。只是我无法确定，它究竟是不是带走邓元宝的那辆。

第三章
私奔和追踪

虽然我表现得似乎很轻松，但不得不承认，我还是紧张了。

车在小路上绕个几个弯，绕进一个拆迁工地，那里破砖烂瓦堆砌成山。

"没路了，要不绕回去吧。"黄小意说。

越野车没有跟来，如果此时绕回去，难保会迎面遇上。刚才的一时冲动，现在想来有些后悔。对方若是亡命徒，我一个人还好说，有黄小意在，万一起了冲突，出了什么事，怎么向师父师母交代？

我说："要不还是等等吧，反正车牌我也记下了。"

我把车停在一个隐蔽处，熄火，关灯。世界一片宁静，只能听见我和黄小意的呼吸声。

"我刚才说的你同意吗？"

"什么？"

"私奔啊。"

"小意你听我说，首先我们要排除误诊的可能，你记不记得……"

"别扯这些没用的，西京医院和肿瘤医院都查了，活检穿刺，确诊无疑。我的命我自己会不上心吗？你就说愿不愿意吧。"

黄小意说着，把脸凑到我面前，看样子是要我立即给出答案。

"小意……"

没等我把话说出口，黄小意的脸一下子贴上来，两条胳膊像蛇一样缠住我的脖子。她这猝不及防的突袭，吓了我一大跳。

我刚想推开她，只听她在我耳边说："别动，有人。"

话音未落，一道强烈的光线透过玻璃，从车外照进来。与此同时，一个骨子里透着凶狠的声音喊道："弄啥呢？狗男女，大半夜不干好事，快滚！"

听这语气，不像是"绑匪"，我赶紧推开黄小意，顺势打亮车灯。

车头前，站着一个只穿背心短裤的精瘦老头，像是刚从土里钻出来的，正挥舞着手电筒，冲我们龇牙咧嘴。看他的样子，应该是旁边工地看门的。

我还没想好该怎么应付，黄小意已经行动了。她怒气冲冲地拉开车门，跳了下去，冲着老头骂道："老东西，胡叫唤啥呢！我们干啥，关你啥事？快死一边去。"

她的口音是标准的西安话。这种口音与生俱来有一种秦王扫六合的气质，好好说话都像是要打架，骂起人来，简直就是结了死仇。

老头大概没想到黄小意这么泼辣，气得吹胡子瞪眼，从地上捡起一根木棍，就要扑过来。

不料一袭仙女长裙，本该在舞台上翩翩起舞的黄小意，竟然毫无惧色，弯腰就捡起半块砖头，冲老头喊道："老东西，你过来，看我不弄死你。试一试你命大还是我命大……"

歪老头遇上了硬茬子，手提棍子，一时尬在原地，竟不知该怎么办才好。他的嘴唇哆嗦着，几句脏话在嘴里嚼碎喷出来："你个卖 × 的，挨毬的货……"

他们俩这种性格，就是典型的关中人。

近代关中国学大师吴宓先生，用"生、冷、倔、蹭"四个字概括关中人性格：外表冷峻，言语木讷，态度强硬，宁折不弯。如果今天没人劝解，黄小意和这老头没准还真会打一架，虽然场面看起来极不协调。

我刚想下去劝架，忽然从黑暗里传来一个沙哑的声音："老袁，看好你的门，不要多管闲事。"

声音听起来极不舒服，除了有种居高临下的强迫感，音色里还有一种走在深秋的树林里双脚踩着枯枝败叶的刺耳声。

"这对狗男女在这儿……"

"回去！"姓袁的老头还要说话，却被那个声音打断。

老袁的身体明显抖了一下，看上去对那个声音颇为忌惮，甚至有些惧怕。他把棍子狠狠甩在地上，嘴里"呸"了一声，转身绕到砖瓦堆后面去了。黑暗中，那个声音也没了动静，就像从来没出现过一样。

黄小意也扔掉砖头，拍了拍手，回到车上，嘴里仍然骂骂咧咧："晦气，一个老头子，把老娘的好心情都给搅了。"

我没有说话，眼睛盯着窗外车灯照不到的黑暗处。我的直觉断定，那里还有人在，甚至能感觉到，那人也在看着我。这种感觉非常熟悉，跟当初在琉球被人盯上时一模一样。怎么形容那种感觉呢？就像走进一个废弃的建筑物里，时不时有看不见的蛛网绕在脸上，不疼不痒，但非常不舒服。

"把安全带系好。"我对黄小意说。

她似乎对这种命令式的语气还挺适应，或许是因为觉察到了异常，乖乖地系上了安全带。

我缓缓地启动了车，开到足够宽敞的地方，猛然转向，车灯照向刚才有人说话的地方。那里杳无人迹，只有两扇锈迹斑斑的铁皮门，门口立着一块破旧的三合板，上面用红油漆刷着"叁肆物流"四个歪歪扭扭的丑书。

"这名儿真是顺嘴，三四五六啊。"被车摇得东倒西歪的黄小意，竟然还能看出这是个谐音梗。

虽然没看见人，但我也不愿意多待，迅速把车驶回正路，顺着小道往北三环方向开。快到路口时，我看见那辆越野车还在原地。

车已熄火，但车灯还亮着，前后两扇车门大开，车里空无一人。

黄小意问："要不要下去看看？"

我说："你可真是不怕死。"

她说："都是要死的人，有哪一种死比其他的死更高级吗？"

"为人民利益而死吧。"我心里下意识就这么想，这是多年接受教育的结果，但在这种情况下没敢说出口，自然也不会同意让她下车犯险。我只管轰大油门，以最快的速度冲上了大路。

黄小意忽然问我："你把我送回家，是不是还要过来？"

"过来干什么？"

"别装了，你想什么我还看不出来吗？"

被她猜中心思，我只好笑了笑，没说话。

"我不回去，我要跟你一起去。"

"这事跟你有什么关系？"

"我就是好奇。我知道你要说好奇害死猫，可是我不怕死，就是想去看，不行吗？"

"不行，太危险了。"

"你去不危险吗？"

"我跟你不一样……"

"有我现在跳下车危险不？"黄小意说着，就伸手去开车门。

"你这是干什么？"我赶紧拉住她。

黄小意怎么说服我的，讲起来非常复杂。总之五分钟后，我们掉转车头，重新回到那个小路口，却发现路被一个简陋的钢管架子拦住，上面挂了块硬纸板，写着"施工重地，车辆请绕行"。

我前后看了看，确定自己没有走错，就把车停在路边一个大幅广告牌下，对黄小意千叮咛万嘱咐，一定要听我的话，紧紧跟着我，不要冲动……也不知道她心里怎么想，反正是表现得百依百顺。

我在心里长叹了一口气，下了车，拉着她的手，小心翼翼朝深处走。越野车仍然停在原地，我们悄悄接近，确定车里没有人。我试着拉了拉车门，发现被锁上了。

我忽然有些犹豫，究竟要不要再往前走呢？假如这辆车跟"绑架"邓元宝没有任何关系，我如此疑神疑鬼，自导自演一出惊悚剧，会不会太滑稽了？

周围树木繁盛，地面潮湿，感觉很闷热。我们走了好一会儿，到处黑黢黢的，深一脚浅一脚，尤其是蚊子成群结队呼啸而来，简直要吃人。

我跟黄小意说："要不回去吧。"

黄小意不同意，但也不知道该干什么。正在迟疑时，小路深处传来"嘎吱"一声，夹杂着振动的嗡嗡声。声音拖得很长，听起来是那种旧式铁皮大门的响动。

紧接着是嘈杂的脚步声和人声，我判断不少于三个人。

我把黄小意拉在车后，竖着耳朵听动静。那些人并没有走过来，而是停在原地，嘀嘀咕咕说着话。因为距离较远，听不清他们说什么。

"怎么办？"黄小意趴在我的耳边问。

我算不上一个胆大的人，但邓春秋死得莫名其妙，邓元宝又在我眼前被带走，因果牵扯得太大，我肯定是要搞清楚来龙去脉的。但黄小意跟这件事没关系，她不该牵扯进来。

我刚想劝她先出去在车里等我，没想到她拽着我的手就往里面走，我只好跟上去，把她挡在身后。

走了二三十米，转过一个弯，我看见四个黑影站在路中间说话。光线实在太暗，完全看不清他们的相貌，只能根据轮廓判断他们的个子都不高。我把黄小意拉到一棵大树后，屏息凝神，偷听他们说话，想找到一些蛛丝马迹。

从口音判断，他们应该是川渝一带的人。我小时候在重庆待过一段时间，讲川话可能不太标准，但听起来毫无障碍。

可是听了好一会儿，我却毫无头绪，他们似乎是用川人的腔调，讲一种我从未听过的方言。我正纳闷，耳朵里突然钻进一个词——化生子。如果我没听错，这不是四川话，而是湖南话，还是湘西一带骂人的话，意思是"夭折的孩子"。听语气，讲话的人应该是在抱怨着什么。另一个人安慰他，从兜里掏出香烟递给他，又打着火，把火机递到他面前，为他点烟。当微弱的火光照亮那人的脸时，我一眼就认出了他。那是一张熟悉的年轻面孔，就在不久前，我才见过他。

黄小意觉察到了我的异样，因为没办法说话，就在我的手上写字问："怎么了？"

我也在她的手上写："认识。"

半个多月前，在日本鹿儿岛，我和张进步认识了一对长沙来的小夫妻。在他们的帮助下，我们才顺利买到去冲绳的船票。在航程中，我和他们有过颇为愉快的交谈。只是到了冲绳后，因为着急下船，没来得及跟他们打招呼，但他们的相貌和名字我没有忘——华涛和戚薇。

没错，离我十几米远的地方，那个一边说话一边抽烟的年轻人，就是华涛——那个自称在世界各地旅游，给杂志拍照片、写游记的男人。

随着香烟在他嘴边明灭闪烁，我不觉心潮澎湃，仿佛陷入了一个巨大的泥沼，被黏稠的黑暗包围，脑袋里汩汩作响，身体不住地下沉。

他是谁？他们是谁？他们在这里干什么？疑惑像雪山坍塌，劈头盖脸朝我倾轧过来。

正在这时，一阵清脆的手机铃声从我的口袋里传出来，像一颗长钉子猛然楔进了凝结的冰层，寂静的黑暗瞬间崩裂。

我被这突如其来的铃声击晕，任凭它一遍又一遍响着，却没想到去挂断。黄小意紧紧抓着我的手，她应该也是吓着了。

对面的四个人，似乎跟我们一样被铃声击晕了，静静地怔在原地。

华涛掐灭烟头，嘴里咕噜了两句，几个人缓缓朝我们走过来。

跑吗？这是我的第一个念头。

我对自己的逃跑能力很有信心，毕竟是在兔子嘴下逃生的人。但因为有黄小意，所以跑这个选项直接失效。我有些后悔刚才听了她的话，但危险已经逼近，后悔也来不及了。

虽然华涛的身份我不清楚，但凭他在这里出现，我就能断定，鹿儿岛的相遇绝非偶然。我脑子里迅速闪过一些画面：家里遭贼，大阪酒店被枪杀的那两个人，以及在琉球遇到的那个神秘怪人孔孟荀……会不会都跟他们有关？我强烈地感觉到，华涛就是为我而来的。就算我们侥幸跑了，他也会很快找上门来。

师父说过，如果打架不可避免，与其被动挨打，不如主动出击，把进攻权掌握在自己手里，打对方一个措手不及。

我之所以这么想，绝非二杆子给阎王拜年——找死，而是出于对自己拳脚的信心。要说一个打三四个，我不一定打得过，但我真想跑，他们也拦不住。

目前这种情况，只有兵行险着，调虎离山，把危险引开，以保黄小意的安全。

那四个人越走越近，距离大树已不足五米。我注意到，他们的脚步声非常轻，看来受过专业训练，也是练家子。但事已至此，想改变主意也来不及了，只好硬着头皮上。

我猛然甩掉黄小意，从树后面跳出来，以最快的速度朝来人冲过去。那四个人似乎被我吓了一跳，却并未显得慌乱，而是两两分开，为我让出了一条通道。

我本打算撞倒其中一两个，却失算了，只好借着惯性从他们中间穿过去。这时，我听见有人"咦"了一声，我倒不觉得华涛会认出我，天实在太黑，就算面对面也不一定能认出来。

如果这要是赛跑，我保证用不了多久，就能把他们甩没影。但调虎离山，既得让老虎跟着，还不能让老虎吃了。我想以黄小意的脑子，应该理解我这样做的意义。

第四章
水里的歌声

四个人果然都追了过来，我加快速度，想把他们引远一点儿。

小路曲折，每跑几十米就有分岔，像进了一个迷宫。黑暗里无法辨别方向，我随心所欲跑了一阵，四个人一直跟在后面。我突然有点儿后怕，万一华涛还有别的同伙，我把黄小意一个人抛下，她岂不是更危险？

想来想去，我决定回去。恰好前面的路被一堆小山般的建筑垃圾挡住，我干脆不跑了，站在原地，做好应战的打算。

追我的人看我停下，也停下来，站在几米开外的地方看着我。

"你们是谁？"我大声问。

他们不说话。

"华涛，是你吗？"

我喊出华涛这个名字时，他们有了反应，其中三个人把脑袋转向中间一个人，看来那个人就是华涛。

过了好一会儿，终于有人说话了。

"马龙，你来这里干什么？"是华涛的声音。

"这话应该我问你，你来这里干什么？你究竟是谁？"

又是一阵沉默后，华涛发出了长长一声叹息，四个人缓缓向我围过来。看来他们决定要动手了。

突然，我右手边的巷子里传来一个女人的声音："马龙，你死哪里去了？"竟然是黄小意。

我已经做好一对四的准备，想趁机跑回去找黄小意，没想到她却从这边钻了出来。既然如此，那还是以和为贵，身随心动，抬腿就溜。

巷子不足一米宽，勉强能走一个人，两边的墙壁比我高出半米。狭窄的地势有利于单人行动，真要打起来，也是一夫当关，万夫莫开。

巷子里隐约有个人影。

"小意，是你吗？"

"不是我是谁，你死哪儿去了？"黄小意向我走过来。

"别过来，转身跑，后面有人。"

"哪有人，你见鬼了吧。"黄小意说着，已经挡在我面前。

我停下脚步，回头一看，竟然没人跟进来。我不敢放松警惕，前后打量了一番，没发现什么异常，拉住黄小意问她怎么跑到这儿来了。

黄小意先骂了我一顿才说："我怕你出事，就跟进来帮忙，这里黑咕隆咚的，走着走着就没方向了。刚听见你跟人说话，我才喊了一声。他们究竟是什么人啊？"

"我也不清楚。"

"你不是说认识吗？"

我把在鹿儿岛遇见华涛的事，简单给她讲了一遍。黄小意吃惊地问："你身上究竟有什么宝贝，值得人一直跟踪你到日本？"

"有个屁宝贝。先别说这个了，我们得想办法离开。"

"你不找邓元宝了？"

"当然要找，但这个事可能比我想象的要严重。我们先回去，找警察帮忙。"

"报警？不会吧？你怎么这么不酷啊？"

"姐姐，人命关天啊！"

"人命关天还回去干什么？现在就报警。"

我掏出手机，刚想报警，发现刚才的电话是尚锦乡打来的，就下意识拨回去。电话接通后，尚锦乡问我晚上是不是不回来了？

我肯定不能把自己现在的处境告诉她，语气故作轻松地说："你睡吧，我晚点儿回来。"临末又补了一句，"把门关好。"

这句话一出口，我就后悔了，以尚锦乡的敏感，她一定会好奇这句话的潜在信息。

果然，她马上就问："有什么麻烦吗？"

"没有啊——"

话刚出口，一道强光打在我脸上。巷子口，有人用强光手电筒照进来。我下意识侧过身，用身体挡住黄小意，再伸手挡住自己半边脸。手电光一动不动，对方似乎只想确定我的身份。

电话里传来尚锦乡焦急的声音，我来不及听她说什么，因为我听见了两边墙壁上的动静。不出意外，应该是有人正在爬墙。

"稍晚给你打电话。"

我挂了电话，推着黄小意朝巷子深处跑。黄小意不明所以，但也觉察到了危险，没说什么，主动跑起来。舞蹈演员的体力都很好，跑起来特别轻盈。

倒不是说我只能逃跑，在敌暗我明的情形下，不知道对方的实力和手段，谨慎为上。万一对方有枪，功夫再高，有个屁用。

可是没跑几步，黄小意的脚下猛然一滑，幸亏我眼疾手快，一把抓住了她的胳膊，这才没让她摔倒。

"我靠——这什么玩意儿？"黄小意骂着。

脚下的土路竟然成了淤泥，黄小意穿的凉鞋陷进了泥里。我赶紧帮她把鞋从淤泥里拔出来，套在她脚上。这时我才看到，巷子深处的路，全都被脏乎乎的淤泥覆盖着。

黄小意退了几步，在地上把鞋底的淤泥蹭掉，嘴里骂骂咧咧。

难道这里是排水沟？我正疑惑，耳边再次传来先前那种爬墙声，而且声音越来越清晰，像秋风吹拂枯叶，又像群鼠盗取干馍。再仔细听，似乎还混合着流水声和野兽的呜咽声。

我催促黄小意继续跑。

她说："要跑你跑，我反正不跑了，太恶心了。"

没办法，我只好继续把她挡在身后，紧贴墙壁，防止被偷袭。事已至此，只能以不变应万变。

这时，我想起了张进步，如果他在，一定能想出破局的好点子，即便想不出，他也可以帮忙钻淤泥里去探探路。

闷热的空气中忽然传来一丝凉意，一股风从巷子深处吹出来，夹杂着浓重的霉味。

紧接着，天空亮起一道强烈的闪电，伴随着一声闷雷，雨点像断了线的珠子一样浇了下来。

前无去路，后有追兵。我赶紧把 T 恤脱下来，遮在黄小意头上。

黄小意突然哈哈大笑。我问她笑什么，她也不说话，自己接过 T 恤遮在头上。不过雨实在太大，那件 T 恤并没有什么用，很快就湿透了。

巷子口的手电依然固执地亮着，大雨在强光的照耀下，愈发显得急促。一种突如其来的危机感，从我脚底涌了上来。

我明显觉察到危机就在身边，却什么都没有发现。

这种感觉非常糟糕，比在海底被那群狰狞的食肉兔追逐还要糟糕。绝不能坐以待毙，我决定在危险降临之前，主动迎上去。

我抹了一把脸，试图让视线能开阔一些，但雨太大了，没有任何作用。我指着墙头对黄小意说："这里可能是排水沟，太危险了，我们先到上面去。"

我先让黄小意踩着我的手，攀住墙壁上沿。我稍一使劲儿，就把她托了上去，随后自己也爬上墙头。

墙只有一块砖的宽度，又湿又滑。为防止掉下去，我们都双腿跨骑在墙上。黄小意虽然穿着裙子，但很宽松，还算方便。

巷子口拿手电的人，肯定看到我们上墙了，但手电光竟然没有跟上来，仍然直直照着巷子。

先前那种奇怪的声音，被大雨的哗哗声遮蔽。巷子里已经开始淌水，可是墙的另一边却一片漆黑，就像一个吞噬所有光线的深渊。

黄小意似乎一点儿也不在乎，她把我的 T 恤裹在头上，笑着对我说："好久都没淋过这么大的雨了，简直太凉快，太舒服了！"

我嘴上笑骂着"神经病"，心里却一直发毛。因为刚才那种危机感不仅没有减轻，反而越来越强烈。

没过多久，巷子深处传来一阵令人毛骨悚然的声音，像是有一头野兽脱困而出。顷刻之间，一股污浊的泥浆，席卷着垃圾，从深不可见的黑暗里汹涌而来，腥臭扑鼻，仿佛黑暗里有一个巨大的醉鬼正在呕吐。

紧接着是成百上千的老鼠，密密麻麻混杂在泥浆中，争先恐后涌出来。它们尖叫着，跳跃着，朝巷子口的光线冲去。

黄小意虽然享受着淋雨，却被老鼠吓了个够呛，把墙外的腿赶紧收起来，吱哇乱叫。

只是一刹那，光源就被淹没。我突然意识到，巷子口可能并没有人。那么人呢？没有了光线，四周彻底陷入黑暗。大雨像鞭子一样抽打在身上，竟然有微微的疼痛感。眼睛勉强能睁开，却什么都看不见。耳边只能听见雨声和鼠流奔涌的声响。

我一只手紧紧攥着黄小意的胳膊，担心她失足滑落；另一只手掏出手机，想打开光源，可是手机进水成了砖头。

"马龙，这里怎么有这么多老鼠？"黄小意胆战地问我。

"可能是下大雨，灌了老鼠洞。这一片原来是老厂房，地下室里肯定有很多老鼠洞。"我想象着解释，但我想事实也应该是这样。

可如果仅仅是老鼠，怎么会有这么强的危机感呢？

一道闪电再次照亮夜空，电光石火之间，我敏感地觉察到危机来自身后，刚想转身，黄小意突然大叫："快趴下！"

我来不及思索，顺势往前趴，一声呼啸从我耳边擦过。没等我回过神来，坐在我对面的黄小意身体一歪，失去重心，尖叫着掉了下去。我被她使劲儿一扯，也跟着掉了下去。

按我的预测，墙里墙外的高度应该差不多，最高也就两米五，只要下面不是刀山剑林，应该不至于摔得多惨。然而，黄小意的尖叫声持续了好几秒，远比想象中要长。最后"扑通"一声，我俩全都掉进了水里。一瞬间，腥臭的液体从鼻腔灌进来，直冲脑子。我赶紧舒展身体，想双脚着地，却发现够不着底，扑腾了两下，才漂浮起来。我记得黄小意会游泳，但猛然入水，猝不及防，她应该是被吓着了，正胡乱扑腾着，嘴里呜哩哇啦乱叫。我赶紧把她拉出水面，安抚了好一会儿，才缓和下来。

"太恶心了，我们不会掉进化粪池了吧？"

"应该不是，要是化粪池，我们早就被熏晕了。"

液体味道虽然腥臭，但绝非屎尿的恶臭，否则我们刚才在墙上不可能闻不到。

"那这是什么地方，怎么会有这么深的水坑？"

"不好说，也不像是蓄水池。"

因为蓄水池不会这么脏，我明显可以摸到水面上漂浮的垃圾、枯枝败叶、木板纸片，甚至还可能有死老鼠。

想来想去，我推测这个水坑唯一的可能就是附近工地的建筑基坑，被入夏以来几场暴雨的积水灌满了。

西安的夏天，暴雨经常突如其来，让城市排水系统瘫痪，街道平地起涝，车像船一样泡在水里。

"我们赶紧游出去吧，这儿太恶心了。"

黄小意说着就朝掉下来的方向游去。我赶紧拉住她，仔细听了听，除了雨声，什么声音都没有。刚才在墙上袭击我的人，就像没出现过一样。

"小意，你看清刚才的人了吗？"

"人？什么人？"

"拿棍子袭击我们的人啊。"

"没有人。"

"什么？"我怀疑自己听错了。

"真没有人，只看见一根胳膊粗的大树杈。"黄小意说。

我不是不相信黄小意的话，但我也不信一根树杈会无缘无故袭击我。不过事已至此，想办法先出去再说。

我拽着黄小意，一口气游了几十米，也没摸到边。

"咦，雨停了吗？"黄小意忽然惊异地说。

经她提醒，我才注意到头上再没有雨淋下来，水似乎也变浅了，原本淹到脖子的水面，此刻竟然下沉到了我的腹部。但很快我就发现，并非是水变浅了，而是我胸口的吊坠发挥了作用。

它那种神奇的避水能力，将我和小意身边的水向四周推开，我伸手向四周摸，在半米之外，又摸到了"水墙"。在琉球海面上，它曾起过巨大的作用，让我们乘坐的游艇摆脱了海水的陷阱。此刻，它再一次发挥出了避水作用，在我和黄小意身边形成一个一平方米见方的"水坑"。

但大雨显然并没有停息，因为喧闹声并没有变小。

我估计我们游进了什么建筑物里，可是基坑里能有什么建筑呢？

黄小意对"水坑"的出现颇为惊异，但我并没有做过多解释，因为我自己也不明白其缘由。她又问我那些人追我，是不是为了这个宝贝吊坠？我仍然给不了答案。

想不明白，干脆不想了，我们认准一个方向继续游。

雨声越来越远，空气也越来越憋闷，气温渐渐升高。

"什么味儿啊？"

随着黄小意的叫声，我闻到一股硫磺的味道，还混合着一种集体大澡堂的臭味。

再往前游，不时有蜘蛛网缠在脸上，甚至还能听到有啮齿动物——也就是老鼠，在不远处吱吱叫。黄小意吓得差点儿脚抽筋，我干脆让她趴在我背上，缓缓往前游。我们游到哪儿，"水坑"就跟到哪儿，就像一个方盒子，将我们装在里面。

"好像个水棺材！"黄小意在我耳边笑着说。

这时，我感觉身体猛然下沉，脚下似乎碰到了什么东西，用脚尖踩了一下，那东西软绵绵地滑开了。

黄小意发现我的异样，听我说踩到了东西，她赶紧问："不会是死人吧？"

"是死人，你不怕吗？"

"死人有什么可怕的？"

我一阵无语，很难想象一个看见死老鼠都吓得魂不附体的人，说起死人竟然如此淡定。反而是我，被她这么一说起了一身鸡皮疙瘩。

我不信鬼神，不担心被水鬼缠身，但跟死人一起泡澡，心里还是会觉得膈应。我突然反应过来，因为吊坠将水排斥开来，所以身体才会下沉。但只是下沉了一会儿，脚下又一次踩到东西。我心里一紧，双脚发力，向下一蹬，本想把东西蹭开，万万没想到，竟然蹭到了地面。

脚一落地，心就安稳了。

此时我们身边的水，因为吊坠的原因，只淹到我腰部。而周围正常的水面，大约刚好能淹没我。水温不仅不凉，竟然隐隐有热度。空气也很闷热，不同于之前的臭味，而是弥漫着一种甜丝丝的味道，像是草木焚烧过后残留的气味。

黄小意疑惑地说："怎么有股烧香的味道？"

因为刚才的味道太臭了，我忍不住张开嘴，猛嗅了几口，想看看是因为缺氧还是气味本身有古怪。

我们俩正在猜测这是哪里，忽然听见黑暗里隐隐传来歌声。

"这究竟是什么鬼地方，我们不会是已经死了吧？地狱派仪仗队来接驾。"黄小意讲话向来百无禁忌。

既然两个人都听到了，那可以肯定不是我耳鸣。我让黄小意先别说话，安静地听了一会儿，发现不是电影里女鬼那种幽幽的戏曲腔，而是男人的合唱声。旋律婉转却不悲切，节奏也很明快，有南方山歌的味道。

我拉着黄小意，一起朝歌声飘来的方向走过去。

渐渐地，眼前似乎有了光线，不再是伸手不见五指，可以朦朦胧胧地看到近处的轮廓。歌声越来越近,光线也越来越亮,首先进入眼睛的,是漂在水面上的垃圾。太阳下没有新鲜事,黑暗里也没有。

"在那里。"黄小意指着前面不远处。

似乎是一根黄色的电棒,光线就是从那里照来的。我们走近了些才看清,原来是一个条形的栅格状缝隙,黄色的灯光顺着缝隙照了进来,经过水的反射,让这个黯淡的地下空间到处影影绰绰。

这样的景象,合着耳边悠扬的歌声,以及那种越来越浓烈的草木香味,有一种极不真实的梦幻感。

我感觉脑子越来越迟钝,眼皮也沉重起来。

第五章
拜树的人

◄ ‖‖‖‖‖‖‖‖‖‖‖‖‖‖‖ ►

有那么一瞬间，我觉得自己似乎打了个盹，心里觉得莫名其妙，怎么泡在水里都能睡着？我赶紧晃了晃脑袋，把睡意从脑子里赶出去。

"怎么了？"黄小意问。

"没事，就是有点儿困。"

黄小意伸着懒腰，打了个哈欠说："我早就困了。你说大半夜的，咱不在家睡觉，跑这儿来干什么呀？"

我笑着说："你不是说私奔吗？这才到哪儿啊。"

黄小意沮丧地说："我有个不好的预感啊，我觉得我们今晚上出不去了。"

"我倒是没关系，"我说，"主要是不应该把你卷进来。"

"都这会儿了，你就别说这话了，赶紧搞清楚这是哪儿，究竟是谁在唱歌，温暖了寂寞……"黄小意说着就差点儿也唱了起来。

我们继续靠近光源，没走几步，竟然有台阶，一直向上走了十多级，就出了水面，转为平地。天花板距头顶不足一米，伸手可及。

那条缝隙看起来是一个狭长的窗口，上下高近一尺，左右宽约两米，边缘非常齐整。我判断这是天花板——也是上面房子的地板——有意形成的落差空隙，专门用于排水，相当于厂房的下水口，口上嵌着生铁格栅。

不知道上面是什么工厂，也就无法得知这是什么车间，为什么会留着排水口？不过，此时我已无心去想这些，那近在耳边的歌声，完全拽走了我的注意力。

"娑里娑，山与山合，娑转娑，山与水合，阴二娑，阳二娑，花儿神娑，金刚娑，树儿神娑，木客娑，草儿神娑，山鬼娑……"

这样的曲调和唱词，如果是在山野溪涧，树林草地，被几个豆蔻年华的采花小姑娘唱出来，倒还别有风趣。可是，如此深更半夜，在废弃厂房里，被一群男人唱着，透着一种莫名的诡异感。

排水口的高度，刚好与我身高差不多，我踮着脚尖凑过去，想看看里面是什么人。尽管已有心理准备，但看见的一幕，还是让我目瞪口呆。

厂房被稠密的绿植装点，枝繁叶茂，花团锦簇，看着像一处花圃大棚。

中间的空地上，二三十个打扮怪异的男人跪坐着。他们没有穿衣服，却也并非赤身裸体，而是全身挂满花草藤蔓，看起来像在演一出古希腊潘神题材的农事诗剧。

我下意识就想，这不会是一处 Cosplay（角色扮演）主题体验馆，或者异装爱好者集会吧？但观察了一会儿，觉得没那么简单。

这些人看上去都很年轻，但神情肃穆得让人发憷。而他们的姿势却颇为滑稽，所有人围成一圈，像幼儿园小朋友一样，高举着双手，来回摇晃，像是模仿树在风中摇摆的样子，口里反复吟唱着那首能听清，却听不懂的怪歌。

被他们围在中间的是一株盆栽植物，如果我没认错，应该是黄角树。

黄角树在西南地区很常见，树干粗壮，枝杈密集，叶冠繁茂，尤其是树形，悬根露爪，观赏性很强。我听寨子里的老人讲，黄角树寿命长，会成精，所以被称为"鬼树"，也有人说佛经里说的菩提树，就是黄角树。

不管是会成精，还是会成佛，按照民间风俗，普通人家房前屋后，花园庭院里，不会栽种黄角树。这种树通常只会栽种在寺庙、广场、道路等人来人往之处。

不过，我听父亲说，之所以不在庭院栽种，是因为黄角树根系过于发达，时间长了会破坏房基。

在此之前，我从来没见过把黄角树做成小型盆栽的，以至于怀疑自己看错了。那株盆栽，高不足两尺，枝叶稀疏，然大枝横伸，小枝斜出，虬枝盘曲，根须交错，形态怪异，确定是黄角树无疑。虽古意盎然，但显得十分小气，像个地精侏儒。

那些"潘神"一边唱着一边站起来，分内外两圈，围着黄角树旋转，一会儿顺时针，一会儿逆时针，随歌声的段落变换着。

黄小意也想看，但个子不够高，只能气呼呼地坐在地上休息。

我把所有人的脸打量了一遍，其中没有华涛，但他们与华涛的气质竟然十分相近，这让我愈发觉得怪异。如果要我自己找语言形容那种气质，还是有点儿困难。不过可以借用网上看过的一句话——历尽千帆，归来仍是少年。

它集复杂和单纯、沉重和轻盈、污浊和神圣于一身，有一种……对，邪教徒气质。

难道这是一个崇拜植物的秘密教派，在这里举办祭祀仪式？我越看越觉得自己的猜测是对的。

植物崇拜，由来已久，可能要从人类诞生之日算起。

其实在远古时期，无论日月星辰，大地山川，还是山石树木，飞虫走兽，都会被蒙昧中的先人当成神异来敬仰和祭拜。其中对树的崇拜尤其广泛和久远，直到现在，这种崇拜依然还在。

且不说偏远山区，就在西安郊区的一些村子里，都会供奉"神树"。而在原始信仰依然盛行的偏远乡野，树崇拜更是非常之多。

几年前，我偶然结识一位苗族朋友，他是黔东南苗寨巫师传人，名叫摆丢。他跟我聊他们当地的风俗民情，说到过草木崇拜。他们寨子里的每一个苗人，出生时都会种下一株本命树。树随人长，人老树衰，人寿将尽时，树木也会慢慢枯萎。人去世后，本命树就会被砍掉，做成棺材，跟人一起下葬。

不过他说，根据巫师的说法，上古苗书《九诰》有记载："欲长不死，易改心志，传其树近灵丘天门，可曰长生。"就是说，如果有人要寻求长生，可以把自己的本命树移植到灵丘天门之处。

我半开玩笑半质疑地问他："苗族在解放前都没有文字，哪有什么书啊？"

摆丢神色黯然地告诉我，苗族在上古时期是有文字的，但是经过与西北方游牧民族的惨烈战争，几次长途迁徙，还有后来胜利者的有意抹杀，才让古苗文字消失在历史长河里。

他忿忿地对我说："别以为就你们经历过'焚书坑儒'，人类万载以来，历朝历代的政权，都会有意识地去焚毁书籍，抹灭文明，只是没秦始皇那么激烈而已。"

在我知道了"焚书坑儒"背后的真相后，才觉得摆丢所言非虚。历史的真相不会袒露在美颜过后、皮光水滑的脸蛋上，而是深埋在褶皱里。

至于《九诰》里所说的"灵丘天门"在什么地方，摆丢也不知道，就连他的长辈们都说，那是子虚乌有之境，不能太当真。

总而言之，寨子里住的几代人，还没一个敢把自己的本命树移走的。反而那些进城当了官发了财的，每年都会回来，精心照料自己的本命树。

我心想，"人挪活，树挪死"，看来这道理在哪里都行得通。

不过，摆丢讲了另外一个故事，现在想起来，很有意思。

他中学毕业后，去重庆当了汽车兵，复员后曾跟人跑过一段时间中药材运输。有一次，他受父亲委托，到湘西去探望一位老朋友。父亲说他年轻时曾跟那人有过交往，不知道对方还在不在人世。

见面之前，摆丢心想，父亲年轻时的朋友，那跟父亲年纪应该差不多大。可是一见面，对方却是个俊朗的青年人，看起来跟年近三十的摆丢相差不多。

那人自称"寸君"，他见了摆丢也很开心，两人虽然隔辈，却无隔阂，把酒相谈甚欢。

席间，摆丢问起寸君的年纪。

寸君说，自己再过两年，就百岁了。他见摆丢不信，就对他说："我第一次见你父亲，他就是你现在的年纪，而我就是现在这个模样。"

摆丢跟他拍了合影，回去让父亲看。父亲证明寸君所言不虚。

寸君告诉摆丢，他自己从小体弱多病，家里唯恐不好养活，就四处求医寻方。后来家人无意中听了武陵山中一位老人的话，在寸君三岁生日时，往庭院里植了一株本命树。

说来也怪，自从树栽起来，寸君的身体就一天比一天好。如此这般，一直到十八岁，顺顺利利，无灾无痛。

可是十八岁生日过后，那棵树突然毫无预兆地开始枯萎，并在很短的时间内断绝生机。这可是大凶之事，一家人赶紧去武陵山中寻访那位老人，经过多方打听，才知道他十多年前就离家出走，杳无踪迹。不过，他在临走前，留下一封树皮信。

信里说，如果想要活下去，寸君就必须每日朝夕，对枯死的本命树跪拜，一日不可中断，如此可保长命。

平常人看到这样的话，一定会当成戏言，寸君的家里人也对此很怀疑。但寸君坚定地认为，老人不会骗自己。

自此以后，不论寒暑风雨，寸君都会在每天晨昏叩拜枯树，从未轻慢耽搁。如此一拜就是二十八年。

寸君四十六岁时的春天，那株干枯的树竟生了新鲜叶子，还开出一种鲜艳的花。不过那个时代正忙着破除迷信，解放思想，媒体也不发达，鲜有人关注这些事。只有周围乡邻把它当作怪事议论。

更怪异的是，那些花开了后，就终年不败，花蕊里流淌着一种汁液，香味扑鼻，甜如蜂蜜。寸君尝过后，就以此为食，再也不吃五谷杂粮。而他的相貌竟一日日变得年轻，一直回到十年前的模样，从此定格，后来的五十多载也再没有变过，仅有的变化就是头发稀疏了许多。

我问摆丢，那寸君是不是已经长生不老了？

摆丢说他也问过。寸君原话是："借命而已，怎么敢奢谈长生。"他说，自己三岁以后的寿命，都是通过树借来的，利息大得很，一寸光阴一寸金，迟早还得给树还回去。至于借和还是怎么回事，寸君自己也说不清楚。

摆丢有巫师血统，自小对此类事情见惯不惊，也有自己独特的理解，但经过学校和部队的教育，他很少会对别人讲这些。

或许是跟我聊得投机，他讲完故事，见我讶异迷惑，就补充解释说："世界万物，生老病死，成住坏空，其实都是表象，究其本质，脱离不了'借''还'二字。所以有一句歌词唱得好：从来没有什么救世主，只有永恒的讨债人……"

摆丢讲后面这些时，我已经处于半醉状态，基本听不懂他在说什么。但寸君拜树借命这个故事，因过于离奇，一直牢牢印在我脑子里。

此时看到厂房里这个拜树仪式，我就想起了这个故事。

难道这些浑身披挂着花草藤蔓的男人，也在拜树借命？但一群人耗着一棵树借，就算黄角树长命，分摊给这么多人，每个人也增不了几年寿啊。

正在我浮想联翩时，里面又有了新变化。

那些唱歌的男人，在黄角树盆栽前分列两排，双臂下垂，目不斜视，收颌含胸，嘴里发出一种近似鸽哨的声音，像是在呼唤着什么。

然而，黄角树既没有变化出云雾缭绕的奇景，也没有开花结果的异象。但随着"鸽哨"声，一双赤脚，踩着满地落叶和花瓣，缓缓走过来。

看步伐，那应该是一位女子，但一盆盛开的秋海棠刚好挡住我的视线。当她靠近黄角树时，又恰好背对着我，看不见她的相貌，只是那身装扮让我颇为惊讶。

"你看什么呢？"黄小意问。

我连忙阻止她说话，轻声把里面的情形讲了一遍。黄小意说她也想看看。没办法，我只好像小时候那样，把她背起来。

黄小意特别瘦，背着没什么重量，也不影响我继续踮着脚尖看。

第六章
另一个尚锦乡

◀ ‖‖‖‖‖‖‖‖‖‖‖‖‖‖‖‖ ▶

那个神秘的女人一直没有转过头来。

和那些"潘神"一样,她身上也披满了植物。不同的是,她的装扮要精致得多。如果这些植物装扮能称为"衣裳"的话,她的穿着堪称精工细作。与她相比,那些男人的穿着,简直就是粗劣的地摊货。虽然是植物茎叶,但披在她身上毫无违和感,似乎她天生就该这样穿。倘若换上平常衣物,反而不对了。她身上有两种植物,叶片大一些的是木莲,纤细如流苏的是松萝。这两种植物都生长于南方。木莲又叫薜荔,属攀援植物,在南方地区的树木、桥墩或残垣断壁上,到处可以见到。松萝是一种寄生植物,形状如金黄色的丝线,多附生在松树上。在众人的歌声里,神秘女人举起纤细的手臂,优雅舞动,姿态怪异而优美。她身上的木莲叶片和松萝丝线,也随她舞动。

"真好看!"黄小意在我耳边感慨。

我对舞蹈一窍不通,仅有的几次剧场体验,也是在黄小意逼迫下专程去给她捧场的。但此刻,我也不由得被吸引了。

该怎么来形容这种感觉呢?

它不像是人类的舞蹈,而是流动的水,是轻拂的风,是在草原上看野草起伏荡漾,不激烈,不妖媚,不感伤,却有一种天然的疗愈感。

但是这种美好的感觉没有持续多久。当她转过身来的那一刻，我被震惊了，我明显感觉到背上黄小意的身体也随之一颤。

尚锦乡！

我的心脏猛然停止跳动，一股热血冲上了头顶。我简直不敢相信自己的眼睛，那个披着木莲和松萝翩翩起舞的神秘女人，竟然是不久前才跟我通过电话的尚锦乡。

就在我几乎要脱口喊出的一瞬，黄小意的手捂住了我的嘴。

"别出声，先看看再说。"

可是这种情形我怎么能冷静？我只感觉太阳穴被两只猛兽不停冲撞，脑袋里轰轰作响。

黄小意从我背上跳下来，抓着我的胳膊说："你先别冲动，有时候眼睛看到的东西，不一定就是真的。"

"你看到了吗？"

黄小意点点头。

"我一个人看见可能是幻觉，难道我们俩同时都幻觉了？"

"可是……"黄小意也语塞了。

我闭上眼睛，不让眼前所见影响自己的判断。我默默地告诉自己，虽然眼睛认定她就是尚锦乡，但我心里并不相信。

可究竟哪里出了错？

理工男的长处，就是理性。即便在这种情况下，我也没有完全被情绪所左右。

上大学时，学校流行读南怀瑾。宿舍里有个家伙，天天抱着一本《金刚经说什么》研究。宿舍卧谈会，我们给班里的女生排名次，他会很扫兴地跳出来，教导我们，看美女应作骷髅观，再漂亮的女人，终究只是一把白骨。他说这是佛学的高深法门"白骨观"。

后来，他迷上了隔壁学校的一个女生，魂不守舍，我们就嘲笑他被白骨精迷住了。再后来两人分手，他痛苦了小半年，有一天半夜，他长叹一声："凡所有相，皆是虚妄。"没过多久，他竟然退学出家了。好玩的是，他没当和尚，而是进终南山当了道士。

我有好些年都没见过他，但是这会儿，却想起他说的那句——"凡所有相，皆是虚妄。"

我告诉自己，除非尚锦乡亲口对我承认，我绝不会相信眼前的这个女人，就是她。

可如果她不是尚锦乡，那又是谁呢？

半个多月前，我在冲绳码头第一次遇见尚锦乡，随后发生了一系列离奇古怪的事，彻底颠覆了我过去对世界的认知。而九死一生的冒险，更让我们产生了一种超越友谊的感情。我对这份感情非常珍惜。

于情于理，她都不可能出现在这里，如此装扮，做这样诡异的事。

虽然心里这么想，但当我睁开眼睛，再次透过排水口看见她时，我还是忍不住慨叹，实在是太像了。

如果非要说她们的区别，那就是头发——尚锦乡是齐耳短发，而这个女人是披肩长发。倘若把她的头发剪短，别说是我，就算是地藏王菩萨的神兽谛听，也不一定能分辨出来。

我越看心越乱，恨不得马上跳出去，当面问她是谁。

就在这时，跳舞的"尚锦乡"忽然把脸转过来，嘴角微微一笑，眼神意味深长地瞥了一眼。

她看见我了！

瞬间的念头让我无比慌乱，我几乎可以断定，这个女人知道我在这里。她发现了我，却什么都没做，只是笑了笑，就继续她的舞蹈。

这是说明她完全不在乎被我看到，抑或是故意让我看到？倘若是故意，说明她不仅知道我是谁，也知道尚锦乡。而今天我莫名其妙出现在这里，也都在她的算计之中……或许，还不只是今天。

究竟从什么时候开始，我的每一步，都走在一条别人算计好的路上？

我身上有什么东西，值得花这么大力气来算计？

难道真的是吊坠吗？我摸了摸胸前衣服里的吊坠。

在浴月岛上，博老和徐海曾讲过，这个吊坠只是管狐卵，并非什么长生不老药，而且还有一定的危险性。

我其实一点儿都不在乎它有什么特异功效，在意的只是它的纪念意义。琉球早亡，神兵已殁，就连海底的宫殿也已消融，它还有什么价值呢？

凭我的直觉，有人布这么大一个局，恐怕没这么简单。

我再一次想起张进步。要不是手机关机，我立马就想给他打电话，聊聊这些事，让他帮忙分析一番。

或许是事情过于离奇，让我心神不宁，以至于疑神疑鬼。想起张进步的同时，我脑子里同时滋生出另一种不该有的恐慌。

我什么时候变得这么依赖张进步？一个本该与我水火不容的追债人？这是不是另一个圈套？

与张进步交往的一幕幕景象，在我眼前闪过。我发现自己对他的了解，竟然少得可怜。关于他的所有资料——他的家乡，他的戳脚功，他在缅甸开赌场的经历，全都来自他自己的讲述。

孤证不立，这些完全有可能都是假的。

当我想到这一步时，心里有点儿崩溃。

经过琉球一行的出生入死，我已经把尚锦乡和张进步当作生命中最信任的人，可是一夜之间，他们在我心里坚不可摧的地位，竟然全都被撼动了。我真想扇自己一个耳光，告诉自己："你想多了！"

可是人心真是一块臭烘烘的沃土，只要撒下一颗种子，就像人参果遇土而入，拿针都挑不出来。

我问黄小意："你有时会不会觉得自己身边的人都是假的？"

"这话从何说起？"

"我怎么觉得自己跳进了一个圈套，所有的生活都是有人事先写好了剧本，而身边所有人都是职业演员，配合我演出，只有我自己不知道剧情的走向。"

"马龙你是电影看多了吧？"黄小意不解地说。

"你知道我不太看电影。"

"你要说人生如戏，大多数成年人都会有这种感觉，但你要说你的生活都是别人编排好的，那是你想多了。深刻的道理我不懂，但要说排戏，我是专业的。你知道为什么演舞台剧比演电影更难吗？"

我摇摇头。

"因为舞台剧是现场，虽然剧本是确定的，演之前会有无数次排练，但每次演出都会遇到不同的情况，演员就得随机应对。没有人可以预先安排好一切，你懂我的意思吗？"

我点点头。小小的舞台都会有意外，何况是无常的人生。没有人生可以被预设，也没有人可以预设别人的路。

黄小意的话让我豁然开朗。

再想起尚锦乡和张进步，不由得对他们生出一些愧疚。我暗下决心，一定要把这件事查个水落石出。

厂房里的歌声和舞蹈还在继续。

那个女人自从冲我诡异一笑后，就再没看过我，而是专注于舞蹈。这时，歌声突然变得急促起来，她的舞也愈发狂野。一阵透骨的凉风不知道从哪里吹来，让厂房里的花木随之摇曳，灯光也忽明忽暗。

随着灯光稳定下来，歌声也戛然而止，舞动的女人伏身在黄角树前，一动不动。

我以为一切都结束了，可就在这时，我看见了惊异的一幕。

那株黄角树以肉眼可见的速度缓缓增长，就像是自然纪录片里的延时摄影，将植物经年累月的生长，压缩在瞬间播放。

幸好，整个过程持续时间并不长，可能也就是一两分钟。但就在这么短的时间里，那株黄角树盆栽几乎增长了三分之一，原本稀疏的枝叶，顷刻之间繁茂起来。

这不科学啊！作为科学家的儿子，我脑子里率先蹦出了这个念头。

我本来想让黄小意也看看，可是她已经意兴阑珊了。

"反正今天看什么都不对劲儿，你也不用太当真。还是想办法先出去，回去洗个澡睡一觉，没准明天就一切正常了。"

话虽然这么说，但我还是禁不住好奇，继续踮着脚尖看。

奇怪的仪式到此似乎结束了。过了一会儿，那个女人站起来，她看起来非常疲惫，身上的木莲叶竟已变成焦黄色，原本栩栩的松萝业已干枯，随着她的动作簌簌飘落。

一个黑衣男人走过来，把一件绿色斗篷披在她身上。她垂着头，身体微微颤抖，长发遮住了她一半的脸颊，让她看起来愈发神秘。

那些男人身上的植物倒是没什么变化，但我在他们脸上看到了老态，像是一瞬间老了十岁。

有几个人拿来一个热气球一样的白纱罩子，罩在那株长大了的黄角树上。这时我才注意到，放置黄角树的台子下面，竟然装了滚轮。

女人跟旁边的黑衣男人轻声说了句什么，转身走开了。四个男人小心翼翼地推着黄角树，跟着她离开。那个黑衣男人把剩下的人聚拢在身边，一边低声说话，一边用手指着不同的方向，看起来是在安排工作。

我觉得有点儿不对劲儿。

因为随着黑衣男的手指，其中有几个人竟然把头转向我这边，看了一眼就迅速离去。忽然，灯光暗下来，但并没有全灭，只不过已没有了人影，只剩下那些静谧的花木，在晦暗的厂房里影影绰绰。

我们所在的地下空间也随之黯淡下来。

"怎么办？"黄小意问，"不会还要从臭水里游出去吧？"

"好像也没其他办法，不过你放心，有吊坠在，保我们淹不死。"

黄小意埋怨道："原本还想着跟你一起跨过山和大海呢，还没出门就在阴沟里栽了。"

我给黄小意做了半天心理建设，才劝她重回到水边，刚想下台阶，就听见水里有动静，咕嘟咕嘟，像是往瓶子里灌水的声音。我赶紧拉着黄小意后退几步，可是等了半天，一直都是这个声音，再无其他异动。

但是黄小意死活都不下水了，她说宁肯坐在这儿等到天亮。没办法，我只好陪着她坐下来。

"你说万一水涨起来，把这里塞满，你那吊坠还能不能起作用？"黄小意问。

"那就不好说了。"

"唉，那不就死定了？"

"别动不动死啊活的，有我在你就死不了。"

"呵呵，你能治好我的癌症啊？"

我哑口无言。

"好吧，我不说这个了。马龙，要不你试试上面能不能出去。"黄小意指着透着微光的排水口说。

永恒之女性，引导我们上升！黄小意的话还没说完，我就从地上跳起来。

排水口的格栅是铸铁的，两边用铆钉固定在混凝土上。我双手抓住格栅，摇晃了几下，一边的铆钉竟然神奇地脱落了。

黄小意在旁边欢呼雀跃，为我鼓劲儿。

第七章
分身灵

◀ ‖‖‖‖‖‖‖‖‖‖‖‖‖‖ ▶

等到铸铁格栅彻底脱落时，我已累得满头大汗。稍微歇了口气后，我先把黄小意托上去，自己再顺着排水口爬出来。脱困的喜悦让我们忍不住拥抱了一下，随即决定马上离开这个诡异的地方。

厂房果然是一个花卉仓库，密密麻麻挤满了各种盆栽植物，微光来自顶上的几盏灭虫灯。仓库门没有上锁，只用一根细铁丝绑着，打开门，出去就是一个大院子。

雨已经停了，半个月亮挂在中天，银光洒在院子里，到处都是积水。我认真打量，没发现有人，只有杂乱的脚印延伸向院外。院子有门楼，但没有门，也没有什么遮挡。

虽然走出来非常顺利，但我还是保持着十二分的警觉，一直紧紧攥着黄小意的手。直到我看见"东御温泉"的招牌，紧绷的情绪才稍稍缓解。

我们竟然穿过了整个老厂区，来到了村子里。

山脚下的气温明显比城里要低，黄小意连打了好几个喷嚏。

我判断这里距我停车的位置至少有三公里，虽然很疲惫，但也只能加快脚步，朝停车的方向走去。

在我们左边，横亘亿万年的秦岭，苍茫如幕，静卧如谜。

到家的时候已将近子夜。尚锦乡看见我和黄小意浑身湿透的狼狈样，吃惊地问："外面有这么热吗？"

进了家门，黄小意打量了一圈说："一段时间没过来，怎么跟原来一模一样。"

我心想，哪里一样？早就物是人非了，奶奶去世，父亲失踪，原本热闹的家，如今冷冷清清。要不是尚锦乡过来，我真不想回来住。

洗完澡后，我用吹风机吹了半天手机，也没动静，看来是坏透了。只好在抽屉里翻出一个奶奶以前用的老人机，充上电，插上卡，算是恢复了通讯。

黄小意穿着尚锦乡的睡衣出来，见我抽烟，自己也点了一支。

"马龙，你得赔我个手机。"

"行，明天给你买。"我赶紧答应。

黄小意看着正在冲茶的尚锦乡，忽然说："公主，我问你一件私人的事儿，可以吗？"

"当然可以。"尚锦乡略微惊讶地抬起头。

"你有姐姐或者妹妹吗？我说的是一母同胞的亲姐妹。"

尚锦乡摇了摇头说："没有，父亲只有我一个孩子。"

我担心黄小意说什么不该说的，刚想岔开话题，可已经来不及了。

"你父亲或者母亲，在家庭之外，还有别的孩子吗？"黄小意就这么口无遮拦地问了出来。

我看见尚锦乡眼睛里闪过一丝茫然，她先看看黄小意，又看看我，疑惑地问："是发生什么事了吗？"

事已至此，我也不再掩饰，就把今天晚上遇到的怪人和怪事，巨细无遗地全给她讲了一遍。

当听说有个跟她长得一模一样的人时，尚锦乡惊讶地瞪圆眼睛，发了半天呆才缓过神来。她看着我，认真地对我说："马龙，那不是我。"

"我当然知道不是你。"我赶紧说。

黄小意也忙着解释："公主妹妹，别误会啊……"

尚锦乡微微笑了一下说："小意姐，没关系的，我只是突然想到了一件不好的事……你们知道分身灵吗？"

我和黄小意互相看了一眼，同时摇摇头。

"就是同一个人，会同时出现在不同的两个地方。"

"不就是灵魂出窍吗？"黄小意问。

尚锦乡摇摇头，说："不是一回事。灵魂出窍是意识游离于身体之外，通常发

第七章 ▶ 分身灵

生在睡梦中，或者濒死状态下。但分身灵相当于一个人的镜像，它和本体会同时出现在不同的地方，做不同的事，甚至还会和本体交流，就像镜子里的你，突然走出镜子跟你喝茶聊天。"

听到这里，黄小意悄悄地瞅了一眼门口的穿衣镜。

"历史上关于分身灵的记载非常多，有些神秘主义者说，那是恶魔或妖精，变化成人的模样出来作恶。"

"那应该不是，"黄小意抢着说："哪儿能真有妖精啊？"

尚锦乡没接话，继续说："不过，对分身灵的研究，不限于神秘学领域，科学界对此也有关注，但结论也都莫衷一是。一些人认为只是幻觉，而另一些人解释为平行宇宙的影像。"

看着尚锦乡认真的样子，我忍俊不禁："我以前听一位科幻小说作家说过，他们写小说有个套路，什么解释不通，穿越时空；脑洞不够，平行宇宙。没想到科学家也是这样。"

尚锦乡没理我，继续说："我在东亚研究所读书时，听老师蔡哲伦先生讲过，他读博士的巴黎政治学院，就发生过非常著名的分身灵事件。他在学校档案馆读过详细资料。二十世纪初期，一位叫皮埃尔·瓦图的经济学教授曾有过多次分身现象。最轰动的一次是，皮埃尔教授正在教室里上课，与此同时，却有上百人目睹他在花园里散步。当时，正好有一位他的老朋友来拜访他，想跟他握手，却直接从他身体穿了过去。也是因为这件事，分身灵才引起科学界的广泛关注。"

我不是不相信尚锦乡或她老师的话，而是对他老师阅读的档案就不信任。我承认有超自然现象，但对种种神秘化的解释，颇不以为然。尤其是我绝不相信那个跳舞的神秘女人，是尚锦乡的所谓"分身灵"。

但黄小意似乎对此颇感兴趣，她拉着尚锦乡问三问四。

尚锦乡说："过去普遍认为，出现分身灵，是因为个人灵魂不稳，也是患上重大疾病，或者将死的预兆。"

尚锦乡说得特别冷静，就像在说一件别人的事。

但黄小意马上就说："呸呸呸——童言无忌，童言无忌。"她还给我使眼色，让我安慰尚锦乡。

我不相信分身灵，自然也就不相信它的什么副作用。

这里面的关键，就是尚锦乡的父亲——尚儒老先生曾告诉过我，尚锦乡并非他的亲生女儿。尚锦乡自己知不知道，我不确定，但大概率是不知道。那么这里面，就有了很多种可能性，比如黄小意说的同胞姐妹的可能。但这也有讲不通的地方，尚儒领养的女儿，怎么可能和一个中国女人是亲生姐妹？

折腾了半晚上，黄小意早就哈欠连天，道了声晚安，就钻到奶奶房间睡去了，可没过一会儿又出来问："马龙，那盆龙爪花呢？"

"不就在窗台上吗？"

"没有啊。"

黄小意说的龙爪花，是奶奶养的一盆红花石蒜，养了好些年了，是我父亲在秦岭深处亲手移植回来的，每年盛夏都会开花。黄小意第一次见就特别喜欢，她后来还分栽了两次，都没有养活。

我虽然对花草树木有些了解，但对养花没什么兴致，总觉得花草无法交流，算不上什么生命，当然更没办法寄托感情。

经黄小意提醒，我才想起这盆花。走进房间一看，才发现一直在窗台上放的那盆龙爪花竟然不见了。不过我也并不在意，就算花还在，我出去这么多天没浇水，可能也枯死了。

"可能是我爸送人了吧。"我说。

黄小意很不开心，嘴里嘟囔着抱怨："送人都想不起我……"

"没关系，等找到我爸，我让他把花要回来，给你送过去。"

"说好了啊。"黄小意这才满意了。

我关上卧室门，回到客厅，发现尚锦乡还在坐着发呆。我让她去休息，她摇了摇头说："马龙，我父亲有没有向你说过我的身世？"

"什么身世？"我装傻。

"我不是他的亲生女儿。"尚锦乡看着我，眼神有些伤感。

我犹豫了片刻，说："我知道，他向我提过一次。"

"其实我早就知道了，但我从来没有问过他。不过我从始至终都把他当成我的亲生父亲。"

"他也把你当亲生女儿。"

尚锦乡轻轻点点头，又咬了咬嘴唇，一粒粒解开自己睡衣的纽扣。

她的举动让我十分吃惊，这不还在谈论严肃的话题吗？

幸好我也没想多，尚锦乡只是露出了自己右边肩背的部位，上面有一块巴掌大小的疤痕，可以看出是很久以前留下的。

我看了一眼，只看了一眼，就马上把目光转开了。

尚锦乡扣好衣服，说："这是我从小就有的一块疤，父亲说当时那儿有一大块黑色素沉淀，医生担心病变，建议切除，就做了手术。"

我不知道尚锦乡告诉我这个是什么意思，就安静地听她说。

"这个手术是在中日友好医院做的。"

"日本也有中日友好医院？"我惊讶地问。

"不是，在北京。"

"日本医疗条件那么好，为什么要到北京来做？"问完这句话，我突然觉得哪里不太对。

尚锦乡没说话，静静看着我。

"你不会说你是中国人吧？"我突然觉得脑子有点儿乱。

尚锦乡摇摇头，说："我不知道。日本的个人医疗档案非常完备，我无意中看到我在一岁时，曾在北京的中日友好医院做过一次外科手术。"

"你没有问过你父亲吗？"

"没有，他既然没有告诉我，一定有他的原因。"

虽然尚锦乡这么说，但我猜测，她肯定是想对尚儒隐瞒自己已经知道他们不是亲父女的事。

"真是个好女孩啊。"我在心里感慨。

"父亲去世后，我本来不想把这件事告诉任何人，但是今天你说的事，让我不得不把秘密讲出来。"

"你其实可以不讲。"

尚锦乡轻轻一笑："我不想我们之间有任何隔阂。"

我不由得心里一动，伸手本想把她揽在怀里，但终于还是只摸了摸她的头发。

"你想抱我吗？"尚锦乡笑着问。

我只好点点头。

"今天不行。"她伸出一个指头，指了指黄小意的房间。

第二天一大早，我被老人机巨大的电话铃吵醒，睡眼惺忪地摸起电话一看，是一个本城的座机号，像是广告推销。要是搁以前，我一定会挂断，继续睡觉。但父亲失踪以后，我改变了这个习惯，所有电话我都接，明知是骗子也会聊几句。万一有什么信息呢，对吧？

我咳嗽一声，清了清嗓子，按下了接听键。

"你好，你是马龙吗？"是一个年轻男人的声音。

"是我，您是？"

"我们是大雁塔派出所的，你认识张进步吗？"

"认识啊，怎么了？"

"他涉嫌倒卖文物，被我们刑事拘留了。"

"什么？"我惊讶地叫出声来。

"我们想请你来协助调查，你尽快过来一趟吧。"

"好的，我马上就过来，请问您贵姓？"

"免贵姓刘，刘天雨，你来了找我就行。"

挂了电话，我以最快的速度洗漱穿衣。尚锦乡和黄小意还在睡觉，我就没打扰她们，揣上车钥匙出了门。

我把车停到派出所外的马路上，进了院子，通过值班处询问到刘天雨的办公室，三步并两步上了楼。

在走廊尽头的房间里，我见到了刘天雨警官。

看到他第一眼，我忍不住在心里慨叹：真瘦！真黑！

瘦骨嶙峋那种瘦，黑不溜秋那种黑。恕我直言，如果不是那身警服，你说他吸点儿什么我都信。

他歪着嘴角似笑非笑看着我，约莫三十岁的脸上，有一种罕见的威严，目光炯炯，让我心里一阵发毛。

他就这么看着，不说话，任我在门口站了足足有一分钟。

我只好在脸上挂上笑，主动走进去，说："你好，我是马龙。"

刘天雨微微抬起下巴，指着办公桌前的黑皮沙发说："坐吧。"

我屁股刚挨到皮面，他就貌似很随意地问了一句："有什么要说的吗？"

"张进步在哪儿？"我也没有绕弯子，开门见山，直入主题。

刘天雨没回答，脸上的表情越来越严肃，嘴角的笑容没了，眼睛也渐渐眯起来，只留下一个细小的缝隙。

我知道这是种心理角力，心理素质不强的人，很容易想起自己过往那些见不得人的事，越想越慌，越慌越想。如果再来点儿攻势，很容易把自己从记事起干过的所有坏事，一股脑吐出来。

我要说自己懂反审讯技巧，那是吹牛。我知道这点儿皮毛，都是因为我有个好师父黄起。他从军队转业后，在动物研究所的公安处一直干到退休，所以经常以军人和公安两种身份教导我。

在他身边长大，我养成了一个"好习惯"——不说谎。因为说了也没啥用，分分钟被戳破。

当然，后来我也渐渐知道，这不算啥好习惯。

第八章
再见孔孟荀

〜〜〜〜〜〜〜〜〜〜〜〜〜〜

◀ ‖‖‖‖‖‖‖‖‖‖‖‖‖‖ ▶

我对刘天雨警官直截了当地说："想知道什么，尽管问。我知无不言，言无不尽，配合公安机关的工作。"

大概是对我的态度比较满意，他的表情缓和下来，嘴角又挂上了隐约的笑意。后来我才注意到，他虽然黑，却长了张天然挂笑的脸，平衡了他因皮肤黑带来的严肃劲儿。

"说说你和张进步的关系吧。"他说。

我就详细地把我和张进步整个交往过程给他讲了一遍，他听得很认真，也不插话，还不时用笔在纸上写写画画。

听我说完，他沉吟片刻，又问："你了解他吗？"

"不算了解，但经过这段时间的接触，我觉得他不是个坏人。"

刘天雨咧嘴一笑："好人坏人，公安机关会判断。"

说到倒卖文物，我主动问是不是那个珠子的事。

"看来你知道啊？"

"知道，但这件事有一定特殊性。"

"法律面前人人平等，没有什么特殊。"

"我不认为那个珠子是文物。"

"是不是文物要等专家鉴定，你说了不算。"

话说到这份儿上，似乎聊不下去了，我在心里已经做好了请律师打官司的准备。张进步卖珠子是为了给我还债，要是不救他，我也没脸见人了。

我站起身问："警官，还有其他要问的吗？"

刘天雨似乎有点儿惊讶，问："你想走吗？"

嗯？他这是什么意思？难道要把我也抓起来吗？我心里瞬间闪过几个念头。斟酌了片刻，我决定沉默以对，表明自己的态度。

刘天雨又一次笑了，露出两排白牙，问："你不想见张进步吗？"

"可以见吗？"我立即问。我知道刑拘的人，除了可以见律师以外，其他人一般都不让见。

"看你。你要是迫切想见，就可以见；如果你不想见，我们也不会强迫。"刘天雨说了一句让我觉得莫名其妙的话，但我已经没有心情揣摩其中的不合理之处了，立刻表示自己急迫地想见到他。

"你开车了吗？"他问我。

"嗯？开了。"我赶紧回答。

刘天雨拿起个电话听筒，随手拨了个号码，冲话筒说了句"我出去一趟"就挂了。他站起来，脱掉自己的短袖制服，里面贴身穿着一件背心，根根排骨历历在目。他从柜子里拽出一件花里胡哨的短袖，套在身上，看了一眼裤子，自言自语说道："就这样吧。"

"走！"他冲我招手。

我们出了派出所院子，走到车旁边。他又说："你把钥匙给我，我来开。"我把车钥匙给了他，自己坐上了副驾驶座。

车沿着绕城公路一路向北，其间刘天雨都没说话，我自然也不会主动说。开了不到一个小时，我们抵达泾阳收费站。

我知道泾阳有看守所，心想张进步肯定是被关这里了。

可是昨天晚上才抓的人，就关进了看守所，这程序是不是有点儿不对啊？但咱既不敢说，也不敢问，只能走一步看一步吧。

车没有进城，而是驶向郊外的一片开阔地，在一片庄稼地和低矮房屋之间，伫立着一个高大的圆顶建筑，远远看着像是教堂。

下了主干道后，又沿着小路开了二三十米，车缓缓停在一座简陋的老式大门前。

通过门口挂的牌子，我才知道，这里并不是看守所，而是一个叫"大地原点"的单位。而那栋圆顶建筑，就在这个单位的院子里。

这是个老单位，门房是七八十年代的苏式建筑，大门也是颇有年代感的铁艺门，下面还装有轮子，在水泥地面上磨出两道深深的凹槽。

院子里，几株松树高大而茂盛，至少有三五十年。

刘天雨按了声喇叭，门房里出来个年轻人，二三十岁的样子，平头，身材笔直，走路带风，十分精干，看上去像个当兵的。

他看见刘天雨，没说话，点了点头，转身把两扇大门打开了。

车缓慢地驶进院子，我忍不住问了一句："张进步在这里？"

刘天雨"嗯"了一声，突然问："你害怕了吗？"

我笑着说："有警察在，我怕什么？"

刘天雨扭头看了我一眼，也笑了："你怎么知道我是警察？"

车绕过中间的圆形建筑，进入后面的院子，停在一个石头亭子旁边。

我们下了车。

亭子后面有条小路，沿着小路走进去，是一个更小的方形四合院，由低矮的平房围拢，墙面是上世纪八十年代流行的水刷石。天井的水泥地面磨损很厉害，中间是个小鱼池，一米见方。池边有一个穿着短裤背心的男人，正背对着我们，弯腰用草茎逗鱼。

"来了，来了就好啊。"那人好像在对我们说话，又像是自言自语。

他把草茎随手扔进鱼池里，立起身，用手捶了几下腰部，缓缓转过身来。看到他的脸，我颇为吃惊，怎么是他？

容不得我多想，那人已经不疾不徐地走过来，贱兮兮地笑着，冲我伸出手："马龙兄弟你好，鄙人孔孟荀。"

没错，他就是我和张进步在冲绳琉球文化园里，遇见的那个自称民间考古学家的"骗子"孔孟荀。他那只据说价值二十万的万国表，昨天还戴在张进步手腕上，不过现在不好说了。

孔孟荀为什么会在这里？

我尽量平静地伸出手，跟他握了一下。就这么一刹那，他的小拇指在我的手心里轻轻抠了两下。不过也可能是我的错觉，因为在他的脸上，我没有察觉到任何异样。

我虽满心疑惑，却装作若无其事。

在冲绳遇到的两个"路人"——华涛和孔孟荀先后现身，要说这是巧合，鬼都不信。谜一个接一个，就像背了太多债，彻底没能力还，反而不急了。既然如此，不迎不拒，坦然面对吧。

"下了雨，更闷热了，进屋里坐吧。"孔孟荀说话的语气，一点儿也不生疏，就像我们已经认识很久了。

屋子里布置得很简单，像个小型会议室，靠墙围了一圈老单位常见的那种仿皮黑沙发，皮面已经有磨损，中间放着一张双层茶几，脚下放着一个古旧的暖壶。

房间里冷气很足，只是空调的声音有点儿大。

"随便坐，喝什么茶？"他转头看着我。

我注意到茶几上只有一盒绿茶，就说："都行。"

孔孟荀笑了笑，说："跟你父亲一模一样。"

我心里"咯噔"一下。他这句话里至少包含着三层信息：他认识我父亲；他跟我父亲很熟悉；他跟我父亲有过交往。但同时我也马上提醒自己，这些都可能是假的，对孔孟荀这样一个看着像"骗子"的人，我没什么好感，自然也谈不上基本的信任。

所以，我也没说话，安静地看他从茶叶盒里捏出茶叶，放进两个白瓷茶杯，再倒上水，一杯递给刘天雨，一杯递到我面前。而他自己，不知从哪里摸出一个保温杯，拧开盖，吹了吹，但并没喝，又虚掩上盖子，放在桌子上。

"天雨，你去我桌上把照片拿过来。"他说。

刘天雨点点头，起身出了门，不到一分钟又回来，手里拿着一张 A4 纸大小的照片，递给孔孟荀，自己又坐回原位。

孔孟荀看了一眼照片，又递给我。

那是一张航拍照片，照片正中有一棵大树，这棵树很有名，就是长安古观音禅寺那棵网红银杏树。据说是唐太宗李世民亲手所植，树龄已有千年，每到深秋初冬，树叶金黄灿烂，如黄金铸就，而地上厚厚的落叶也像黄金织毯，美不胜收。

"认识吗？"

"嗯，我去年秋天才去过。"

"这张照片是今天早上拍的。"

"怎么可能……"我脱口而出。现在才是初秋，银杏叶正绿，可照片上的树叶明显已经黄透。

孔孟荀笑着掏出手机，拨了个视频通话。没过一会儿，视频接通了，传来一个男人的声音。孔孟荀说了两句话，把手机画面转向我。

现场闹哄哄的，看上去有不少人，隐约能辨认出有电视台记者正在现场报道。画面晃动了几下，转向一棵金黄色的大树，就是照片上那棵千年银杏树。

孔孟荀说："有什么问题，你可以问，免得你说我录好视频骗你。"

我摇了摇头，表示没什么想问的。

我倒不是说相信他，而是在这件事上，他没必要骗我。发生这种怪事，媒体很快就会报出来，就算不报，我开车过去最多一个小时，谎言很容易就揭穿了。

孔孟荀挂断视频，说："昨天太阳下山前还是绿的，一夜之间就黄了。"

"什么原因？"

"这正是我们找你来的原因。"

"我？"我吃惊地问，"这跟我有什么关系？"

孔孟荀没有回答，看着桌上的保温杯沉默了一会儿，抬头说："马龙兄弟，我们认识你父亲。"

"你们？"

"我，天雨，还有跟我们一样的人。"

"你们是什么人？"

孔孟荀脸上带着一种奇异的笑容，薄薄的嘴唇一忽闪，问："你听过不平人吗？"

不平人？

这是我第一次听到这个词，乍一听就像是道路维修工，哪里不平铲哪里，可又像是孔孟荀随口编造的一个词，感觉有点中二。因为孔孟荀先前给我留下的印象实在太糟糕，所以他说什么话，我都自觉在心里先打五折，再打八折。

孔孟荀大概看出我的心思，站起来说："有些事情话说不清楚，不过你看到后，应该就明白了。"

他又对刘天雨说："你去准备一下。"

刘天雨自从进门，就没说过话，他听见孔孟荀的话，眼睛里带着几分惊讶和疑惑。

"没关系，马龙兄弟是自己人，早点儿了解没坏处。"

刘天雨嗯了一声，就要出去。

我虽然不知道他们在说什么，但想起自己大老远来此，是为了见张进步，就赶紧问："张进步在哪儿？"

刘天雨转头看向孔孟荀。

孔孟荀说："你先过去，我来解释。"

刘天雨出去后，孔孟荀又坐下来，说："马龙兄弟你放心，张进步好得很，你回去的时候就可以把他带走……不过，那块表得给我留下。"

"他就在这里吗？"我忍不住问，"能不能让我先见见他？"

"当然可以，只是我们待会儿要看些东西，暂时还不方便让他看。"

孔孟荀既然这么说，我就权且相信。只是我对他这种鬼鬼祟祟的感觉，尤为腻烦，脸上的表情自然也就没有掩饰。

孔孟荀看着我，又露出那种贱兮兮的笑，往我身边靠了靠说："马龙兄弟，我们之间也许有些误会，不过不要紧，误会总有解开的时候。今天过后，我相信我们会常来常往的。"

我也没太客气，说："免了，要不是因为张进步，我今天也不会跑这么大老远，来喝你这陈年老绿茶。"

"旧茶吗？"孔孟荀装腔作势地拿起茶叶罐看了看，惊讶地说，"哎呀，怎么是三年前的，真是不好意思……"

我看出孔孟荀有话要说，好像是不知道怎么开口，就主动说："你有话就直接说吧，别绕弯子了。"

孔孟荀一愣，咧了咧嘴，把茶叶罐放下来。

"也行，既然马龙兄弟如此直爽，我也应坦诚相待。上次在冲绳，你告诉我要找琉球王族后裔，不知道后来找到了吗？"

"找到了。"这也不算什么秘密，我没有掩饰，坦诚相告。

"哦？"孔孟荀忽然严肃起来，"在哪里？"

"就在我家里。"我直视着孔孟荀，一字一句告诉他，"我的女朋友尚锦乡，就是正宗琉球公主。"

第九章
木客

◄ ‖‖‖‖‖‖‖‖‖‖‖‖‖‖‖ ►

我说尚锦乡是我女朋友，是故意的。

孔孟荀能动用警察，抓张进步，费这么大周折找我来，这能量不简单。不过，根据他有意无意透露出的信息，以及表现出的态度，我觉得他暂时对我还没有"恶意"，甚至可能还有所求。

我不会天真到以为他真不知道尚锦乡的存在，所以故意说出尚锦乡的身份，并有意把我们的关系说近一些。

果然，孔孟荀脸上的表情瞬间几变，嘴里喃喃自语："原来如此，原来如此……"但马上就哈哈大笑道，"原来尚女士就是尚氏王族的后人。恭喜两位，如此说来，也真是算得上一桩佳话了！"

我看得出孔孟荀本来还有话要问我，但似乎忌惮于尚锦乡国际友人的身份，以及和我的关系，就把话憋了回去。

现场的气氛一时有些尴尬。我决定主动出击。

"老孔，你就不想知道我是怎么找到琉球王族的吗？"

"愿闻其详。"孔孟荀连忙搭话。

我就把在冲绳岛上跟他分开以后，第二天被人追杀，逃上了二松屿，却阴差阳错遇到尚锦乡和尚儒的事，完整地讲了一遍。当然，该隐瞒的部分，我一句也没说。

孔孟苟听得异常认真，还追问了许多细节。

因为我是亲身经历，并非无凭编造，所以有问必答，细节翔实，甚至把尚邦讲的琉球复国运动都讲了一遍。

当然，我讲的故事，仅限于在二松屿上发生的部分。后来我们出海到烽火岛，发现姆大陆遗址，进入徐福海底的陵寝，在浴月岛上遇到水德后人，以及那些"五德"的秘密，丝毫没有提及。

"后来呢？"孔孟苟心有不甘，继续追问。

"什么后来？"我装糊涂说，"后来我就回来了。"

孔孟苟诡然一笑，从兜里掏出个东西，放在茶几上。我一下就傻眼了，那是一颗杏子大小、泛着绿光的珠子，正是张进步从徐福陵寝里拿出来，准备卖了给我还债的那颗。

"你从哪里来的？"我大声惊问。问完后我觉得自己有点儿傻，张进步都被抓了，珠子自然也就被收了。

孔孟苟端起保温杯，轻轻抿了一口，露出一副老奸巨猾的模样，咂着嘴说："哪里来的？马龙兄弟，这话该我问你才对吧？"

我本来不会撒谎，着急之下想编个故事，却编不出来。

孔孟苟哈哈一笑："不急，你慢慢想，我先带你去看个东西。"

我们出了门，沿着刚才进来时的路走出院子，走到外面那个圆顶建筑下面。除了显眼的圆顶，从下往上看，最底层是两层递收式八角裙楼，主楼体是怪异的六方体圆柱，圆形的顶部出檐，屋顶是半球体。外墙灰扑扑的不起眼，但仔细观察，就能看出其用心之处。

孔孟苟问："你知道这是干什么的吗？"

我摇了摇头。

"这是大地原点的观测塔。"

"哦？大地原点？那么这儿就是大地的中心吗？"

孔孟苟鄙视地看了我一眼，莫名其妙地说："有了大地原点，你才知道自己从哪里来，到哪里去。"

看我不说话，他又说："我记得你是学鱼雷的吧？"

"嗯。"

"那你不算个好学生。"

在如此尴尬的对话中，我们沿着台阶，进到了楼里。

这是一个约五十平方米的大厅，正中立着一根粗大的圆形石柱，四周环绕着八根方柱子，线条简洁，形态单调，却有一种莫名的威严感，就像是某种宗教的祭坛。

我们没有在此停留，顺着旁边的楼梯进入了地下室。

这里也是个圆形大厅，有着高大的屋顶，地面正中的位置，一块正方体红色大理石罩在玻璃罩子里。我特别留意了一下，石头四周没有铭文，只有正上方有个圆形的标识，不过没来得及细看，就被孔孟荀叫开了。

孔孟荀伸手在墙上某处摸了一下，光滑的弧形墙面缓缓裂开，竟然是一个门，不到一米宽。我们刚进去，门就缓缓合上了。随后，我们又沿着DNA式样的旋转楼梯，一直向下。

我一边下一边在心里默默数，整整走了一百阶，每一阶高约三十厘米。楼梯的尽头，是一个五边形的小厅，大约十平方米，里面空无一物，墙壁发着淡淡的黄光。

刘天雨正等在那里，手里拎着一个白色的瓷瓶。

五边的墙上，各有一扇高大的青铜色金属门。门上雕刻着繁复的图案，像文字，又像图画，有一种古朴而苍老的气质。

每扇门上都有一个粗大的把手，感觉不像是给普通人握的。

孔孟荀走到其中一扇门前，伸手握住把手，轻轻一拉，门就开了，没有任何声响。我惊讶地发现，那金属门竟然有半尺多厚。

看孔孟荀毫不费力就把门拉开，我猜测这门应该是空心的。

孔孟荀率先走进去，我跟在后面，刘天雨走在最后。

进门后经过一个幽深的走廊，两边的廊壁上挂着大幅人像，既有峨冠博带的古人，也有长袍马褂的近代人，还有西装革履的现代人，甚至还有金发碧眼的外国人。

走廊尽头是一个占地好几亩的大水塘，水面纹丝不动，宛如明镜，水塘中有栋木房子。

"老木，快出来，兄弟给你带好酒来了。"孔孟荀冲着空无一人的水塘叫了一声。

没有动静。

孔孟荀笑着说："把酒给我。"

刘天雨把手里的白瓷瓶递给他，孔孟荀"啵"一声拔出了瓶盖。顿时，一股浓烈的酒香扑鼻而来。

突然，一声长啸从水塘里传来，接着，一个黑影从木房子里一跃而出，沿着水面跑过来，转瞬之间就到了我们面前。

水面依然波澜不惊。

我不敢肯定站在面前的生物是不是人，它身高不足一米，穿着一身粗布黑衣，从头到脚包裹得严严实实，只露出一双巨大的眼睛，没有眼睑，碧绿色的眼珠死死盯着孔孟荀手里的酒瓶，嘴里发出呜呜的声音。

"老木，最近可好？"孔孟荀说。

老木眼睛盯着酒瓶，良久，才发出一个声音："甚好。"

如果说老木的模样只是让我觉得惊异，那么它的声音，真是吓了我一大跳。这个声音绝非人的声音，仿佛是一个啮齿类生物企图模仿人类讲话，让人有一种生理性的厌恶。

"一段时间没见你了，咋还是这个样子？今天有客人，把你的船开出来吧，送我们过去，酒就送给你。"孔孟荀说。

老木还是一动不动，眼睛里只有那瓶酒。

孔孟荀长叹一声，走到水塘边，高高地举起酒瓶，就要把酒倒水里。

老木再一次发出呜呜声，试图阻止孔孟荀。

可是孔孟荀看上去一点儿也不在乎，手里的酒瓶渐渐倾斜，一缕酒线缓缓从瓶口钻出来，垂落到静谧的水面上，激起一丝涟漪。

老木似乎非常着急，呜呜声越来越激烈，甚至有些失态，忍不住手舞足蹈。

这时我看清了它的手，心里再一次确认它不是人。

那双手漆黑如碳，指爪如钩如刃，闪耀着金属光泽。我毫不怀疑它会像切豆腐一样，切开人的脑壳，不由心头一紧，往后退了半步。

这时我注意到旁边的刘天雨，他双手插兜，面带笑容，眼神里露出毫不在意的神情。我这才稍稍放宽了心。

果然，老木并没有做出什么过激的举动，而是使劲儿踩了几下脚，长啸一声，身体扭动了一下，就朝水塘弹出去，随后像一道黑烟从水面上飘过，一转眼就消失在木房子后面。

"那是……"我忍不住问，但不知道怎么开口。

"它是木客。"孔孟荀把酒瓶放下来，盖好盖子，对我说。

"木客？"我不知道这是它的名字，还是什么，脑子里对这个说法丝毫没有概念。

"天雨，你给马龙兄弟讲讲吧。"

"行。"刘天雨说，"木客是一种类人生物，起源不明，群居于湘、渝、赣、桂一带人迹罕至的深山密林里，它们的巢穴建在危崖绝壁上。自远古以来，它们就与人类有来往。别看它们长得丑，但智商极高，能讲人话，衣食住行跟人一模一样，而且极为长寿，平均寿命估计在二百岁以上。尤其擅长手工制作精美木器，人类木艺大师的作品与它们相比，像小孩垒的积木一样。木客也有缺点，就是嗜酒如命，脾气有些急躁。不过更多的特性，我们也还在研究中。"

"它不是人吗？"我再次确认。

"你可以把它当人，但从生物学上来说，它的确不是人。"

"算……妖怪？"

"虽然山里有人这么叫，但妖怪这个词本身很模糊。所以，我们还是把它定义成具有高等智慧的生命。"刘天雨解释说。

正说着，就看见老木的身影绕过木房子，徐徐朝这边飘过来。

仔细看，它脚下似乎踩着什么东西。

那东西特别小，瘦小的老木站在上面，已经占满了所有空间。它徐徐地漂浮着，在水面荡起了一层又一层的微澜。

等它靠岸，我才看清那竟然是一艘画舫，虽然只有普通鞋盒大小，却有着雕梁画栋、亭台楼阁，十分精美。

可是这么小的船有什么用呢？我正在疑惑，却见老木用双脚在船舱某处轻轻点了几下，忽然，水面无风自动，似乎有什么东西从水底升起。随着一阵轻微的颤动，小船连同船上的老木都被抬高约半米，一个长约两米，宽约一米的小舢板冒出水面。

先前小船所在的位置，刚好就在舢板的艉部，老木稳稳地站在上面掌着舵，颇像是一个老艄公。

在孔孟荀的招呼下，我们上了舢板。除了枯瘦的刘天雨，我和孔孟荀的身材都不算小，小舢板被挤得满满当当。有那么一会儿，我甚至怀疑这么小的船挤三个人，会不会被压沉下去。

事实证明，我多虑了。

船在老木的驾驶下，晃晃悠悠朝着水塘中间的木房子开去，几分钟后，我们就到了房子门口。

我们一上岸，老木急切地看向孔孟荀，碧绿色的眼珠反射出的全都是白瓷酒瓶。

"拿去喝吧。这个酒劲儿大，别一次喝完，一会儿找你还有事呢。"孔孟荀说着把酒瓶递了过去。

老木轻轻点了下头，用锋利的爪子接过酒瓶，嘴里不自觉发出一声欣喜的长啸，瞬间原地消失。

我看得目瞪口呆。

刘天雨笑着说："刚才忘说了，隐匿也是木客的能力之一。"

"这不合理啊……"我忍不住在嘴里嘟囔着。

孔孟荀和刘天雨相视一笑，推开木门，走了进去。

房子并不小，有五六十平方米，分里外两间。外间是典型的中堂陈设，首先吸引我的是板壁正中的一幅《羿射九日图》，羿位于画面右下方，张弓搭箭；天上十只金乌璀璨夺目，光焰如雨；群山大泽之间，无数形态诡谲的神怪，在云雾里探头探脑，活灵活现。整幅画色泽明丽，造型诡谲，不像是文人墨客所画，应该是那种技艺精湛的古代匠人绘制的。

古画正上方悬挂着"不平"两个榜书大字，左右是一副对联：

大道无私谁强名，为天且示不平人。

中二，实在太中二了！我忍不住一阵腹诽。

孔孟荀看我盯着字画看，问："马龙兄弟对字画也有研究吗？"

我赶紧摇头："没有没有，瞎看。"

"马龙兄弟谦虚了，这幅画是马王堆出土的帛画。"

画我虽然不认识，但马王堆我知道，中学历史书上就学过。但我所知道的，也仅限于那具穿了十八层衣服的辛追夫人尸体。至于其他出土文物和重大考古价值，我几乎一无所知。

我大致扫了一眼房间里的陈设，除了雕工精美的桌椅几案，还有大量铜镜、刀剑、如意、砖瓦、塑像、瓶瓶罐罐，或立或挂，整个房间简直就像个古董铺子，只是不知道这些东西是旧的还是仿的。

如果张进步在的话，肯定对这些玩意儿垂涎欲滴，没准儿还会想办法顺走几件。

孔孟荀从兜里掏出那颗绿珠子，随手放进一个铜盆里。铜盆发出一声悠远而深邃的鸣叫声，仿佛里面住了头老牛。

看我对中堂里琳琅满目的摆设没太大兴趣，孔孟荀微微一笑，说："走，我们到里面去。"

第十章
不平人

里间只有一件东西。

说是树桩，却隐约有人形；说是雕塑，却没有加工的痕迹。简单来说，就是一块烂木头，天然长成了人的形状。

木头下部浸泡在一盆翠绿色的液体里，透过玻璃盆壁隐约可以看出，其底部似乎长满了密密麻麻的细根，但也有可能就是木纤维。木头周围的地板上，奇怪地散落着一些脱落的干树皮和木屑。

难道这块木头还活着？我心里冒出个奇怪的想法。

孔孟荀拉开一个壁柜，从里面取出一小瓶明黄色的液体，拧开盖子后，徐徐注入玻璃盆内。

他神情异常庄重，有一种上坟或敬神般的肃穆感，与他一向贱兮兮的笑脸迥然不同。旁边的刘天雨倒没什么变化，只是跟我一样安静地站着。

过了一会儿，孔孟荀把空瓶子放回壁柜里，转身对我说："这就是不平人。"

"啊？"我脑子一阵发蒙。

"对，不平人上章巩学林。"

"哦！"我突然明白过来，"这是他的雕像，对吧？"

孔孟荀摇摇头，说："不，这就是他。"

"你是说……巩学林就是块木头？"

我在心里已经开始骂娘了，老孔这骗子，又要玩什么把戏。

孔孟苟看着我，沉默了好一会儿才说："巩学林不是块木头，他是国际知名的化学家，同时也是巫术和黑魔法领域的资深专家。"

孔孟苟把"化学家""巫术""黑魔法"三个词放在同一个人身上，听起来有强烈的违和感。但他自己似乎并不这么认为，还在继续说："而对你来说，他最重要的身份，其实是你父亲的好朋友。"

"我父亲的好朋友是块烂木头？"我忍不住想脱口而出。但因牵涉父亲，这样说不礼貌，虽然心里特别想骂人，可还是挤出一丝笑，对他说："老孔，不，孔先生，孔老师，我今天跟刘警官来这里，是因为我的好兄弟张进步，我到现在也不知道为什么会见到你。不过也无所谓，你喜欢玩游戏，我配合演出。你大概觉得我智商不高，我也无所谓，但请你尊重我的父亲，开玩笑不要带上他，OK？"

孔孟苟大概从我的话里，听到了后槽牙的磨牙声。他哈哈一笑说："马龙兄弟，这是我认识你以来，第一次见你生气。"

"我没有生气，我只是厌恶你这种故弄玄虚的做派。"

孔孟苟说："生气也好，不生气也罢，你先听我给你讲个故事。听完故事，如果你想走，我绝不拦着，张进步也毫发无损还给你，如何？"

我没有说话，静静看着他。

孔孟苟讲的故事，发生在三十多年前。可是故事的前情却在解放前。

1982年，四川省石柱县公安局接到报案，说七曜山境内有人"称帝"，这可把当地政府吓了一跳。

七曜山，又名七药山，位于重庆、湖北境内，东西绵延千里，平均海拔一千五百米以上。其中段有七座山峰，每逢春、秋时节，山光明媚，如星辰璀璨，曜野蔽泽，当地百姓称之为"七星高照"，七曜山因而得名。有古书记载，曾有采药道人在此采撷七味神药，炼成长生不老之丹，故而此山又名"七药山"。

七曜山形势巍峨，到处悬崖绝壁，如刀削斧切一般，传说是上古诸神所筑巨城"天府"之墙。上古之事，漫诞不稽，但此处的确是古荆楚、巴蜀中间地带的一大屏障和军事要地。

解放前，曾有当地石姓土郎中，借走方行医之机，在当地百姓中大肆宣扬"七曜普照，祖龙复生"，拉拢了众多信徒，成立会道门组织"大灵龙国"，自封"龙帝"，并在七曜山中的板楯沟溶洞内修筑皇宫，仿照戏曲，册封了皇后、妃子、宰相和将军。

因地处群山之中，外人少有往来，"龙帝"石郎中在此作威作福十余年，原本外界并不知晓。

然而，1949 年 11 月，解放军解放石柱县后，在政府档案内发现一份"圣旨"，是两个月前"龙帝"下发给蒋介石的，要求他向"龙帝"进贡武器弹药、金银珠宝。

解放军派出一个班，顺藤摸瓜，在当地山民协助下，进入板楯沟，只开了一枪，就攻克了"大灵龙国"皇宫，所有信徒就地投降。然而"龙帝"石郎中和宰相冉云忠等几个核心成员，却离奇失踪。

战士们进入溶洞后，才发现里面别有洞天。既有千万年来天然形成的洞穴，也有不知什么年代人工开凿的坑道，阡陌纵横，岔道众多，犹如迷宫。战士们打着火把，深入数里，一直到火把烧尽，仍未寻到头，只好退了出来。

据信徒交代，他们平时只在外围居住，还要在周围开荒种地。里面的区域，只有石郎中等几个"皇亲国戚"才能进去，所以他们并不知道坑道是谁开凿的。这话可信，这么大的工程量，就凭这百十号人，花一百年也凿不出来。

材料上报涪陵专区后，区里派专家来察看。专家们竟然在溶洞前茂密的森林下方，发现了堆积如山的炉渣。

考证后发现，炼铜的年代至少在战国以前，最远可能要上溯到殷商时期。但如此大规模的铜矿开掘和冶炼工程，为什么从未留下任何文字记载？专家也想不明白。

与之一同成谜的，是石郎中等人的下落。

因当时政府忙于清剿地方武装和山匪特务，所以并未造成什么危害的"大灵龙国"根本排不上号。信徒们被教育后，就全都放回家了。而关于"龙帝"的下落，在当地乡野间一直流言不断。大多数人都认为，他们已经在山洞里困死了。但也有人说，他们从别的出口溜走，隐姓埋名，活了下来。

还有一种荒诞不经的说法："龙帝"在地下八百米处修筑有自己的"龙宫"，他和随从们就住在里面，积蓄力量，以待天机。

三十年多过去，"龙帝"当年的信徒大都去世，年轻人也几乎没听说过这件事。没想到都改革开放了，却还有人想要"称帝"。

县政府对此高度重视，公安局立即派出两位侦查员，以宣传计划生育为掩护，多次深入山区进行探访。不料，竟然找到了"大灵龙国"的宰相冉云忠。

冉云忠祖上为北宋进士，冉氏一族在平定南夷之战中累建奇功，被朝廷封为石柱土司。自宋以降，八百余年，人才辈出。

冉云忠的父亲是晚清秀才，生不逢时，没来得及参加会试，皇帝就逊位了。其家境虽好，却终究因未得功名，半生苦闷，未到不惑之年就郁郁而终。冉云忠天资聪慧，自幼深受父亲影响，不去学校，拒学新学，而是迷恋谶纬之学和权谋之术，他无意中结识石郎中后，不知什么原因，非要扶植其"登基"上位。石郎中在其财力和智力支持下，这才有了后面的所谓"大灵龙国"闹剧。

公安机关推测，冉云忠与石郎中一起失踪了三十余年，既然冉云忠出现了，石郎中会不会也一起露面？

经多方侦查得知，冉云忠其实在三年前就出现了，他以卖碗货郎的身份到处联络当初的信徒，以及他们的后人。最不可思议的是，冉云忠为了拉拢教徒，壮大势力，竟然给入伙者派发金条。

虽然每根金条只有铅笔粗细，长不满一寸，但在那个年代，对普通人来说，算得上是一笔"巨款"。而且冉云忠还承诺，事成之后，还会派发大批黄金珠宝，奖励"龙国"臣民。

侦查员还了解到，石郎中虽然没有出现，但是冉云忠找到了石郎中的儿子。这人三十多岁，脑子不太灵光，因为家里穷得叮当响，一直没娶到媳妇。自从冉云忠找上门，对外宣称他是"龙子"后，很快就有信徒把女儿送来当"妃子"，希望自己能当"国丈"。

冉云忠算出了良辰吉日，计划在七曜山下举办"登基大典"。

综合各方面情报线索，公安机关初步断定，冉云忠一伙人具有预谋成立反革命集团的重大嫌疑，迅速立案侦查，并派出侦查员成功打入冉云忠组织的内部卧底侦查。侦查员将想方设法得到的金条上交化验，竟然是非常罕见的千足金。这引起了各方高度警觉，因为民间不可能加工出如此高纯度的黄金。冉云忠背后可能有强大的反革命集团提供资金支持，甚至不排除是境外势力。

这样一来，事情就超出了县公安局的范畴。

县政府上报到涪陵地区行署，行署又上报到省里。省里接到报告后，派了一位副厅长过来指挥。定下的方针是，明松暗紧，不要打草惊蛇，深入调查，以期顺藤摸瓜，找出冉云忠背后的黑手。

然而，整整调查了两个月，公安机关却发现冉云忠从未出过县，也没和外来人有过接触，只是每隔几天就要进山一次。侦查员跟踪后发现，他进了一个洞穴，每次待大半天才出来。

洞穴位于百十米高的悬崖上，地势特别显要，就算是身强体壮的年轻人爬上去，也得费大力气。可是冉云忠已经年近七旬，却显得颇为轻松。侦查员在远处瞭望，发现洞口有石头垒砌的墙。跟当地采药人打听得知，这个洞穴由来已久，洞里特别宽敞，可驻千人。最重要的是，里面有水源，还有支道通向黑暗的深处。

看来要想解开玄机，必须进洞才行。

但还没来得及采取行动，就发生了变故。

一天早上，侦查员忽然断了联系，派去寻找的人惊异地发现，百十个信徒在一夜之间杳无踪影。公安机关派出几十名警员和武警，前往七曜山区，第一时间就锁定了那个神秘的洞穴。

二十多名武警战士，携带武器和光源，进入了洞穴。真如采药人所说，里面是个巨大的山穴，高不见顶，只是入口处的空间就足足有上千平方米，更不要说那些四通八达、不知通向何处的岔道了。

经初步考察，洞穴并非天然形成，而是有人在天然洞穴的基础上做了加工。整个墙壁和洞顶有完美的几何曲线，一看就是经过人工精心设计和打磨的。在一处石壁上，他们还发现了排列有序的文字符号，虽有剥蚀，但仍非常清晰。

符号为阴刻，呈现枝蔓状、指爪状，或者蚯蚓走泥状。与象形字的区别是，其中没有圆环形、方形和三角形。

战士们分组进入不同岔道，搜索了一整天，竟然一无所获。那一百来号人，就像凭空消失在这个世界上。唯一的收获是，这些岔道都通向大山深处，深不可测，岔道之间也各不连通。

最后返回的一组战士，带回了一件青铜"花盆"。

经专家鉴定，这是汉代的铜洗。怪异的是，铜洗里竟然栽种着一棵干枯的植物。当专家试图把它取出来时，发现它的根竟然深深扎进了铜洗壁体，与铜洗长成了一体。铜洗底部也有类似石壁上的符号，专家认为这既不是甲骨文，也不是钟鼎文。

铜洗外壁两侧，有一对人面辅首。虽然说是人脸，但所有看见的人都不会把它当成人，两千余年的岁月淘洗，并未洗去那精美工艺流露出来的疯癫、残忍、狰狞和淫邪。

后经多方研讨，认定辅首并非人面，而是窫窳。

第十一章
龙宫

‖‖‖‖‖‖‖‖‖‖‖‖‖‖

老孔说到"窫窳"的时候，顿了一下。

他问："你听说过窫窳吗？"

我摇了摇头，说："是一种鱼吗？"

"不是，"他说，"窫窳是《山海经》里的一种蛇身人脸的动物。关于它的传说很多，其中比较通俗的版本是，窫窳本来是天神，被人暗算而死。天帝不忍，命灵山六大神巫以不死药将其复活。但是窫窳复活后，神志迷失，性情和样貌都大变，疯狂捕杀人类。可是因为它生活在弱水里，弱水没有浮力，一滴万钧，所以不论人神，谁都奈何不了它。"

"最后呢？"

"最后被羿射死了。"

"哦。"

老孔瞪了我一眼，说："哦是啥意思？"

"哦，就是我知道了。"

"你就不想知道，铜洗上为什么会有窫窳吗？"

"青铜器上不都是这种神兽吗？"

"你呀，你得跟琉球公主好好学学。"老孔说，"不过，关于窫窳铜洗的事，属于绝密，你那个公主也不一定知道。"

"这么重要吗？"

"人类历史上，绝无仅有，你说呢？"

老孔这么一说，勾起了我的兴致："那这东西挺值钱啊？"

老孔感慨说："想不到你也是跟狼吃肉，跟狗吃屎的玩意儿，这么快就受张进步那小胖子传染了。"

"孔先生，看你这身份应该叫孔大人了，我现在背着一身债务，脑子里除了钱，就没别的。"

"你父亲呢？"

"你别老是'你父亲''你父亲'的。你说了这么半天，上天入地，连神兽都搬出来了，跟我父亲有半毛钱关系？我父亲是动物学家，不是神学家，窫窳也好，饕餮也好，不属于他的研究范畴。"

"这只能说明你对你父亲并不了解。"

"我不了解，你了解？"我身体里的某处，似乎一下被孔孟荀的话戳中了，差一点儿就要恼羞成怒。

孔孟荀微微一笑说："如果我告诉你，铜洗上的窫窳，就是你父亲认定的，你怎么想？"

"我不相信。"

"没关系，你先听我把故事讲完。"老孔似乎知道我会听下去，自顾自地继续讲。

一下失踪了这么多人，生不见人，死不见尸，这么大责任谁也担不起。地方政府赶紧层层上报。

三天后，一个连的部队，荷枪实弹地开进了七曜山，同行的还有以民族学家罗国士为组长的七位专家组成员。

专家组在洞穴里只看了半天就出来了，他们一致认定，这个洞穴也只是万千岔道中的一个。他们以此为圆点，在地图上画出一个直径三百公里的圆，正打算开始调查时，长江下游的奉节县传来消息，在当地一处人迹罕至的天坑群里，出现了一批穿着奇异的人，自称是来自石柱的居民。

专家组和一小队军人连夜乘船赶赴奉节，下船后又翻山越岭，次日凌晨在一个偏僻乡政府的大礼堂里，见到了那些人。

没错，他们正是冉云忠招纳的那批信徒。

但让人震惊的是，这些原本大都是些青壮年的信徒，全都变成了白发苍苍的老人。

他们身上的穿着，不是山民常见的粗布衣裳，甚至都不知道能不能算衣裳，因为都是由各种藤蔓植物编成的，缀满了鲜花和绿叶。

虽然他们只失踪了一周，却都自称在"龙宫"过了三十六年的好日子，锦衣玉食，无忧无虑。而这次出来，是作为"使者"在人间传道。

问他们"龙宫"在什么地方，每个人说的都不一样，有的说在地底，有的说在水里，有的说在大树上。再问他们传什么道，他们说的是"长生大道"。

专家组将他们的身份一一核对后，发现冉云忠并不在其中，这也在意料之中。

最让人无法理解的是那个侦查员，他似乎完全变成了另一个人，讲一种很难听懂的语言。后经专家组辨别，竟然是安徽歙县地区的土语。幸好他还保存了一部分侦查员的原有记忆。

根据他的描述，他们一群人跟随冉云忠一路跋涉，翻过一座座大山后，抵达了"龙宫"。

"龙宫"其实是一个庞大的城市，无边无际，被纵横交错的道路分割成一个个齐整的区块。每个区块的中心，都是一棵古老的大树，所有的房子都环绕大树修筑，周围是大片的绿色农田、果园和工厂，但那些工厂并不冒烟。

整个城市的中心，是一棵高耸入云的巨树，就算是那些鳞次栉比的摩天大楼，也都在它的遮蔽之下，有长翅膀的人飞来飞去。那些会飞的人似乎不住在城里，而是住在巨树上。

这些失踪的信徒，似乎不记得自己这段时间干过什么，就算想起一些片段，也存在着相互矛盾的无稽描述。但所有人都描绘了同一个场景，在一望无垠的农田里，有很多木偶在干农活儿。那些木偶像人类一样灵巧，却不知疲倦，从早到晚工作，直到损坏，新的木偶就会代替它们。

其中有一个人说，他曾在工厂里见到了生产木偶的过程。

那些工人是一种矮小而丑陋的生物，它们用灵巧的爪子制作精良的木质零件，再组合成大大小小、不同功用的木偶。

但他描述的这个场景，别人都没有见过。

由于这些讲述过于荒诞不经，他们所有人都被秘密送往重庆做检查。所有的测试结果都证明他们神志清醒，身体的各项指标也与他们的年龄相符合。但没过多久，就出现了问题。

所有人的身体开始变得僵硬，四肢像木头一样无法动弹，无法进食，不能言语。检查后发现，他们体内的细胞发生了严重的木栓化，细胞内的原生质体迅速消失。但种种迹象表明，这些人的意识仍然非常清晰。

与此同时，由专家和军人组成的调查组，也进入了天坑所在区域。

天坑群距离县城大约八十公里，北边紧邻瞿塘峡，占地面积约四十平方公里，包括五个大小不等的天坑。其中最大的一个叫瑶池，也是发现那些失踪人员的地方。

瑶池坑口直径六百多米，地面到坑底的最高落差也超过六百米。从坑口望下去，四面绝壁如削。然而在峭壁上，却有一条蜿蜒的梯道，从坑口一直延伸到坑底，台阶有两千八百余步，无人知晓是何年何月何人所修。

从有文字记载以来，每逢兵荒马乱的年代，周围方圆百里内的居民，为躲避兵灾匪患，就会扶老携幼举家躲入天坑避难。天坑内有无数幽深莫测的洞穴，可供避难者栖居，储存粮食。而坑底喷涌的水流，提供了充足的水源，护佑了这片土地上的万千生灵。后来，有附近山里的居民搬到天坑周围定居，形成了一个个的小村落。

两年前，水利部门勘探发现，天坑底部竟然有条奔腾的暗河，坑底喷涌的水流，只是暗河的一个"天窗"。

当地政府指派了一个叫李哈儿的人，担任调查组的向导。

李哈儿四十多岁，是一位水文观察志愿者。

当时发现暗河时，水利部门计划在此处筑坝发电，需要有人常年蹲守坑底，记录水位变化。坑口村的李哈儿毛遂自荐，承担了此项工作。

李哈儿不是本地人，七十年代末才从别处搬来。他为人老实本分，与村民交往也十分融洽。他经常一个人到天坑里去，一待就是一天，对天坑的地形非常熟悉，别人不敢去的地方，他也去。李哈儿担任了志愿者后，彻底把家搬到天坑下面，经常半个月也不上来一次。

那些失踪者自天坑里出现，就是李哈儿第一个发现的。调查组需要向导，李哈儿自然就是不二人选。

但是谁都没料到，正是这个老实本分的李哈儿，将整个调查组引入了万劫不复之地。

一开始都很正常，调查组沿着天坑绝壁上的梯道向下。一路上，所有人都被眼前的奇景所震撼。数百米高的峭壁，岩层纹理丰富多彩，红如晚霞，黑如墨染，各种飞鸟在岩峰间飞出飞进，几处悬泉自岩壁上飞流直下，落入郁郁葱葱的坑底。

而坑底的景致，更是让见多识广的专家们叹为观止，因其独特的自然环境，经过千万年的演化，此处已形成与外界迥异的生态系统。

专家们稍事休息后，就进入了这片与世隔绝的坑底丛林。接下来越来越多的发现，让他们大跌眼镜。丛林里不仅有古老孑遗树种珙桐和红豆杉，就连被称为"活化石"的国宝级植物桫椤，也随处可见。粗略统计，生长在这里的植物种类有上千种，简直就是一个珍稀植物园。

不过，这次并不是来调查植物的，所以专家们只是采集了一些标本，就转向了正题。

根据李哈儿的说法，那些人是从坑底一个暗洞里出来的。根据地形推测，这条暗洞应该是通向十公里以外的"天刀痕"地缝。

天刀痕地缝是不久前，地质勘探队无意中发现的一条峡谷。峡谷两边山崖高数百米不等，长度超过四十公里，峡谷平均宽度仅有几米，像一把巨型大刀劈开的缝隙。因地形极其险要，并未有人深入勘查。

调查组决定深入暗洞，解开"龙宫"之谜，顺便看是否能打通天坑与地缝之间的路径。

刚开始还算顺利，暗洞里虽然步步艰险，爬高下低，有落石，有水洼，有不知名的小动物和昆虫，但对调查组并未造成太大障碍。其间有两处无法通人的狭窄处，在被军人定向爆破后，最终得以通过。

两天时间，李哈儿带着调查组在暗道里大约通行了六公里后，终于看见了出口。走出暗洞，所有人都不由得发出惊叹。

这是一处群山环绕下的峡谷，视野极其开阔。清澈蜿蜒的溪流，碧绿如茵的原始草场，古木参天的原始丛林，山外青山高耸入云，百花盛开争奇斗艳，简直是一处世外桃源般的人间仙境。

就在大家都感慨大自然的鬼斧神工时，一位专家发现了问题，在生态环境这么好的地方，竟然没有看到任何动物，连昆虫都没发现一只，这绝对不正常。所有人立即警觉了起来。

李哈儿让大家休息，自己先去探路。没过多久，他就匆匆跑回来，神色特别惊恐，话都说不出来。

众人跟着他寻过去，竟然在草场与森林的交界处，看到了一栋房子。

那是一套纯木结构的大房子，大约占地半亩，木架草顶，四角攒尖，木墙木门。

虽然看上去简洁朴实，但细究其工艺之精湛，绝非山间采药人或伐木工搭建的窝棚。

人多势众，李哈儿胆子也大了，他试着用本地话叫了几声，房子里没人应答。他再过去敲门，依然没有人出来。

李哈儿猜测，房子的主人应该是山里的隐士。他说在天坑峭壁的平台上，就曾有几间古代隐士的旧房子，但住在里面的隐士也早就不见了。

众人商量后，觉得既然这里有人住，说明有路可以通到外面，就决定先进去再说。如果主人回来了，也可以向其咨询一些山里的事。

打开门，眼前的一切，让所有人都大吃一惊。

第十二章
桃花源

这里绝不是普通人家的住处，你就说这是神仙的居所，也不过分。

进门后还有拉窗阻隔，房间地板高出地面约半尺，镶嵌的地板上铺着日式榻榻米，上面覆盖着灯芯草编成的草席。

拉窗是和式的纵横格子，糊着青色的透光麻纸。

拉窗没有合上，可以径直看到中庭。房子正中有一处小小的假山水景，水雾氤氲。水景四周，是用竹帘隔开的几个房间，各有功用。

墙壁上恰当的位置，都挂着几幅书法，遒美健秀，看上去为同一人所书，但都没有留下落款，应该是出自主人的笔下。进门左手边的龛里挂的是一幅唐人诗句：

"花落更同悲木落，莺声相续即蝉声。荣枯了得无多事，只是闲人漫系情。"

条幅下方的竹筒里，插着一枝干花，与诗句的意境相符。

另外还有一副对联，写着"洞非人世外，花在此心边"。

可以看出，此间主人绝非一般的避世之人。

八十年代初期，中国出国的人尚少，国内也没有流行后来的日式建筑风，所以这样别致的房间，让人忍不住一再猜测房子主人的身份。

所有人都安静地坐着，打量着房间的一花一叶，享受着这份那个年代的国人中少有人体会到的静谧和安宁。

忽然，一个隔间里发出一声很轻的响动，却像一声惊雷，让所有人放松的心一下紧张起来。

军人领队高金宝第一个冲进去。其实透过竹帘就可以看到，那是一间茶室，里面并没有人。

声音出自木炭炉上沸腾的铁壶，水汽掀动了壶盖，发出低沉的声响。看见这一幕，所有人都不淡定了。

木炭炉火正红，壶中沸沸扬扬，说明此处的主人并没有离开，而且很可能就在房子周围。

除了罗国士教授，以及专家组里唯一的女性王笑蝉外，其他人都分头出去找，可是一直到日落，也没找到一个人影。

大家只好想当然猜测，是主人不愿见客。只有李哈儿紧张地问，会不会是山精鬼怪的住处？却没有人理他。他不知道，同行的这些人，可不是单纯的知识分子，他们个个身怀绝技，就算是山精鬼怪，在他们面前也只有现出原形的份儿。

既然主人不露面，专家们只好暂时反客为主，决定在此休整一晚，第二天再上路。临走时，再留下些费用，表达谢意。

大家围着炉火，吃了几天以来第一顿热茶饭。

李哈儿检查房子时，还找到了浴室。大家洗了热水澡，打算好好睡上一觉，养足精神，明日一大早，继续向地缝前进。

可就在当天晚上，怪异的事情发生了。

孔孟荀讲到这里时，停了下来。

他真是个很懂得营销的人，适合去拍网络电影，用一个悬念横生的开场撩拨起观众的好奇心后，再恰到好处地停下来，只有充值会员才能继续看下去。

可惜他并不是个好编剧，讲了这么多，还是没见到我父亲的影子。

实话说，我早就不耐烦了。只是故事里一个似曾相识的名字，才让我忍着没有打断他。

李哈儿。

我从孔孟荀嘴里听到这个名字时，脑袋一瞬间有些恍惚，似乎是时空发生了错乱。

我第一次听到这个名字，还是在奶奶去世前讲的故事里。

根据奶奶的说法，李哈儿本是酉阳山区的一个土匪头子。解放初期，被解放军追剿，中弹重伤掉下山崖，被上山采药的我爷爷马汉生遇到。

两人曾是旧识，所以李哈儿被我爷爷救回村寨，又在我奶奶的悉心照料下，才伤病痊愈。

但是李哈儿匪性不改，在寨子里调戏少女，与村民发生冲突后，开枪打死人逃进山林。我爷爷马汉生为追捕李哈儿，抛下了身怀六甲的妻子，却一去不返，几十年杳无音信，生死不明。

奶奶说的土匪李哈儿，跟孔孟荀说的向导李哈儿，相差三十多年。就算土匪李哈儿福大命大，躲过了我爷爷和人民政府的追剿，又活了三十多年，那时也应该是个糟老头子了。

而向导李哈儿才四十多岁，两人虽然重名，但决然不会是同一个人。

"哈儿"这个词，在四川话里是"傻子"的意思，跟陕西话里的"瓜子"差不多。川地以此为小名或绰号的人，多如牛毛。

如果非要在两个"哈儿"之间找出什么共同点，那应该是都有一对懒得取正经名字的爹娘吧？

虽然理是这么个理，但有那么一会儿，我总觉得这两个重名的人之间，像是有什么不可思议的关系。不过因为两人生活的时代相隔过于久远，所以这种感觉，只在我心里停留了一小会儿就消失了。

孔孟荀看我走神，问："怎么了？"

"听到个耳熟的名字。"

"李哈儿是吧？"

我点点头。

"这个王八蛋，把我们害死了。"孔孟荀竟然爆粗口，"要不是他，其他人也不会死。"

听他这话，似乎有什么隐情，我连忙问："难道其他人都死了？"

"那倒没有。"孔孟荀说，"要说可以确定死亡的，专家组的七个人里，只有茅道长一位。但是民族学家罗国士先生、琅琊王氏后人王笑婵以及建筑工程学大师第五龙先生，都神秘失踪了，生不见人死不见尸。"

"琅琊王氏是什么？"

"中国历史上的一个大家族，'旧时王谢堂前燕'的'王'就是指他们。"

"另外三位呢？"

"在你眼前就有两位，我本人和这位变成木头的巫学大师巩学林。"

孔孟荀把巩学林的身份从化学家偷换成巫学大师，我对此并不在意，只是心里一动，问："不会最后一位就是我父亲吧？"

孔孟荀点点头："动物学家，不平人大荒落马渝声。"

他说得那么郑重其事，让我差点儿就当真了。

"行吧，就当你说的都是真的，那你能不能别这么啰唆，就用最简单明了的语言告诉我，到底发生了什么事？"

"发生的事太多，三言两语的确说不明白。我知道我说什么，你都会怀疑，不过不要紧，我会让你相信的。简单来说，我们进入了上古五族之一青木族的栖居地。"

"什么？"我心里猛然一惊，"你们找到了木德？"

"可以这么说。"孔孟荀说。

"在哪儿？"我赶紧追问。

"按照罗国士先生的考据，原本应该叫'灵乙城'，但世人熟知的叫法，就是桃花源。"

"你是说木德的人住在桃花源？就在陶渊明写的桃花源里？"

"大致不错。"

我记得在浴月岛上，瑶水族老族长博老曾讲过，秦始皇统一天下后，对五族颇为忌惮，受到阴阳家蛊惑，想要强行结束五德终始，就与当时的五族盟主徐福达成协议——五族退出中原，秦朝存在一天，五族就一天不现世。这才有了徐福以求长生不老为由，将计就计，带族人远走海上，以及后面发生的诸多事件。

博老并未说明其他四族的下落，张进步还试图打听，但被博老用其他话题岔开了，大概是事关隐秘，我们当时也没再追问。

但后来我们根据博老话里的信息，以及在"仙游宫"的壁画上看到的东西，做过一些猜测，既然远走东海的瑶水一族能活下来，那么其他四族也不会轻易消逝在时间的长河里。只是我们并未把"五德"和人尽皆知的"桃花源"联系到一起。

因为关于上古五族的秘事，大都湮灭，就连尚锦乡的老师、东亚研究所的史学权威蔡哲伦先生都未听说过。所以，当我从孔孟荀嘴里听到这些后，除了惊异之外，也不禁对他刮目相看。只是不知道他是从哪里听来的只言片语，还是真了解点儿什么。

听孔孟荀话里的意思，是他们跟青木族人发生了冲突，才导致专家组损失惨重，死的死，伤的伤。

他既然在三十年前就遇到青木族，也就应该知道瑶水和其他几族。那么我们在琉球的相遇，自然也就是一种蓄谋。这在我的料想之中，只是从奶奶去世到我决定前往琉球，中间也就是几天时间。他们这样的效率所表现出来的能量，实在是不能小觑。

不过，当我问起这件事时，孔孟荀的回答远超出我的想象。

"马龙兄弟，事到如今，我也不妨告诉你，其实在你刚出生没几天，就见过我，你还记得吗？"

这种问题，我不知道除了白眼以外，还能给他什么答案。

孔孟荀竟然也不尴尬，贱兮兮地自说自话："当然，时间长了，你可能也忘了。不过话说回来，你别看我好像讲得头头是道，其实我除了经历比你丰富一点儿，多认识几个怪人，多读了几本古书外，知道的东西跟你差不多，甚至在有些方面还不如你——比如你见过瑶水一族的后人，我就没有；你见过长生不老的徐福，我也没有……"

"你这些话，都是从张进步嘴里套出来的吧？"

孔孟荀连连摇头："我是圣人后裔，哪能干出套话这种事来？天雨可以作证。"

我转头看向刘天雨，他这大半天跟那根木头桩子差不多，站在旁边一言不发，唯一的不同大概就是他属于乌木。他脸上的笑容总是让我想起《西游·降魔篇》里油头粉面的猪刚鬣。

"我没法作证，"刘天雨说，"昨晚抓了他，就给你送来了。这一晚上可以发生很多事的。"

孔孟荀长叹了一口气，说："真没办法，自己同事都不能打个掩护。不过，马龙兄弟你放心，一会儿见了张进步，你可以自己问他。"

我忍不住提醒他："老孔你别老是'兄弟''兄弟'的。我虽然不知道你的年龄，但按你刚才的说法，三十年前你就跟我父亲是同事，这么叫不合适吧。"

"非也非也，天下不平人都是兄弟，我对马渝声都是这么叫。"

"我不是什么不平人。"

"暂时还不是，但迟早会是的。"

我心里一阵不爽，说："我做什么事，凭什么要别人来替我安排？"

"这就是你的命……哎，我提醒你啊，千万别嘴滑，说出那句狗屁不通的台词，什么'我命由我不由天'。"

"我命由我不由天。"

"好吧，你想说啥就说啥，不平人言论自由。"

"行，那我问你，不平人究竟是什么反动组织？"

"终于问到正题了。我提前说明，因为你暂时还没入坑，有些东西我还不能告诉你。另外，我所知道的，也仅仅是我能知道的部分，十分有限，答不上来，你也别怪我。"

"别废话了，说吧。"

"不平人不是组织，是一种身份，这种身份大都来自悠久的家族传承，也有师徒传承，或许还有其他传承方式，我也不太清楚。"

"都是干什么的？"

"说起来非常复杂，但有一句歌，你小时候肯定唱过：'哪里有不平哪有我，哪里有不平哪有我……'"孔孟荀说着竟然唱了起来。

"你们是济公的后代？"

"济公是禅师，哪有什么后代？不过刘天雨倒是跟济公有些渊源。"

"胡扯！"刘天雨终于憋不住了，出声反驳，"我跟济公禅师能有什么关系？"

孔孟荀咧嘴一笑："济公禅师是降龙罗汉转世，你杜城刘氏乃是御龙氏一脉，一个降龙，一个御龙，怎么能没有渊源呢？"

刘天雨撇了撇嘴，不以为然，但也没有说话。

孔孟荀对我说："你别以为他只抓贼，他祖上可是养龙的。"

我本来以为他是开玩笑的，后来我才了解到，刘天雨还真是大有来历，他的祖上不仅养龙，还吃过龙肉。

中国历史上，白纸黑字记载了吃龙肉的人，他祖先是第一个。

第十三章
恶魔的奴隶

◄ ‖‖‖‖‖‖‖‖‖‖‖‖‖‖‖ ►

孔孟荀告诉我，据传不平人最初只有八位，但已无法考证。

而传承至今的不平人，最早可追溯到羿。其时共有十位不平人，据说是与羿射日时，观测太阳的方位相关。后来为方便记录，都以天干命名，并形成上古太阳历。

不知从什么时候开始，不平人又出现了十二地支，与十天干并列。天干地支，独立传承，各有源流，相互之间多有协作，却从未形成任何同盟或组织。

不平人虽支脉众多，然而有资格称不平人者，其实只有二十二人，上一代退役，下一代才能传承。但由于时代久远，有些支脉传承断绝，有些支脉隐匿避世，目前所知，现世的不平人，满打满算也不过十来个人。

关于不平人究竟是干什么的，孔孟荀说得很抽象。

大概就是，让世界保持一种平衡状态。至于世界有什么不平衡，怎么样才是保持平衡，孔孟荀没有明说，但他举了个例子。

比如大闸蟹，在中国是美味佳肴，但乘船到了德国，作为外来入侵物种，没有天敌，繁殖速度惊人，就会对当地物种遭成严重的生存威胁。这种时候，就需要不平人出手，把它们捞上来，蒸熟，蘸着姜醋，就着黄酒，吃掉。

孔孟荀说完，还咂巴咂巴嘴，好像真吃了一大口流油的蟹黄。

刘天雨说："你别听他说大闸蟹，就以为是啥好活儿，入侵物种可不止有大闸蟹，还有恶心的美洲大蠊、剧毒的南美海蟾蜍，还有比这些恐怖千倍万倍的物种。"

孔孟荀讪笑着说："天雨你就是太实诚，马龙兄弟刚来，你就不能说点儿好的？要把他吓走了，你赔啊？"

刘天雨正色说："正是因为他刚来，我才要让他了解残酷的现实，如果这就被吓跑了，说明他还没准备好，又何必强求。"

两个人为了我，竟然争得不亦乐乎，丝毫不在乎我这个当事人的感受，好像我已经成了他们嘴边煮熟的鸭子。

我赶紧出声打断他们："两位，咱们言归正传吧，我什么时候能走，张进步什么时候能放？"

"你真的想走吗？"孔孟荀问。

"当然，不走还留着过年吗？"

"那你走吧，张进步现在就在你车上。"

"行，那我就走了。"说着我就转身，只想头也不回地离开这个鬼地方，但忽然想起，这个房间在水塘中央，得乘船才能出去，只好回过头来说，"麻烦把船叫来送我出去。"

孔孟荀嘿嘿一笑说："你自己叫。"

看他这副小人模样，我是真生气了，火气冒上来，冲着他大声说："别以为这个水塘就能把我困住，大不了老子游过去。"

话音刚落，就听见屋外传来一声悠悠的低啸，仿佛猿猴哀啼，孤灵夜哭，让人毛骨悚然。

"惟天地之无穷兮，哀人生之长勤，往者余弗及兮，来者吾不闻……"

"老木这家伙又喝多了。"孔孟荀笑着对我说，"现在这会儿，除了你父亲，谁都使唤不动它。"

"嗯？它也认识我父亲吗？"我忍不住好奇。

"何止认识，你父亲是老木的大恩人，要不是你父亲，它也不会在这儿待着当摆渡人。"

孔孟荀告诉我，老木本来被人囚禁起来，当了上百年的奴仆，受尽折磨，是我父亲把它解救出来，帮它医治身体的痛苦，化解了它心里的暴戾之气，最终才自愿跟我父亲回来。

我原以为自己已经够不了解父亲的了，没想到我在孔孟荀嘴里听到的父亲，简直就是一个跟我毫无关系的陌生人。所以，我怀疑孔孟荀会不会认错人了，他口中描述的那个人，真的是我父亲吗？

孔孟荀见我依然满怀疑虑，就冲着门外大叫了一声："老木，你进来，认识一下你恩人的儿子。"

话音未落，一道黑影从门口闪进来，才站定就跟踉跄起来，真是老木。它上下打量着我，碧绿色的眼睛里隐约蒙了一层水雾。随后，它用那种刀刮锅底般刺耳的声音问我："你是谁？"

我没有回答，转头看向孔孟荀，他冲我点点头。

"我是马龙，马渝声是我父亲。"

老木蒙着水雾的眼睛，就跟被雨刮器刮过一样，瞬间就清澈了。它下意识伸出爪子想触碰我，但马上又缩了回去，仿佛担心锋利的爪子刺伤我。它似乎非常激动，瘦削的身体微微颤动，黑布袍子下的双脚挪来挪去，喉咙里发出一种之前没有听过的声音，婉转如鸟鸣，几次想对我说什么，却什么都没说出来。

孔孟荀走过来说："老木，你不要太激动，我一直没告诉你，马渝声失踪了。"

老木听见孔孟荀的话，身体突然一僵，立在原处，问："何时？"

"没多久，不到一个月吧。"

老木看着我，眼神里不再是碧光四射，而是泛出一种水样的波纹。过了一会儿，它对我说："莫担心，他莫得事。"竟然是标准的四川话，只是那个声音听起来，实在是不怎么悦耳。

我知道它在安慰我，就点点头说："谢谢！"

"马龙兄弟，老木见识过你父亲的手段，对他很有信心。"孔孟荀又转向老木说，"老木，因为之前的一些误会，马龙不太相信我，你可以告诉他马渝声是个什么人。"

老木猛然转头，瞪了孔孟荀一眼，看来它也对老孔有意见。但随后，它解开了裹得紧紧的袍子，露出整个上半身。

我承认我没有历经沧桑，看到它的身体时，我忍不住惊叫出来。但老木并没有把它盖起来，继续袒露在我面前。

这是一具支离破碎的身体，棕褐色的皮肤上，全都是大大小小、重重叠叠的伤疤，就像是一块爬满了虫子的干肉。更让人无法理解的，是它的两肋各开了三个茶盏粗细、贯穿前后的空洞，透过空洞，可以看到白森森的肋骨，就连肋骨上，也刻满了深深的凹槽……这个枯瘦如柴的身体，究竟遭遇了什么？

在那一瞬间，我的眼泪决堤般涌了出来。

这眼泪与老木是不是人没有关系，与它认不认识我父亲也没有关系。这是一个生命对另一个生命遭受痛苦的感同身受。

我赶紧伸出手，把它的衣服拉起来。并非我不忍看见伤疤，而是不忍让它把自己的伤痛如此展示。在这个过程中，老木一动没动，任凭我帮它把衣服拉好，再把带系上。

"是谁干出这样丧尽天良的事？"我强忍着悲痛问。

"不知道。"孔孟苟摇摇头，"当初我们找到老木时，它的肋骨上套着六根精钢链子。它说，它已经那样过了上百年了。囚禁它的人隔一段时间才回来一次，每次小住三五天，最长半个月必然会离开。每年他都会用刻刀在老木的肋骨上刻下一道痕，美其名曰雕刻时光。我们数过那些痕迹，总共有一百一十三道。也由此推算出，老木被囚禁的年代，大约在 1870 年。"

"那不是在清朝吗？"

"对，清同治九年。当年夏天，重庆山区普降暴雨，泥石流冲垮了木客在悬崖上的居所，老木不慎滑落山崖，重伤晕厥。等它醒来时，肋骨已被人嵌了钢环，囚在铁笼内。那人用尽各种方式折磨它，经过无数次的神志崩溃又清醒，老木终于忍受不了，被迫认主，成为那人圈养的奴隶。它身上的伤疤，就是那时候留下的。"

"那个王八蛋究竟是谁？"我听见自己的后槽牙有崩裂的趋势。

"老木自己也不清楚，它被囚禁后，就被关在一处暗室内。那人每隔几年，都会换个相貌出现，所以老木也无法判断，究竟哪一种相貌才是真的。"

"确定是同一个人吗？"

"当然，无论变成什么相貌，骨子里流淌的恶毒是不变的。老木说，那些年一听到主人的脚步声，就浑身打哆嗦。"

我总觉得这个故事有漏洞，但并非故事本身的问题。

"可是……老木被囚禁了一百多年，那人每年都来？"

"是的。"

"他能活那么久？"

对，这就是我觉得有问题的地方。天雨说过，木客平均寿命二百多岁，但人怎么可能活这么久？

现场突然安静下来，孔孟苟和刘天雨都看着老木。

"嗯呐！"半天没说话的老木突然发声，"主人讲过，他是神，已经活了一千年，还能再活一万年。"

直到现在，老木仍然把囚禁它的恶魔称为"主人"，可见记忆烙印之深，已深入骨髓。

我当然不相信人能活千年，虽然经历了琉球之事，见识了所谓"长生不老"，但对此仍然保持了审慎的怀疑态度。我宁愿把徐福的长生不老，当作瑶水族人的一种信仰。

我更不相信世界上有神，人类历史上，凡是把自己当神的人，无不是恶魔的化身。他们偏执于某种虚妄的信念，通过强权或恐怖来推行自己的价值观，企图凌驾于天道人心之上，赋予自己生杀予夺的权力，肆意剥夺别的生命……我相信，老木的"主人"也不会例外，通过老木的遭遇就可以知道，他是恶魔。

我相信老木的诚实，但并不相信它话里透露出的信息。当一个人遭受长期折磨，神志崩溃后，自我就会丧失。对那些强行植入的信息，会毫不怀疑地接纳。老木虽然是非人生物，但也一样的。那个恶魔是个玩弄人心的高手，他通过身心的残酷折磨，让老木丧失思考能力，对主人所传达的所有信息，都不再怀疑和思考。

那人的一言一行，就成了老木的真理。于是，他有意向老木记忆里植入了很多错误信息。比如每年在肋骨上刻一道痕迹，或许并不是一年，而是几个月，等着一切成为习惯后，哪怕隔几天刻一次，老木也会下意识认为已经过了一年。对于被囚禁暗室的人，时间是混乱甚至不存在的。

可那人为什么要这么干呢？

我问老木，在被囚禁的那段时间里，它有没有被逼干什么事？

老木说没有，百年里它辗转换了三个地方，但对它来说都是一样的。它被要求不能出房子，每天要做的事，就是修理房屋、打扫、浇花、烧水……就算主人长期不在，这些事每天也都得做。

有时候，主人会给它图纸和木头，让它制作一些木器。但制作木器本来就是它擅长的，所以也不觉得有多难。而且每次制作完成，主人都会给它一大罐酒，够它喝好几天。

如果仅仅是这样，听起来似乎过得不算太糟。但我通过老木提到"主人"时下意识的身体反应，就知道事情没这么简单，可是老木自己也不记得了。似乎在它的生命里，有一大部分的经历成了空白，被格式化了。至于是被人有意清除，还是其他原因，就不得而知了。

"好了老木，不提这些陈年往事了。"孔孟荀问，"巩胖子最近怎么样？"

"不好。"老木半天才从刚才的情绪里走出来。

孔孟荀口中的巩胖子，就是那个人形木雕——我父亲的好朋友巩学林。可是无论如何，我都无法把它跟"胖子"这个词联系到一起。

第十四章
木头人

天下不平人，干支二十二。其中自夏商以来，记录档案详细而完整的，当属上章"阙巩"一脉。不过自秦汉以来，他们自称为山阳巩氏。巩学林就是这一代的不平人。

由于时代原因，巩学林从未接受任何系统的高等教育，却靠自学成为一名化学家。六十年代初，他才二十出头时，就前往欧洲出席世界化学大会，并加入了当初欧洲顶尖的实验室——帝国技术研究所。这个研究所以研究黑体辐射而著称，并促使物理学家普克朗发现量子，提出了现代物理学两大基石之一的"量子论"。

巩学林研究的，是一种叫"意念力"的东西。他认为人的意识是一种量子力学现象，而意念力，是物质转移的催化剂。他还提出，人类历史上记载的那些不可思议的魔法，其实就是使用意念力，引起物质变化的一种科学和技术。

"不过，"孔孟荀长叹一声说，"虽然巩胖子对自己的研究颇有自信，然而毕竟还是理论，他所说的物质变化还从未实现过。只是没想到，出身未捷身先死，他自己先变成了一棵树。"

我对事情的来龙去脉不清楚，所以也不知道该说什么，只是暗自思量："明明是一块木头，哪一棵树啊。"

孔孟荀微微一笑："我知道你在想什么。你肯定在想，这明明是一块木头，哪里是一棵树呢？对不对？"

我尴尬地笑了笑。

"你不用不好意思，因为所有人，包括我开始也是这么想的。幸亏有老木，要不然我们真可能把巩胖子当柴劈了。"

他见我不明所以，又解释说："木客对树木的认知，远远超过所有生物学家。老木告诉我们，巩胖子虽然变成了一块糟木头，但仍然还活着，至于是一种什么样的生命形态，我们也没办法理解，只能按照人类所能理解的方式，用营养液把他培植起来。按照老木的说法，只要这块木头的生机还在，巩胖子就不会死。是这个意思吧，老木？"

老木说："是的。只是从昨晚开始，巩学林的生命力骤然下降。"

"你没问问他怎么回事吗？"

老木摇摇头说："他睡着了，我唤不醒他。"

我听得一阵糊涂，要说一块木头有生机，我还觉得可能。但是要说它还有意识跟人交流，就彻底超出了我的理解能力。但看他们忧心忡忡的样子，我也不好意思开口质疑。

"老孔，你看这会不会跟昨晚的事有关？"刘天雨问。

孔孟荀皱着眉头，说："距离这么远，再说这里还有磁场屏蔽，按说不应该。"

他突然转头问我："昨晚你在现场，看到了什么？"

听了孔孟荀这话，我差点儿就爆了粗口。我昨天晚上在哪儿，这老家伙怎么知道的？

刘天雨看我脸色不好，马上解释："马龙你别误会，我们并没有跟踪你。我们是在查找别的人时，无意中发现你和你的朋友出现在现场。"

我并不相信刘天雨的话，尽量克制情绪，没好气地说："既然你们都查到了，那还问我干啥？我还想问你们，那些是什么人呢？"

征得孔孟荀同意后，刘天雨告诉我，昨晚出现在南郊老厂区的那群人，以及他们的怪异行为，其实在几年前就已经引起了相关部门的注意。

最初还以为是传销或者邪教组织，但经过调查后发现，这些人的身份都很清白。他们来自天南海北，除了不定期聚会，举办我目睹的那种怪异仪式，那些人并没有任何危害社会的行为和言论，甚至连组织者都不存在，似乎所有行为都是自发的。

在任何一个现代国家，都不可能有一条法律规定，不允许一群人穿着奇装异服，围着一棵树跳舞唱歌。

此事之所以交到孔孟荀手上，是因为经过几年的监控，才总结出一条共性：这些人每次聚会的地方，附近几公里内都会有繁茂的树林；而在他们聚会结束后，会有一大片树林的叶子一夜枯黄。

这样的事情，有记载的，至少已经发生过三五十次了。要说这二者没关系，鬼都不信，但没有任何人能说清楚这种联系。法律对此当然更无能为力。

三天前，这些人出现在西安。其中有一个山东人借用了一个老厂房，用于存放苗圃，所有的程序都合理合法。刘天雨以查消防的名义进去看过，没有任何异样，就在附近的路口安装了一些临时的摄像头。我和黄小意，就是被这些摄像头拍到的。

我这才明白刚来的时候，孔孟荀给我看古观音禅寺银杏树的缘由。

我把昨天晚上看到的事，详细讲述了一遍。当我说到那个神秘的女人时，孔孟荀和刘天雨特别吃惊，因为在摄像头拍摄的所有影像里，并没有拍到那个女人。刘天雨说，三年前这些人曾在内蒙古额济纳旗的胡杨林有过一次活动，其间有人曾看到过一个女子，穿着跟我描述的十分相似，可是当时并没有看清她的样貌。

我迟疑了片刻，还是把那个女人和尚锦乡"撞脸"这件事讲了出来，并把尚锦乡关于"分身灵"的猜测也提了一嘴。但立即被孔孟荀否决，他明确告诉我这不是分身灵。理由也很实在，就是他曾亲眼见过分身灵，跟我描述的完全不符。

我虽然不相信分身灵这回事，但潜意识里还是受了些影响，不想让这么不吉利的事发生在尚锦乡身上。

我向他们问起邓元宝的事。

孔孟荀说："其实邓元宝跟那些人是一伙的。"

这个说法让我十分惊讶，一时半会儿还没有办法接受。

孔孟荀又问："你听过吕槐这个名字吗？"

我想了想，完全没印象。

"他是一位考古学者，是邓春秋的合作者。"

"噢！我想起来了，邓春秋曾说过，吕槐是一个跟自己有合作的前辈，就是他认出了我奶奶吊坠上的'五瓣水波纹'，说是他父亲的老师——一位民间考古学者在战国墓里发现了一样的图案。"

"没错，就是他，只是吕槐并没有讲真话。"

"啊？为什么？"

"吕槐父亲的老师叫周复生，这没错。临沂那个古墓也的确存在，但并不是战国的，而是秦末汉初王离之墓。"

"王离是谁？"

"你的历史实在太糟糕了，有机会得好好补一下。王翦你总知道吧？"

"王翦知道，秦国大将嘛，灭楚的那位。"

"对，王离就是王翦的孙子，在巨鹿之战中与章邯一起领兵，对战项羽。但秦朝大势已去，四十万秦军被项羽的五万人击溃，章邯投降，王离被俘。史书上说他被项羽所杀，其实并没有，他带着两个儿子，举家迁居到琅琊，也就是现在的临沂。那个墓就是他的。"

"不是说当时墓室都被毁了吗？"

"其实周复生等人挖开的，只是一个大墓葬群最外围的一角，是周复生为防止被盗，才造出被严重破坏的假象。1964 年，吕槐的父亲整理周复生的私人笔记时，发现他的老师曾推测，在石碑出土之处，可能有一个庞大的古代墓葬群。吕父向上级部门写了报告，但当时并未引起重视。两年后，吕父去世，此事也被搁置，一直到 1972 年才开始挖掘。这一挖就是十五年，总共发掘墓葬一百多座，而且都是汉以前的墓。其中就有王离之墓，旁边不远处就是其长子王元的墓。"

"但是，这有什么好隐瞒的呢？"我疑惑地问。

"吕槐从邓春秋处看到五瓣水波纹吊坠后，第一时间就联系了我们。哦，有必要向你解释一下，吕槐跟我也是老相识了。他通过邓春秋告诉你的那些信息，都是经过我同意的。但在王离墓中找到的，不只有五瓣水波纹，还有树木人面纹。"

"树木人面纹？"

"对。"孔孟荀转头向刘天雨说，"麻烦取一下。"

刘天雨走出外间，进来的时候拿着一个微微泛黄的宣纸小卷。

孔孟荀把纸卷展开，那是一个灰黑色的圆形瓦当拓片。中间的图案有些怪异，简练的线条勾勒出五棵树，分别朝向五个方向。每棵树都有一直四弯共五根枝杈。树与树之间的空隙处有五只眼睛，让弯曲的树杈看起来像是眉毛。不论树还是眼睛，都简单得像儿童简笔画。只是虽然简单，却横眉竖眼，十分传神。

"这就是你说的树木人面纹？"

"嗯，你以前见过吗？"

我摇了摇头，表示没有。

"没见过就对了，瓦材刚挖出来的时候，其实并没有引起重视，拓片存档后，因为没有人专门保护，后来竟然莫名丢失了。"

"不会也是被日本人拿走了吧？"

"有这个可能。瓦材丢了固然可惜，但重点不在这里。瓦材拓片能留下来，自然要感谢周复生先生和吕槐的父亲。不过如果没有后来的事，它也不过就是一个图形有些奇特的拓片而已。"

"哦？"

孔孟荀看着我说："我们在毁弃的灵乙城内，见到了这个图案。"

"木德？"我惊讶地问。

"对，而且不只是一次见到。根据罗国士院士的推测，这个树木人面纹，非常有可能是青木一族的族徽。"

"那他为什么会在王离的墓中出现？"

"问得好！"孔孟荀说，"我们当时也不知道，但专家组中有个人给了我们一个启示。"

"谁？"

"王笑蝉。"

孔孟荀说，王笑蝉是琅琊王氏的后人，而琅琊王氏的始祖王元，就是王离的长子。

1965 年，考古人员在南京发掘出东晋王彬的墓葬。令专家迷惑不解的是，与王彬合葬的人，并非他的夫人，而是其女儿王丹虎。王彬去世于公元 336 年，直到 23 年后，王丹虎才去世。为何他们父女会合葬在一起，一直是个谜团。而在王丹虎的棺椁里，曾发现一件双层漆奁盒。奁盒里盛放着数百枚红色药丸，化验后发现是一种有毒的丹药。

奁盒表面为黑褐色，有施油彩绘的金箔贴于其上，各处以金、白和灰色绘制了云气纹，唯独奁盒上层的图案从来没有人见过。据王笑蝉说，那个图案与在灵乙城内发现的图案一模一样。后来孔孟荀专门去南京博物馆核对过，的确就是树木人面纹。

"还有其他什么发现吗？"我问。

"没有。"孔孟荀说，"不论正史还是野史，都没有关于琅琊王氏和木德有联系的记载。"

"会不会是巧合？"

"出现一次可以说是巧合，但出现两次就决然不会了。何况对于我们来说，天底下并没什么巧合。"

"那你们有没有查到这个图案有什么象征意义？"

孔孟荀笑着说："查？到哪儿查？我们专门召集考古学家和符号学家开会讨论过。其实树木人面纹在西周到战国时期的瓦当里也并不少见，但大都是一棵树，两边辅以饕餮、双兽、禽鸟或人物纹，也有少量双目纹，但这种五树五目状图样的，除此以外，再没有人见过，也不符合植物崇拜的特征。后来专家们达成了相对一致的意见，这个图案可能是一种宗教信仰的符号。"

"不会是讲究环保，天人合一的信仰吧？"

"不是，若是人在林中，可以这么解释，但目在木旁，应会意为'相'字。"

"相？"

"对，木目为相。《说文解字》诠释'以目观木'，引《易家侯阴阳灾变书》曰'地可观者，莫可观于木'，意思是说，地上可以看的东西，莫过于树木。"

孔孟荀继续说："也有语言学家提出，根据《尔雅》的解释，'相'应该是引导的意思。专家说，'相'的本意是'以木代目'，直义为盲人用树枝代替眼睛，引申义就是人类应该以树木为信仰，听从树的引导。"

"那为什么是五个相呢？"

"五，寓意天地间交汇的万物……"

"我知道了，就是说天地万物都应该以树木为信仰，跟随树木的指引……那树不就成了上帝吗？"

"对头，树就是大天神。"站在旁边半天不做声的老木，忽然开腔。

第十五章
武陵山

◀ ‖‖‖‖‖‖‖‖‖‖‖‖‖‖ ▶

老木讲的是木客神话，但听起来其实跟人间诸多的创世神话差不多。

上古洪荒时代，世界荒芜，一位大神从天而降，创造了世间万物。与其他创世神的区别在于，木客所说的创世大神是一棵大树，它的枝干化作连绵的山脉，树根化作丰富的矿藏，汁液化作奔腾的江河，露珠化作汩汩的溪流，叶片化作繁盛的草木，花朵化作万物诸神，而所有生物都是它结出来的果实。

果实自上而下分为九层，最上面一层结出的是神人，第二层结出神兽，往下依次为灵、人、禽兽、游鱼、虫、尫人与菌人。

不知道是不是为了让我能听懂，老木讲话的语速特别慢，如此一来，让它那种非人的声调又多了几分怪异，听起来就像是某种神秘的祷告。

不过，尽管吃力，我还是都听懂了。它说的九种生物，前几种都似曾相识，只有"尫人"和"菌人"我从未听说过。

老木解释说："人类喜欢说万物有灵，其实物通人性者，并非灵，高大者为尫，细小者为菌。"

我想当然就把菌理解为细菌，只是尫，无法理解。我问它："你们木客，算是哪一级别的生物呢？"

老木说："灵与人结合，诞下木客；与禽结合，诞下羽民；与兽结合，诞下山魈。

木客是神人的忠仆，羽人是神人的信使，山魈是神人的驱奴……"

老木正要展开讲的时候，孔孟荀粗暴地打断了它。

"好了，老木，这些故事你讲了有八百遍了。等回头有空，你再给马龙兄弟讲大树传说，我们现在关心的是巩胖子的死活。"

老木碧绿的眼睛闪动了几下，恢复了原本的语速说："每次对你讲，你都不听，巩先生如今之生命形态，与魃人十分类似。"

"你见过魃人吗？"我问。

"莫得。"老木摇头。

"那不就得了！"孔孟荀说，"不是我说你，老木，且不说你没见过什么魃人，就算巩胖子真是魃人，又能怎样呢？你的责任就是看护他，跟他交流，他有什么需求，尽可能满足。至于其他的，我们来想办法不好吗？"

老木迟疑了片刻，沉重地叹了口气，抬头看了我一眼，转身向外走去。它瘦小的背影摇摇晃晃，看起来异常孤独。

如果在别处，有人这样讲话，我一定不会坐视不理。但处在这样的陌生环境里，面对如此怪异的人物关系，在尚未弄清事实之前，贸然开口很不合适。所以我只能忍着不快，把话题重新转回邓元宝。

关于这件事，爱讲话的孔孟荀没有发言，反而是惜字如金的刘天雨，絮絮叨叨讲了半天。

按刘天雨的说法，邓春秋之死纯属意外，虽然我并不相信，但也只能听他讲下去。他还说，是邓元宝利用了父亲死亡这件事，在给我做局。至于目的，暂时还不清楚。

据说邓元宝喜欢徒步，在湖南上大学时，经常跟一群驴友去徒步。有一次在湘西武陵山中，他曾与队友走散，三四天后才回来。自那以后，他就有了些变化，最大的变化就是偶尔会参加那种拜树仪式。

大学毕业后，他回到西安，进入一个园林绿化公司，公司的负责人叫薛挺，与邓春秋是老相识，昨晚举办仪式的仓库，就是薛挺的苗圃仓。不过，已经证实，薛挺对昨晚的事并不知情。山东的业务，都是邓元宝独立谈成的。山东客户已经按合同付了款，今天就要把苗圃装车运回山东。

"那邓元宝人呢？如果没有被绑架，叫来一问不就清楚了吗？"

"今天一大早，他就坐飞机去了云南。薛挺说，这趟差是半个月前就定好的，只是邓元宝要处理邓春秋的后事，才推到今天。我们查了航班，邓元宝的确登机去了昆明。"刘天雨说。

"意思就是什么都问不到呗？"

刘天雨没有说话，看着孔孟荀。

"不能这么说，我们通过邓元宝的经历，得到一些启示，因此回查了所有参加拜树仪式者的档案，我们发现一个非常反常的现象。"

"什么？"

"在我们掌握的近二百份档案里，我们注意到，这些人不论性别年龄，全都去过武陵山区。"

"同时去的？"

"不是，在不同的时间。"

"那你这联系有些勉强了。"我说，"虽然我对地理不太熟，但我小时候在酉阳住过，也属于武陵山区，从来没听说过当地有拜树的传统。"

"可能吧，但目前来说，这是我们唯一的线索。"

"这么机密的事情，干吗要告诉我呢？"我问。

孔孟荀又露出那种贱兮兮的笑，一看就没好事。他说："马龙兄弟，是这样，我们有个不情之请……"

"既然不情，就别请了。"我赶紧阻断他的话。

我先前就觉得异常，一个把自己吹得这么厉害的人，竟然对我如此客气，非奸即盗啊。这不，绕了一大圈，正题终于来了。

孔孟荀说："你先别急着拒绝，这件事跟你有关系，根据我们的推测，你父亲很可能也去了武陵山。"

"你的意思是想让我去一趟？"

"对！"

"别，你也少拿我父亲出来忽悠。说了这么半天，都是你空口白牙，你推测他在武陵，我就得去武陵；你怀疑他在西非，我是不是还得去一趟塞内加尔？"

"马龙兄弟，你跟着张进步这小子没几天，就学坏了啊。"

"既然你提到张进步，我今天就是来找他的，见不到他，啥事儿都免谈。"

"不是说了吗，他现在就在你车里。"

"那我得先见他，再说其他的。"

"马龙兄弟，你对他就这么信任？"

"他跟我出生入死，我不信他，难道信你？"

孔孟荀尴尬一笑，对刘天雨说："可以吗？警官。"

刘天雨愣了一下才说："您来决定啊。"

孔孟荀犹豫了好一会儿，才说："行吧，反正后面的事，也少不了那小子掺和。不过，我得跟你说好了，前面我们说的这些，都是绝密，你不能告诉他。"

以我的经验来说，一旦有人告诉你什么话，又反复嘱咐你不能说出去，其实目的就是让你说出去。

所以，我毫无心理负担地就答应了。

出去的时候，我们还是先乘那个怪船。老木一直没有说话，但我明显感觉它看我的眼神里，有一种无法描述的和善。

或许他们说的都是真的？我不由得这么想。

刚靠近车，我就听到一阵震人心魄的呼噜声，如天雷滚滚，拉着熟悉的长调。我真害怕一开车门，就遭遇一场风暴。

我拉开车门，只看见张进步眯着眼睛，笑眯眯地看着我，可口鼻之间的巨响，宛如火车过境。

看见他手腕上的万国表还在，我就放心了，看来并没有发生那种对他来说过于惨绝人寰的事。

张进步从副驾驶座跳下来，一把推开我，对我身后的孔孟荀大喊："老孔，老子的珠子呢？"

"你这孩子怎么出口成脏呢？"孔孟荀看上去并没有生气。

"我可跟你说，这珠子是给马龙还债的，我跟买家已经说好了，二百万。你要也行，可以打九八折，一百九十六万，我和马龙每人九十八万。马龙欠刘总一百五十万，我可以免利息借给他五十二万，让他先还债。你替他还也行，把我的四十六万打我卡里就行了。"

张进步只要提到钱，贪婪嘴脸就毕露无遗，把旁边黑着脸的刘天雨都逗笑了。

孔孟荀说："小子，这珠子真要按你这个价钱卖，就亏大了。"

"我愿意亏，你管得着吗？"

"宁愿坐牢？"

"坐个屁牢，这珠子是我家祖传的，打我爷爷那辈起，就在我们家粮仓里埋着……"张进步撒起谎来，眼睛都不眨一下，张嘴就来。

"那你可真对不起你祖宗了。海螺珠都是按克拉卖的，市价少说都是一克拉一万，你这个珠子一百多克，五百多克拉，你算一下多少钱。"

"有这么贵？"张进步眼珠一转，"这样吧，老孔，我是农村人，小富即安，不求大富大贵。我替马龙做主了，你三百万拿走，马龙刚好把债还了，无债一身轻，再替你做什么事，他心里也就没负担了。怎么样？"

孔孟荀低头沉吟，似乎真在心里打算盘。

我刚想开口说话，被张进步拦住："老孔别犹豫了，你这可是捡了大漏啊。"

"行！"孔孟荀抬头，看着我，斩钉截铁地说。

"真的啊？"张进步看起来高兴坏了，脸都笑成了一朵黑花，对孔孟荀说，"珠子已经给你了，我现在就把卡号发给你。"

孔孟荀没理他，而是对我说："马龙兄弟，让你背着债出门的确不合适。这样吧，你的债我替你还了，以表我的诚意，如何？"

我还没来得及回答，张进步就着急问："那我的呢？"

"你跟刘警官回去，先把倒卖文物这事儿查清楚再说。"孔孟荀板起了脸。

"我去——"张进步的脏话眼看就要出口。

我赶紧拉住他，对孔孟荀说："我不同意。"

张进步一把揽住我的肩膀，说："这才是我的好兄弟，不过……我要是你我就同意了。"

孔孟荀说："其实我不怕你不同意。这样吧，我既然说了替你还债的话，就不会收回。脚长在你身上，你不愿意去，我也不可能绑着你去。"

"哎，老孔，说了这半天，你究竟让马老板帮你干什么，要下这么大血本？提前声明，杀人越货，坑蒙拐骗，倒卖古董这种事，我们可不干啊。"张进步沉迷于算账，直到这会儿才醒悟过来。

"我们别站在这儿了，到里面坐着说吧。"刘天雨说。

我们回到先前的小院里。

张进步打量了一圈说："老孔，没看出来，你这么庸俗的人，还有这么悠闲的好地方。不过，看着有点儿老旧了，回头我介绍个装修的朋友，给你重新捯饬一下，瓷砖一贴，铝合金门窗一上，窗明几净的多好。"

孔孟荀带我们进了他的房间，房子不小，但被几个并列的大书柜占据了一大半，活动的地方显得很局促。我们拉了几把椅子坐下来，孔孟荀又要泡茶，被我阻止了。

"有啥话抓紧说，听你讲了一上午，现在午饭点都过了。我下午还有事，一会儿就得回去。"

孔孟苟只好说："我说再多，你也不信。我给你看个东西，如果你看完，还决定不去，那我绝不再找你，好不好？"

"去不去，债得还上啊。"张进步提醒。

孔孟苟走到书柜旁，从上面取下来一个牛皮纸文件袋，放在我面前说："前一阵，你家里遭了贼，你还记得吧？"

"嗯。"我点了点头。

"你知道贼去你家偷什么吗？"

"我不知道，不过好像也没丢什么。"

"就是这个。"孔孟苟用手指轻轻点着文件夹说，"你拿回去看，不过看完要还回来。"

"算了，不看了，太麻烦，我还得跑一趟。"

我虽然很想知道文件夹里是什么，但凭我的直觉，打开它就是打开一堆麻烦，不如干脆克制一下好奇心，别打开。

"这里面是你父亲的笔记，记录了三十年前那次调查的全过程。"

"我不是都听你讲过了吗？我有阅读障碍症，笔记就不看了。"我继续找理由拒绝。

"你应该看。"孔孟苟盯着我的眼睛说。

"为什么？"

"因为里面有你的母亲。"

第十六章

我妈是谁？

◀ ‖‖‖‖‖‖‖‖‖‖‖‖‖‖ ▶

人可以没父亲，但绝不可能没母亲。

但这句话放在我身上就不符合，我没母亲。

我从来没有见过我的母亲，也从来没有人说起过我的母亲。小时候，我跟奶奶住在酉阳山区的村寨里，十里八乡的寨子，没父或母亲的孩子非常多，大家都习以为常。

到了上学的年龄，我和奶奶搬到西安，跟父亲住在一起。来到一个陌生的地方，虽然认识了新朋友，但城市里人与人的关系淡漠，也不足以让人注意到我是个没母亲的孩子。

习惯成自然，我并不觉得周围那些父母双全的人，跟我有什么区别。母亲这个称呼，于我而言，仅仅是一个书面词，一个与我无关的词。

当孔孟荀说"你的母亲"时，我竟然发呆了足足半分钟，思考它究竟是什么意思？就像一个生锈的阀门，被强行扭开。我猛然意识到，自己并不是从天而降，凭空而来，也是一对男女结合的产物，也是一个女人十月怀胎的结晶。

我下意识一把抓起桌上的文件袋，想都没想，就起身离开了房间。

身后传来孔孟荀的叫喊声："你随时给我打电话，号码我给张进步了。"

回去的路上，张进步恢复了司机身份。他一边开车，一边气愤地向我讲述昨晚他如何被抓，珠子如何落在孔孟荀手里。可我一句都没有听清，双手紧紧抓着文件夹，心慌意乱。

"马总，别抓那么紧，小心抠烂。"张进步提醒我。

"好好开你的车。"

"我觉得吧，你可别上了老孔的当。"

"啥意思？"

"我不知道你们前面说了啥，但根据我的推测，他肯定给你炫耀他们有多牛，接着向你表示他们很尊重你，为啥呢？因为你的父亲很牛，对吧？反正老爷子现在也不在家，死无对证……呸呸呸，我真想把自己这张嘴撕了。"

"没事儿，继续说。"

"行，他们利用你想找到老爷子的心理，忽悠你帮他们干事儿。普通人到这一步，也就屈服了。但你是谁呀，哪能受这个忽悠？"

"别扯这没用的。"

"看你不上当，他们就启动了还债模式，知道你着急还债，就假惺惺跳出来说帮你还，想让你感恩图报，目的还是当他们的枪。提起这事儿，我就生气，明明可以卖二百万的珠子，被他们强买强卖夺走了，趁火打劫，落井下石，得了便宜还卖乖……"张进步一口气把自己学过的成语背了一遍。

"你啥时候当诗人了，说起来一串一串的。"

"我天生就是诗人，我给你吟两句诗吧。"张进步这人就是给二分胭脂就敢开染坊的货。

我未置可否，没想到他竟然真的拿腔拿调吟起诗来。

"我还是辛苦地扮演着我，连辛苦都演得毫无破绽……怎么样？"

"这是谁写的？"我问。

"我啊！"张进步得意地回答。

"你这么辛苦地扮演谁呢？"

"呃……这是诗，文学创作，表达心情的，哪能当真啊。"张进步赶紧解释。

我没有就此和他纠缠下去。

车开到楼下，黄小意正蹲在大院的花坛上抽烟，看见我，她从花坛上跳下来，笑嘻嘻地说："我看公主闻不得烟味儿，就自觉出门抽烟，姐姐不错吧？"看她没正形的样子，哪里像个得了癌症的人。

我刚想介绍张进步，没想到这小子竟然主动的不得了，冲上来就大叫一声："小意姐啊，总算见到你了。"好像他们是久别重逢的老熟人。

"咦，张进步？"黄小意笑着说。

这个场面让我吃了一惊，赶紧问："你俩认识？"

"认识个屁，这不是才见吗？你的朋友我都见过，没见过的不是张进步还是谁？"

"就是就是，除了小意姐，谁还敢在马龙面前自称姐姐啊？"

两个活宝就这么自顾自聊开了，让我一阵头晕。

虽说下了雨，但气温并没有下降，午后又闷又热，谁都不想出去，我只好点了一堆外卖。

张进步和黄小意一相逢，简直胜却人间无数，两人聊天就像在说相声，尚锦乡被他们逗得乐不可支。

整个下午，房子里都充满了欢声笑语，让我原本沉重的心情也缓和了许多。

傍晚时，黄小意要回去，张进步恋恋不舍，提出要开车送她。

黄小意问："你不会看上我了吧？"

张进步说："小意姐你不要亵渎我们纯洁的友谊。"

黄小意笑着说："最好不要，否则你一定会后悔的。"

最终她还是自己打车走了。

张进步问我："小意姐有啥心事儿是吧？"

我想了想，还是没有把黄小意患病的事告诉他。张进步这么聪明的人，知道我不说，肯定是不方便说，就没有再追问，而是把话题转向了孔孟荀。我把尚锦乡也叫过来，一五一十，把今天从孔孟荀那里听来的所有东西，转述给他俩。

最终，我们三个人的目光，都落在那个文件袋上。

孔孟荀说袋子里是我父亲的笔记，我认为这大概率是真的，但要不要打开看，我征询他俩的意见。

尚锦乡觉得，先不要对孔孟荀的话带偏见，大胆假设，小心求证，如果他的话跟我父亲笔记的内容相符，那不管听上去有多么荒诞不经，也应该是可信的。当然前提就是，我愿意看这份笔记。

但张进步觉得孔孟荀来路不明，虽然有那位叫刘天雨的警察背书，但警察也存在被误导的可能。而且，很明显这就是一个针对我的圈套，明明白白地想让我钻进去。他最大的不解是，像老孔这般手眼通天的人，有什么难题，还需要求助我去解决？

他对我说："你别太有主角包袱，从你以往三十年平平无奇的经历看，你就是个平凡之路上的普通人，跟三爷我的魅力都差远了，我还跨过高山大海，你也就待在人山人海，啥事儿还非你不可了？"

"那你的意思是，这个笔记就不看了？"

"该看还得看，知己知彼才能百战百胜。老孔下了这么大的血本找你，你至少得知道他想让你干什么。"

尚锦乡突然问我："马龙，你真不知道你母亲是谁吗？"

我还没有回答，张进步抢着说："那有啥奇怪的，我也不知道我妈是谁。不说我妈，我连我爸是谁也不知道。"

尚锦乡轻声说："其实我也不知道我母亲是谁？"

"小姨你可是血脉纯正的王族，怎么也不知道？"张进步十分惊讶。

尚锦乡沉默了，征得她的同意后，我把尚锦乡的养女身份，以及昨晚遇见那个神秘女子的事告诉了张进步。

张进步长叹一声："真没想到，我们都是亚细亚的孤儿啊，多少人在追寻那解不开的问题，多少人在深夜里无奈地叹息……这样吧，既然命运把我仨打包了，那我们以后的名号，就叫亚细亚孤儿组了，简直是逼格到顶了。"

我和尚锦乡像看白痴一样看着他，一时竟无言以对。

文件夹里只有一个三十二开硬皮本，外封原本的红色，覆上了一层时间的灰，边上有磨损，露出里面泛黄的纸质。

"真有些年头了，再存几十年，就可以送拍卖行了。"张进步说。

我用指肚轻轻抚过封面，有一种油脂的温润感。

翻开封面，扉页是父亲一丝不苟的蓝黑色钢笔字，上方正中写着"1982年重庆七曜山考察手记"，下面是他的签名"马渝声"。

"是你父亲的字吗？"

"没问题。"

我正要翻开第一页，张进步阻止了我。

"这么厚一本，得看好长时间。不如这样吧，这会儿外面也凉快了，我带小姨出去逛逛，看看夜景。你自己在家专心看，等我们回来，你再给我们讲，行吧？"

我还没回答，尚锦乡就站起来说："太好了，马龙说带我去夜市吃烤肉，一直也没去，要不就三哥你带我去吧？"

"那你可找对人了，我们去把烤肉排行榜上前十名都吃一遍。"

两个人一唱一和，且说且就穿好衣服。

我知道他们的意思，我父亲的笔记，虽然不知道写了什么，但也算是个人隐私。虽然我并不介意和他们一起分享，但他们还是自觉回避了。

于是，我也没有勉强，尊重他们的选择。

他们出门后，我冲了一杯茶，坐在沙发上，缓缓地打开了笔记本。

如果我不是已经确认笔记出自父亲之手，里面记录的内容，我可能连三页都读不下去。

我并非冒险故事的爱好者，对所有荒诞不经的东西，几乎都敬而远之。长久以来，我以一个科学家的儿子自居，理性是我认识世界的唯一方式。然而当我看到笃信科学的父亲，竟然用一种小说家的笔调，书写这一个个离奇的事物时，那种感觉，真是有一种无以名状的荒诞。

三十年前，我还没有来到这个世界。然而，就在那个时候，父亲所经历和所做的，却是三十年后的我依然无法想象的事物。

我不得不承认，在阅读笔记的前十页时，我的内心是抗拒的。但随着阅读，我渐渐放下了自己的"傲慢与偏见"，主动跟着父亲回到了三十年前，跟着他一起探索那个深埋于群山之下，与我所认知的人类文明存在巨大鸿沟的谜团。

我不得不承认，父亲是一个出色的记录者。

从文字本身来说，与我看过的父亲其他科学笔记并无二致，那是一种长期浸淫于科学研究的人，才能掌握的书写方式，精准到无以复加，几乎找不到任何感性的文字，也没有任何修饰性的词汇。

我可以看懂笔迹的每一个字，每一句话。但越往后读，我就越迷惘，我不停地问自己，这写的究竟是什么？

字里行间的缝隙，仿佛一条条无底深渊，吞噬着我的思考的同时，不住地释放出一团团黑色的迷雾。

在整个阅读的过程中，我做的最多的动作，就是不停地回翻。我就像一个在暗礁丛生的大河里，逆流而上的船工，随时搁浅，随时陷入旋涡，随时被礁石撞击阻断。

有那么一会儿，我忘了自己是谁，我的灵魂被巨浪抛回三十年前，与那个叫马渝声的人合而为一。我已经完全接受了自己所读到的内容，并成为它的一部分。

当我冲出黑暗的河流，缓缓抬起头来，已是深夜。张进步和尚锦乡还没有回来，可是我完全没有想起他们。在刚刚经历的世界里，他们并不存在，就连马龙也不存在。

此时此刻，我就是马渝声，坐在自己家里，回忆着三十年前亲身经历的那一连串骇人听闻的事件。

我一动不动，就这么坐着，不知道坐了多久。直到另一个叫马龙的灵魂，沙漏般缓缓注入这一具身体。

"咯嘣——"僵硬的后脖梗处传来一声脆响，就像上帝按下一个按钮，我被重新启动了。

直到这会儿，我才意识到自己是谁，身在何处。

我放下笔记本，长吁一口气。这本笔记的内容，从某种程度来说并不完整，而是在过程中毫无预兆突然中断。虽然里面的东西已经足以摧毁我对文明的认知，但我也可以这么说，如果他们触碰到的世界是一片浩瀚无垠的秘密海洋，那么笔记里记录的内容，仅仅是一个内海。

另外，笔记里有大量的缩写符号、术语、典故和特殊词汇，父亲并未有任何解释，所以我能理解的，可能只相当于一个出海口。

于我而言，出海口耸立的那座灯塔，就是王笑蝉。

第十七章
我要去武陵

‖‖‖‖‖‖‖‖‖‖‖‖‖‖‖‖

王笑蝉可能是我的母亲。

为什么说可能？因为笔记里并没有明写，是我自己猜出来的。

罗先生、第五先生、茅道长、学林、孟荀、小蝉，这是我父亲在笔记里，对专家组其他六个人的称呼。通过这些称呼，可以看出父亲和他们的关系。

对罗国士和第五龙，父亲用了"先生"这个敬称。对巩学林和孔孟荀两人，则用了朋友间亲近的叫法。至于茅道长，不知道是真道长，还只是一个绰号。只有说到王笑蝉，父亲用了昵称——小蝉。

在整本考察笔记里，巩学林和王笑蝉这两个名字出现的频率最高，他们是与父亲交流最多的人。但父亲写他俩时，有显著的区别。

与巩学林的交流，多以工作为主，两人因观点有分歧，发生过不止一次争执。父亲对此如实做了记录，虽然不同意对方的结论，但在言语之间对其颇为欣赏。

但他与王笑蝉的交流，就没有这么严肃。他们经常会偏离主题，说些在我看来不着边际的东西，可他俩却聊得不亦乐乎。从字里行间可以看出，他们已经有了相当的默契，是那种只有经常在一起生活，才能有的默契。

有那么一两次，他们竟然还讨论起了孩子教育的问题。

父亲认为，他的孩子应该做一个普通人，在人群里看不出来那种，既不会伤害别人，也不会被人伤害，庸常地度过一生。

这倒是与父亲对我的教育特别相符。

而王笑蝉的观点则比较另类，她认为只要孩子健康，就算成为一个十恶不赦的坏人，受尽苦难，被世人唾骂，也无所谓。

父亲把这些都如实地记在笔记里，也说明他俩的关系非同一般。

令我惊讶的是，笔记里另一个高频出现的名字，竟然是李哈儿。

从笔记内容来看，父亲与李哈儿几乎没有过直接的交流，可不知为什么，他竟然事无巨细地记下了李哈儿的一言一行。因为这个人和奶奶故事里的那个人同名，所以我对笔记里提到他的部分颇为留意。

但让我失望的是，除了他颠三倒四讲的几个当地民间传说以外，大都是些家长里短的事，并没看出有什么需要记录的必要。这样的内容出现在一本超自然的科学考察笔记里，显得特别突兀。可是父亲并未作出任何解释，似乎他只是觉得李哈儿这个人有意思。

剔除上面这些人物，整个笔记看起来，就像一位博古通今的学者，费尽心机编纂的一本伪书。可是我想不出父亲作伪的必要。反过来说，假如笔记里的事全都是真的，那么我三十年来的世界观以及人类三千年来的文明观，将会受到严重的挑战。

都说人最大的恐惧源自未知，可谁又能拒绝对未知的好奇和渴望？

我拿起电话，刚想打给张进步，门口一阵响动，张进步和尚锦乡回来了。

"马龙快来，小姨喝多了。"

尚锦乡是被张进步背回来的。

"真没想到，这么文气一姑娘，喝起酒来简直不要命。"张进步气喘吁吁地瘫在沙发上。

我把尚锦乡安顿好，帮她擦了脸，倒了杯水放在床头，关上门出来问怎么回事。

原来，他们吃完烤肉后，尚锦乡又让张进步带她去酒吧玩，没想到在酒吧遇到了张进步的几个熟人。那几个都是酒腻子，听说尚锦乡是外国友人，争着跟她喝酒。没想到尚锦乡来者不拒，一轮又一轮，一桌子人除了张进步以外，全都趴下了。

"你怎么不劝着点儿。"

"我咋没劝？劝不住啊，喝到最后日语都蹦出来了。不过那群人也都喝大舌头了，说中国话也听着和日语差不多。"

"你没酒驾吧？"我闻着张进步满口酒气。

“这哪敢啊，叫了个代驾。”

“那就好，你也洗洗睡吧，把孔孟荀的电话号码给我。”

“干什么？”

“我要去武陵。”

“什么？”张进步猛然坐起来，“马老板，你这是受啥刺激了？”

“等你酒醒了我再跟你说，你先把号码给我。”

“别呀，我醒着呢。三爷我三斤酒量，这点儿酒漱口都算不上。”

我不知道该如何向张进步讲述那些内容，因为到目前为止，我并未能完全接受笔记里的内容，只好挑自己能理解的部分，简单地讲了几条。

即便如此，张进步也听得目瞪口呆，老半天才反应过来，弱弱地问：“你说你妈在武陵山失踪了？”

“是的，笔记里就是这么写的。”

“可是……你确定那就是你妈吗？”

“不确定，”我摇摇头，“可如果不去武陵，我永远都没法确定。”

张进步沉默了片刻，字斟句酌地缓慢说：“如果王笑蝉真是你母亲，这当然是天大的事，你必须去；可是如果不是，老孔那个家伙却以这样的理由，让你白跑一趟……”

“我倒是想白跑一趟。”我打断他。

“这话我就听不懂了。”

他当然听不懂，我自己也不懂。

张进步从兜里掏出一张皱皱巴巴的纸条，递给我说：“马龙，我不知道老爷子在笔记本里究竟写了些什么，我也不想知道，可是既然你要去，肯定有你的理由，我也不会拦你。只是我有个要求，不管上刀山还是下火海，兄弟我要跟你一起去。”

我笑着说：“咱俩的感情已经这么深了吗？”

张进步摇摇头：“那倒不是。虽然孔孟荀答应帮你还债，但那一百五十万卖珠子的钱里，有一半是我的，所以兄弟我现在鸟枪换炮，追债追成债主了。为了保护自己的合法权益，我得保护你不受侵害。这逻辑，于情于理于法，都没毛病吧？”

所谓“话有三说”，世界上有一类人，总能选择最难听的那种。而张进步拥有一种能把任何动听的话，都说出市侩味儿的天赋。

张进步说完就起身去洗澡。不一会儿，浴室里传来难听的歌声：“宁可皇上的江山乱，不让咱们二人关系断……"

我笑着摇了摇头，按照纸上的号码拨了过去。

电话接通，是一个年轻女人的声音："你好。"

我顿了顿，心想不会打错吧？但还是问："你好，请问是孔孟荀的电话吗？"

"老孔，找你的。"电话那头传来女人的叫喊声。

不一会儿，就听见孔孟荀说："马龙兄弟，我一直在等你电话。"

"你怎么知道我会打给你？"

"书上都是这么写的啊。"

"什么书？"我好奇地问。

"不说这个。你什么时候出发？我让人给你订票。"

"这也是书上写的？"

"你要多看点儿书，才能配得上你的身份。"

"狗屁身份。哎，刚才那个是嫂子吗？"

"嘘——"孔孟荀压低声音，"千万不敢这么说，让她听见了，就算你是马渝声的儿子，我也保不了你。"

孔孟荀又说："你既然给我打电话，看来笔记已经看完了。"

"嗯。但有些东西我一时半会儿还不能接受。"

"别说你不能接受，我要不是亲历者，也不能接受。笔记本你保存好，别让人偷了。"

"老孔，我问你个问题。"

"别问我，不是我不知道，是我不能说。"

"你知道我要问你什么吗？"

孔孟荀呵呵一笑，又沉默了半天才说："我只能告诉你，关于你的身世问题，你只能自己去探索。我要是说出来，就犯了禁忌。"

"什么禁忌？"

"不平人的禁忌。"

"你也是不平人吗？"

"我不是，充其量只能算个联络员。但规矩，我也得遵守。"

孔孟荀说得模模糊糊，但我能听出来，他话里包含了太多的信息。我本想通过他理清王笑蝉和我的关系，他阻止了我发问，却又透露出这是"禁忌"。

母子关系怎么就成了禁忌？我百思不得其解。

第二天一大早，我把尚锦乡和张进步叫起来，向他们说了我要去武陵的事。张进步自然嚷着要去，尚锦乡也提出要一起去。

我对她说："这完全是私事。实话实说是有危险的，我并不想让你去冒险。"

尚锦乡说："你探寻的是你的身世，我也想探寻我的身世。"

"你的身世？"

"是的，我要去找那个跟我相貌一样的女人。"

"没人说过她在武陵啊？"

"我觉得她在。"

我还想劝阻，却被张进步拦住："小马同志，你也太不解风情了。你别说去武陵，你就算去亚马孙雨林找食人族打牌，小姨也铁了心跟定你。"

按照张进步的中二命名，"亚细亚孤儿组"整理好行李正要出发，黄小意突然上门了。听说我们要去湘西，她也非要跟着去。

好说歹说，她怎么都不听。

到最后，她把我拉进房里问："你是不是故意要躲开我？担心我破坏你和公主的关系？"

"怎么会？"我赶紧解释，"我们这趟不是去旅游，是去工作啊。"

"屁工作，你是干什么的我还不了解吗？"

我只好挑能说的给她说了几句，主要还是说去找我父亲。

"那我更得去。我们两家就是一家人，马叔叔把我当女儿一样亲，女儿去找父亲不应该吗？"

"可是……"

"别可是了。我再提醒你一下，我可是癌症患者，活不了多久了，最后的一段人生你非得让我憋在家里，抑郁而死吗？"

话说到这份儿上，再冷血的人也不可能拒绝。我只好说："好吧，你非要去就一起去，但不要动不动死啊活啊的。"

"行，那让我最后说一遍。我听说，乳腺癌跟心情有关系，心情好的话，活个十年八年，甚至活到老，也不是没可能。你不是说要给我治病吗？这次带我出去，就当治病了。"

黄小意说起自己的癌症，一直嬉皮笑脸的。不过她这段话真是让我动心了，万一有用呢，对吧？我是个不太相信奇迹的人，但那是以前。

我给孔孟荀打电话说了黄小意要一起去的事。

孔孟荀说："马龙兄弟，你不需要问我，所有事全由你来做主，包括刘天雨，也听你的调遣。"

"刘警官也要一起去吗？"

"对，他的主要任务就是服务你，你们去了免不了要接触当地的一些相关部门，有他在方便些。另外，你别叫他警官，他这个身份其实就是为了方便工作，并没有正式编制。"

"嗯，我知道了。我们什么时候出发？"

"随时啊，听你的。"

"老孔，我有一件始终想不通的事。"

"除了你的身世以外，其他都可以提出来。"

"为什么非得让我去？"

"是我非让你去的吗？"孔孟荀笑着说。

"别发出这种奸笑，我最讨厌你们这种做派，明明把我逼到悬崖上，还非得说是我自己要跳下去。"

"马龙兄弟，不要说得这么悲壮，你不是壮士，我也不是要送你去当烈士。你要去的是个什么样的世界，究竟是天堂，还是地狱，我也不清楚，我说太多容易误导你，该了解的都在你父亲的笔记里。但我提醒你，尽信书不如无书。三十年前，我们只是在门口看了一眼，所以笔记里那些东西，并不一定就是真相……"

"你说什么？"我忍不住大喊一声，"到这会儿了，你才告诉我笔记不可信？"

"不是不可信，那些的确是我们看到的事实，但事实不等于真相。"

"好了好了，真相要我自己去找，对吧？"

"很好！"孔孟荀说，"时不我待，你们中午就出发，我一会儿就让天雨去接你们。"

第十八章

瑶草和袭击者

◀ ‖‖‖‖‖‖‖‖‖‖‖‖‖‖‖‖‖ ▶

我们一行五人，从西安飞抵张家界后，又包了一辆七座商务车，前往龙山县。

暮色苍茫时，商务车驶入县城。

司机把我们拉到酒店，登记住宿。刚把行李放好，刘天雨就招呼大家去吃饭。我本打算在路边摊吃点儿小吃，但他说有人接待。

"你们别管是谁，吃好就行。"刘天雨嘱咐我们。

楼下大厅里站着一男一女，女的叫阿抱，二十五六岁，身材娇小；男的叫阿豚，三十出头，身材壮实。两人见了我们，也不问我们是谁，但表现得十分热情，就像基层公务员接待上级领导。

说了一轮客套话后，我们各自上了车。商务车跟在他们车后面，沿着街巷一直开，大约十几分钟，开进一处靠近江边的院子。

这是一处吃本地菜的特色馆子，初建不久，临河立着一些毛草亭阁，我们就在其中一个里面坐下来。

从始至终，那一对男女都没有问过我们的身份，只是热情洋溢地介绍着那些美食：苞谷酸炒腊肉、燕麦粉蒸螃蟹、血粑鸭、糍粑、米粉、糯米馓子……几乎每上一道菜，他们都会详尽地介绍其制作原料和方法。似乎我们是来做美食调研，而不是来吃饭的。

张进步吃辣不行，但对那坛自酿的米酒颇有好感，一直劝黄小意和尚锦乡喝点儿。

尚锦乡昨晚喝醉，今天精神一直不好，坚决不喝。黄小意开始也说不喝，但经不住张进步再三相劝，还是端起酒碗，先尝试着泯了一小口，又喝了一大口，惊讶地说："真是太好喝了。马龙，这个酒你一定要喝。"说着她就把她的酒碗递给我。

我接过来喝了一口，就是普通的白酒味儿，没觉得有什么特别。

黄小意问我："你没喝出甜味儿吗？"

"没有啊，高度白酒怎么会有甜味儿？"

"不会吧，"黄小意把酒碗夺回去，又喝了一口，"这么甜都喝不出来，你舌头有问题吧？张进步，你喝着什么味儿？"

张进步皱了皱眉头说："我也没喝出甜味儿，但是有一种薄荷的清香，凉凉的。"

"你们舌头都有问题吧。"黄小意又倒了两碗，推到尚锦乡和刘天雨面前说，"你俩尝一下是什么味儿。"

我注意到那两个接待我们的人一直在笑，看他们的表情，似乎有什么好玩的事。

尚锦乡勉强端起酒碗，喝了一小口，马上就吐了出来。

"不好意思，太苦了，我喝不下去。"她说。

四个人喝出了四种味儿。我倒是不像黄小意那样，总怀疑其他人味觉有问题，我觉得问题肯定出在这酒里面，不由心生警惕。

刘天雨微微一笑，端起酒碗，一饮而尽，没有说话。

黄小意急着问："你喝着究竟什么味儿啊？"

"酒味儿啊，辣的。"

"不对不对，这太奇怪了……"黄小意一边念叨一边又喝了一大口，"就是甜的啊，我怀疑这是甘蔗酿的酒。"

这时，那个叫阿豚的男人笑着说："我刚才忘了给大家介绍，这种酒是当地土家族寨子里自酿的酒，叫梯玛酒，旧社会时是山寨里的土司才能喝的酒，而且不是平常喝的，是举办祭祀仪式才能喝的，十分珍贵。这种酒的配方曾一度失传，不过在十多年前，有人在溶洞里找到了土司的藏酒窖，同时也找到了酿酒书，这才重新酿制出来。"

张进步问："有什么特殊的配方吗？"

阿豚说："据说有七八十种原料，不过是保密的，已经列入了省级非物质文化遗产。听说其中最重要的一味，就是武陵山中的瑶草。"

尚锦乡突然说："瑶草不是泛指仙草吗？"

"对，过去我们都是这么认为的。但据梯玛酒的酿造者李笑来说，他根据土司遗留下的酿酒书，在大灵山上找到了传说中的瑶草。但具体是什么样，我们都不知道。"

"可能就是个噱头。"张进步说。

"姑妄信之吧。"阿豚说，"不过，这个酒有个特性，就是不同体质的人，喝了是不同的味道。正常健康的身体喝着就是普通的烈酒味，肝功能受损者，就会喝出薄荷的清凉……"

"那甜味儿呢？"黄小意问。

阿豚没有说话，旁边的女子阿抱说："喝出甜味儿，据说是跟内分泌失调有关。不过姐姐你也不用担心，梯玛酒的作用，就是针对不同的体质做调节……"

直到这会儿，我算是看出来了，阿豚和阿抱这是卖药酒来了。

自古以来，泛华夏文化圈就对药酒比较迷信，把各种植物的根、茎、叶、果实或者动物的尸体泡在酒里，药借酒力，酒助药势，外用或者内服，治疗不同的疾病。所以，也就产生了形形色色的药酒，功效也被吹得天花乱坠。我在网上见过一种据说可以彻底治疗艾滋病的药酒配方，自称治愈率在九成以上。也不知道为什么这么珍贵的配方，不去申请国家专利，反而免费公布出来？

我看黄小意听得认真，不忍心打断，就以上厕所为名从亭子里出来，沿着酉水河岸，边走边点了支烟。夜色正好，岸边的灯火给漆黑的河流上了浓妆，隐隐可以看到河对面高低起伏的山脉。

一支烟抽完，我正想冲酉水河撒泡尿，突然觉得脑后一凉，一回头，正好看见一把寒光闪闪的匕首，朝我面门刺来。

身后是黑黢黢的酉河水，想躲开已是不可能。我凭着直觉下意识伸出手，一把攥住了刀刃，同时猛然出脚，朝来袭者的下盘踢去。

这招其实是跟张进步学的。他说人的胫骨因为表面没有肌肉，所以特别脆弱，正面对敌时，戳脚有很多招式，就是专门招呼对方的胫骨。人被踢中后，轻则剧烈疼痛，瞬间失去战斗力；重则骨折，倒地不起。

或许是偷袭者轻视了我，以为一击必中，来不及躲闪，被我的大头皮鞋踢了个正中。一声闷哼过后，匕首落在我手里。一阵钻心的疼痛从右手掌传来，我顺势一甩，匕首"哐当"一声落在远处。

从始至终，我都没有看见偷袭者的相貌和身形，如果不是刚才那一脚的确踢中了东西，我甚至怀疑那把匕首是凭空出现的。

前后左右，夜色朦胧，但有那么一瞬，我似乎看见空气在扭曲，一个几乎是透明的影子，在我面前晃动。紧接着我感到耳边一阵凉意，似乎有什么东西直冲我太阳穴撞过来，我顾不得疼痛，伸手格挡，同时朝旁边闪躲。

一个冰冷而粗糙的东西缠上了我的手腕，顺着胳膊，朝我的脖子袭来。我伸出另一只手想抓住它，可握住的却是一条胳膊，表面长了一层坚硬的鳞片。我死死拽住它，用尽全力将其甩了出去，同时脚下一滑，差点儿掉进河里。

我赶紧稳住身体，摆好防御架势，准备迎战这个看不见的袭击者。可是等了半天，只听见不远处的黑暗里，传来一声幽幽的叹息。

"你是谁？"我大喝一声，想反击却找不到对手。此时手掌也开始剧烈疼痛，我明显可以感觉到，鲜血在哗哗向外流。

可我还是不敢分神，静静地站在原地，感受周围的动静，直到确认袭击者已经离开了，才一把扯下衬衣，紧紧缠绕在手掌上，三步并作两步，跑回了吃饭的亭子里。

亭子里除了阿抱以外，其他人都在。

看见我的模样，所有人都呆住了。只有刘天雨一把拉住我，边往外跑边喊："阿豚，开车去医院。"

真是万幸，割伤我的匕首是单刃，只留下一道伤口。刀身应该不宽，有强大的戳刺能力，但刀刃划开的伤口并不深，没有伤到神经，不过还是缝了十一针。包扎后又打了破伤风针，折腾到深夜，才从医院出来。

黄小意鼓噪着要报警，被张进步拦住。

刘天雨也说："受伤不严重，就不要惊动警察了。"

"马龙平白无故被人捅了一刀，总得搞清楚是怎么回事吧！"黄小意仍然不甘心。

刘天雨顿了顿说："你说得对。你们先回酒店去，我去现场看看。"张进步也要跟去。刘天雨说："袭击者没有得手，有可能还会来。马龙受伤了，你得负责他们的安全。"说完，就急匆匆走了。

回酒店后，我把身上的血衬衫换掉，又擦了把脸，出来后发现他们几个都直愣愣看着我。

"怎么了？"我觉得莫名其妙。

张进步说："马老板，我是越来越搞不懂你了。你看啊，我们上次去日本，刚到大阪，隔壁就死了人，伊豆说是从国内跟着我们过去，打算冲你下毒手的。这次到武陵，我们今天早上才决定来，可是来了屁股都没温热，你就被人砍了一刀。我就想不通，你这究竟是命犯哪家太岁了？还是说你身上背了什么不可告人的秘密，怎么老有人想置你于死地呢？"

"我咋知道啊？"我也急了，"我他妈要知道还能被人捅？"

"不对劲儿，非常不对劲儿。"张进步摇着头说，"知道我们来武陵的，除了我们这几个人，就是孔孟荀。但老孔要干掉你，没必要非把你诓这么远来。"

"老孔是谁？"黄小意问。

"就一个老骗子。"张进步顺嘴就说。

"别听他瞎说。"尚锦乡说。

我把孔孟荀的身份向黄小意做了简单的介绍。

"我去，怎么听着跟电视剧一样。"

"比电视剧可复杂多了。"张进步说。

我们猜测了半天，毫无头绪。

已经到凌晨了，刘天雨还没有回来。我让黄小意和尚锦乡回房间休息，可她俩都不愿意。

张进步问："你们是不放心呢？还是不敢回去？"

"当然是不放心，万一坏人再来了……"黄小意说。

"姐姐，这你就放心吧，这可是法治社会，酒店里全是摄像头，一般人不敢来。再说了，不是还有我吗？"

"你？你行么你，黑胖子。"

"黄小意，你叫我什么？"张进步似乎被这个称呼激怒了。

"黑胖子啊，总比白胖子好听吧？"黄小意说。

张进步想了想说："也对哦。"他转头得意洋洋地对我说，"马龙，你可不能胖，你要胖了就是白胖子……"看上去，他对自己是个黑胖子还颇为骄傲。

有些人的需求是向外的，任何时候都要与别人比较；也有些人的需求是向内的，时时事事都得符合自己内心的标准。这两种各有各的好，比如张进步就属于前者，他只要胜过别人一点点，甚至只是名义上胜过，都会获得巨大的满足感。

又过了半个多小时，刘天雨回来了。他手里拿着一个报纸卷，打开后，里面裹着一把匕首，上面有些许血迹。

"这就是割伤你的匕首。"他说。

大家立即围了过来。

正如先前猜测的那样,匕首的确是单刃,刀身不长,有十多公分,中间开一道血槽,微微弯曲,呈牛耳尖刀状。刀头尖锐而锋利,如果力量够,我想就算是涂满松脂的野猪,也得被戳穿。

护手和刀柄由深色硬木一体雕刻而成,鹰头吞口,鹰翼展开,微微上翘,是为护手,尾羽散开,与刀柄相连。刀柄扁圆,雕刻着一些古怪的图案,像是某种图腾柱,隐隐透出一种远古的蛮荒气息。怪异的是,柄头被雕刻成一颗猪头的形状,猪头慈眉善目,像是猪八戒剃度后的模样。

"马老板,你被侮辱了。"张进步突然说。

"嗯?"

"匕首上有颗猪头,分明就是杀猪刀,不只捅了你,还要骂你是猪。所谓士可杀不可辱,这分明就是又杀又辱。"

我看刘天雨没说话,就问他怎么看。

刘天雨表情十分凝重,嘴唇动了好几下,却没有开口。

"怎么了?这把刀你认识吗?"我又问。

刘天雨点点头,他指着护手处鹰腹部的位置给我们看。那里雕刻着一个圆圈,里面是一个八角星,八角星内又有一个圆圈,圈内有一个小孔,不在正中,微微偏上,似乎是雕刻师没找准圆心。

"太阳八角星。"

"是什么?"

刘天雨没有说话,撩起自己的衣襟。在他左肋与心脏平行的位置,有一个银元大小的太阳文身,形状跟匕首上的八角星有些相似,只是外面没有圆圈,太阳射出的八道光芒的顶端,各有一个小圆点。但太阳中间也有一个小孔,位置也略微偏上。

"我去,你们是一伙的啊?"张进步一边叫嚷,一边撸起袖子就要干。

第十九章
吊坠不见了

◀ ‖‖‖‖‖‖‖‖‖‖‖‖‖‖‖ ▶

　　我们暂时安抚住张进步，听刘天雨费劲巴拉地解释了半天，算是听明白了，可问题却变得愈发严重。

　　据刘天雨讲，匕首上的太阳花纹和他的文身，的确是同一个东西，叫"太阳八角星"，起源不明，是不平人的标识。

　　刘天雨指着匕首上的八角星说："你们看，这个里面的圆圈叫日轮，中间的圆孔，象征着运动中的太阳，八角是太阳的光芒，代表了太阳的方位，也同时代表四正、四维八个方向。外面的圆圈，象征万物循环往复，生生不息。寰宇之中，只有太阳最为公平，普照宇宙。"

　　"你这个外面，怎么没有圆圈呢？"

　　"因为我不是不平人，我们杜城刘氏只是不平人的附族。"刘天雨说，"每一脉的不平人，都有几个自己的附属家族。"

　　"御龙氏一脉都是附族？那你们的老大是谁？"

　　刘天雨微微一笑说："抱歉，我不能说。"

　　张进步说："搞了半天，你跟老孔竟然都不是不平人，却忽悠有纯正不平人血脉的马老板替你们卖命啊？"

　　"马龙还没有接受传承，所以并不能算不平人。"刘天雨说。

"那王笑蝉是不平人吗？"我问。

刘天雨摇摇头说："我不能确定，因为不平人都是隐秘传承的，只有像孔先生这种不平人的联络者，才能掌握这些信息，我无权打听。"

"真没看出来，这老孔权力很大嘛。"

"不平人并非机构，也不是宗教，只是一种责任，所以从不奉一朝一家一姓之君王，不参与王朝政权的更迭，但会与政权合作，平天下不平之事。所以孔氏一族，自殷商成汤王始，就是不平人与政权联系的通道。"

"你说的孔家不会就是那个孔家吧？"张进步好奇地问。

"还能有哪个孔家？"

"可是孔夫子一介文弱书生……"

"你说得不对，"沉默了半晌的尚锦乡突然开口，打断张进步的话，"孔夫子并非文弱书生。正史里记载，他身高九尺六寸，接近两米三，有徒手举起城门的力量，只不过，他不想以此来获取声名。你不能因为后世的读书人大都手无缚鸡之力，就说孔子是文弱书生……"

"好！"张进步大叫一声，"小姨说得太好了，是我没文化胡说八道，以后一定跟小姨好好学习。只是现在……我们是不是先搞清楚是谁袭击了马龙？"

黄小意在旁边看着张进步的狼狈样，"扑哧"一声笑出来，但随即捂上嘴。大概是觉得此刻不应该笑。

我问刘天雨："如果照你的说法，这把匕首就是不平人的。"

"应该是。"

"你能不能看出是谁的？"

刘天雨犹豫了好一会儿，才说："如果只看柄头上的猪，匕首应该属于十二地支中的大渊献一脉。但这样的推测很粗略，并不准确。"

"这大渊献又是哪一家？"张进步问。

"别问了，他肯定不知道。"黄小意说。

果然，刘天雨尴尬地笑了笑："我的确不知道。"

张进步对我说："马龙，你给孔孟荀打电话，你告诉他，如果他不把凶手交出来，咱们明天就回。去什么武陵山？在城里就被人捅刀子，进了山还不知道要遭什么黑手呢。"

我看着刘天雨，想询问他的意见。

刘天雨说："你别问我，你想怎么做就怎么做，我现在的身份只是你的助手。"

我拿起电话，找到了孔孟荀的号，却迟迟没有按下拨出键。

首先，我不太相信孔孟荀会害我，正如先前张进步所说，老孔这么手眼通天的人物，没必要把我诓到武陵来动刀。

其次，如果我问他，就有两种结果：他告诉我，或者不告诉我。而这两种结果，对我来说都没有太大意义。

就算老孔告诉我刺杀者是谁，那我能不能找到他？找到了能不能打得过？就算打得过，难道我还能把刀插回去？我认为自己下不了手。

倘若老孔不说，莫非我就真会赌气返回西安？当然不会。如果没有袭击这件事，我其实对这次出行仍有犹疑，可是莫名其妙遭遇袭击，反倒愈发让我坚定了要把事情搞个水落石出的想法。

我说："大家休息吧。"

张进步还想说什么，但最终没说出来。

"明天怎么办？按照原计划进行，还是休息一天？"刘天雨问。

"原计划明天去哪儿？"

"司机把我们送到古城后，他就回去了。阿豚帮忙联系了一位当地的老板，由他来安排我们进山。"

"行，就按原计划进行吧。"

"那你的手……"

"没关系，带点儿药我自己换吧。"

小城的夜晚十分安静，可是麻药劲儿一过，伤口就一抽一抽地疼。我躺在床上，耳边响着张进步的呼噜声，久久难以入睡。

忽然，我看见一个黑影，从半开的窗口爬了进来，身形轻盈得像一只猫。我无法判断它是人，还是什么动物。黑影落地时，没有发出一点儿声音，它先是趴在地上，随即缓缓立起来，像是一个矮小的侏儒，一步一顿地朝我走过来。

我想坐起来，可是身体就像被麻醉了，酥软无力，就连手指头都动不了。我急忙大喊，却发现嗓子也被什么东西卡住，完全不能出声。

这时，黑影走到我身边，它全身都裹着黑色的布，只露着眼睛，打扮得像电影里的忍者。那双眼睛绝不是人类的眼睛，闪烁着幽幽的蓝色荧光，看起来是两汪沸腾的毒液，翻滚着疯癫、残忍、狰狞和淫邪。

它向我伸出手，那只手上有四根砂石般粗粝的指头，每一根都有半尺多长，指尖上柔软的触角扭曲地蠕动着。它掀开我搭在身子上的被角，轻轻抚摸着我胸口的皮肤，冰冷，潮湿，滑腻，仿佛有一万只蠕虫在我身上爬行。

我无法用任何方式来表达自己的恐惧，身体已瘫成一堆烂泥，甚至连发抖都做不到。

它的触手一直向上，到我的脖子时，猛然一缩，就像是摸到了火炭。我虽然看不见，但我知道它摸到的，是我一直挂在胸前的吊坠。我还没来得及想什么，它就已经扑上来，两只怪异的手紧紧扼住我的喉咙。

刹那间，我感觉自己不能呼吸，想挣扎却动不了，只一瞬间，脑子就开始缺氧，眼前出现了重影，耳朵里蜂鸣不止，心脏先是急促跳动，但又迅速慢下来，并且越来越慢。与此同时，我的身体开始发热，不，应该是发烫，我眼看着自己像一块烧红的木炭，在黑暗中泛起微微的红光，我听见卡在脖子上的那双手发出嘶嘶的声音，就像是——铁板鱿鱼，甚至能闻到烧焦的味道。

压在我身上的黑影不安地扭动着，似乎它也承受着跟我一样的痛苦，可那双手却始终掐着我的脖子不肯放松。

"我要死了。"我想。

忽然，黑影身上冒起了火焰，它像一个纸人被点燃了，转瞬之间，从内到外被火焰吞没。

我看见了它的脸，那是一张人脸，却毫无人类的特征，它的五官，除眼睛之外，全都由无数细小如根须的肉芽组成。在火光的映照下，那些肉芽以肉眼可见的速度迅速萎缩、枯焦，纷纷扬扬，飘落在我脸上。

我下意识想躲开，猛然感觉到自己竟然能动了，死死卡住脖子的手，也不知道什么时候已经松开。我趁势一拳挥出去，却像打在了空气中，没有丝毫着力点。冒着火焰的黑影仍然骑在我身上，但此刻它已经成为火影，原本的黑暗被火焰照透，像一个燃着的灯笼。

我一个鲤鱼打挺，从床上跳起来，一头撞在黑影的脑袋上。只听一声惨叫，我的眼前突然一亮，黑影竟然变成了张进步。

此时他靠在电视柜上，手捂着鼻子，鲜红的血从指缝里漏出来。

"你干吗呢？"张进步冲我喊。

"你干吗呢？"我反问。

"你半夜发烧了，我用凉毛巾帮你物理降温啊。"

"我发烧了？"

"是啊，烧得脸都黑了，哇哇乱叫。先是发热汗，跟蒸桑拿一样，后来又像块火炭，浑身红通通的……我 ×，流这么多血，我去洗一下。"

张进步去了卫生间，我从床上下来，走到窗边，从暖壶里倒了一杯水。水是温的，我一口气喝完，体内的灼热才渐渐消退。

此时，天蒙蒙亮，窗户半开着，微风吹进来，潮湿中带着丝丝凉意。刺耳的音乐声由远及近，那是一辆清洁车在播放亘古不变的神曲《兰花草》，乐声遮蔽了宾馆院子里老树上的鸟鸣。

我深吸了一口凉气，脑子清醒了许多，右手伤口的疼痛也已缓和，只是有一种隐约的瘙痒感。

我回到床边，想穿衣服时，突然注意到白色床单上，有一个黄褐色的人形，像是有人画上去的。

我觉得很奇怪，就算是出汗浸湿了，也不至于是这种颜色。我伸手一摸，竟然是干的，而且似乎变硬了，简直像是三年没洗才能出来的效果。我心里一惊，抬手去摸胸前的吊坠，竟然摸了个空，只有一根绳圈挂在脖子上，空空荡荡。

"老三！"我大喊一声。

张进步仰着头，鼻子里塞着两团纸，像头鼻子里插了葱的猪，从卫生间跑出来，问："又怎么了？"

"见我的吊坠了吗？"

"没有啊，吊坠没了？"

我没说话，把床上床下翻了个遍，张进步也不顾鼻子还在出血，趴在地上帮我找。可是我们找遍了房间的缝隙角落，也没有吊坠的影子，它就像是凭空消失了一样。

"不会是昨晚打架的时候掉的吧？"张进步问。

我摇了摇头，我清楚地记得，在医院缝针的时候，吊坠还在。

"我靠，你半夜发高烧，它不会是孵化了吧？"

我心里一惊。在浴月岛上，瑶水族长徐海曾说过，这个吊坠是管狐卵，有避水功能，必须在烈火中焚烧数日才能孵化，孵化后的管狐，就是仙游宫里那种半透明的银蛇，会钻进人体内……我曾目睹伊豆手下的三浦和井上，被管狐攻击后，身体融化变成了一摊稀泥。

如果管狐真被我孵化出来，进入我体内，为什么我还好好地站在这里？想到这里，我一把扯开床单，发现下面的床垫也渗上了一层黄褐色的人形。

我转身对张进步说："你摸我一把？"

"干啥？"

"快摸呀。"

"我没这个嗜好啊。"

"别磨叽，快摸我！"

"好好好，摸就摸，别喊啊。"张进步伸出手，犹豫了半天，摸了摸我的头，抱怨道，"你这是脑子烧坏了吗？"

"能摸到吗？"

"可以啊。"

"啥感觉？"

"油腻腻，湿漉漉，热乎乎的，跟刚褪了毛的猪一样。"

我长吁一口气，一屁股坐在床上："看来我还没死。"

"神经病！"张进步的眼神里冒着火，看起来恨不得扇我两耳光。

我缓和了片刻，才向他解释。

"不好意思，我刚才以为我死了，身体已经融化了，担心你看见的只是我的灵魂，才让你摸摸看有没有实体。"

"哎，早知道这样，我刚才假装自己没摸到就好了。"张进步把鼻孔里的纸揪出来。真没想到他鼻孔那么大，像是塞了半卷卫生纸。

我把刚才做的梦给张进步讲了一遍，他听得极为认真，听完后摆了摆手说："高烧能把人烧出幻觉。"

"感觉太真实了，动也动不了，喊也喊不出来。"

"你被鬼压床了。早就给你说过，不要有主角包袱，要不然压力太大，容易心理崩溃。"

"那我的吊坠呢？"

"丢了就丢了，免得老让别人惦记。再说你要是想纪念你奶奶，咱不是还有仿制的吗，只要你心里是真的就行，对吧？"

话是这么说，可我总觉得有什么不对劲儿。

第二十章
战国古城

上午九点多，大家都起来了，看起来休息得还不错。

刘天雨一早就出门了，回来时带了一包药，除了碘伏、纱布和消炎药之外，还有些肠胃药，说是担心大家进山后水土不服。

张进步说："你不如把昨天那个药酒带点儿，既能消毒，又能解渴，万一吃了不干净的东西拉肚子，喝两口也能缓解。"

刘天雨说："这你就放心吧，古城里接待我们的人，就是这个酒的发明人，到时候可以要一些，随身背着。"

尚锦乡很关心我的伤，一直问长问短。

张进步说："小姨你不知道，他昨晚发烧了，折腾半宿，让我都没睡好。今晚就由你来照顾他吧。"

"行。"尚锦乡想都没想就答应了。

在酒店餐厅吃过早饭，我们退了房，上车前往古城。

武陵山腹地的里耶，位于八面山下，酉水河畔，是湘、鄂、黔、渝交界处的一座古镇。

父亲的笔记里提到过里耶，那是在和罗国土先生的对话里。

罗先生说起他的一位学生，前不久在里耶发现了新石器时期的龙山文化遗址，出土了一批颇有价值的红泥陶器。但是在发掘过程中，似乎还有些别的发现，想请罗先生过去看一看。罗先生说结束了重庆这边的考察后，自己会去里耶一趟，还邀请父亲一起去。

不过，也就仅此一笔，后面并未提及。

在路上，刘天雨给我们介绍了里耶古城。

1985 年，里耶镇的几个砖瓦匠在挖泥做坯时，挖出了一些战国的陶器和青铜兵器。随后，考古队进驻发掘。到 1989 年，陆续挖出战国古墓五十多座，出土铜器、陶器、玉器和残铁器等大批珍贵文物。在后续的发掘中，又发现了部分遗址和战国墓葬群。

一直到 2002 年，里耶要修建水电站，当地考古研究所进行了一次抢救性发掘。正是这一次的发掘，让这座战国古城重见天日。

"是不是有很多值钱的宝物？"张进步兴奋地问，但没有人理他。

我问："我们来这里是干什么？"

刘天雨说："当时，考古队在里耶古城的遗址发现了三口古井，在其中一口井里，找到了三万七千多枚秦简牍，上面记录的内容涉及秦朝的政治、经济、军事、文化等诸多方面，仅就目前专家翻译和解读出来的内容，据说就足以改变中国历史，甚至世界历史。"

"天雨，你以前是干导游的吧？讲得这么头头是道。"张进步说。

"那倒没有。"刘天雨认真回答，"发掘古城的时候，我曾在这里待过半年时间。"

"这不是考古工作吗？要你们来干啥？难道是古墓里有大粽子？"

"大粽子？"

"你不会连粽子也不知道吧？就是僵尸啊，盗墓小说里只要进个古墓就有僵尸。这里有这么多的古墓群，里面阴冷潮湿，从风水学角度来讲，属于祭品养尸地，不出粽子才怪呢。"

"还真没有，整个发掘的过程非常顺利。"

"那你来干什么？"

刘天雨没有回答，看了一眼司机才说："这事说来话长，等到了后再给你们讲。"

那位一直专心开车的司机忽然问："你们是考古队的吧？"

"您听出来了？"张进步说，"我们是秦始皇老家的，来替他老人家巡视巡视。"

司机听他开玩笑，也就顺着话说："你是秦始皇家亲戚啊？"

"对,秦始皇是我三表叔家二姨的小舅子……"张进步又开始发挥自己胡喷海吹的能力了。

"二姨咋会有小舅子呢?"司机一下就找到了他话里的漏洞。

司机十分健谈,对湘西各处风俗如数家珍,通过他一路的介绍,我们对当地的风土人情、民族习俗、美食名胜也有了基本的了解。

"师傅,看不出来,你还是个文化人啊。"黄小意笑着说。

"啥文化人,我以前就是干导游的,但只干导游不赚钱,就买了车,专门拉游客,顺便给客人当免费导游。"

"里耶有什么好吃的东西?"

"那肯定是米豆腐嘛。"

米豆腐我很熟悉,它不能算是里耶一地的特产。我小时候在酉阳的寨子里,就经常能吃到。寨子里家家户户都会做米豆腐,有时候客人上门,主人就会先调一碗米豆腐待客。不过,我觉得谁家做的都没有我奶奶做的好。奶奶做的米豆腐色泽金黄、柔嫩滑口,无论是凉拌,还是热煮,甚至放在火上烤出来,调上佐料,咸辣鲜香,非常好吃。

不过奶奶经常说,豆腐吃的就是水,哪里的水好,豆腐就好。她到西安后,也做过几次,我觉得味道还可以,但她自己不满意,说城里的水不行。自那以后,她就再也没有做过。

想到奶奶,我不自觉地伸手去摸吊坠,可是什么都没摸到。这时我才想起它已丢失了,无缘由一阵心悸,脑袋也阵阵发晕,赶紧用手托住。

坐在旁边的尚锦乡发现了异样,急忙问:"怎么了?"

"没事,感觉有点儿晕车。"

张进步一回头,看着我说:"脸怎么红扑扑的,不会又发烧了吧?"

尚锦乡伸出手背在我额头贴了一下,又在自己额头贴了贴,说:"倒是没有发烧,只是为什么这么冰凉。"

我觉察不到自己的冷热,可是当尚锦乡的手背碰到我时,我竟然有一种灼热的感觉。

坐在我后面的黄小意也来凑热闹,伸手在我脖子上摸了一把,夸张地大叫:"我去,你这也太冰了,怎么跟死人一样?"

"你们兄妹俩这怎么回事儿啊,咋说个话动不动死啊活啊的,一点儿都不忌讳?"

张进步说，"今天早上，马龙一起来就怀疑自己死了，非让我摸他。三爷我好歹也是见过大风大浪、蹚过大江大河的人，就没见过像你们俩这么说话不讲究的。"

"你不会死吗？"黄小意问。

"是人都会死啊。"

"那有什么不能说的？"

"真是惹不起你。就算非要说死，你也得换个委婉的说法，比如'离世''去了''没了''走了'什么的，这样才显得对人尊重。"

"那我换种说法：我去，你这也太冰了，怎么跟没了一样？"黄小意这话一出口，全车人都被逗笑了。

张进步瞪着我骂道："你笑个屁啊？说你死，还这么乐呵。"

我本想跟他贫几句，可是不知为什么，竟然产生了一种攻击他的冲动。虽然冲动并不强烈，而且随即被我压制下去，但这样无来由的冲动，让我觉得莫名其妙。

如果不是我们先入为主，知道这里是战国古城，走在街头，并不能感受到它与南方乡间星罗棋布的其他古镇有多大区别。但对历史研究者尚锦乡来说，在这里游逛，似乎逛出了一种穿越感。

实话说，我并不是古镇游的爱好者，但看尚锦乡和黄小意游兴正浓，我只好和张进步跟在后面当保镖。

这里的老街巷挺宽敞，古街上的商铺鳞次栉比，招牌大都是黑漆古匾，上题朱字或金字，原本的色泽已经褪去，时间的刀在漆面上留下了裂纹和刮痕。它们和街边那些闲坐的老人，共同为这个古城注入了灵魂。

刘天雨本来要去找接待人，但打了两个电话后，就来跟我们会合了。他说接待人有事出去了，我们自己解决午饭。

张进步调侃他不受人重视。他也不反驳，只向我解释说，那个接待人与众不同，是当地的一个亿万富翁，承包了酉水一线几百平方公里的山头做旅游景区。本来说中午来跟我们见面，早上突然接到通知，说有上面的领导来考察，临时调整了计划。

"他不是酿酒的吗？"我问。

"这个人身份非常多，酿酒只是他的个人爱好。不说他的生意，光是非物质文化遗产传承人的身份，他就有七八个。"

"怎么听起来像个大忽悠？"张进步嘟囔道。

刘天雨笑了笑，说："让女孩子们自己去逛，我们找个地儿喝会儿茶，等中午大家再一起吃饭。"

我们跟尚锦乡和黄小意打了招呼后，就找了一个老茶馆喝茶聊天。

我问刘天雨："我们干吗非得找人接待呢？自己进山不行吗？"

"当然没问题，只是我们要去的地方，全都在他的景区范围里。"

"呦，竟然是个地主，他叫什么来着？"

"李笑来。"

"你还没说来这里干什么？"

"2002年，在里耶古城的遗址发现三口井，其中一口挖出了震惊世界的秦简……"

"这你说过了，中华第一井嘛。我在网上也查了。"

"你查到二号井和三号井了吗？"

"没有。"张进步摇摇头，"应该是没发现什么东西吧。"

刘天雨微微一笑，说："一号井深十五米，由四十三层套榫的木板叠砌而成；二号井深五十米，上层'井'字形木结构半榫叠架，下层是砖石，结构基本完整；三号井坍塌厉害，现在还未发掘，预估可能会更深。"

"挖这么深啊？干什么用的？"我不禁好奇。

"那还用说，肯定是藏东西呗。"张进步抢着说。

刘天雨犹豫了片刻，说："我们目前掌握的关于古五德的资料，至少三分之一是出自二号井中的简牍。"

"可信度高吗？"

"至少关于青木族的去向，与你父亲参加那次调查所获取的信息，基本契合。"

"这就不对了。"张进步忽然提出疑问，"按常理来说，你们不平人存在的历史，应该跟五德相差无几，而且都不是凡人，应该有过不少交集。关于五德的一些历史，你们应该有记录和传承吧？怎么感觉也是一抹黑呢？"

刘天雨刚要解释，被我阻止，我说："这个问题我先猜测一下，如果不对，你再纠错，怎么样？"

"好的。"

"进步刚才问为什么不平人对五德不太了解，我认为有三方面原因。首先就是时间原因，几千年对地球来说是弹指一挥，但对人类而言无比漫长，一句话经过两个人传就会变形，何况经过几千年，遗忘和遗失是难免的。"

"这是大套话，可以不说。"张进步颇为不屑。

我继续说："第二个原因，通过这几天对不平人的了解，我们知道不平人天干地支二十二个支脉，是独立传承的，虽有合作，但平常均无往来，其中缘由不得而知，但是信息封闭是存在的，相互隔绝的信息片段，形不成完整的信息链。"

"用文化人的语言就是，荞麦皮打浆子——两不相沾，秃子跟着月亮走——互不沾光，是这个意思吧？"张进步把我的话做个完美总结。

"不过以上两条不是最重要的。"

"那最重要的是什么？"刘天雨也饶有兴致地盯着我。

第二十一章
怪力乱神

我的结论是，不平人之所以对五德了解甚少，除了时间和各自为政两个原因之外，最根本的原因是，不平人与五族其实是敌对关系。

张进步对这个判断表示怀疑。

他有自己固有的一套阶级论，人类的国籍、性别、肤色、信仰或其他分歧，都不是根本分歧，只有阶级是永固的。

在他的眼里，世界是立体分层的，同一层级的人才是一伙的，所以大人物之间，不论国籍和信仰是否相同，他们都是好朋友。所以像不平人和五族，这种非凡俗势力，不论初心如何，最终必然会成为利益共同体。

虽然他讲得很有道理，但我从刘天雨听我讲话时，眼睛里流露出的惊讶可以看出，我是对的。

我问张进步："你知道不平人是干什么的？"

"修路的？"

"差不多吧，平天下不平之事，修天下不平之路。"

张进步哈哈大笑说："那不平人就是道路养护工程师，像刘天雨这种是属于没资质的助理工程师。"

刘天雨白了张进步一眼，他的白眼在黑皮肤的映衬下，显得异常白。

"那你说说，什么是不平之事？"

"这就多了，"张进步突然变得严肃起来，他思量了片刻才说，"不平之事，就是恃强凌弱，仗势欺人，以权谋私，巧取豪夺……"

"够了够了，那你觉得为啥会有不平之事呢？"

"这有啥为啥？人和人天然存在差异，存在高低强弱，自然就会有不公平。你别问我怎么解决，这事儿解决不了。再说世上没有什么绝对公平的事，追求绝对公平就是否定人的天然差异，这才是最大的不公平。"

"哪儿听来的？"

"机场书店啊。"张进步说完忽然缓过神来，又连忙说，"你管我哪儿听来的，你就说有没有道理吧？"

"那如果你在街上遇见两个人打架，会不会管？"

"我不会管，但我会看热闹。如果他们打得不够劲儿，我就会撺掇他们打得猛一点儿，最好见血。"

张进步在这方面倒是很坦然，他就是那种唯恐天下不乱的人。

"那你看见一个壮汉在打一个老太太，会不会管？"

"必须的，路见不平……哎——我是不是明白点儿什么了。"

"那你讲讲。"

"你的意思是不平人就是替天行道的梁山好汉呗，路见不平一声吼，该出手时就出手。"

"呃，可以这么类比，但并不相同。就像你说的，这个世界有很多与生俱来的不公平，你提到的人的体质、智商、能力这些不平，只是其中的一部分，但最大的不平其实是文明的不平。"

"这怎么讲？"

"我举个例子，冷兵器时代，你拿宝剑，我拿菜刀，我打不过你，回村叫人，叫三五个，或者十个八个，总能打过你。但是假如你手持一把 AK-47，我就算把全村人叫来，有用吗？"

"没用。"

"这就是文明的不平。"

"我靠，你真够磨叽的，绕了这么大一圈。"张进步大叫道，"你的意思不就是想说，五族的文明在古代相当于外挂，不平人就是封外挂保证游戏运转顺利、玩家公平的程序员吗？"

"是这样，但跟普通游戏的区别是，这个游戏的代码并非不平人写的，游戏的运转也不受后台控制，不平人的权限就是封外挂。而对五族来说，信息泄露越少，就越安全。我怀疑秦始皇统一六国后，企图结束五德终始，这后面有不平人在使力。"

"没错，如果是这样，很多事情就可以讲通了。"张进步说，"我也一直纳闷，为什么像五族这么强大的势力，秦始皇那么聪明的人，怎么就非要逼迫他们离开呢？用狄大人的话来说，就是其中必有蹊跷。天雨，你怎么看？"

在我和张进步一来一往的对话过程中，刘天雨始终没有说话，听见张进步问他，他才长叹一声说："难怪孔先生力排众议，非要让你俩来湘西，且不说逻辑如何，单就说你俩这想象力的确是够了。干我们这行的，其实跟做学问一样，大胆假设，小心求证，想象力不够的人，起步就被淘汰了。"

"别戴高帽子，你就说马老板刚才的推论对不对？"

"我不能说对，或者错，不平人独立做事，相互背靠背。我并不了解秦朝时不平人在五族隐退这件事上，起了多大作用。但结合我掌握的资料，以及我自己的推论，他这个逻辑是对的。"

刘天雨顿了一顿又说："不平人随着射日出现，他们要解决的，绝非人间之不平，所有破坏这个世界平衡的事物，都是不平人的对象。"

"比如说？"

"各种怪力乱神。"

我开玩笑说："难怪孔夫子不跟人谈论怪力乱神，原来是找不平人干掉它们。"

"那不平人自己呢？"张进步抬起了杠，"算不算怪力乱神？"

刘天雨正色对他说："你要是见过真正的怪力乱神，就不会这么问了。"

他的话让我想起昨晚的"梦"里那个恐怖的黑影，想起那种冰冷、潮湿和滑腻的感觉，不由打了个寒战。

"怎么了？"刘天雨敏感地问。

"没事。"我摇了摇头，端起茶碗，喝了一大口热茶。

这时，我的目光扫过窗外，看见了不远处一个卖油粑粑的小摊旁，尚锦乡正在和摊主说话。

让我惊奇的是，刚才还穿着牛仔T恤的她，此时竟然换了一条蓝色印花裙子，头上还像本地土家妇女一样，包了块青丝帕，估计是在手工蜡染布铺子里买的。最有趣的是，她背上还背了一个土家的竹篓，这身打扮简直就是我奶奶以前的装束。

我正想招呼张进步和刘天雨一起看，突然发现了异样——尚锦乡竟然没有穿鞋，而是打着赤脚。

很早以前，土家族无论男女老少都不穿鞋子，不管上山打猎，还是爬树采摘，全都光着脚。在土家族的傩戏里，有一项巅峰绝技叫"上刀梯"，表演者光着脚在锋利的刀刃上来回攀爬行走。与此类似的还有赤脚走火盆、独脚立刀尖等等，可充分展示土家人的铜脚铁板。

如今除了专门的表演者，已经很少能见到外出光脚者了，但是在村寨里还可以见到，而且很多都是女性。

尚锦乡热爱民族传统服装，这可以理解，但光脚走路，这都是长期练出来的，否则就算是走在干净的青石板路面上，也绝不会舒服。

我突然觉得，这个女人可能不是尚锦乡，转而就想起那个与尚锦乡相貌相仿的神秘女子。此时她包着头巾，看不出头发长短，看起来跟尚锦乡没有任何区别。

我把正跟刘天雨抬杠的张进步拽过来，指着"尚锦乡"让他看。我没想到他只看了一眼，就出声大喊："小姨——"

我心里一惊，坏了！

果然，那个女人听见了张进步的声音，转头朝这边看过来，跟我对视一眼，表情先是疑惑，后是惊讶，随即转身就走。

好不容易才遇上，怎么能让她走了呢？

"傻子！"我骂了一声，使劲儿推开张进步，直接跳上桌子，从窗口蹿了出来，朝着那个女人追过去。

这会儿，古城的游人突然多了起来。我不可能像电影里演的那样，一会儿撞这个，一会儿推那个，只能在游人的缝隙里穿行，眼睛还得紧紧盯着前面的女人。她就在我前面不足百米处，速度也不快，但胜在地形熟悉。古城里小巷纵横交错，宽窄不一，岔路斜路，蜿蜒曲折，毫无规则，而她穿梭在其中，如同一条鱼游走在珊瑚礁里。

在整个过程中，她没有回头看一眼，却始终与我保持了相当的距离，只要我一不留神，距离就会拉远一些。就这样，我追赶了大约十几分钟，当脚下的青石板路面变成了三合土时，我们走出了主城区。

我突然注意到，她去的方向，竟然是不远处的码头。

如果让她乘船走脱，以后再想找到她，就很困难了。

我冲她大喊一声："你是谁？"

她身形微微一顿，不过并没有停下，反而加快了速度。

"你究竟是谁？"

我又喊了一声，双脚提速，跑着追了上去。

此时，我们在一条可以行车的巷子里，巷子口是一条公路，不时有车辆驶过，公路那头就是河岸码头。

我们之间的距离越来越近，应该不足五十米，不过此时她已经到了巷子口，只要穿过马路，就到了码头。码头虽然不大，但停泊着众多大小不一的乌篷船，随便钻到哪条船的篷里，基本就找不到了。

眼看着她出了巷子，将要过马路。我心里一急，以最快的速度奔跑起来，顷刻间就冲出了巷子。

她已经过了马路，正在下台阶。

我没有一丝犹豫，刚要追过去。突然，一辆黑车"吱——"的一声刹停在我面前。我因为完全没有减速，直直地冲了上去，巨大的撞击力将我反弹回来。我一边旋转一边向后退，身体失去重心，只能凭借既往的训练强行让自己滚倒在地，卸掉了大部分力道。

原本受伤的右手，以非常别扭的方式被挤压在身体下面，撕裂般的疼痛让我忍不住叫出声来。

但在身体恢复控制的一刹那，我几乎没有犹豫，在第一时间就爬了起来。河边码头上大大小小的乌篷船，像一只只甲虫拥挤在一起。熙熙攘攘，南腔北调，女人早已不见了踪影。

我又急又气，真想破口大骂。可是刚才的事故吸引了很多目光，三三两两的闲人都围上来看热闹。

"竟然敢撞劳斯莱斯……"有人窃窃私语。

我这才注意到，刚才挡在我前面，被我迎面撞上的车，竟然是一辆黑色的劳斯莱斯幻影。不过，我的目光并未停在车上，而是继续不甘心地扫视这码头。

"王八蛋，你这是想碰瓷啊？"

一声闷雷般的嘶吼在我脑后响起，只听这声音就来者不善。与此同时，一只手探上了我的肩膀。

我正因为追丢人，心情差到极点，此时遇到袭击，自然是毫不犹豫，左手抡起拳头，借着转身的力道，一拳挥过去。

如果在武侠宗师温瑞安笔下，这一拳就是带着三分的怒火，三分的恨意，三分的沮丧，还有一分的不甘，丝毫没有考虑对手能不能承受。

只是没想到，滋味如此复杂的一拳，竟然打空了。

周围的人群发出了一阵哄笑，但是片刻以后我就搞清楚了，他们不是在笑我。

第二十二章
李笑来

如果我早点儿看清对手，打死都不会挥出刚才那一拳。

站在我对面的是一个孩子，不对，应该说是一个跟孩子一样高的成年人，目测他的身高顶天不会超过一米五。

我差不多一米八，所以我刚才打空，不是因为他躲得快，而是他的身高低于我的预估范围，拳头是擦着他的头顶挥过去的。

"王八蛋——敢跟你老子动手，找死啊。"他嘴不饶人。

且不说他的个子，他这张嘴就欠撕。让我纳闷的是，他这么小的个子，为什么会发出那么有力的声音？

他一边骂，一边朝我扑过来，身形十分灵活，一看就是受过专业训练。只是搭配他这身高，看起来简直就是一只骂骂咧咧的功夫马猴。

人群一阵骚动，开始起哄，都是看热闹不嫌事儿大的主。

"小四，停下！"

一个男人的声音，像钢锥般穿透人群的嘈杂，化作绕指棉绳，拉住了小个子进击的身影。小个子冲到一半的身体微顿，竟然向后跃回去。

这个动作看似简单，却不是一般人能做到的。收发自如，是高手才有的能力。

人群如约好一般，让开一条通道，一个男人走了进来。

他大约一米七出头，面如方田，肤如麦芽，浓眉大眼，不怒自威，嘴角带着微微的笑意，有五六分像电影明星任达华。看他的穿着，似乎是政府工作人员，小领白衬衣，连领口的纽扣也紧紧扣上，西裤中缝笔挺，压花纹的黑皮鞋，表面落了浅浅的一层浮灰。

他刚一出现，围观者的喧闹就安静了下来，只能听见窃窃私语。他径直走到我面前，微笑着伸出手说："朋友你好，我是李笑来。"

人群"轰"的一声，似乎听到了什么爆炸消息。

李笑来这个名字，我在刘天雨嘴里听说过。他就是那个在溶洞里找到了梯玛酒秘方的人，也是七八种非物质文化遗产的传承人，更是当地旅游开发的大老板——亿万富翁李笑来。

我一时没有反应过来，只是下意识伸出手，却发现包扎伤口的纱布上，有血渗了出来。

李笑来看见血，也有些惊讶，问："你这是受伤了吗？"

"对。"我说，"不过这是之前的伤，跟撞车没关系。"

李笑来似乎没听见我的话，可能他也不在乎我说什么，只是对那个小矮子说："小四，带这位朋友去医院做个全面检查。"

"不用了，我没事。"我提高声音说。

李笑来说："还是检查一下放心，所有的费用都由我来支付。我这么说绝对没有冒犯你的意思，只是为了表示我的歉疚。"

他的话里有一种不容置疑的态度，是不是大人物都这样？只不过从李笑来的嘴里说出来，让人听起来没有那么反感。

"真的不用，我还有事，就不麻烦了。"

李笑来迟疑片刻，不知从哪里拿出一张名片，递给我说："如果朋友执意不肯，我也不强求。这是我的名片，你在龙山有任何需要帮忙的，请不要客气，给我打电话。"

我接过名片，简单的浅灰色卡纸上，竖版印着三列黑字，最左边是"武陵桃花源"，中间是"李笑来"，右边印着一个电话号码。这张名片谈不上什么版式设计，没有装饰工艺，也没有任何头衔。

对于一个大老板来说，这张名片似乎过于简单了些，不过这与我也没什么关系。李笑来对我这么客气，我自然也不能失礼，就对他笑了笑说："谢谢！"我知道用不了多久，我们就会再次见面。

他冲我点点头，转身对着小四说："走吧。"

小四跟在他身后，像个宠物一般。他们走到车跟前，司机拉开后门，李笑来上了车。小四转到另一边，上了副驾的位置。

车缓缓启动，平稳地沿着岸边的公路开走了。看热闹的人也渐渐散去，他们很多人嘴里还在念叨着李笑来的名字，似乎很遗憾刚才撞到劳斯莱斯的人是我，而不是他们。

自始至终，李笑来都没有问我的名字，却让我有事打电话找他。虽然我肯定不会找他，但这样显得很没有诚意，似乎他这么做，就是为了表演给周围的人看。

我冷笑了一下，随手把那张名片揉成一团，刚想抬手扔掉，但余光扫到旁边几个人的眼睛，都像狗一样紧盯着它，似乎很想"捡漏"。于是我手一扬，将名片在空中绕了一圈，装回兜里，在他们失望的眼神里转身离开。

绕了半天，我才回到茶馆。

尚锦乡和黄小意也回来了，尚锦乡依然穿着牛仔T恤，只是买了一块蜡染的小披肩。看见我浑身是土的狼狈样，都急着问缘由。

我把整个过程讲了一遍，大家一阵沉默。

"这还真是阴魂不散，走到哪儿都能遇见。"黄小意说，"只是不知道是偶遇，还是别的什么图谋。"

尚锦乡突然说："我一定要找到她。"

我问刘天雨："你们能不能通过公安机关，帮忙查一下尚锦乡的身世？"

刘天雨摇头说："怎么可能？别说她是日本国籍，就算是中国国籍，我们也没这个权力，你真以为我们是特权部门啊？"

"难道你们不是吗？"张进步故作惊讶地说，"我还以为你们可以为所欲为呢。"看来他对上次抓他的事还记着仇。

刘天雨没理他，对我说："如果在大城市，我倒是可以利用私人关系，找朋友查一下治安监控，或许可以找到那个女人。但这里连基本的交通监控都没有，要找人也只能靠打听了。"

大家七嘴八舌讨论着该怎么样找人，最后决定吃过午饭后，分组去打听。既然她会出现在里耶，而且穿得那么特别，肯定有人会认识她。虽说没有照片，但尚锦乡就是活模板，应该比照片效果更好。

我们让老板帮忙从隔壁叫了米粉和小菜，就坐在茶馆吃起来。

我把那张皱巴巴的名片，拿给刘天雨看。

他拿过去看了一眼，也从兜里掏出一张名片。虽然都是李笑来的名片，但简直是云泥之别。

我那张先前说过了，白纸黑字，街头打印店五块钱就能做一盒。可是刘天雨拿的这张却不一样，双层折叠，高档特种纸，精致工艺。更厉害的是，上面竟然有十几个头衔，只不过都隐藏在折叠层里，看上去没那么刺眼。

只有露在最外面的主头衔是：武陵桃花源景区开发集团，李笑来总裁。

张进步鄙夷地对我说："人家天雨这张才是正经社交名片，你这张基本属于楼下收垃圾的塞人门缝那种。你不会遇到骗子了吧？"

"骗子有开劳斯莱斯的吗？"

"有肯定有，但好像用在你身上不太值。你全身上下，连最值钱的吊坠都丢了，还有什么可骗的。"

"吊坠丢了？"刘天雨和尚锦乡同时问。

我点点头说："不知道什么时候掉了。"

张进步说："没掉，就是钻你身体里去了，你怎么就不信？"

旁边拿着两张名片看的黄小意突然说："奇怪得很。"

"怎么了？"

"你们看啊，天雨这张名片肯定是真的，上面只有座机，没有印手机号。但马龙这张上印着手机号。"

"大老板怎么会给一个路人手机号，就是骗子。"张进步说，"要不马龙你给拨一个。"

"我有毛病啊。"

"不用拨，我有他的手机号，上午才给他打过。"刘天雨拿起手机，念了一串号码，竟然跟名片上是同一个号码。

"哎哟，马龙，亿万富翁看上你了。"张进步说，"给你留了私人电话，你打个电话，下半生就不需要努力了。"

虽然张进步在扯淡，但我们找不出任何理由来理解这件事。最后只能归结为李笑来是个好人，担心我的身体，才留了私人号码，可以让我直接联系到他。不过，刘天雨说下午就会跟李笑来见面，我决定到时候再问他。

吃完饭后，我们找了一个照大头贴的小店，现场拍了几张尚锦乡的照片，每人拿了一张，出去打听那个女人的身份。

只是没想到，见过那个女人的人不少，知道她身份的却没有。有人隐约记得她是附近村寨里的人，却不记得是哪个寨子。

最后我决定还是到码头上去打听，如果她是坐船来的，那船工肯定会对她有印象。

里耶有上中下三处码头，刘天雨去了上码头，张进步和黄小意去了中码头，我和尚锦乡来到下码头。下码头就是那个女人消失的地方。

远看是一码事，可走近了是另一码事。

里耶位于酉水北岸，河岸边都是清一色的土家吊脚木楼。又粗又长的木头柱子撑在水里，搭上木架，木楼就悬空盖在木架上面，雕梁画栋，古色古香。

岸边的码头历史悠久，乌篷船大小不一，进进出出，热闹非凡。我们跟码头上一个小吃摊主聊了半天才知道，大船是专跑下游远程的，中船是下游近程，而小船是上水船，专门跑重庆秀山、酉阳一带。

他说："有个大老板把码头买了，最近在成立船业行会，说是要统一规范管理。"

我问："不会是李笑来吧？"

"就是他，有钱人，开矿起家的。"

"开啥矿？"

"水银、铅锌、锡矿，还有萤石。"

"开这么多？"

"大老板嘛。"

"李笑来这人怎么样？"

没想到我随口一问，竟然打开了摊主的话匣子。

"那可是个大好人，听人说他把赚的一半钱都捐了，县里每年考上大学的孩子，他都给钱，还不少给。我听他矿区附近村里的人说，过年过节，他都拉几卡车白面、大米，挨家挨户送，一年下来，村里人都不用买米面。他还给村里修公路，接自来水，还组织寨子里的人做手工艺品，说是要出口到外国，家家户户都给分钱……"

"你分到没？"

"我哪有那个福气，我爷爷辈上就搬到镇子里了，村里户口都没了。"

"那你咋知道这么多？"

"码头上人来人往，我也是听他们说的。"

看他还有说下去的趋势，我赶紧拿出照片，让他辨认。

他指着我旁边的尚锦乡说："这不就是她么？"

我只好撒谎说："这是她妹妹，两个人长得差不多，但是跟家里闹矛盾，离家出走了。听说这儿有人见过她，就找过来了。"

摊主说："我是个脸盲，记不住人。你去找桶叔问问，他在这儿几十年了，要是见过，肯定记得。"

"桶叔是谁？"

"骑桶人啊。骑桶人你们都没听过？"

我摇了摇头表示没有，在旁边一直没说话的尚锦乡突然惊奇地问："这里有骑桶人？"

第二十三章
骑桶人

骑桶人是谁？

尚锦乡告诉我，骑桶人不是一个人，而是一种如今已基本绝迹的职业。

她的老师蔡哲伦先生祖籍四川，蔡哲伦的父亲1926年毕业于北京大学史学系，一直致力于巴蜀古代陶瓷研究，后来在1948年，因局势动荡，带着全家人去了台湾。

"骑桶人"其实是蔡父的研究，只不过到台湾没几年，蔡父就因病去世。蔡哲伦继承父亲衣钵，继续攻读历史，成就斐然，对父亲的研究领域也有所涉猎。

只是在一次闲聊中，蔡先生向学生们提起父亲的研究，说到骑桶人。尚锦乡觉得很有意思，就留心记了下来。

巴蜀瓷器兴起于隋唐，衰败于元朝，以唐宋时期最为辉煌。而绝无仅有的"木桶河运术"，与巴蜀瓷器的兴衰同步。

巴东地区地势险峻，群山跌宕，沟壑纵横，运输多以水路为主。但该地区河道弯曲狭窄，水流湍急，水量也很不稳定，枯水期难以行船，运输贵重瓷器风险很大。

于是，聪明的古代巴蜀人发明了木桶运输法。他们把瓷器用纸包好，捆扎起来，放入大木桶中，四周塞上干草叶和沙土，并在其中撒上豆种或麦种。木桶入水后，潮气会让种子生根发芽，互相交错，缠绕在一起，就形成了天然"保护气囊"。

再将木桶用绳索串联，由经验丰富的走水客骑在木桶上，撑桶沿支流向下，运输到干流大码头，再转船运往全国各地。

木桶运输最大的好处就是，不论河道水量大小，只要有水，就能顺利通过。哪怕是一些小河道，在枯水期出现局部断流。运输者也能将木桶单个分开，搬运到有水处，再重新连接下水。

这些运输木桶的人，个个都是走水客中的高手，有非凡的水性和操控技艺，以及充沛的体力。即便在蜿蜒河道的湍急水流里，也能精准控制木桶的行进速度和方向，时而奔腾如虎，时而轻盈如燕。

同一趟运输，通常需要两个人，大多是师徒，个别也有父子。由经验丰富的师父骑头桶，年轻力壮的徒弟骑尾桶，上桶后绝不靠岸，一口气到终点，取一往无前之意。因为常年骑在木桶上沿河漂流，这些人便被两岸的居民称为"骑桶人"。

当时有很多文人为骑桶人写诗，有描绘其在激流中飞腾的——飕飕逸响如飘风，骑桶飞出蓬莱宫。

有羡慕其自在逍遥的——风从虎兮云从龙，骑桶掀翻快活人。

在民间，骑桶人被传得神乎其神，说他们受到河神眷顾，派出水蛇王为其引路。而后来的骑桶人，就真有随身饲养水蛇者。水蛇外表五彩斑斓，也给他们的职业涂上了几抹神秘的色彩。

随着蒙古人统治中国，饮茶之风不再盛行，巴蜀瓷器由此衰落，其他物品价值低廉，不值得用木桶运输，骑桶人也越来越少。至明末清初，川渝两地经历战争和瘟疫，人口剧减，百业凋敝，巴蜀各大窑口皆成废墟，骑桶人这个职业，也彻底消失在历史长河中。

这也是蔡哲伦父亲的研究结论，他认为骑桶人这种职业，就像历史上的锯冰人、驾木人、赊刀人和打更人一样，已经失传了。

所以当尚锦乡听到摊主说到"骑桶人"，才十分震惊，甚至怀疑自己听错了。后来我们才知道，桶叔在附近码头上，甚至在酉水河两岸，可谓无人不知，无人不晓。

我们很快找到了桶叔。

他是个五十多岁的精瘦汉子，身材不高，稍显佝偻，灰白但浓密的短发像一丛银针，皮肤黝黑，脸上沟壑纵横，精光四射的眼睛里隐隐有些灰蓝色，鼻子宽阔，上唇留着浓密的胡子。他上身穿一件灰色的对襟旧褂子，下身是宽敞的深蓝色土布裤子，一双赤脚尺寸惊人，又宽又大，像是蛙蹼一般。

听见我们叫他，他咧嘴一笑，露出两排整齐洁净的牙齿。

"你是哪个儿？"他的声音异常洪亮。

而当目光扫过尚锦乡时，他的表情有些惊讶，像是对她，又像是自言自语道："你不是回去了吗？"

我立即觉察到这里有故事，随即就问："你认识她？"

桶叔神色一紧，马上摇摇头："认不得，你是哪个儿？"

我当即决定暂时隐瞒真实来意，就笑着用重庆话对他说："我叫马龙，是西南民大的历史教师。这位是台湾东亚历史研究所的尚博士，她专门到大陆来研究巴蜀古瓷器和骑桶人。我们听说您是最后的骑桶人，就专门过来，想找您聊聊。"

我说的民大是西南民族大学，是我父亲的母校。

"民大的？"桶叔的神情马上放松下来，"我有个侄子，就在民大读书。"

"是吧，真是太巧了。他读什么专业？"

"说是什么信息工程，我也不懂。新时代了，我们这些人落后喽。"

歪打正着，我们顺着这个话题聊了下来。桶叔对我已没了戒心，但他看尚锦乡的眼光里，始终有种说不清道不明的东西。

如果是别的方面，尚锦乡肯定不愿意配合我撒谎，但对"骑桶人"的好奇让她无法抗拒。所以，采访桶叔这件事，尽管是我临时起意，她竟也配合得天衣无缝。

"这有撒子好说的吗？"

桶叔表现得很矜持，似乎并不想说太多。但经不住我和尚锦乡再三请求，他还是开了口。

"你们不是记者吧？"桶叔突然问。

我们同时摇摇头："不是。"

"那你们真是大学老师？"

"对啊，尚博士是从台北专门过来的。"

"这样啊……"桶叔吞吞吐吐，看起来依然犹豫不决。

最终，他还是带着我们上了一艘船。这艘船形圆底浅，船舱宽敞，坐四五个人仍有空间。桶叔从仓里拿出两瓶矿泉水，笑着说："船上就这条件，你们要是记者，我就让人在船上煮茶，不过既然不是记者，咱就不搞那些虚头巴脑的了。"

原来，十年前的桶叔，只能算是当地民间名人，酉河两岸之外罕有人知晓。有一个摄影师无意拍到了桶叔骑桶的照片，发到了网上，这才引起了一些关注。当地旅游部门知道后，就找上门来，要把"骑桶人"申报为非物质文化遗产项目，桶叔当仁不让地成了"非遗"传承人。

宣传部门请媒体为其做了几次采访，桶叔的名气一时之间水涨船高，成了当地一张旅游名片，时不时会有各地的媒体来采访他。

为应对媒体，当地旅游部门出了一个细致的方案，有一套严格的接待流程，包括要回答的每一个问题都有标准答案。几年下来，桶叔早已将那套说辞烂熟在胸，无论是面对谁，应付起来都得心应手。如果是记者来了，桶叔就必须带他们上船，泛舟到河心，取水煮茶。先把气氛做足了，再进入正题。

桶叔指着身上，激动地说："这身行头，都是有人专门给我设计的，跟唱戏一样，简直是回到了旧社会。"

说起骑桶人，他苦笑着说："我们家世代船工，如果说好听点儿就是走水客，没人干骑桶人。实话实说，我年轻时都没听过骑桶人这个说法。可是文旅局非让我说我家是骑桶人世家，几年说下来，我自己都快相信了。"

"那您的意思是说，您不是骑桶人？"尚锦乡的语气里有些失望。

"我是骑桶人，但我家不是祖传的骑桶人。"

"按照记载，骑桶人是师徒传承，或者家族传承，您既然不是家族传承，那您的师父是哪一位？"

"我……我没有师父。"桶叔支支吾吾。

尚锦乡和我互看一眼。我问："桶叔，是有什么不方便说的吗？"

桶叔默然不说话。

"我们纯属学术考察，并不会对外公布。当然，这要是涉及您的个人隐私，您不愿意说，我们也绝不强迫。"

桶叔轻轻叹息说："我也不是不愿意说，我是担心说了，你们也不会信。再说……文旅局也不让我这么说。"

我掏出烟，给他点了一支。

他接过去，猛吸了几口，这才开口："这件事说起来就长了，那还是在七十年代……"

酉水河长不足千里，却贯穿整个武陵山区腹地，毗连湘、鄂、黔、渝四地，西通巴蜀，东抵沅江，与湘江会于洞庭；经由岷江，可进入长江，再抵东海；勾连汉水，可达汉中，进入关中平原；经黔滇古道，可由西江入珠江，至东南亚一带。早在夏商时期，酉水上就有槽船摆渡和运输。

桶叔祖祖辈辈都在酉水河上讨生活，被叫作走水客。虽说靠山吃山，靠水吃水，但并不是所有走河路的人都能叫走水客。

"埋了没死煤炭客，死了没埋走水客。冲急流、闯险滩，飚那要命的陡坎坎……"

传统的走水客意味着生命要皈依于水，除非拉纤，绝不登岸，从生到死都在水上。他们唯一的立足处，就是一艘"北河船"。

北河船乌篷圆顶，底宽中平，吃水不深，适合在滩险水浅、浪高水急的酉水上航行，更是走水客终生的家。桶叔出生在船上，七岁摇橹，八岁撑篙，十一岁掌舵，十二岁拉纤，到十五岁时，水上功夫已是出类拔萃，成为酉水河上公认的年龄最小的走水客。

酉水两岸高峰对峙，河谷狭窄，水势湍急，滩多礁险。

尤其是里耶河段，总长不足四十里，却有十几道险滩。在桶叔正式成为走水客之前，每次过里耶河段，父亲从不让他掌舵。

七十年代，私人运输并不合法，但出于尊重传统、维护民族团结的原因，当地政府对走水客始终持宽容态度。

那时桶叔已经成年，也有了自己的船。平常主要就是帮寨子里的山民运送瓜果蔬菜、野生药材、手编凉席和有机肥料。

有一回，桶叔是从酉阳出发，运送一批药材到古丈。

正逢汛期，大雨过后，酉水河水量猛涨，所有前往下游的船都停靠在了里耶码头。因为再往下走，就到了天险滩。

天险滩又宽又陡，中央有一道青石暗礁，宽十米，长四十米。如果是枯水季节，暗礁岩梁会露出水面，虽然险要，只要不是生手，大都可以顺利通行。但是在汛期，暗礁会没入水下，岩梁下方会形成一个漩水湾，一个不小心，船就会卷入其中，撞上礁石，散成碎片。

这种情况下，大多数船工都把船停靠到码头，等洪峰过后再开船。唯独桶叔仗着自己技艺高超，开船顺流而下。

第二十四章
又见李哈儿

◀ ‖‖‖‖‖‖‖‖‖‖‖‖‖‖‖‖ ▶

就算艺高人胆大，也搏不过天有不测风云。

船过天险滩时，就不出意料地陷入了漩水湾。在触礁的瞬间，桶叔被巨大的力量甩了出去。幸亏他抓住一块船板，才没有被旋涡卷入水底。

可即便如此，他的身体也完全不受控制，只能死死抠住船板，随波逐流。他当时想，死定了。因为过了这个险滩不久后，下游还有落凤滩、狗牙滩、绕鸡笼、鬼门、铁门栓等五个险滩，说是龙潭虎穴亦不为过。

可是才漂了一会儿，也不知道是脑子被水灌晕了，还是吓傻了，他总觉得河水在逆流。本该漂往下游的他，竟然被水冲回了上游。

听到这里，我也怀疑桶叔当时是迷糊了。

但桶叔解释说，他后来专门找河上的老人打听过。有一位老人讲，在光绪年间，也是在同一河段，就发生过逆流。古老的说法是，河神嫁女回门。桶叔虽然没上过学，但也有些见识，对此说法不以为然。

九十年代，有一队人来此考察水文，雇用了桶叔的船。双方聊起来，桶叔说起逆流的事，对方很感兴趣，仔细询问当时的情况。听了桶叔的描述后，便让他载他们去了逆流处。他们勘查许久之后告诉桶叔，那里并没有什么神怪，而是一种科学现象，叫"水跃"。

水跃形成的原因非常复杂，桶叔讲不清楚，他继续讲自己落水后的事。

向上漂了几里后，河水逆流的速度稍缓了下来。

桶叔本就是水中高手，趁此机会稳住了身体，打算朝岸边游去。突然，他意识到身后有什么东西，猛一回头，竟然是一块张牙舞爪的大树根墩子，翻滚着朝他撞过来，眼看着已经到了面前。

避无可避，桶叔只好撒开那块救命的船板，钻入水下。他想着树根墩子和那些树干一样，只要从水下绕过就好。没想到这块树根墩子形态极不规则，水面露出的只是其一小部分，大部分还在水下，并随着洪流翻滚着撞在他头上。他只感觉脑袋"嗡"的一声，就晕了过去。

也不晓得过了多久，桶叔才醒过来，后脑处还有阵阵的疼痛感。他动了动身体，并无大碍。他坐起来，发现自己躺在一个山洞里，衣服虽然是湿的，但洞里很干燥，洞外传来哗啦啦的流水声。

山洞很宽敞，宽窄十步有余，高低也有七八米，岩壁光滑，但看不出人工修葺的痕迹。

桶叔站起来，走到洞口边朝外看，吓了一大跳。

山洞在绝壁上，外面就是大河，洞口距离水面有十多米高。桶叔自出生以来一直在酉水河上，对两岸的一山一水了如指掌，稍一观摩，就知道自己仍在龙山水域。他平常行舟时对两边绝壁上的洞穴熟视无睹，从未想过自己有一天会进入其中。

只是自己分明晕在水里，怎么会进到洞里呢？就算洪水再大，也不可能凭空涨水十几米。真要发生这种情况，酉水河两边的城镇村落，估计全都要遭殃了。

正纳闷时，桶叔身后传来脚步声，他回头一看，来者是一个四十岁左右的男人，个子不高，穿着白衬衣、黄军裤，黑脸寸头，像个军人。

"醒来了？"那人问。

"同志，谢谢你！"桶叔赶紧走上去，握住那人的手。

"同志？"那人稍显惊诧，随即笑着说，"也行。"

桶叔问："我怎么到这里来了？"

那人说："刚好遇见你，也算是缘分。我知道你是谁，大名鼎鼎的走水客，想请你帮个忙。"

桶叔听见他说认识自己，就盯着他问："您怎么称呼？我脑袋被撞了，不太好使，忘了在哪儿见过您。"

"我叫李哈儿。"那人说，"你不认识我，你老子可能认识我。二十多年前，我坐过他的船。"

桶叔心想："既然认识我老子，那就是长辈，我该叫叔。"

"李叔，你是解放军吗？"

"叔？"李哈儿又惊讶了一下，赶紧笑着说，"不，我是……生物学家。"

"生物学家是什么？"

"就是专门研究动植物的科学家。"

"你是科学家？"桶叔兴奋地问。

"对，我在这里住了半年多，收集了一批标本，想运回基地，需要人帮忙。"

"可是我的船没了……"桶叔想起这件事就很伤心，更伤心的是船上的两个伙伴，如今还生死不明。

"不需要船。"李哈儿又说，"请跟我来。"说着他就转身朝洞穴深处走去。桶叔紧紧跟在后面，虽然满腔疑惑，却问不出口。

山洞并不深，四通八达，错落有致，上上下下，有石阶相连，宛如从山体里雕凿打磨出的楼房一般。一直下到底层，桶叔才注意到，在临水处也有一个洞口，只不过尺寸没有上面的宽阔，距离水面尚不足一米。

底层的廊道里放了几十个大木桶，粗满一抱，高及腰间，仔细看，竟然是花栎木桶。花栎木坚硬耐磨，耐水防腐，但树木成材率底，加工难度高，少有用来制作木桶的。这里有这么多花栎木桶，费料费工，也不知道是干什么用的。

李哈儿继续往里走，走了大约二三十米，洞里的光线才略微暗下来。这时他们进了一个大开间，走到这里，桶叔相信李哈儿是动物学家了。

对面高宽各有十多米的墙上，挖出一排排正方形格子，每个格子两尺见方，边上嵌着儿童手臂粗的钢筋，竟然是一个个囚笼。囚笼里关着的，是一只只奇形怪状的动物，有的像猴子，有的像羊，有的像狗，有的像熊，但都跟平常所见的动物有几分差别。只是它们被关在笼子里，看的不是太清楚。

"见过吗？"李哈儿问。

"嗯！"桶叔先是点头，又马上摇头说，"没，长得奇怪。"

李哈儿笑了笑，说："这些都是天生畸形的动物，就像我们人类的畸形儿，在自然界中不好生存，我把它们带回去做研究。"

桶叔走近了细看，越看越奇怪，那些动物畸得也太厉害了。有一只长毛猴子，长了四只耳朵；还有一只猴子，全身毛发鲜红，只有头是白的；有一只狗，长了一张笑嘻嘻的人脸；还有一只羊，也长着人脸，但没有眼睛，蹄子像人的手掌；最奇怪的是一只红豹子，两耳之间长着一只角，屁股上有五条尾巴……看来看去，没有一只正常的动物。

如果是往常见到这些奇形怪状的动物，桶叔肯定会以为是怪物，但因有李哈儿说了"畸形"，他也就接受了这种说法，只当稀奇玩意儿看。

"叔，这咋都不动？死了吗？"

"没有，是使用了点儿麻醉剂，方便运输。"

"要运到哪儿去？"

"保靖。"

"倒是不远，只是没有船……"

"不要船，用桶。"

"桶？"

"江上骑桶人，乘兴下瀛洲。"

这是桶叔第一次听到"骑桶人"这个说法，他绝没有想到，它会伴随自己一生，以至于代替了他原来的名字。

"桶？怎么骑？"

只用了一天，桶叔就已能勉强驾驭。李哈儿非常满意，连声称赞。

桶叔客气说："都是叔你教得好。"

李哈儿说："能游者可教也，善游者数能。乃若夫没人，则未尝见舟而谡操之者也。骑桶和驾船一样，会水的人容易教会，因为不怕水；而水性好的人，很快就能学会，因为不把水当水；像你这种走水客，从小和水打交道，对水性了如指掌，一通百通，自然能轻松掌握。"

李哈儿说话咬文嚼字，桶叔不是全能领会，但他心里也清楚，李哈儿教是一回事，之所以学得快，主要还是因为自己水上功夫好。

李哈儿让桶叔早点儿休息，他自己连夜装桶，明天一早就出发。

"现在河上水太大，要不再等等看？"

"不等了，就是要趁着水大，河上没船，不会有人注意。"

桶叔听了这话，觉得奇怪，李哈儿不是科学家吗？为什么会担心被别人看到？

那个年代，国家对野生动物保护的重视程度不如现在，再说武陵山区里狩猎者甚多，桶叔见惯不惊，也绝不会往盗猎方面去想。

不过，李哈儿马上解释说："虽然不能见人，但这可不是什么违法乱纪的事儿，只是科研工作需要保密，你作为参与者，能理解吧？"

桶叔点点头，他只是不明白，自己一个船工，怎么就稀里糊涂地成了科研工作的参与者？

晚上，桶叔在一间石室里睡觉，不时听见外面传来窸窸窣窣的说话声，有些是李哈儿的声音，有些像是动物在模仿人讲话，扭曲怪异。但他自小在水上生活，怪事儿遇的多，也不觉得害怕，蒙头就睡着了。

睡到半夜，他被一声凄厉的叫声惊醒，猛然跳起来，赶紧出去，却看见了惊骇的一幕。

墙上插着几支燃烧的火把，李哈儿手持一根碗口粗的不规则木棍，站在墙边，七八只奇形怪状的"猴子"，跪伏在他面前，身体瑟瑟发抖。那些"猴子"虽然形态各异，但全都瘦骨嶙峋，而且身上或多或少都有伤，有些是疤痕累累，有些是血肉模糊，有些身体里被嵌入了东西，简直惨不忍睹。

李哈儿看见桶叔，笑着说："不好意思，把你惊醒了。"

"这是……"桶叔不知道该怎么开口。

"巴东三峡巫峡长，猿鸣三声泪沾裳。"李哈儿说，"你是武陵人，对猿猴的叫声应该不陌生吧？"

"是，可是它们的伤……"

"你以为是我打的？"李哈儿问。

桶叔虽然没有说话，但心里就是这么想的。山里猎户以捕狩动物为生，却绝不会虐待动物，更不会对通人性的猴子行如此惨无人道之事。

李哈儿哈哈一笑说："你误会了，能让它们下跪的，也不是我，而是它。"他说着，把手里那根木棍猛然提起来。

木棍发出一声惨叫。

第二十五章
山大人

◀ ‖‖‖‖‖‖‖‖‖‖‖‖‖‖ ▶

桶叔怀疑自己听错了。可再仔细一看，那根木棍竟然扭动起来，像一条被生擒的蟒蛇，暂且说是蟒蛇吧，因为还真没见过这么粗短的。

"树妖？"桶叔心里这么想。

因为木棍在李哈儿手里攥着，所以他也只是惊异，并不畏惧。

那木棍扭动了半天，忽然自上段鼓起一个木瘤，紧接着竟从里面伸出一颗"猴头"来，看见桶叔竟然咧嘴一笑，着实把桶叔吓了一大跳。没过一会儿，木棍完全变了样，成了一只人面猴身、青毛长尾的怪物。

这怪物身形像猴，但五官像人，浑身长着黑毛，长臂独腿，脚跟在前，脚掌脚趾朝后，手与脚都只有三个指头，但看起来十分精壮。只是它被李哈儿攥着脖子提在半空，虽奋力挣扎，却无法摆脱。

那些猿猴们看见这只怪物，更是吓得把脸埋在地上，屁股朝天，或多或少或长或短的尾巴，都紧紧夹在腿中间。

直到这会儿，桶叔才有些畏惧了。

他虽然从未见过李哈儿手里的怪物，却认的它——山大人。

宁遇五通神，莫遇山大人。

山大人就是山魈，这山魈可不是赤道几内亚那种大红鼻子蓝脸猴，而是山中一种古老而神秘的怪物，它们介于妖怪与兽类之间，也叫山精、山鬼、山魅、山神……自远古时期以来，就与人类有广泛的接触。

山魈从不无故害人，反而喜欢跟人类来往。它们经常会出于好奇，偷走人类的衣服、食物和盐巴，但在人类遭遇山中虎豹时，也会出手相助，帮忙赶走虎豹。

人之所以害怕山魈，一是因为其样貌实在怪异。虽然人类觉得自己长得最好，可要是别的动物长个人脸，却远比人长个动物脸还吓人。二是因为山魈的神秘能力，它们深谙隐身、诅咒之秘术，只要知道人名，就能诅咒杀人。此外，山魈还有驱策百兽的强大灵力。

可真正让人从骨子里畏惧的，却是山魈的身份。

与别的神异生物不同，山魈是少有的人类能近距离接触的怪物，但接触越多，恐惧也随之越多。因为人们渐渐发现，在山魈的背后，有更为神秘的强大存在。

那些深入幽林绝境的樵夫、猎人和采药人，经常会听到，甚至见到山魈在对着一些东西窃窃私语。那些东西，人的眼睛看不见，但它们的存在真实不虚，因为它们偶尔会发出风声一样的叹息，或者用非人的声音对山魈说话。山魈会安静伫立，神情肃穆，频频点头。

没有人知道那些隐藏的东西是什么，但通过山魈的唯唯诺诺可以得知，那些绝非善类，山魈只是它们麾之即去的仆人。

桶叔虽然是走水客，有自己的一套神明系统，但对山魈绝不陌生，并跟山里人一样尊称它为"山大人"。

只是他无法理解，为何山里人敬畏交加的山大人，在李哈儿手里，竟然像只被扼住脖子的野鹅？

他目瞪口呆地看着李哈儿，一句话也说不出来。

李哈儿看着他的表情，呵呵一笑："既然你认得山魈，那你知道它有什么喜好？"

喜好？桶叔摇了摇头。

"它虽然对人类还算友好，却热衷于虐杀野兽，尤其是虐待同类，毫不手软。"李哈儿指着地上跪着的猴子说，"要不是我及时抢救，它们都死光了。"

"为啥子？"

"什么？"

"它为啥子要这么做？"

"你知道角斗吗？"

"不晓得。"

"角斗就是，旧社会有钱有势的人，让人和人，或者人和野兽搏斗，不死不休。"

"有仇吗？"

"没有。"

"是打仗吗？"

"也不是，主要是那些大人老爷们在耍，也许有其他意思吧，但主要就是耍。"

桶叔知道耍的意思，玩耍嘛，游戏嘛，但他从小到大都很少耍，因为时间是用来讨生活的。对他来说，玩耍不是必需的，所以也就无法理解有人为了玩耍，会让人自相残杀。当然更无法理解，山大人，竟然也会为了玩乐，让同类相残。

李哈儿说："不过也不用惊奇，世界的运行规则就是这样，高级生物与生俱来就对低级生物有生死予夺的权力。"

"哦。"桶叔有些听不懂。

李哈儿顿觉兴致索然，回头对跪在地上的那些动物们说："你们自己找位置吧。"

那些怪异的动物，果然一个个站起来，规规矩矩地走向木桶，然后钻了进去。身材壮硕的，独自钻一个，瘦小一些的，两个挤在一起。没一会儿，除了一只个头不高的斑毛猿猴外，其他动物全都钻进了木桶。

"举父，剩下的事就麻烦你了。"李哈儿莫名其妙说了一句。

那只猴子摇摇晃晃地走过去，把桶盖一个个盖上，用木锤敲到位，再用一种像蜂蜜一样黏稠的东西把缝隙封起来。整个流程非常熟练，看起来这种事情它并不是第一次干。

然后，惊人的一幕出现了。

那猴子双手抱住一只木桶，稍一使劲儿就举过头顶，把它搬到洞口，再转回来搬另一只。不一会儿，十几只大木桶，就全都被猴子搬到了洞口。猴子又不知从哪里拿来一根粗绳子，把所有的木桶都串了起来。

做完这一切，猴子摇摇晃晃走到李哈儿身边，仰头看着他。

李哈儿点点头说："好，去吃吧。"

猴子走到一个石池边上，突然出手，从里面抓出了一条约莫三四斤的鱼。那鱼下颌上翘，有点儿地包天，桶叔一眼就认出，那是一条酉水河里常见的夜壶翘。

那猴子之前干那些事时，显得无精打采，现在看见鱼，精神劲儿来了，嘴里发出一阵叽里咕噜的叫声，就像要说人话。它一手持鱼，一手伸出尖利的爪子，三下五除二就把鱼开肠破肚，清理了个干净。

随后，猴子就那么坐在地上啃食起来，嘴里啧啧有声。

李哈儿笑着说："狗改不了吃屎，举父改不了吃鱼。"他转头对桶叔说，"你别看它个头小，它们祖上可都是大个子，脾气暴躁，坏习惯不少，但调教好了倒是好帮手。"

"它也是武陵山的猴子？"

"哦，它不是，它是我在崇吾山找到的。"

桶叔那时没有听过崇吾山，后来才知道在甘肃，不过他从来没离开过武陵山区，在甘肃还是在新疆，对他来说都一样。

折腾了这一会儿，眼看着天就亮了。

那山大人已经重新变成了木棍，在李哈儿手里拄着。

河里的水不仅没落，反而还涨了起来，如今水面距洞口已不足半尺，再涨的话，洞里就要进水了。

举父把木桶搬下水，李哈儿换了一件贴身的褂子，按照事先的安排骑在头桶上，桶叔骑到了尾桶，两人中间隔了十几个大木桶。看着这一串木桶，桶叔不由得笑了。山里人打了野猪，除了做腊肉外，还会做香肠，一串串挂起来风干储存。这些连起来的大木桶，看上去就像一大串香肠，不同的是，香肠里装得是肉馅，而木桶里装的是活物。而李哈儿跟自己就像两只趴在香肠上的苍蝇。

举父留在了洞穴里，李哈儿说它已经跟了自己好些年，自己不在的时候，它就独自驻扎在这里，靠着用木棍捕鱼、投掷石块砸鸟过日子。

李哈儿说："你别小看它，它自己会生火，用木炭烤鱼烧鸟，味道鲜美，不比日本厨子做得差。这次仓促了，下次让你尝尝。"

虽然河上水大，却没有风浪，平常那些险要的礁石滩也都被淹没了，木桶吃水浅，不存在搁浅的风险。唯一的问题，是水里的漂浮物太多，上游肯定是遭了灾，不时可以见到门板、房梁、家具、竹筐，甚至还有牲畜。万幸，倒是没见到人。

李哈儿把手里的"山大人"当成船桨使，把那些靠过来的漂浮物推开。反而是骑在桶尾的桶叔没什么事做，偶尔看见绳子上挂了东西，他就主动走过去扯掉，反正在木桶上走，对他来说就像走浮桥，非常轻松。先前学的那些技巧并没有用上。

经过里耶河段时，天蒙蒙亮，桶叔注意到那段逆流的水已经消失了，木桶顺流而下，就连经过天险滩也没遇到什么障碍，顺利通过。

只是桶叔想起自己的船和那两个失踪的伙计时，不禁心头黯然。但转念一想，走水客的命早就交给了水，也算是终得其所。

　　怕死的人，想入土为安的人，哪能当得了走水客呢？

　　这么一想，桶叔心里就舒坦了许多。此时晨风吹过，桶叔不觉心旷神怡，张口就唱了起来："酉水河的路通四方，酉水船工的脚万丈长。我四十八站到云南，我又四十八站到长安……"歌声在两岸绝壁间回响。

　　过了石堤，河道渐渐宽阔起来，两岸地势也由高山变缓为丘陵。

　　听他一曲唱完，李哈儿转过身来，倒骑在木桶上，大声问："你去过长安没？"

　　"没有，我长这么大，没离开过酉水。叔，你去过没？"

　　"我就是长安人。"李哈儿说。

　　"长安什么样？"

　　"长安大街，夹树杨槐。下走朱轮，上有鸾栖。英彦云集，诲我萌黎。"李哈儿忽然换了一种西北口音，似吟似唱。

　　桶叔听在耳朵里，如同咒语，勉强就听懂了第一句。

　　"叔，你说的我听不懂。"

　　"噢。其实我也有些年头没回去了，记得的都是旧时光景。现在的长安，肯定跟以前都不一样了。"

　　"对，现在叫西安了。"

　　李哈儿没有说话，转身坐了回去。

　　木桶顺流而下，没过多久，只听李哈儿说："到了。"

　　桶叔略一打量，就知道距离码头还有几里路。但李哈儿已经用手里的"木桨"控制着木桶，开始靠岸。

第二十六章
四方城

靠岸处位于酉水河北岸，神枯列山脚下的河床平缓开阔处，斑驳古老的巨石如一只只大象，蹲伏在杂草丛生的卵石坡上。卵石坡粗略估计有近千米，应该是河岸护堤。

沿着卵石坡往上看，恍惚可见一面石壁，如切如削，虽已残破不堪，但仍有十多米高。经百级石阶可抵达石壁之间的通道，由此可进入里面。桶叔常年开船从此水域经过，却从未注意到这里，大约与石壁上密布的苔藓、地衣有关。如今走近了看，竟然宛如一座古老石城的遗迹。

他从未听别人说起这里有什么石城，不过水上的人不知道岸上的事，似乎也没什么奇怪的。

可是有了这个想法，再回头看河滩上嶙峋的巨石，就仿佛有了些不一样的感觉。

"来过这里吗？"李哈儿问。

"来过，但没上过岸。我们走水客有规矩，不到码头不靠岸。这主要是因为水路复杂，走熟路不走生路，另外也是为了让托运的客人放心，一帆风顺，绝不中途做鬼。"

"你从来没有坏过规矩吗？"

"没。"桶叔摇摇头说，"我们家老汉儿较真得很，说要是坏了祖上的规矩，就打断我的腿。"

"你倒是个好娃儿。"李哈儿笑着，把手里的"木棍"往空中一扔。

"木棍"在半空伸头撑腿，变成了山魈的样子。它长啸一声，落地后如飞一般纵跃奔驰，转眼间就消失在石壁后面。

桶叔一边打量一边问："叔，这是什么地方？"

"你看呢？"

"看着应该是一座古代的城。"

李哈儿说："没错。这是一处古城，但没有人知晓。算起来，你可能是近百年来，第一位到这里的客人。"

"啊？那你呢？"

"我嘛，算不上客人。"李哈儿说着，招呼桶叔把牵引木桶的缆绳系在岸边的大石头上。

"等把桶里的家伙弄走，这桶就送给你了。"

"这可不行。"桶叔连忙拒绝，"我不需要。再说，我也没帮上什么忙。"

"帮没帮上，是我说了算。你的船不是撞碎了吗？以后别跑船了，就当骑桶人吧。"

"可是……"

"你可别看不上这行业。过不了多久，这河上要修水电站，要是没有机动船，你很快就被淘汰了。骑桶人不论大河小河都能走，也算给你找个出路。"

桶叔倒是没想这么多，他只是觉得船没了很麻烦，得先到别人船上帮忙，赚够了钱才能造船。但以眼下的收入，造新船不知何年何月了。想到这里，他有些动心了。

李哈儿见他犹豫，叹息说："你要是不干，骑桶这行当在世上真就绝了。"

"叔，你不是科学家吗？怎么会骑桶呢？"

"哈哈哈……"李哈儿突然哈哈大笑起来，"说来话长，这玩意儿其实就是我发明的。"

"你不是说是唐朝人发明的吗？"桶叔听出了其中的偏差。

李哈儿表情一怔，赶紧解释说："哦哦哦，是这样，唐宋以来的骑桶人，在元朝以后就消失了。现在这些桶，是我在一本古书里无意看到，琢磨了许久才复原出来的，勉强能算是我发明的吧。"

话说到这里，只听不远处传来些怪异的声音。不一会儿，从石壁后出来一群……怪物。

打头的就是山魈，后面跟的东西简直是五颜六色：有鲜红的牛，头上长了一大丛角；有湛蓝的马，跑起来身上冒烟，脚下生火；有六只脚的黄鱼，边跑边吐泡泡；有翠绿的独眼巨人，皮肤上覆盖着一层细密的羽毛；有粉红的金钱豹，但豹头旁边还有一颗羊脑袋；还有个顶着棒槌脑袋、背上长着巴掌大翅膀的人……一大群畸形的怪物，嗷嗷叫着跑了过来。

桶叔说："如果不是李哈儿在旁边，我可能就要跳水跑了。"

那些怪物走到李哈儿面前，纷纷伏身行礼，然后在山魈的指挥下，把桶里的那些动物拽出来，或在它们脖子上套铁链，或用绳索捆紧，或直接打晕；又各显其能，或拽或推，或背或驮，呼喊着消失在石壁后头。

只留下山魈站在李哈儿身边，看着桶叔笑个不停，笑得桶叔心里直发毛。

李哈儿看桶叔害怕，就说："别看它们奇形怪状，其实都很听话，这些都是可怜的孩子，迷途的羔羊。我给你打个比方，你就不怕了。我们都知道马是一种动物，驴是另一种动物，但马和驴能生出第三种动物——骡子，你怕骡子吗？"

"自然不怕。"桶叔摇摇头。

"那么假如一匹马和一头牛，生了一匹长角的马，你会害怕吗？"

听着这话，桶叔似乎明白了什么，但又觉得哪里不太对，一时半会儿也想不明白，只好表示不怕。

李哈儿说："那么从今往后，你就是骑桶人了。我每年可能会麻烦你一两次，不过也说不定，有可能用不着；如果用得着，我自然会去找你。这两天看见的事儿，你也不需要刻意保密。有人要问，你就实话实说，科学工作，又不是啥见不得人的事儿。"

两人又聊了几句，就此道别，李哈儿转身朝石城走去。桶叔目送他上到石阶尽头，才大声问："这座城叫什么名字？"

"洞庭之野四方城。"

李哈儿雄浑的声音，在酉水北岸久久回响。此时，初升的朝阳，为远古的城墙镀上一层斑驳的黄金。

"你后来再见过李哈儿吗？"我问。

"没有。大约一年后，我去那个石城找过他，发现石城已经进驻了考古队。我打听李哈儿，没有人知道。我自己在周围找了很久，也没什么发现。又过了几年，四方城就成了文物保护单位，不让进去了。"

"那先前的山洞呢？你去过没？"

"我去找过，奇怪的是下面的洞口没了，上面的洞口开在绝壁上，根本爬不上去。后来，那个洞口旁又开了几个口，别人不注意，看不出来，但我一眼就看见了，说明里面肯定有人住。"

"这些事你跟别人说过吗？"尚锦乡问。

"说过啊，刚开始见谁给谁说，但没人信，都说是因为我的船触礁，脑子受了刺激，犯了癔症。"

"那木桶呢？"我问。

"我也打听了，龙潭那边有个箍桶匠认出，那些桶是他爹箍的，不过那是在解放前，给龙头山上的土匪做的。"

"土匪？"

"对，旧社会武陵山里土匪多。"

"土匪要这东西做什么？"

"说是在山上晒热水洗澡。但洗澡的木桶都用香柏木做的，哪能用花栎木？不过时间长了，现在也没人晓得了。"

"桶叔我问你，你知不知道酉阳原来有个土匪，叫李哈儿？"

"嗯，我听老人说过，被解放军剿灭了。"

"他没死，中枪掉下山后被人救了。"

"这我倒是不晓得。"

"那你觉得……给你桶的李哈儿，会不会就是那个土匪李哈儿？"

"不可能，武陵山里叫哈儿的人很多。就算土匪李哈儿没死，那也是解放前的土匪，咋可能还那么年轻……"

在尚锦乡询问桶叔关于骑桶人的一些细节时，我的脑子跟着"李哈儿"这个名字飘远了。

这已经是我第三次听到这个名字。头一次是在奶奶的故事里，第二次是在老孔和父亲的故事里。它就像个挥之不去的幽灵，一再出现在我的耳际。此时我多么希望，这只是个玩笑般的巧合。

但，万一不是呢？

奶奶故事里的李哈儿，就是酉阳山里的土匪，来历不明，去向不明。

老孔故事里的李哈儿，是奉节为专家调查组指派的向导，同样是来历不明，去向不明。

桶叔故事里的李哈儿，更是诡秘莫测，不可思议。

俗话说，有个再一再二，没有再三再四。已经出现三次，就不大可能是巧合。同一个名字，在不同的时间点，出现在不同的故事里，我想是时候把这三个点连起来了。

尚锦乡速记了好几页的笔记，我就佩服她这种处处留心皆学问的精神。问完骑桶人的事，我看她还不忘初心，想打听那个女人，赶紧拦住她，向桶叔道谢后，就拉着她上了岸。

"为什么不问？"尚锦乡十分疑惑。

"不需要问，问了他也不会说。"

"我想也是。"

"很明显他认识那个女人，我们知道他认得就好，这条线不断，就能找到她。你要问了，反而打草惊蛇。"

尚锦乡笑着说："其实已经惊了，不过不问也好，我最怕尴尬了。"

"你相信他说的那些吗？"我问她。

"难道你不信？"

"我信啊，其实他一提到李哈儿，我就信了。这名字虽然很大众，但也不是随口就能拿来用的。"

"为什么？"

"你给我讲个故事，主人公是小明，你说我信不信？"

尚锦乡哈哈大笑："你这个梗只有在中国大陆才有效，我是外国人，听不懂的。不过还真是挺奇怪的，又来一个李哈儿。"

"那你信不信？"

"我信，他提到的一些东西，不专门研究历史的人，还真不知道。不过，我觉得桶叔有些隐瞒，倒不是说他刻意对我们隐瞒，可能是有些不方便说的东西。"

"我只是觉得，我们萍水相逢，他为什么会对我们说这么多，他也过了故作惊人语的年纪了。"

"这跟我有关吧。"

"那倒是，美女嘛，谁不想多说一会儿话。桶叔也是人老心不老。"

"屁——"跟黄小意相处没几天，尚锦乡也学会了她的口头禅，"他是认出了我的长相，但不知道我是谁，故意说了这么多。"

"如果是这样，那就简单多了。"我说，"估计用不了多久，就会有人主动来找你，怕不怕？"

"怕。"

"有我在你怕什么？"

"有你在我才怕呢。本来生活得好好的，你一出现，全都乱了。"尚锦乡长叹一声。

"那你是怪我喽？"

"怪有什么用啊，我要怪你就不跟你来中国了。"

"那你这也算是寻根之旅了。我已经请孔孟荀托关系，去中日友好医院打听，看能不能查到你当初做手术的档案。"

"能查到就查到，如果他们查不到，我就自己查。"

尚锦乡撂下这句话，大步走上了台阶。

不出所料，另外两组人也都一无所获地回来了。

张进步乐呵呵地说："人虽然没找到，但我跟小意姐租了条船，在船上喝着酒，指点江山，激扬文字，粪土当年万户侯，好不惬意啊。"

黄小意说："我们去的码头白天人不多，据说晚上有水上实景演出，游客会坐着船，边吃饭边看演出。我听那个船夫说，以前几个码头都相差无几，自从李笑来接手后，就各有各的特色了。现在码头、游船和演出，都是他的产业。"

我们七嘴八舌，商量要不要定条船，晚上去感受一下夜景。旁边一直在发微信的刘天雨，突然抬头说："已经定好了。"

张进步对此大加赞赏："行啊，天雨，有眼色，有行动力。你以后就当我们亚细亚孤儿团的办公室主任了。"

"不是我定的，是李笑来。"

第二十七章
屠龙术

　　离赴宴还有两个小时，我把今天遇到骑桶人的事，给他们讲了一遍。

　　黄小意对前面的事不太清楚，只当故事听。而当张进步把三个李哈儿的事告诉她后，黄小意惊讶地说："这个人不是个鬼吧？怎么哪儿都有他？"

　　张进步说："鬼倒是不至于，但这里面肯定有鬼。老马你是怎么想的？"

　　"我现在还没头绪，但我的直觉是，这三个李哈儿之间，肯定有什么说不清道不明的联系。老三你脑子活，要不再大胆假设一下，大家集思广益，看能不能理清脉络。"

　　张进步嘿嘿一乐："既然马老板这么看得起我，那我就不客气了。我来负责假设，你们负责求证。"

　　他掏出烟，给黄小意和我每人递了一支，吞吐了几口，让自己的脸隐藏在烟雾之中，做出一副高人的神情。

　　"我们来分析各种可能性，目前来看，倒是有三种可能……"

　　"你先说第三种。"黄小意插话说。

　　"呃……第三种我还没想到呢，还是按顺序来，一生二，二生三嘛。"他一脸委屈地抱怨，"小意姐，我现在可是高人的人设，麻烦你给我点儿面子。"

　　"第一种，李哈儿是人，却不是一个人。李哈儿是个神秘组织的代号……"

"不成立！"黄小意出言打断，"四川、重庆叫哈儿的人太多了，难道都是神秘组织成员？那还不如叫傻子会。"

尚锦乡也说："巴蜀地区以前秘密结社盛兴，都以袍哥会为尊，取《诗经》与子同袍之意，最强大时据说有一千多万人，完全没有其他势力的立足空间。历史上也从来没听过有以哈儿为名的组织。"

"所以才叫秘密组织嘛。叫哈儿，只能说明他们谦虚，谦虚使人进步……"张进步胡说八道的能力终于迸发出来了。

否决了第一种可能，张进步马上就提出第二种。

"李哈儿就是一个人，我们用年龄来倒推。八十年代的李哈儿，据老孔所说，是四十多岁，那四十多多少呢？其实长得年轻的人，四十多岁和五十多岁其实也差不多。骑桶人说的李哈儿，也是四十来岁，这有可能是真实年龄，两者相差十来年，面相变化不会太大。但如果长相不一样，那就另当别论……哎，天雨，你问一下老孔，当年他们和李哈儿有没有合照，要是有，让骑桶人辨认一下不就好了吗？"

"行，我马上就问。"

"咱奶奶说的李哈儿，从七十年代初倒推回五十年代初，那李哈儿应该是二十多岁。马总，咱奶奶有没有说年龄？"

"没有，但估计和我爷爷年纪差不多。"

"那咱爷爷那会儿贵庚？"

"二十七八岁吧。"

"那不就得了，年龄的问题解决了。如果有照片能确定他们是同一个人，那故事就是这样的：二十多岁的土匪李哈儿，被解放军追捕，掉下山崖，被马龙的爷爷所救，却在山寨里干下恶事，逃进深山，一直隐姓埋名，为活命成了一名猎人，靠贩卖珍稀动物度日；七十年代初，也就是李哈儿四十多岁时，遇到了骑桶人，找他帮忙贩运动物；七十年代末，五十多岁的李哈儿，借着那个时期人口户籍混乱，迁居到奉节，因为常年住山里，对地形熟悉，就自荐当了向导，用这个身份洗白……哎，问题又来了，他后来去了哪儿呢？"

我说："父亲笔记里说，调查组出事后，李哈儿也失踪了。当时失踪的人多，又属于绝密事件，所以并没有专门去追查，可能已经死了吧。"

"那可不一定，俗话说得好，好人不长命，祸害遗千年。不过真要活到现在，也是个八九十岁的老头儿了。"

虽然张进步的分析里，有很多细节追究起来，还是不合逻辑，但经过他这么顺一遍，似乎有一些疑惑正在慢慢解开，而与此同时，另外一些困惑也渐渐滋生出来。

比如，假如土匪李哈儿活下来了，那我爷爷马汉生，就非常有可能被他害死了。按照老孔的说法，我父亲马渝声是不平人大荒落一脉，那我爷爷算什么？如果我爷爷也是不平人，生不见人，死不见尸，那我父亲的传承是怎么来的？另外，一个牛哄哄的不平人，怎么会被土匪给害了？

我忍不住问刘天雨："你们不平人究竟厉不厉害？"

"你说什么厉不厉害？"

"比如打架。"

"这不一定，不平人擅长的方面，各不相同……"

"咱不这么笼统地说，具体点儿，你能不能打过张进步？"

"为什么是我？"张进步叫喊。

"因为你是戳脚高手嘛。"

刘天雨摇摇头说："没动过手，不知道。"

"老三，你试试。"

"去去去，你当我虎啊。他是警察，就算是辅警，那也有光环加持，我动手就是袭警。"

刘天雨说："没事儿，脱了警服我们就是朋友，切磋一下。我先动手，你就正当防卫，怎么样？"

"那就试试呗。"

我们把房间里的椅子挪开，腾出一小块地方。张进步和刘天雨面对面，互相抱拳行礼。

"警官你得当心下盘，我这戳脚可是招招致命……"

张进还没说完，刘天雨已经动手了。他的动作并不快，就像是要伸手帮张进步拂去肩头的灰尘。他的手还没搭上张进步的肩膀，张进步就动手了……但仅仅过了三秒钟，战斗结束。

刘天雨精瘦的臂弯，像大铁钳一样，紧紧卡住张进步的脖子。就算小孩子都能看清局势，只要他一使劲儿，张进步的脖子就断了。张进步像条死蛇一样，软绵绵地靠在刘天雨腿上。

刘天雨把张进步放到在床上，伸出指头在他额头轻轻一点，张进步睁开了眼。

我从未见过他眼睛里有如此强烈的惊骇。

好半天以后，他长出一口气："我去——蛇妖啊。"

按张进步的说法，他刚准备动手，就看见一条油光锃亮的黑色大蟒蛇，从白雾里冲出来，以迅雷之势缠住了自己脖子，绞盘般的力道让他立即不省人事。

刘天雨赶紧向张进步道歉，说自己没掌握好力度。

"别……别来这套，我输得起啊，只怪自己学艺不精，没学会师父的大威天龙啊。刘师傅啊，你这套功夫叫什么？"

刘天雨也不隐瞒，说："刘家祖传屠龙术，刚才是第一式白斩龙头。"

"总共几式啊？"

"三千多式吧。"

"啥？三千多？你唬我的吧？啥龙能经得住你们这么屠？趁早改名，叫凌迟龙术吧。"

两个女孩也在旁边看得目瞪口呆。

黄小意感慨道："女孩找个这样的男朋友，简直太有安全感了。"

张进步跳起来说："小意姐，你这样的小龙女，正适合天雨啊。"

"我啊，"黄小意眼睛一闪，"下辈子吧。"

这时，孔孟荀的照片发过来了。

一张黑白照，还算清晰，上面有十个人。

照片正中的一堆乱石上，或坐或站着七个人，在其中我看到了年轻时的父亲，他坐在地上，看着正前方；一个长头发、戴着墨镜的女孩，双手撑在他肩膀上，露出灿烂的微笑。

父亲旁边是一个白发寸头的老人，老人右边有四个年纪不等的男人。其中一个穿着白衬衣的年轻人，看着人模狗样的，应该是老孔。另外三个人，长相真是奇形怪状。一个穿西服的胖子，留着那个年代少见的分头，一脸慈祥，像个生意人。一个穿着长袍的竹竿，仰头看着天，只能看见他的两个大鼻孔。最右边那个人，个子只到竹竿的胸部，头很大，留着大胡子，和蓬松的卷发连在一起，只能隐约看见眼睛和鼻子，穿着中山服的上半身，看起来像个正方体。

照片的最右边是两个穿军装的年轻人，其中一个看起来有些眼熟，我正疑惑，忽然听见黄小意惊叫："咦，我爸！"

没错，那个军人，竟然是黄小意的父亲——我的师父黄起。真没想到，我的师

158　　　　　　　　　　　　　　　　　　　　　　桃花源密码 2 ▶ 武陵神树

父竟然也参与了那次调查，这倒是一个新信息。看来师父也知道我父亲的身份，却从来没有告诉我。

但是当我看到左边角落里蹲着的那个人时，心里猛然一惊。

那人蹲在地上，手里拿着半支烟，正侧着脸，神情冷漠地看向七位专家。我曾见过西方摄影师拍摄的清朝末年的北京，老照片上那些扎辫子的清朝人，冷漠的表情就像一块块灰色的火山岩。而眼前照片上这个人，即便只露出半张脸，但那种冷漠的神情，也有一种文明废墟的气质。

他上身穿着一件背心，老式的宽腿裤，脚上是一双黄胶鞋。

刘天雨说："他就是李哈儿。"

我心里无来由地一阵慌乱，他怎么会是李哈儿？他怎么可能是李哈儿？脑子一阵发晕。

"怎么了？"尚锦乡问。

我摇摇头："没事，这两天跑得太多，有点儿累。"

看时间差不多还有一个小时，刘天雨建议大家休息一会儿，半小时后出发。他们三个刚出去，张进步就问我："有什么问题？"

"怎么了？"

"马老板，你就别装了，别人看不出来，我还看不出来吗？照片上究竟有什么东西，让你情绪波动那么大？"

"李哈儿。"

"他怎么了，不就一个农民吗？"

"我见过他。"

"啊？"张进步坐了过来，"不会吧，这个老小子还活着啊？"

"不仅活着，还活得好好的。"我说这话的时候，脑子里有一种奇幻的不真实感，就感觉自己像是活在小说里，被作者随意玩弄。

他兴致勃勃地问："你啥时候见的？"

我说："就今天。"

"今天！"张进步大叫一声，"你扯淡吧。八九十岁的老头，照片上四十来岁，你一眼就能认出来？"

"真的，他几乎没有变。"

"几乎没变是啥意思？"

"就是相貌没变，但身份完全变了。"

"那你就别说了，你认错了人。"张进步失望地躺回床头。

我苦笑着说："你要是见了，你也能认出来。"

"别磨叽了，究竟是谁？"

"李笑来。"

第二十八章
艨艟巨舰

我们一行人来到码头时，已暮霭沉沉，河岸上的吊脚木楼里，灯火璀璨，与船上的灯火交相辉映。桨声灯影，游人如织，古色古香的木楼里，不时传出弹唱道情的歌声，婉转悠扬。

张进步长叹一声说："面对这样的美景，我不由想诵诗一首。"

黄小意笑着说："你别说'酉水河啊，你全是水'就行。"

"哪能呢？这种古朴的地方自然是古诗。"他清了清嗓子，拿腔拿调开始念，"商女不知亡国恨，隔江犹唱后庭花。"

"噗——"黄小意一口可乐喷出来，差点儿喷刘天雨背上。

"三哥，这诗就前两句还合适点儿，你怎么把前两句丢了？"尚锦乡也笑着说。

"这两句不合适吗？多么沉郁顿挫。"张进步拉住我问。

我说："且不说合适不合适，你这个价值观不对。"

"商女是啥，你知道不？"

"歌女啊。"

"人家歌女凭啥非得知道你的亡国恨？你姓李的王朝，人家唱歌；他姓赵的当国，人家也是唱歌，给姓李的唱和姓赵的唱，银子有区别吗？"

"貌似很有道理啊。"张进步嘀咕着，"真不告诉他们吗？"

"暂时先不说吧，先看那家伙耍什么把戏再说。"

"可他们仨也不是瞎子，如果真是李哈儿，他们也能认出来。"

"随机应变吧。"

"可是，"张进步顿了顿，"我对你说的还是半信半疑。"

"你自己看啊，人不就在那儿吗？"

码头上停着一艘大游船，古朴雅致，是所有船里最大的。李笑来就站在船旁边，看见我们，微笑着往前走了几步。

刘天雨跟他握手后，向他一一介绍了我们。

如果说尚锦乡和黄小意没认出来，我勉强可以接受，但刘天雨，我不信他没认出来。但几个人全都面不改色，真若人生初见一般，客气地说着些不咸不淡的话。

"我去！"我听见张进步在我耳边轻轻骂了一声。

李笑来走到我面前，表情很夸张地吃了一惊："怎么是你？"

"你好李老板，我是马龙。"

"哎哟，真是大水冲了龙王庙，太不好意思了，难怪我一下午开会都心神不宁。你去医院检查了吗？"

我微笑着说："没事，小碰撞，怨我没长眼，跑太快了。"

"兄弟，你这么说就是有怨气啊。我已经把小四批评了，一会儿让他给你敬酒道歉。"

他握着我的手，久久不松开。

我赶紧指着张进步说："李老板，这是我的好兄弟，张进步。"

"久仰久仰啊。"

"啊？不会吧，李老板，我是小人物啊。"

"您这是骂我，张三哥的大名，在小勐拉是无人不知无人不晓。"

"李老板去过小勐拉？"

"几年前，陪两个朋友去玩了两天，就在你的金皇宫啊。"

"哎呀，那真是怠慢了。兄弟我现在不干那个了。"

"好啊，祝贺三哥急流勇退。"

通过李笑来这一番话，我才知道张进步以前给我吹的那些事儿，竟然是真的。

李笑来带大家上船的时候，我和进步跟在最后面。

我说："真没想到遇上老客户了。"

"你也信，这家伙真是把我们调查了个底儿朝天。"

"我说的没错吧。"

"嗯，长相是差不多，但气质……若果真是李哈儿，他不就是老妖怪吗？"

上了船后，我们才发现这艘船了不得，竟然是由一艘仿古战船改装而成的。船上空间不小，大约能载百十来人。整艘船都用皮革包裹，甲板上有三层船舱，船周围建有女墙，女墙上皆有箭孔，当然现在用来观景。

尚锦乡问："莫非这就是艨艟巨舰？"

李笑来说："不错，尚小姐眼力好，这是以南北朝时期，东晋王镇恶突袭长安的艨艟楼船为原型，用铁力木重新建造的一艘艨艟。除了根据实用性做了些调整，其他地方大都保留了原来的样式，就连木雕我都是找老师傅，用纯手工雕刻的。看着还行吧？"

尚锦乡脸上流露出些许惊讶："想不到李先生在史学上也有造诣。"

"造诣谈不上，皮毛而已。"

"艨艟溯渭，倒也不是所有人都熟悉的。"

"我也只是年轻时，有一阵子对历朝历代的名将感兴趣，尤其对王镇恶将军突袭长安，击溃后秦这段历史心驰神往，尚小姐见笑了。"

尚锦乡笑了笑，没说话，又在甲板上前后打量了一番，才说："李先生，您很有钱吧？"

李笑来被这没头没脑的问话给噎住了。其他人应该都跟我一样，在心里偷偷发乐，只有张进步旁若无人，哈哈大笑起来。

我心说："这公主果然是外国人，中国人哪有这么问话的。"

"多少得看自己的需求，要的多，再多也觉得少；如果要的少，那么再少，也是足够多的。"李笑来果然不寻常，很快就拿来一套万能的话术来应对。

黄小意也是看热闹不嫌事儿大，跟着就问："那李老板要得多还是少呢？"

李笑来走了两步来到船舷上，看着酉水河良久才说："所谓天地之间，物各有主，苟非吾之所有，虽一毫而莫取。我所求的，不过是江上之清风，与山间之明月耳。"

"天地之间，久长无物，唯有清风与明月，万古用之不竭，李先生所求甚多啊。"这种时候，也唯有我们尚锦乡公主，可以对答如流。

李笑来没有直接回答，而是原地转弯，进了岔道："没想到尚小姐作为日本友人，竟然如此精通中国文化。"

"我不是日本人，我是琉球人。"尚锦乡马上纠正。

"哦！抱歉。说起来，琉球我是去过的。"

"您什么时候去的？"

"什么时候……嗯，很久了，大概还是在叫琉球的时候吧。"李笑来哈哈一笑说，"今天贵客光临，蓬荜生辉，我们进去坐吧。"他说着，就率先走进了船舱。

"屁——"黄小意笑嘻嘻地嘀咕了一声，也跟着走了进去。

船舱从外面看是三层，里面其实就只有一层，天花板特别高，地板上铺着厚厚的地毯，踩上去没有一点儿声音。

舱里的摆设倒是出乎意料，不像个游船，倒是像个书房，几个金丝楠木的书架上摆放了不少书，也不知道是真读，还是用来装饰的。大书案也是金丝楠木的，特别宽大，不过此刻上面并没有文房四宝，而是摆放了碗筷，四周围了几把椅子，只有一把是金丝楠木的，其他可能是临时搬来的，但看着也不是凡品。

墙上挂着一幅古画，画面中间，有两个老者在一堵屏风前下棋，旁边有一个人在观看，另外还有两个童子站在旁边恭候。左下方，一个军人模样的男人，腰间挂着宝剑，似乎正与另两位童子在说着什么。

"马总对古画也有研究吗？"

我正在看画，李笑来突然问我。我赶紧回头，摆手说："没有没有，我完全属于瞎狗看星宿。"

"这是明代尤凤丘的《围棋报捷图》，画得可以。"

嗯？我第一次听一个人点评古画，用"画得可以"这四个字。

为防止他继续在画上扯下去，我赶紧夸他这家具好。但他笑了笑没接话，只是招呼大家随意坐下来。

不一会儿，有两个好看的女孩，端上来几杯茶，放在每个人面前。

薄胎白瓷茶杯，没有盖。杯里飘着几片紫红色的花瓣，看起来像是用水泡开的干花瓣，茶汤泛着微微的粉红色。

"尝尝，这是我在武陵山里培植的落英茶。"

我端起来，闻了闻，竟然不是花草茶那种甜腻味儿，而是像龙井一样的清香。我轻轻抿了一口，果然是绿茶的味道。

不等我们发问，李笑来得意地说："你们大概以为这是花瓣吧？其实还是茶叶，只是颜色比较特别，取《桃花源记》中落英缤纷之意，附庸风雅，几位不能笑我啊。"

虽说红叶子的植物不少，但红色的茶叶我还是第一次见。

我正在品咂味道时，手机上收到一条信息，是坐我对面的张进步发来的："瓜皮，你真敢喝啊？"

我回："有啥不敢？怕下毒啊？"带了个嘻嘻的表情。

张进步放下手机，瞥了我一眼，突然开口说："李哥，我听天雨兄说，那个滋阴壮阳的梯玛酒，是你发明的？"

"不敢不敢。"李笑来连连摇手，"我只能说是侥幸拿到了配方。梯玛酒传承日久，我岂能贪天之功。"

"李哥真是全能，既能酿酒，又能种茶，这么年轻就把生意做这么大，以后还要向李哥好好学习。"

说奉承话其实是分人的，有些人说，听着就尴尬，但从张进步嘴里说出来，就感觉很自然，而且很真诚。我看见黄小意冲张进步翻了个白眼。

各自说了几句客套话，李笑来说："你们既然来到武陵山，就别操心了，全都交给我。我做了个粗陋的安排，给各位汇报一下。今晚我们先在船上喝酒，看码头上的演出。看完演出后，我带大家去一个地方，是我新开发的一个实景互动演出，正在排演，还没有对外开放，想请几位去做指导。明天，按照天雨兄的安排，你们先去博物馆，我让人帮你们退房。看完博物馆我们吃饭，吃完饭就进山，入住景区酒店。"

他顿了顿，略一沉吟，继续说："因为你们有秘密任务，我不便打听，但在我的景区范围内，有什么要求，千万不要客气。唯一要提醒的，就是山里地形复杂，很多区域我都没去过，可能会存在安全隐患。不过，如果你们需要，我可以派我最好的向导给你们引路。你们看这样安排合适吗？"

我们都看向天雨，天雨点点头说："李总费心了。"

李笑来说："我生嗜朋友，有余补不足。我虽然不知道诸位来武陵的目的，但你们的事，就是我的事，千万不要客气。"

刘天雨嘴角微微一动说："谢谢！"

我突然觉得刘天雨这人真是有意思，他和张进步完全相反。

张进步是不管肚子里有货没货，先吆喝，等把人忽悠来了再临时调货，而刘天雨是那种把货卖完了，都没吆喝一声的那种人。当然说起来，后者似乎更恐怖一点儿，但刘天雨并不会让我有不信任感，说不清什么原因，大概因为他是黑脸吧。

白脸在戏台上的形象，过于深入人心了。

　　也有例外，比如李笑来，他也是一张黑脸，虽然跟天雨相比，焦黑度还有差距，但比俗称"黑胖子"的张进步要黑一些。可就是这么一张黑脸，却有一种贴皮的虚假感。

　　当然，这只是我的看法，可能带有先入为主的偏见。

　　到目前为止，我还没有发现任何异样。

　　我也暗自琢磨，是不是过于疑神疑鬼了，毕竟世界上相貌相似的人，也并不少见。

第二十九章
码头风云

　　艨艟楼船改装的游船缓缓开动，但只开到河心就停下了。

　　先前那两个女孩，开始上菜。菜品倒是没什么惊奇的，也不算精致，六凉六色，荤素搭配，只是颜色看起来让人很有食欲。

　　李笑来说："都说靠山吃山，今天就请各位新朋友，尝尝我的山野农家菜。这些原料都出自我在武陵山中的农场和牧场，纯天然绿色无污染，制作方面没什么技巧，但贵在新鲜。"

　　张进步问："不是受保护的野生动植物吧？"

　　李笑来说："哪能呢？这些东西，别人想保护都找不着。"

　　这时，门口进来一个挑着扁担的年轻人，扁担两头挂着竹篾编制的酒篓。年轻人把酒篓放下来，问李笑来："先生，现在开封吗？"

　　李笑来点点头，对我们说："贵客光临，没什么拿得出手的东西，这是两坛封藏了近百年的梯玛酒，今天我们就喝它。"

　　"李哥，我怎么听说这梯玛酒酿才出现没几年呢？"

　　"没错，我酿的酒最早的也不过十年，但这不是我酿的。十五年前，我在武陵山中探矿，无意中发现了一个溶洞，没想到竟然是清朝时期土司的藏酒处，我那酿酒的秘方，就是在其中找到的。同时发现的，还有几百坛美酒，这就是其中两坛。"

李笑来边说边站起来，从旁边的架子上取下一把黑铁小刀，轻轻敲开了封泥。

一阵浓郁的奇异酒香，溢满了整个船舱。

我并非好酒之人，可此刻身体里竟然有一种强烈的冲动，想捧起那坛子酒一饮而尽。可我马上意识到，这种冲动与我脑子里的想法，竟然形成了怪异的冲突。也就是说，此时我的意识，并没有驱动我的身体，而是身体自己原发了一种莫名的力量。

我这是怎么了？

难道我身体里住了一个酒鬼，我自己并未发觉？

我集中精神，才控制住要起身冲过去的冲动，看着李笑来把酒从篓子里舀出来，分了几壶，亲自放在我们面前，接着又给我们把酒杯斟满，回到自己座位上。

整个过程大约也就持续了两三分钟，可对我来说，几乎经历了经年累月的折磨，就像久旱干枯的禾苗，诅咒天边乌云的迟缓。

一瞬间，我似乎突然理解了"相对论"究竟说的是什么。

看李笑来还想说点儿啥，我终于难以忍受，迫不及待地站起来，端起酒杯，抢先说："感谢李总的热情，我先干三杯为敬。"

在众人惊诧的目光里，我"咣咣咣"一连喝了三杯，身体里那种焦渴之意才缓解了些许。

李笑来对我的行为也很惊讶，但他随即也干了杯中酒说："听闻长安市中多豪饮客，看来言之不虚。兄弟既然喜欢喝我这酒，那就干脆再干三杯，凑个六六大顺怎么样？"

我也不管他这是客套，还是挑衅，说声"行"，又干了三杯。

知道我酒量的张进步，看得瞠目结舌，半天才憋出一句："马老板，你这跟书里写的不一样啊。"

"书里？"李笑来不懂张进步的幽默，对他的话表现出很好奇。

张进步是有人递杆子就爬，想都不想就说："马龙正在写一套自传体小说，在书里把自己塑造成了不抽烟不喝酒的好青年……"

就在他给李笑来胡诌的时候，我觉察到自己的身体里，正在产生一些微妙的变化。刚喝的六杯酒，似乎并没有下肚，而是被什么微小的东西在半路给劫持了。身体里面有很多地方微微发痒，而最痒的地方，是我包着纱布的右手伤口处。痒到我忍不住抠了好几下，没什么用，但也没觉得疼痛。我顿时有个怪异的想法，伤口不会好了吧？

但随即就被理性推翻，昨晚才受的伤，缝的针，怎么可能现在就好？可是越这么想，手心就痒得越厉害。

我实在忍不住，但也不好当场拆开纱布看，就问了洗手间的位置，一个人走出来。洗手间在船舱下一层，我在洗手台前拆开外面的纱布，里面的黄色药纱布上渗了很多血，不过已经干了。当我小心翼翼地把药纱揭开后，脑子一阵发晕——伤口竟然真的痊愈了，只有那根线寂寞地穿在浅浅的伤痕上。

我用指甲捏着线头，把缝线一节节拽出来，手心里留下了一小排针孔。来回握了几下手，既不疼也不痒，毫无感觉。

"老马你今天是怎么回事啊，喝这么快，吐了吧？"门外传来张进步的声音。

我打开门，伸手给他看。张进步半天没说出话来。

"是酒的功效？"他问。

我摇了摇头："不知道。"

"算了，管他是什么，我真是越来越不懂你了。有什么发现没？"

"你呢？"

"我觉得这个李笑来就是个普通的商人，可能附庸风雅读过些书，商人嘛，做大了都想当儒商。不过，万事都有假象，他有可能是装的，要是能知道他的发家史就好了。"

"这个不难，他是本地的知名企业家，认识他的人应该不少，有必要的话，让刘天雨找政府的人查一下。"

"刘天雨啊，我不信他不熟悉李笑来。"

"这话怎么讲？"

"这种接待规格难道是给我们的？李笑来清不清楚刘天雨的身份，还不好判断，但不平人肯定不会随便找个冤大头老板买单，没准他们就是一伙的。"

张进步天生对人不信任，防备心极强，跟人交往，别看表面嘻嘻哈哈，插在兜里的手随时握着刀子。我想这可能跟他以前的生活环境有关，我虽然不能说这么做就是对的，但似乎也算不上什么毛病。有他在身边，我的安全感总是能强一些，但他也经常引得我疑神疑鬼的。

酒过三巡，码头上的表演即将开始。我们的游船占据着最好的位置。站在窗前我才注意到，在我们周围，停满了大大小小的游船，上千米的水域，灯火璀璨，光线倒映在水面上，泛着醉人的光晕，宛若仙境。

不知道什么时候，码头已装扮成一个硕大的舞台，充分利用了水域的优势，如梦似幻。

随着音乐声起，竟然是一出《水漫金山》的舞剧。

整个演出大约持续了一个小时，就连我这个对歌舞无感的人，看了都惊叹不已。全场的高潮是许仙被困金山寺，白娘子为救夫君，与小青愤而做法，水漫金山寺。

这时，舞台前的水面波涛滚滚，有设备将河水喷涌到空中，漫天水幕，如天河倾泻而下。扮演白娘子和小青的舞者，在水面上忽然凌空飞起，两道优美的身影，在二三十米高的半空中旋转飞舞，宛若天女。

整条河上都沸腾了，喝彩声此起彼伏。

"咦，这是怎么做到的？"黄小意发出了疑问。

"小意姐在舞台上没吊过威亚吗？"张进步问。

"偶尔也会有，但吊这么高还真没有。"黄小意说，"不过我在美国看过太阳剧团的表演，让人叹为观止，只是……"

"黄小姐不愧是专业的，我们的演出就是借鉴了太阳剧团的表演方式，舞台设计和设备，都是花了大价钱的。只不过才开始做，这里条件有限，目前能呈现的也就是这样了。"李笑来介绍说。

"已经很惊人了……"黄小意目不转睛地看着台上说。

"小意姐，看你眼睛都直了。你干脆留下来，跟李总合作，怎么样？"张进步说。

"那真是太好了，我们现在就缺黄小姐这样的专业人士，希望黄小姐能考虑。"

黄小意没有说话。

但可以看出来，她动心了。

过了好一会儿，她才凄然一笑："看缘分吧。"说完就转身离开了，撇下张进步一脸无辜地向我摊摊手。

我也只能在心里叹了口气。

这时，旁边的尚锦乡突然发出一声惊叫声，我以为是舞台上又有什么奇观，可抬头一看，表演已经结束，演员正在谢幕。

再看尚锦乡，一脸惊诧，手指着台上，却一句话也说不出来。

"小姨，你这是又咋了？这一天天的，还能不能过了。"张进步抱怨。

"马龙，是她，是她……"

"谁？"

"就那个……"尚锦乡正要说，忽然转身问李笑来，"李先生，请问那位扮演白素贞的演员是谁？"

李笑来摇了摇头说："演员都是演艺公司从外面舞蹈团聘请来的，我并不参与管理具体的工作，所以并不认识。"

"李先生，我想见她，可以吗？"

"嗯……通常为了避嫌，我并不会和演员见面。不过既然尚小姐要见，那自然可以，稍等我让人联系一下。"

李笑来伸手在墙上某处按了一下，一分钟以后，一个瘦小的身影，像幽灵一样静悄悄地进来，竟然是那个跟我发生过冲突的小四。

"小四，你去联系一下张总，就说我们这里今天来了国际贵宾，非常喜欢我们的演出，想跟主演见见面。如果方便的话，派船接过来。"

小四点点头出去了，从始至终没有说话，临出门前却回头看了我一眼，眼神里似乎对我满怀仇恨，就算在几米远外，我也能感觉到一股刀刃般的戾气，简直不是人。

我满眼疑惑地看着尚锦乡，想从她那里找到答案，可她却一直在发呆，完全不回应我的询问。

"那小个子就是想打你那个？"

张进步虽然声音很轻，但李笑来还是听到了。

他说："小四是孤儿，从小在荒山野岭，跟一条野狗一起长大，跟动物抢食吃，到十多岁时才被我收养，难免有些野性难驯。有得罪之处，我代他给兄弟道歉。"

"这么拽吗？《人猿泰山》真人版。"张进步诧异道。

老半天没说话的刘天雨忽然说："李总，这孩子你得管好，别惹出什么祸来，我看他身上戾气很重，得破一破才好。"

"刘先生有什么办法吗？"

"有倒是有，但怕你舍不得。"

"舍不得也没办法，他现在只听我的话，万一哪天我有个什么三长两短……"

"李哥这是哪儿的话，你正是年富力强的时候。"张进步说。

"天有不测风云，谁知道呢，对吧？"

第三十章
羽人

◄ ‖‖‖‖‖‖‖‖‖‖‖‖‖ ►

几分钟后，消息传来了，扮演白素贞的舞蹈演员安蓝，因为家里有事，下台后妆都没来得及卸，就上车回了重庆。

不论这个消息是真的还是假的，在目前这种情况下，也只能接受。

李笑来信誓旦旦地向尚锦乡保证，说等安蓝回来，第一时间就安排两人见面。话说到这份儿上了，尚锦乡当然只能表示谢意。

撤去桌上的杯盘，两个女孩又换上了新茶。

游船按照李笑来的吩咐，离了码头，朝着上游开去。

趁李笑来带其他人去看河边夜景时，我问尚锦乡究竟发生了什么，为什么要见那个演员。

"又看到她了。"尚锦乡说。

"我想也是，你看清楚了吗？"

"嗯，非常清楚。"

"既然知道了名字，那就好办，我在网上查一下，看是不是她。"

河上的手机信号非常差，好不容易才打开网页，竟然查出重庆有两个叫安蓝的舞蹈演员，但很可惜，图片都打不开，看不到相貌。

尚锦乡说："算了，等回去再说吧。"她左右看了看，又压低声音说，"你有没有发现，这位李先生长得特别像照片上的李哈儿。"

"你也看出来了？"

"我刚开始没太注意，是小意姐提醒我的。"紧接着，尚锦乡就说了句让我啼笑皆非又如梦初醒的话，"你说他会不会是李哈儿的儿子？"

我实话实说："我还真没往这个方向去想。"

的确，疑神疑鬼多了，就忘了一些显而易见的东西。如果李笑来真是李哈儿的儿子，父子之间长得像又有什么奇怪的呢？

"有机会还是要问清楚。"尚锦乡说，"有什么事情说出来，总比一直藏着好。"

"妹子，你倒是看得开，我们这些事儿能拿到桌面上来说吗？"

"你叫我什么？"尚锦乡原地掉头。

"呃……这个不能理解为称呼，只是个感叹词。"

船在河上缓慢前行，四周一片黑暗，只有汩汩的水流声，偶尔听见山间传出鸟兽的呜咽声。

河道越来越窄，船上的灯光照见了两岸的石壁。站在甲板上，昂首仰望，可见一条深蓝色的蜿蜒天河，我们宛若一群在河底游动的小鱼。

转过一个河湾后，水声忽然大了起来，再往前走，声音越来越大，仿佛正前方有一道从天而降的瀑布。

游船缓缓靠在岸边，通过灯光的映照可以看出，那是山崖上突出来的一处平台，经过修整，大约能站十多个人，但边缘处围上了栏杆。

"到了！"李笑来站起来说。

"这是什么地方啊？"

"西水洞庭。"

"洞庭？洞庭湖不是在下游吗？"

李笑来没有回答，而是提高声音说："各位请登岸，石阶潮湿，务必小心脚下。"他看起来非常亢奋，看得出来，此处应该是他的得意之作。

这时我才发现，船上的人真不少，除了我们，至少还有十多个工作人员，刚才不知道藏在哪里，此刻都出来忙活了。全都是二十多岁的精壮小伙子，一个个西装笔挺，倒像是在高档写字楼上班的。

有人给李笑来送来一根木杖，他接过来，在甲板上顿了两下说："需要爬一小段台阶，我膝盖不好，见笑。"

石台的高度和游船严丝合缝，应该就是根据游船高度来改造的，所以我们所有人毫不费力就上了岸。

沿着石壁有一条仅供一人通行的小道，墙上有扶杆，外侧有护栏，所以并不会有畏惧感。张进步和两个女孩嘻嘻哈哈聊着闲话，我偶尔也搭一两句腔，只有跟在后面的刘天雨一直沉默如深渊。

小道的尽头，应该就是李笑来说的那一小段台阶。两个女孩刚一上去就发出了赞叹，等我跟上去，才知道那赞叹真是由衷而发。

一条蜿蜒的小河，曲曲折折通向大山深处，两岸的花木郁郁葱葱，树木与河流之间，一盏盏白色的灯，错落有致，如璀璨群星。最惊奇的是小河的尽头，不知用怎样的灯光勾勒出的山峦，如雪山般闪着荧光。

"真是太美了！"

面对这样的美景，满腹经纶的尚锦乡，也只能反复用这句大白话表达内心的激动。

李笑来举起手杖指着前方说："你们是我的第一批客人，今天由我来亲自为你们导游。"

两艘小船在岸边等着我们，我们跟着李笑来登上前面的一艘，其他工作人员上了后面那艘。小船沿着水银般的小河，朝着"雪山"驶去。

我不得不说，这个景区的设计师真是大师级别的，我坐在船上时才发现，河水之所以清澈透亮，是因为河底也铺设了灯光，可是却找不到光源，只能看见长长的水草，随着水流荡漾起伏，大大小小的鱼儿，在水底的沙石间徜徉。

"李哥，你这简直就是天上人间啊。"张进步说。

一阵尴尬的沉默。

"你想说的是人间仙境吧？"我说。

"这有啥区别，仙境不就在天上吗？"

的确没区别，是我们这些红尘中的人心脏了而已。

船行了几十米后，两岸已不再是山峰，而是变为开阔的林地。微风送来阵阵的桂花香，我不由得打了个喷嚏，在幽静的峡谷里，显得异常响亮，惊起了林间一群夜鸟。

这时坐在船舷上的刘天雨忽然站起来，警觉地看着夜鸟飞起的地方。除了我以外，其他人正沉浸于美景，并未觉察到天雨的异样。

"怎么了？"我轻声问。

刘天雨摇摇头，但依然盯着那个地方。

我心想："你这有点儿过度紧张了，不就是一群鸟嘛。"但下一秒钟，我就看到此行最让我难以忘却的东西。一只大鸟，从树林中飞起，悄无声息，在半空转了一圈，以极快的速度，消失在远处的黑暗里。

整个过程，应该不超过三秒钟，却刚好被我的眼睛捕捉到。

与此同时，站在我身边的刘天雨，突然双脚一蹬，腾空跃起，飞落在岸边的草地上，再一跃，就钻进了树林里。

直到这时，其他几个人才发觉了异样，回过头来，诧异地看着我。

"人呢？"张进步问。

我伸手指了指刘天雨消失的方向。

"他这是啥意思啊？"

我刚想告诉他们我看到的怪东西，却发现李笑来正笑眯眯地盯着我，就摇了摇头说："不知道，突然就走了。"

"神经病。"

李笑来问："要不要停船，等等刘先生？"

"不需要，肯定是拉肚子，等不到厕所，钻树林解决了。我们要是等着，估计他都拉不出来。"张进步说，"咱继续往前走吧。他本事大，丢不了。"

李笑来迟疑了片刻说："也行吧。"

张进步让我给刘天雨打个电话，可是手机完全没有信号。船继续前行，但船上的气氛有点沉闷，刚才的事，影响了大家的心情。

张进步坐在我旁边，俯身看着河里的小鱼，用手机拍了好些照片，非要给我看。只见他在记事本上写："我也看见了，一个鸟人。"

鸟人，是的。

我刚才看见的，并不是一只大鸟，而是一个扇动翅膀，像鸟一样飞行的人。虽然距离遥远，而且是在黑暗中，但人和鸟的轮廓，我还是可以分辨出来的。我相信，刘天雨忽然离开，肯定不会是去追一只大鸟。

我忽然想起，在不平人基地里划船的老木讲过："灵与人结合，诞下木客；与禽结合，诞下羽民；与兽结合，诞下山魈。木客是神人的忠仆，羽人是神人的信使，山魈是神人的驱奴……"

虽然老木自己就是木客，但从它口中讲的东西，我还是不太能接受。我更愿意把木客当作一种未完全进化的人类，比如类似尼安德特人；把山魈当作一种介于类人猿和人类之间，更为高级的灵长类生物。但我并不相信"羽人"的存在。

在父亲的笔记里，有一部分关于羽人的论述。

在汉朝以前的出土文物或墓葬里，羽人的形象非常多，有雕像，有壁画，有纹饰。但在魏晋以后，羽人的形象就渐渐式微，只在一些石窟浮雕里可以找到其踪迹。而到唐以后，就彻底消失了。

学术界的普遍观点是，魏晋时期，佛教逐渐盛行，飞天形象传入，更符合普通人对仙、佛的想象，既然是成仙得道之人，那就应该腾云驾雾，朝游北海暮苍梧，而不是像鸟一样扇着翅膀，凭体力呼哧呼哧地飞。

而羽人的形象，大致有三种。

第一种是短发大背头，巨大的耳朵超出头顶，高鼻深目，短胡须，身穿束带紧身长衣，肩膀上两只小翅膀高高翘起，腿脚上也生长着羽毛。

第二种更像个"鸟人"，人脸鸟喙，头上有高高的冠翎，下颌凸起，翅膀生在腋下，有一些生有长长的尾羽，有些没有。

第三种比较少见，孩童一样的身形，圆圆胖胖，短胳膊短腿，背上长着一对大翅膀，特别像希腊神话中的丘比特。

以上三种，都有具体的物证，要么是铜像，要么是玉器，要么是漆器。其他壁画、浮雕上的羽人形象，也大致就是这三种。

另外父亲还提到，《山海经》里也有羽人的记载，大头长脖子，长着一对大翅膀，常年住在树上。不过《山海经》里荒诞不经之言太多，所以不足为凭。

父亲之所以提到羽人，一方面与老木分不开。当初老木被囚在一间石室内，被父亲解救后，要认父亲为主，但被拒绝。父亲与其以友人相交，并为其取名为"老木"，出于回报，老木不顾禁忌，向父亲讲过一些木客的秘密，其中就提到了羽人。

让我没想到的是，父亲不仅相信羽人的存在，还跟老木说，他见过羽人，只不过不是活的，而是尸骸。

第三十一章
神

父亲在笔记里，虽然提到了羽人尸骸，但我还是半信半疑。

在我的记忆里，不算西方的天使，能跟"羽人"形象挂钩的，有且只有三个。

如来佛的舅舅——金翅大鹏鸟。

周文王的干儿子——雷震子。

还有一个，是小时候听评书《薛仁贵征东》里，有一个叫猩猩胆的东辽将军，他年轻时遇到仙人，给他安装了一对翅膀。

可这些都是虚构的人物，思维正常的成年人，不可能当真。

但我能说父亲思维不正常吗？

以前肯定不敢，以我对他的认识，世界上就算只剩一百个思维正常的人，他也会是其中一个。但现在，我不敢这么肯定了。

就在刚刚，我目睹了一个长翅膀的"人"，在头顶飞过。而且不止我看见了，冷静如生铁的刘天雨，以及精明如胖猴子的张进步，都看见了。是我们仨同时出现了幻觉吗？这个几率，不能说没有，但微乎其微。

网上有句话，中年人的崩溃往往就在一瞬间。其实所有崩溃，都是在一瞬间。比如溃坝、雪崩、股灾、服务器崩溃、金融体系崩盘、心态垮掉，以及世界观崩塌。

这种感觉，相当于你正要举办成年礼，你爸妈突然告诉你，其实你是个机器人。

实际可能比这还要糟糕。

比如，你发现自己其实是一条狗。

"狗？什么狗？"张进步问。

"我是一条狗。"我说。

"没关系马爷，在互联网上，没有人知道你是一条狗。"

这就是我喜欢张进步的地方，他总是能适时打开你的闸门，疏通你的郁结，将深陷海市蜃楼不能自拔的你，一把拽进人间烟火。

"你俩别太狗了，快看前面！"黄小意叫道。

此时，我们已经可以看到小河的尽头，壁立数百米，如刀削的绝壁上，出现一处堪称壮观的河洞，高有三四十米，宽至少五十米。

洞口距离河面有三四米的落差，水从洞口喷涌出来，形成一个小瀑布，水流湍急，声震幽谷。

河洞深处散发着幽幽的光，变幻莫测，隐约还有音乐声传出，但被水流声压住了。

小船泊在一棵大树下，我们上岸后，跟着李笑来一路走到洞口。洞口立着一块大青石，上面刻着两个章草大字"洞庭"，旁边的小字，竟然署名"献之"。

"这是集的王献之的字吗？"张进步打量了半天问。

李笑来说："这不是集字，就是王献之亲笔写的。"

"王献之给你写的？"

"不行吗？"李笑来笑嘻嘻地反问。

"也不是不行，只是我怎么感觉像假的呢？"

"张三哥也懂书法？"

"不，一点儿也不懂。王献之不是王羲之的儿子吗？我以前的办公室里挂着一幅《兰亭序》的印刷品，低头不见抬头见，对王羲之的字还是有点儿印象。按说父子写得应该差不多，可这字怎么一点儿不像他老子的呢？"

"这你就误解了，献之虽然跟父亲学书法，却自成一体，成就并不亚于其父，甚至在南朝时期，他的书法地位要高于父亲王羲之。后来是因为唐太宗痴迷王羲之，这才把他的地位拔高，超过了献之……"李笑来说起书法头头是道，看来还真下过一番功夫。

张进步不懂书法，自然也接不下去，马上就换了话题。

"李哥，我还有个小问题，您别介意。人家洞庭湖叫了几千年了，你为啥还非要把你这儿叫洞庭呢？"

"三哥怎么知道有几千年？"李笑来扭头问张进步。

张进步被问得猝不及防，但他反应快，马上就说："我只是个提问题的小学生，这么专业的话题，当然要小姨来解答了。"

正在看字的尚锦乡突然被点名，只好接话说："非常抱歉，我对此也没有过专门研究，只是单就'洞庭'两字来说，出自《庄子》，没错吧？"

"没错，尚小姐博闻强识，让人佩服。"李笑来说，"'洞庭'之名正是出自《庄子·天运》：帝张咸池之乐于洞庭之野。"

"洞庭之野"？我心里一动，这个词我怎么在哪儿听过。

尚锦乡又说："但庄子所说的洞庭，应该并非指洞庭湖。但在屈原的《九歌》里，提到的洞庭波，应该就是指洞庭湖。"

李笑来呵呵一笑："关于洞庭湖名的来历，我倒是有些浅见，有机会我再跟尚小姐探讨。"听口气似乎并不认同尚锦乡的话，"刚才你说到《庄子》，我之所以将此地命名为洞庭，正是源于道家。"

李笑来用手杖指着石头说："虚无广阔曰洞，堂下门内曰庭，山腹之中，空虚幽深之处，是谓洞庭。此处洞天福地，除了洞庭，难道还有更合适的名字吗？"

"行吧，反正是你的地方嘛，你想叫啥就叫啥，我也就是随便问问，不用在意。"张进步嬉笑着说。

"命名之事，非同小可。当初张三哥的金皇宫，我听说也是专门到成都，请羊先生取的名。"

"嘿嘿，你打听得还真是细致，我就是个小人物，给人打工的。"

"薛老板近日还好？"

"他啊，我也好久没见过了，听小兄弟们说他在终南山隐修了。李哥也认识薛老板？"

他们说的薛老板，张进步给我提起过，是他在小勐拉开赌场的大老板，叫薛挺。

"打过一两次交道，想不到他竟然看破红尘……"

"那应该还没有，终南山八千隐士，哪能都看破红尘啊。"

两人闲聊着，终于把"洞庭"这个坎儿给过去了。

我们穿过河洞，才知道里面真是别有洞天，李笑来用洞天福地形容此地绝不过分。很可惜现在是晚上，无法看清究竟有多大，但仅灯光照耀的地方令人叹为观止。

两座山峰之间，一轮明月高悬，当然，那是用灯光制造出来的月亮。清幽的月光，照出半山之间一处凌空殿宇，飞檐翘角，又有架空的长廊，悬空的楼阁，仰首仰望，简直就是传说中嫦娥所居住的广寒宫。

月光之下，土地平旷辽远，屋舍俨然有序，一条泛着银光的溪流从中穿过，溪流两边的平地上栽种着桃树，可惜现在不是桃花开放的季节。

沿着小溪往前走了约一里地，进入一处开放式的园林，茂林修竹，溪泉流瀑，石山水榭，亭阁花木，无不见用心之处。

穿过竹林，是一片荷塘，有数亩之大。水面上有小船缓缓穿行，不时传来欢声笑语。岸边，一片如茵的草地上，十多个年轻人聚坐在一起，吹箫抚琴，演奏古乐。秋千架上，一位身着长裙的女孩子，随着音乐，在月光下婆娑起舞，美不胜收。

我们的到来，并没有打扰到他们，似乎我们只是一群穿越到古代的无形魂魄。

李笑来介绍说，整个洞庭景区约为五十平方公里，他聘请了国内外一大批知名的历史文化、民俗、人类学、建筑学和多个领域的艺术家，要在这里完全复原出一个古典世界。

最终的目的，是让进入这里的客人，有一种穿越到古代的错觉，无论衣食住行，还是生活的其他方方面面，都彻底做一回古人。

他说："我们的建筑，都是在全国各地整体迁移的古民居，目前所在的这个园林，大到房屋建筑，小到家具摆件，从里到外，全都是明朝的。只不过限于当时的园林规模有限，才不得不把好几个园林，重新设计组合而成。"他顿了顿，又指着那些乐手和舞者说，"这里的工作人员……"

"他们也是明朝的？"张进步惊讶地问。

"他们是洞庭居民。"李笑来说，"所有居民都是在全国海选，经过长时间学习，通过考核，才颁发户籍，入住洞庭的。为此我们专门创办了一所全日制大学，学员至少要学习四年，跟上本科一样。"

"大手笔啊，赶上拍《红楼梦》了。"张进步感叹道。

"可如果是还原真实的古代社会，不能只有年轻人吧？"黄小意提出了疑问。

"这简单，老人可以让年轻人扮演嘛。"张进步说。

李笑来摆摆手："不需要扮演。洞庭居民上千，从嗷嗷待哺的婴儿，到耄耋之年的老人，各个年龄阶段，全都做了恰当的配置。而且每年都有新增和退休者，符合一个社会的正常更迭。"

"那居民的生老病死，婚丧嫁娶呢？"

"全都是真的，我们是创造一个社会，并非演一出舞台剧。"

"你这得花多少钱啊！"张进步问。

李笑来淡淡一笑："钱是小事，再有钱的人也不一定会这么干。"

"可是李先生，这毕竟是一个商业项目，"黄小意问，"你这么大的投资，资金怎么回收呢？"

李笑来轻轻反问："黄小姐以为呢？"

"我们这些普通人赚钱，当然是为了活着，如果能赚多点儿，就是活得更好。我也没赚过大钱，请李先生指教。"

"黄小姐谦虚了。"李笑来面对着荷塘说，"无论马斯洛把需求划分成几种，说到底，依然是活得更好。只不过每个层次，对'好'的定义有些不同。黄小姐认为眼前的这个世界美不美？"

"那是当然。"

"创造一个美丽的世界，就是我个人对'好'的定义。"

"李先生，您这是想凭一己之力，建造一个乌托邦吗？"尚锦乡问。

"一己之力不敢说，上要感谢国家和政府的支持，下要感谢武陵山区群众的帮助，都是大家齐心协力的结果。"李笑来搬出了这套冠冕堂皇的通用说辞。

"李先生，我无意对您的商业行为提出异议，我只是对您这种社会实践有兴趣。乌托邦讲求绝对公平原则，而蛋糕要切公平，就得有超脱于其上的执刀人，您是要成为这样的执刀人吗？"

"不，"李笑来说，"我对这样的角色毫无兴趣。我感兴趣的只是创造这样的世界，世界的运行有其自己的规律。"

"你的意思是，你不参与这里的管理吗？"

"天地不仁，以万物为刍狗；圣人不仁，以百姓为刍狗。我创造世界，但不参与管理，这样才能使其公平。"

"李先生是把自己当神？"

"神，妙万物而为言者也。我做事但凭心意，从不匿迹潜形，车尘马迹，一目了然，岂敢当神。"

"不敢，不等于不想嘛。"我心里嘀咕。

第三十二章
人生五十年

　　刘天雨一直没有消息，我难免有点儿担心。可在这种情况下，我也不能做什么，只好继续跟着李笑来闲逛，听他炫耀自己的丰功伟绩，权当消食减肥。

　　我原先以为，这一片区域是原本就存在的，李笑来只是投资建设成一个景区。可听了他的介绍，我才知道，此处竟然是自然造化和人工意匠合力造就的。

　　这里原本只是一处古老矿区，采矿的年代从殷商开始，一直持续到秦汉才被废弃。1938年，酉阳发生过一次地震，致使矿区和岩溶大面积坍塌，才在山腹里形成此隔绝空间。

　　解放后，考古队做过几次勘探，但并未发现什么有价值的实质性资料。大约十五年前，在山中探矿的李笑来跟随矿脉，无意中寻到此处，一眼看中，决定开发。他与政府签订了五十年的土地使用权，经过十多年的建设，建成了现有的规模。

　　据李笑来说，目前开发的只是第一期，约有十平方公里，已经初步可以接待游客了。但要正式运营，至少还得两年时间。

　　"其实地面可见的部分，在整个计划里所占的比重只有十分之一，真正要花大力气的是地下世界。"李笑来说，"根据我们初步勘察，目前探明的仅有三层：第一层是古人留下的矿洞，第二层是溶洞，第三层是暗河。在暗河之下，还有幽深的峡谷，但以目前的条件，还无法勘探。"

我忍不住问："李总预计整个景区完全开发完，需要多长时间？"

"更多的不好说，但五十年内，足以打通暗河的航道。"

"五十年？"我们几个同时惊问。

"对啊，到时候，我邀请各位来参加首航仪式，请一定赏光。"

恕我见识短浅，我从未见过一个人，把五十年能说得如此轻松。国家才做五年计划，可李笑来一个商人，竟然敢做五十年计划。

"五十年啊！"我忍不住感慨，"我可没有十足的信心还能活五十年，到时候再说吧。"说着忍不住笑起来。

这时，听见尚锦乡在旁边叽里咕噜说了一串日语，人在激动时，总是忍不住说母语或者方言才能表达心情。

"小姨，你说啥？"张进步问。

"人生五十年，与天地长久相比，如梦似幻；一生享尽，岂有不灭之理？"尚锦乡说，"这是平安时期的武士平敦盛所作的一首和歌，慨叹世事光阴。"

李笑来说："天正十年六月二日，明智光秀发动兵变，突袭本能寺，僭逼其主织田信长纵火自杀。此歌被信长于临死前咏唱，故而流传天下。"

"李先生对日本历史也有研究？"

"研究谈不上，我说过，我只对历史名将感兴趣，织田信长作为战国三杰，自然也在我的视野内。"

"织田信长经常被拿来与曹操做比较，李先生怎么看？"

"嗯，两人的确有很多相似处。但如果说个人命运，我以为织田信长与中国历史上另一位人物倒更为相似。"

"谁？"

"前秦天王苻坚。"

"哦？这倒是第一次听说。"

"强化中央集团，结束乱世割据，立志一统天下且不论，单说去世——织田信长被亲信明智光秀逼死于本能寺，活了四十九岁；而苻坚被下臣姚苌所逼，自缢于新平佛寺，终年四十八岁。两人死后，国家重新陷入混乱，混战不休，民不聊生，让人叹惜啊。"

黄小意对历史话题不感兴趣，拉着张进步到旁边看歌舞去了。

我也不懂历史，但因为心里牵挂着"李哈儿"，想在李笑来的话里，找到些蛛丝马迹，只好跟在他俩身后，像小学生一样，听他们你一言我一语地讲故事。

织田信长我还是知道的，毕竟玩过游戏《太阁立志传》，以信长的角色，虐过"猴子"木下藤吉郎。

而对苻坚，我是真不熟悉，只知道他和东晋打仗，在淝水之战中败给了东晋的谢安。从这点来说，倒是很像在赤壁之战中被击溃的曹操。

"刚才听尚小姐说起织田信长的辞世诗，让我想起苻坚的遗言。"

"五胡次序，无汝羌名。违天不祥，其能久乎！"尚锦乡说。

"正是！可惜一代雄才大略的英主，竟死于宵小之手。"

李笑来说完，竟沉默良久。

我赶紧抓住机会问："李总是重庆人，还是湖南人？"

"根据族谱记载，我祖籍在甘肃，先人迁徙到陕西关中地区，后来又到了湖北。清朝初期，两湖填四川时，又到了巴蜀。再后来四川重庆分家，就把我分到重庆了。"

"你不会也是酉阳人吧？"

"奉节。"李笑来说。

我心里一动，父亲去的天坑就在奉节。话已至此，不如干脆正面打听。我于是问："奉节有位叫李哈儿的，不知道你认不认识？"

李笑来的表情略显惊异："奉节姓李的人挺多，叫哈儿的也不少。实不相瞒，我父亲小名就叫李哈儿，只是不知道是不是你说的那位。"

"他家在奉节天坑附近的村里。"

"不会是小寨吧？"

"对。"

"巧了，那正是家父。马兄弟怎么会跟我父亲认识？"

"我倒是不认识，他是我父亲的一个旧识。"

"马兄弟的父亲是哪位？"

"我父亲叫马渝声。"

李笑来略一思索，摇摇头说："抱歉，我应该不认识。我十多岁的时候，父亲出了意外身亡，我跟着家母到了重庆，是在重庆长大的。"

"有机会，我代父亲去探望阿姨。"

"家母在十多年前也去世了。"

"哦，抱歉抱歉。"

"这没什么。只是没想到令尊竟然跟家父认识，我倒是一定要找机会去拜访马叔叔。"

我没有告诉李笑来父亲的近况，只是欢迎他随时来西安。

话说到这里，双方的关系似乎近了一步，于是我就开玩笑地问："刚才笑来兄说要花五十年来建设景区，这样壮志雄心的人，平生仅见啊。"

"功成不必在我，我只需建成一套机制，让机制自我运转，就算我不在了，机制也会自己运转下去。我经常开玩笑说，我干的工作就是建造永动机。"李笑来顿了顿，又说，"其实这样的事，我也不是首创者。巴塞罗那圣家族大教堂，1882 年动工，到今天依然未竣工，不比我这工程时间长多了吗？"

"问句不该问的，笑来兄的工程耗资如此之大，资金从哪里来？"

"所有人都要问我这个问题。靠山吃山，守着这么大一座山，赚钱很难吗？"

"开矿吗？"

"矿产是很重要的一部分，但不全靠矿产资源，还有丰富的动植物资源，潜能巨大的水资源，以及可持续发展的生态资源。我有一套浅显的理论，叫取之于山，用之于山……"

李笑来说得天花乱坠，我相信他用这番话打动了很多人，却很难说服我。不过，我们这种小人物，怎么能理解得了大人物的想法和做法呢？

我们沿着荷塘转了一圈，看时间，已经将近晚上十点钟。

李笑来提议吃完夜宵再回去，我本想拒绝，但张进步抢先答应了，而且还要求喝点儿酒。

这时过来一个工作人员，在李笑来耳边说了句什么。

李笑来点点头，对我们说："刚好有一个小节目在排演，我们可以去边吃边看。"

张进步笑着说："李哥，你们这旧社会也太黑了，怎么到这会儿了还要加班？"

"唉，我们这种景区，经常会被安排些接待任务，有些人来了后无法理解我们这种日常生活，非要看点儿节目，没办法，就简单编排了一个。三哥见笑了。"

"理解理解。"张进步随口说。

我们沿着溪流往前走了几百米，看到一座小石山，壁上开了个狭窄的洞口，仅容一个人进出。李笑来打头，我们跟在后面，走了有三十米，豁然开朗，光线仿如白昼。里面竟然是个小村落，有农田，有农舍，有果园，有鱼塘，几十个年纪各异的人，穿着干净的古装，各自忙活着。几头小鹿在果园里闲适地散步。

忽然听见有人叫了一声："有客至。"音乐声起，那些田间地头的人，都跟着音乐节奏舞蹈起来，但所有的舞蹈，都与他们手头干的活儿非常协调，锄地的、打鱼的、织布的、伐树的……孩子们追来追去，老人们赶着牛车，所有的节奏与音乐结合得天衣无缝。

我们被带到一处农舍的院子里，围着一张方桌坐下来，不一会儿就上来几碟干净的小菜，有肉脯、野菜、点心、汤羹，颜色鲜亮，很是好看，还有一小坛酒。

这时节目正式开始，竟然是一出《桃花源记》。

一位渔人从我们刚才进来的洞口进来，受到村里人的热情接待，大家载歌载舞。大概是为了好看，半空中也有长裙美女飞来飞去，撒着花瓣，虽然她们的背上有翅膀，却并非"羽人"，因为可以明显看见有滑翔设备，属于杂技表演中的空中飞人。

整个场面很热闹，这个结合了音乐、歌舞、杂技、魔术等多种表演形式的节目，很适合接待演出。

但这个节目的结尾有点儿无厘头——渔人离开后，有一个四十多岁的中年文士，峨冠博带，带着一个年轻小书童，跋山涉水的模样，进入桃花源。两人好奇地看来看去，一会儿摸摸这个，一会儿摸摸那个，奇怪的是，只要小书童的手摸到谁，那个人就化作一股青烟，消失了，甚至就连小鹿也被摸成了青烟。最后，整个桃花源，就剩下了他们两个人。最后，小书童摸了摸那个中年人，只听一声巨响，中年人也消失了，烟雾过后，在他站立的地方，出现了一座好几米高的雕像，栩栩如生。

此时，光线渐渐暗了下来，一道光柱打在雕像身上，在悠悠的音乐声中，小书童围着雕像轻轻舞动，最后消失在黑暗里。

不知怎么地，这一独舞竟然让我有一种悲凉之感，身上起了一层鸡皮疙瘩，我看见旁边的黄小意，竟然在轻轻抽泣。

灯光大亮，刚才消失在青烟里的演员们出来谢幕。

李笑来征询我们的意见。

张进步抢着说："我没文化我先说，一个字，好！但是这个石头雕像怎么越看越像李哥你呢？"

听张进步这样一说，我也发现，那个石雕好像就是李笑来，当然也像照片上的李哈儿。

李笑来哈哈大笑说："三哥好眼力，这个石像就是照着我雕的。"

"你这么搞个人崇拜不好吧？再说人还活着就雕像，似乎不太吉利。"

李笑来不好意思地说：“虽然是照着我雕的，但剧中这个人却不是我。”

"那是谁？"

"刘子骥。"

"南阳刘子骥？"

第三十三章
南阳刘子骥

◀ ‖‖‖‖‖‖‖‖‖‖‖‖‖‖‖ ▶

"南阳刘子骥，高尚士也，闻之，欣然规往。未果，寻病终。"

这是我读过的所有书里，唯一提到刘子骥的地方，出自初中二年级语文课本。

我不记得我的语文老师有没有讲过刘子骥的身份，大概率是没讲，否则，我不会毫无印象的。这不是老师的错，当时还没有互联网，查资料极为不方便，老师没有必要为了一个无关紧要的人名，专门去查阅古籍。

而对我来说，刘子骥只是陶渊明随手捏造的一个人名。

虽然《桃花源记》让刘子骥人尽皆知，但他也是个龙套。所以，我们几个都无法理解，李笑来为什么会为刘子骥塑像？

李笑来告诉我们，刘子骥这个人，在历史上是真实存在的，并非陶渊明的虚构，而是陶渊明的一个远房亲戚。

史书记载，刘子骥祖籍陕西武功，少时跟随父亲迁居到河南南阳，后来又隐居在湖北荆州一带的阳歧村。

此人家境富裕，淡泊名利。苻坚逼近长江时，荆州刺史重金请他出山做官，他把钱财都散给周围的村里人，一见刺史面就辞职，坚决不当官。他一生好游名山大泽，热衷于访仙问道，奇遇无数。据传他曾在衡山的林木深处迷路，误入水涧，进入神仙石室，找到了仙灵方药。

还有记载，说他漫游大江南北，东到太姥山，西上甘松岭，北抵太乙山，南下白石山，并留下了详细的访仙笔记，只不过失传了。

五柳先生陶渊明在写《桃花源记》时，想起这位志趣相投的好朋友，就开起他的玩笑，让他去探访桃花源。并写他在探访不久后就神秘死去，给后人留下无尽遐想。

李笑来冗长地讲了老半天，只有结束时的一句话引起了大家的兴致。他说："我之所以为刘子骥先生立像，是因为我找到了他的访仙笔记。"

"真的假的？"张进步笑着说，"李哥你命也太好了，咋啥好事儿都让你遇上了呢？"

黄小意说："这有啥奇怪的，有钱人总是运气好。"

李笑来说："这事儿说起来跟假的一样，不过真如黄小姐所说，我可能就是运气好吧。"

尚锦乡接话说："既然跟假的一样，就别说了，你给我们讲讲笔记里写了什么就行。"

李笑来端起酒杯轻轻抿了一小口，说："尚小姐是历史学者，本来我应该拿出来让尚小姐过目，很可惜，笔记的材质是桑皮纸，破损得比较厉害。我们都知道古籍保存是最难的，除了其本身结构的不稳定，受客观环境影响也很大。温度、空气、灰尘，甚至光线都会对其造成损伤，所以……实在不好意思。"

尚锦乡说："李先生不拿出来才是对的。"

"多谢尚小姐理解。"李笑来说，"刘先生的笔记，总共有三十多卷，粗略估计有近四十万字，内容极其庞杂，记载了刘先生从少年时期，一直到其成道之前，总共九十多年的经历。"

"九十多年？难道他活了一百来岁？"

"准确说，应该是一百零四岁。"

"我去！我听说古人的平均寿命只有四五十岁，他活了一倍还多啊？"

"陶渊明和刘子骥是同时代人，根据陶先生对刘子骥的态度，刘子骥的年纪应该比陶渊明大。陶渊明生于东晋兴宁三年，公元365年，暂且认为刘子骥与其同岁，一百零四岁去世，应该是公元469年。不过，这个推测唯一的意义，就是计算出他最晚的去世时间。如果他比陶渊明大二十岁，那他去世时就是公元449年。"

我强烈怀疑尚锦乡的脑子里装了台电脑，要不然这么多朝代和年代是怎么记下来的？

"尚小姐的记忆力让人佩服，不过我唯一要纠正的，是尚小姐说刘先生一百零四岁去世这个说法。"

"哦？"我们都看着李笑来，想知道这句话哪儿有问题。

"他不是去世，而是成道。"

"那不是一回事吗？"张进步说，"得道，就是升天，升天，就是去世，还可以说成上了天堂，去了极乐世界。说法不同而已，难道李哥认为刘子骥成仙了？"

"是不是成仙我无法判断。在笔记里，刘子骥先生自述，自己从四十岁开始，容貌不再变化，以至于周围的人以为他中邪成了妖物。他不得不离家，云游四方，过一段时间就换一个地方。一直到一百零四岁时，他心有所感，重回武陵山中，寻得一幽静之所，笔记到此结束。"

"这不就是那个电影吗，马总，叫啥来着？"

我说："这个男人来自地球。"

"对，我们真是心有灵犀啊。"

刚才我倒是没想起这个电影，而是想到我的彝族朋友摆丢说的那个寸君。寸君在四十多岁时，因为食花蜜返老还童，成了三十多岁的模样，一直活到九十多岁，容貌始终保持着三十多岁的样子。光从容颜不老这点来说，倒是与李笑来所说的刘子骥相似。

于是我问李笑来："刘子骥在笔记里，有没有提到类似拜树这种仪式？"

"拜树？"

我把寸君的事转述了一遍，大家都觉得很惊异，尤其是说起寸君是湘西人，那很可能也是在武陵山中。

李笑来似乎思索了好久才说："武陵山区自古各民族杂居，各民族都有自己的神话和传说，相互交织影响，也会繁衍出新的习俗和信仰，各种神异之事层出不穷。我虽然没有听过这样的习俗，但并不否认可能有这样的习俗存在。"

"那你相信刘子骥或者寸君这种事吗？"

"无法证伪。"

他说的没错，部分神秘主义的特征就是无法证伪，但无法证伪并不意味着可以证实。而科学必须具有可证伪性，才是科学。举个例子来说，科学认为，在我们的世界里，光的速度最快。如果要证伪很简单，找到一个比光速更快的东西，给所有人都看到，就可以推翻这个结论。

但要对神秘主义证伪，却非常之难。

例如，有一部分人认为世界上存在鬼，其中有一些人声称自己亲眼见过。但另一些人不信，可也没办法证明那些人没见过。而声称自己见过鬼的人，也无法让所有人都看到鬼，来证实世界上真有鬼存在。

于是鬼就成了亘古以来，最大的神秘主义。

就像我亲眼看到了一个长翅膀的人，但我无法做到让别人也看见。除非现在刘天雨把那只羽人抓回来，证实世界上有长翅膀的人存在。

唯科学者常犯的错误是，用现有的科学认知来否定一切不可知或尚未知的事物。而神秘主义者的问题是，非要让人接受无法证实的东西。你知道就行了，干吗非得让别人接受呢？

我要是把去琉球的整个经历写本书，所有人肯定以为，这就是本幻想小说。可能还会有读者说，这小说男主怎么没有那种上天入地的主角光环，或者英明神武的主角魅力。

我也不用强调，我写的都是真的，马龙就是这样一个人……如何如何，因为我的确没办法像贝爷一样，带着摄影师去冒险。

这么一想，倒是提醒了我，改天去买个小型运动摄像机，随身带着，以后遇到什么怪异的事儿就拍下来。

看他们聊得正欢，我问了洗手间的位置，一个人去上厕所。

我走出农舍小院，绕过一丛竹林，按照指示进入另一个光线明亮的小院，却发现这里是演员的更衣室，几间大房子门都敞着，挂着一排排演出服和道具，但一个人都没有。

我刚想离开，突然听见旁边一间房子里有动静，像是有人在打电话，就走过去。

那应该是一件道具仓库，门大开着，里面的确有一个人，正背对着我，蹲在柜子前，在找什么东西，嘴里发出一种奇怪的嘟囔声。

他应该是刚刚演出完，还没来得及换装，肩膀瘦削，头上戴着羽翎帽子，背上也束着一对银灰色有黑色斑点的羽翼，袍子拖在地上，看起来个子不太高。整个身体，都随着嘟囔声，有节奏地微微抽动。

"你好，请问洗手间在哪边？"我问。

我的声音并不高，但那人似乎正专注地找什么，被声音吓了一跳，身体猛然一哆嗦。

这让我觉得很不好意思，正想再开口，那人突然转过头来。

那是一张化装后的鸟脸，整张脸几乎都被短短的灰色羽毛覆盖。眼睛特别大，像两面金黄色的镜子，浑圆的黑眼仁里，照见了我的身影。鼻子上戴着一个鹰嘴，遮住了大半个嘴巴。整张脸看起来，活脱脱就是一只猫头鹰。

"你好！"我冲他笑了笑，为刚才吓着他表达歉意。

可他却没有任何回应，两只眼睛不停地闪动，仿佛在确认我的身份。

"你好，我是李总的朋友。"我自报家门。

他还是没反应，直直地看着我，那双怪异的眼睛，让我有一种极其不舒服的感觉，头皮也开始发麻。

虽说化装能改变人的模样，可以把人的眼睛画得比茶盏还大。但人的眼球，靠普通化装是不可能变大的。而对面这人的眼球，不仅又大又圆，还高高凸起，看起来比《指环王》电影里那个小怪物咕噜的眼球还要怪异。正常的人类，绝不可能有这样的眼球。

我虽然觉察出异样，但自己问的路，含着泪也得问完，只能装作若无其事，面带笑容，再次发声："请问洗手间在哪边？"

这时，那人动了。

先是眼球咕噜噜转，接着是嘴微微咧开，看似要笑，随即却发出一声呕哑嘲哳的啼啸，简直像一个恶鬼，被地狱看门犬的三个舌头，轮流舔了一夜脚心。

那声音实在太难听了，让我忍不住伸手捂住耳朵。

与此同时，他身后的羽翼猛然一扑，身体像一尊矮小的泥塑，从炮口发射出来，以极快的速度撞向了我。

第三十四章

他是神人?

幸亏我已经提前有了警觉,他刚一动,我也马上动。身体向旁边移动,把门口让了出来。

他穿出门洞,身体已经腾空而起,翅膀猎猎作响。

可是,他刚飞起两三米高,身体就歪斜着掉落下来。但在落地的瞬间,他又像弹簧一样,再次飞起。

他的翅膀,只有左边的那一只是完全展开的,有两米多宽。右边的翅膀似乎是受了伤,只展开一半,靠近翼角的位置一片血红。

虽然他竭力扇动翅膀,可身体跟跟跄跄,像一只中箭的大雁,在院子里起起落落,喉咙里发出一声又一声哀鸣,羽片如大雪纷飞。

经过三番五次地尝试,最终,他还是力不从心,重重摔落在地上。

他挣扎着坐起来,身体蜷缩成一圈,可受伤的翅膀却耷拉着,不可抑制地剧烈颤抖,看起来非常疼痛。

他死死盯着我,喉咙里发出嘶哑的吼声,听起来像是恶狠狠的诅咒。我注意到他长袍的下摆,也有几块血渍,正以肉眼可见的速度扩大,看起来应该伤得不轻。

"不会是被刘天雨伤的吧?"我心想。刘天雨离开这半天,也不知道这个长翅膀的家伙,会不会就是先前看到的那个。如果真是天雨伤的,那他人现在去哪儿了?

面对目前这种情况，我有点儿犯难了。

如果这是个人就好办了，这么大的景区肯定有医疗室，先止血，再送到城里去。但难就难在他不是人，至少不是正常人，我现在都不知道该用"他"还是"它"了。

眼前的这个羽人的相貌，跟我父亲笔记里描述的第二种羽人倒是有点儿像——人脸鸟喙，头上有高高的冠翎，只是没有突出的下颌，翅膀也不是生在腋下，而是在后背的肩膀下面。

不过既然有三种，那就会存在第四种，只不过没被记录下来而已。

想来想去，我只有两种选择：当作没看见，或者救他。当作没看见是不可能了，这可是羽人，按照木客的说法，这可是神人的信使。即使咱不信鬼神，这也算是活生生的"神奇动物"吧？

且不说是一个羽人，就算是一只鹰隼，一只麻雀受伤了，也不可能撇下不管。所以，我还是决定搁置物种分歧，先救了再说。

我轻轻挪了下脚步，羽人应该是害怕了，挣扎着想起来。

"别动，"我赶紧停下来说，"你受伤了，得止血。"

他是没再动，可神情还是保持着警觉。

"你能听懂我说话吗？"

他眼神闪烁，似乎是迷惑不解，但看他的神情，又像是能听懂。可是只要我稍稍一动，他就表现出畏惧。

我只好先做自我介绍，试图得到他的信任。

"我叫马龙……"可惜只说了这么一句，就不知道该再说什么。

他嘴巴动了动，发出一声怪叫，虽然还是听不懂，但听音调，似乎没有之前那么惊惶了。

难道他也在介绍自己？

"我知道你是羽人，我不会伤害你，我想帮你……"

"NO——"他再一次发声，不管原意是不是这样，但听在我的耳朵里就是一个英文"NO"。

"你会讲英文？"我下意识地问，马上又用英语说了一遍，"Do you speak English?"讲完后，我自己都笑了。同一个国境内的生物，如果中文都听不懂，怎么可能听懂英文。

果然，他一脸茫然地看着我。

"你得马上止血。"我嘴上说着，脚下微挪，再次尝试靠近他。

没想到他的反应比之前更为剧烈，头上的羽毛直直地炸起来，脑袋成了一个毛茸茸的球，身体向后缩，嘴里发出一种大晚上听起来极其不雅的叫声。

"不至于吧？"我心想，"好歹你也是神奇生物，怎么胆子跟兔子一样？我的长相虽说不是慈眉善目吧，但也绝非凶神恶煞，看见我都吓成这样，真不知道这个种族是怎么延续下来的。"

我心里乱嘀咕，但嘴上还是说："好好，你别害怕，我不过去……"

正在这时，我突然发现羽人的视线似乎不是看我，而是越过我，看向我的身后，似乎那里才有让他惶恐不安的"恶魔"。

"刘天雨？"我脑子一转，身体也随之转过去。

不是刘天雨，是李笑来。

此时，李笑来的脸上有一种既陌生又熟悉的神情——冷漠。

陌生，是因为之前没有见过。

从码头登船以来，李笑来要么侃侃而谈，要么从容不迫，要么意气风发，但对我们一直是非常热情，脸上也从始至终都挂着笑意，只是在不同情境下浓淡程度不同。用黄小意私下赞赏他的话说："这是一个成功人士的自我修养。"

然而此刻，他脸上的冷漠，就连我看了都不免心悸。而这种冷漠，我仅见过一次，是在李哈儿脸上。

如果说，在此之前，我对李笑来的身份尚有怀疑，那么现在，我认定，李笑来就是李哈儿。所有不符合认知，不符合科学，不符合逻辑的东西，此时此刻，都已被我抛开。

李笑来对我视若无睹，而是越过我，直直走向羽人。

此时，羽人已经不再发出声音，硕大的眼睛里除了绝望，别无他物。不，应该还有泪水。血红色的泪水，无声无息地流淌着，渗透了他脸上的羽毛。

小时候，我在寨子里见过一次杀牛。

土家族自古敬牛爱牛。相传很久以前，土家人刀耕火种，吃不饱穿不暖，遇到灾年，饿殍遍野，上天派牛王下凡，帮助土家人耕种田地，但是只准三日一餐，勉强吃饱。

但牛王下凡后，看土家人过于辛苦，就擅自更改了圣旨，让他们一日三餐，丰衣足食。牛王却因此而受罚，被贬下凡间，吃草为生。土家人为了感谢牛王，就把每年四月初八定为牛王节，以表达感激之情。所以从传统来讲，土家人一般不杀牛。

只有在祭祀祈禳时，才会杀牛当祭品，而且叫"敬牛菩萨"。

当时，一头牛失足滑下山崖，摔断两条腿。正好遇上土家传统节日——六月六，晒龙袍。家家户户要把衣料、衣服拿出来晒，还要到摆手堂前敬土王菩萨。按照惯例要蒸饭、杀牛，全村人在一起聚餐。

刚好有了这条摔伤的牛，村里人就出钱把牛买下来。

杀牛在村里可是件大事，全村男女老少都围上来看热闹。那只摔伤的牛卧在一旁，一动不动，眼睛里却流淌着淡红色的泪水。虽然杀牛的仪式很隆重，又要念咒语，又要祈福，做熟的牛肉也很美味，但这并不能抹去那头牛的红泪水，留在我幼小心灵的泪痕。

所以，此时我看到羽人的"血泪"，心里不禁一阵难过。

我不知道羽人和李笑来是什么关系，也不知道他为什么这么害怕李笑来。目前唯一可判断的，就是他们认识。

看着羽人畏缩的神情，我突然想起了老木，以及桶叔的故事里提到的山魈。

老木说过，它从清朝同治年间起就被"主人"囚禁为奴，一直到20世纪80年代，才被我父亲解救出来。我当时还怀疑它把时间记错了。

而桶叔描述的山魈，也完全是"动物学家"李哈儿的一个奴仆，李哈儿利用它能控制兽类的能力，替自己猎捕珍奇异兽。

面前的这个羽人呢？他会不会也是一个奴隶？

"木客是神人的忠仆，羽人是神人的信使，山魈是神人的驱奴……"

既然木客、山魈和羽人都出现了，那么神人是谁？

我忍不住出声喊道："李总！"

正在走向羽人的李笑来身形一顿，转过身来，看着我，淡淡地说："马兄弟先回去喝酒吧，我稍后就来。"

"李总，这是怎么回事？"我指着羽人问。

"这是我公司的签约演员，刚才演出受了点儿小伤，无大碍的。"

"李总……"我正要再问，李笑来忽然提高声音打断我，"我公司内部的事，马龙兄也要管吗？"

"李总，你公司的事，我自然无权过问，但……"我突然卡住了。

"你想说什么？"李笑来盯着我，眼睛里闪过一丝狡黠的笑意。

是啊，我要说什么呢？

这里是李笑来的地盘，他是主人，我只是客人。这里发生任何事，都是主人的事，我作为客人，当然应该客随主便，不应该插手人家的家事。可是这算家事吗？

　　我看那羽人已经流了一摊血，要是再耗下去，估计鸟命不保，只好问："那你准备怎么办？"

　　"我的员工受伤，自然要送去医院治疗。"

　　"那还不赶紧叫人？"

　　"你怎么知道我没叫呢？"李笑来微微一笑，恢复了先前和善的表情。

　　正在这时，小院门口进来几个男人，他们抬着一个蒙着黑布的箱子，二话没说，"咣当"一声，就用箱子把羽人罩起来。听那金属撞击的铿锵声，应该不是箱子，而是铁笼子。

　　还没等我说什么，他们就把笼子抬起来，匆匆离开。

　　地上除了一摊新鲜的血迹，羽人早已不见了踪影。

　　"李总，现在你可以告诉我怎么回事了吧？"我问。

　　"你想知道什么？"

　　"羽人。"

　　"什么羽人？"

　　"刚才那个长翅膀的人。"

　　李笑来扭头看着我说："马兄弟，你看错了吧？那只是一个扮演天使的演员。"

　　"行吧，你想说什么都行，只是你一定要把他治好。"

　　李笑来呵呵一笑："你朋友打伤了他，你要治好他，你们俩究竟提前商量过没？"

　　"我朋友？他是刘天雨打伤的？"

　　"还能有谁？不过不要紧，这不是他的错。"

　　"那是谁的错？"

　　"自然是我的人。"李笑来说，"做错了事情，就得受惩罚。"

　　"你的人？"我问。"你究竟是什么人？"

第三十五章
通向财富自由之路

李笑来没有回答，只是伸手给我指明了厕所的方向。

我从厕所回来，张进步酒兴正酣，手舞足蹈讲他当初在缅甸军阀的枪口下，如何坚贞不屈，如何维护了一个大国公民的尊严。

"李总，天色不早了，我们是不是该回去了？"我说。

李笑来装模作样地看了看表说："哎呀，已经这么晚了。今天认识几位真是李某的荣幸，要不今晚就别回去了，我让人去安排房间。"

"也行……"张进步顺口说，"不过，我们都听马总的安排。"

尚锦乡赶紧说："我们明天还要早起，去参观博物馆。"听语气很明显不愿意留下来。

"就是就是。我的化妆品都在酒店，出来什么都没带，我可不愿早上起来蓬头垢面出来见人。"黄小意也说。

我笑了笑说："行吧，既然李总盛情难却，我们就住一晚吧。"

"啊？"张进步惊讶地看着我。

"有什么问题吗？"我问。

"没有没有，我只是在表达我的惊喜。"张进步连忙说。

尚锦乡看了我一眼，说："那就留下吧，晚上行船不太安全，不过明天得早点儿出发。"

"没问题！"李笑来说，"保证在博物馆开门之前就回去。"

只有黄小意在旁边嘟嘟囔囔，看上去不是太想留下。

张进步说："李总，我们那位去拉肚子的刘警官有消息吗？"

"暂时还没有。"李笑来说，"不过通往山里的路就这么一条，只要他沿着小河走进来，就能遇到我们的人。"

"你这儿也没装监控吗？"

"原本有这个计划，但后来取消了。如果装了监控，就违背了我们复原古代社会的原则……"

李笑来为我们安排的房间在树上。四间树屋，每人一间，树屋之间有吊桥连接。房间简单朴素，却一应俱全，竟然还有独立卫浴，并通了热水。

李笑来介绍说，这些都是临时建筑，因为在施工期间，时不时会有来自全国各地的专家和艺术家，这是给他们准备的居室。如今地面工程已经完工，这些树屋用不了多久就会被拆除。所以，我们很可能是最后一批住在里面的客人。

"晚上林子里会有小动物，听到有什么小动静不用担心，安全防护没有问题。万一有什么需要，床头有通话器。"李笑来嘱咐完，就离开了。

我刚进房间，张进步就跟进来。

"马爷，想吃点儿夜宵不？"

"不是刚吃完吗？你又饿了？"

张进步伸手在空中画了个圈，又放在嘴边，做了个噤声的动作，意思很明显，房子里可能有窃听，说话得当心。

"我倒是不饿。你要饿了，我们就出去转转，看能不能找点儿吃的。"

哦，我算是听明白了，他这是问我晚上有没有什么行动。

"目前还不饿，等饿了再说吧。"

"那你到底会不会饿？给个准话。"

"说不准，万一睡到半夜肚子咕咕响呢，对吧？"

"行吧，那我先睡了，你要是饿了，就叫我。"

张进步说完就要离开，还没出门就被我叫住。他略微诧异地看着我，眼神里带着询问。

"屋子里不让抽烟。"

"那就下去抽呗。"他笑着说。

沿着绳梯从树上下来，走出小树林，四周一片静谧，只有星星点点的灯光。我们走到一个小石桥上，视野开阔，前后左右都没有遮挡。我们每人点了一支烟，一边吸一边打量，并未发现有人。

　　"发现什么了？"他问我。

　　"羽人。"

　　"你看见了？"

　　"嗯，"我点点头，从兜里掏出一根小羽毛来给他看，"受伤了，据李笑来说是刘天雨伤的。"

　　张进步接过去，一边看一边问："怎么跟野鸽子毛似的，你没见刘天雨吗？"

　　"没有。"我说，"如果他真跟羽人交过手，那他应该就在附近。"

　　"羽人呢？"

　　"被李笑来带走了。"

　　"你怎么能让他带走呢？"张进步急了，"大哥啊，这可是长翅膀的珍稀动物，我们要是带回去，搭个棚子卖票都发了。"

　　"珍稀动物，你还敢带走？"

　　"又不是国家保护名录里的动物。"

　　"扯淡。在那种情形下，我能怎么办？"

　　"你叫人啊，离得又不远，大叫一声，我不就听到了吗？可惜啊，太可惜了，发财的机会被你一次次放弃。我发现你是真不爱钱，难怪能欠下一屁股债。"

　　"爱钱你得有命花才行，再说李笑来会让我们带走吗？"

　　"为什么不让，又不是他养的。"

　　我沉默了，万一就是他养的呢？我一口气抽完半支烟后，才说："老三，我有一种很怪异，但又很真实的感觉。"

　　"再怪还能比羽人怪？"

　　"我觉得，李笑来就是李哈儿。"

　　"怎么可能，他自己不是说他老子是李哈儿吗？"

　　"他故意那么说的。我觉得他这个人非常不简单。"

　　"这还用你说？是人都能看出他不简单。你说说，你有什么证据能证明他是李哈儿？"

　　我摇摇头："没有，只是直觉。"

"你这种人的直觉不准，我的还准一点儿。"

"你还记不记得，我给你说过的老木？"

"木客嘛。"

"对。"我把自己对李笑来就是李哈儿的猜测理由，一条一条都讲给张进步，"木客被人囚禁，山魈任人驱使，这些普通人绝不可能接触到的神秘生物，竟然都跟李哈儿相关，说明他绝非普通人。传说中，木客、山魈和羽人都是服侍神人的生物，既然李哈儿能控制木客和山魈，那羽人大概率也无法独善其身。你今天要是见到那个羽人对李笑来的畏惧程度，就能理解我为什么说他就是李哈儿。"

"马爷，你会不会想多了？囚禁老木的人，可是活在清朝啊，距今少说也有一百大几十年了，就算李哈儿寿命长，他的相貌……"张进步突然想到什么，神情一阵犹豫。

"没错，你想到的，就是我想到的。"

"拜树！"我们俩同时说。

"没错，既然寸君可以通过拜树，让自己容颜不老，那李哈儿也不是没可能。"

"这事儿就有意思了。"张进步说，"假如我们的猜测是真的，那我们就是在跟一个清朝人玩游戏。我去！马爷，我们又发了。"

"你想把李笑来绑回去，搭棚卖票吗？"

"别老想着卖票，你是科学家的儿子，我们要科技致富。"

"解剖卖器官？"

"那也就是两个手机钱。你想想，有钱有势的人最害怕什么？"

"怕死。"

"说得对！假设你是亿万富翁，愿不愿意用你的所有财富，换取寿命？"

"没当过亿万富翁，想不来。"

"没吃过猪肉总见过猪跑嘛。就以我了解的有钱人来说，拿钱买命这种事，一定是愿意的。"张进步说着，竟然忍不住大笑起来，"如果我们掌握了李笑来这种通过拜树，或者其他方式获取长寿的秘术，我们是不是就捏住了通往财富自由之门的钥匙？"

"理论上是没毛病，前提是李笑来得真有这种秘术。"

"如果李笑来就是李哈儿，那他肯定有。"张进步笑得都快合不拢嘴了，"一切都取决于你的直觉准不准。"

我看着他的样子，心里一阵鄙视。

"老三，你说普通人遇到这种事儿，吓都吓死了，你怎么就能心安理得地联系到赚钱呢？"

"三爷我是普通人吗？三爷是消费主义时代孕育的奇葩。不过，马总，现阶段来说，通往财富自由之路上还有两个障碍。"

"哦？"

"第一，你得保证李哈儿不是神。"

"这事儿不归我管吧？"我一阵无语。

"木客、山魈和羽人，都是服侍神的……"

"神人。"

"差不多吧，如果李哈儿真是神，我们趁早撤。俗话说得好，民不与官斗，人不与神斗。我们能做的，也就是等腊月二十三，好好摆一桌酒菜，请求灶王爷上天给玉皇大帝带个话，把这擅离职守私自下凡的家伙早日给收了，别扰乱凡间的生态平衡。"

"第二个障碍呢？"

"第二个障碍，就是你。"

"我？"

"为了财富，你不能杀他，但如果你非要杀，我也不拦着，可是在动手之前，我们得先把财富密码找到。"

"我干吗要杀他呢？"

"如果李笑来是李哈儿，他就是你的仇人吧。我们先得跟他问清楚，你爷爷到底去哪儿了？是不是被他给害了？那么问题来了，如果爷爷真是被他害了，你难道会放过他吗？"

是啊，如果这些真是事实，我会怎么干？

我爷爷马汉生在解放初期追凶失踪，生死不明。近六十年后，他当年追捕的土匪，被他从未见面的孙子找到了。

故事简直是离奇到编都编不下去。

这要是在快意恩仇的旧社会，倒还好办，以血还血，以牙还牙，手刃仇人，雪夜上梁山。

但现在是法治社会，寻私仇是违法的。可如果我去报警，向警察讲出如此荒诞离奇的事，我估摸着有三种可能：警方不受理；按报假案论处；被倒打一耙，反诬诽谤。

见我半天不说话，张进步开口了。

"你知道你这人有什么缺点吗？"

"嗯？你又知道了？"

"你这人啥都好，就是太正了。"

"别拐弯抹角夸我。"

"正不是不好。但太正的人，事事都讲规矩，讲道理。很可惜，这个世界的本质是混乱的，并不是按照人的那些道理在运转。"张进步又点上一支烟，小拇指在鼻孔里抠了半天，轻轻一弹，说，"有一句古话怎么说的来着，秀才造反，三年不成。不是秀才没本事，是秀才画地为牢，脑子里条条框框太多，限制了自己的能力。"

"你这是流氓无产者对读书人的诽谤。"

"那咱不说读书人，说武夫。项羽，西楚霸王，不是读书人吧？武功天下第一，但就是干不过刘邦，为啥？原因很简单，偶像包袱太重。群雄逐鹿不要脸的时代，他还爱面子，讲信义。但刘邦不一样，光脚的不怕穿鞋的，胡搞乱发财，最终摆平项羽，成就一番伟业。"

"好像还有点儿道理，但跟我有啥关系？"

"咱就说你，报仇嘛，既然找到了凶手，最人性的逻辑，应该是想着下一步怎么弄死他。你却先要想法治社会什么的，读书把脑子读坏了。"

"杀死他不用负法律责任吗？我杀人一千，自损一千，何必呢？"

张进步长叹一声："这也不能怨你，这是现代病。"

"什么意思。"

"文明使人懦弱。"

第三十六章
井下有人

◀ ‖‖‖‖‖‖‖‖‖‖‖‖‖‖ ▶

"文明使人懦弱。"

张进步的来历，我用拼图的方式，搞清楚了一部分。可当他说出这句话时，我还是有些惊讶。我不认为他短短的人生经历，就能生出这样的感悟，应该是他从哪本书上看来的吧？

"行，就算我懦弱，可做事情难道不需要考虑后果？"

"要考虑，但那是下一步。马爷啊，你这人爱说法，却不懂法。"

"有劳张老师讲讲呗。"

"法律的本质呢，是公平和正义，惩恶扬善，维护公平正义也就是维护法律，对不对？"

"对，但是个人并没有执法权。"

"我讲的是法理，你说的是条例，不能混淆。做事情要先把原则定下来，再考虑你说的法律责任问题。你就说，爷爷的仇要不要报？"

"当然要报。"

"那不就得了，说明你的人性还没有泯灭。"

"屁话。"

"既然李笑来，不，应该是李哈儿，他不是正常人，我们就得想想非常的手段。"

张进步是战略家，一旦我问起具体战术，他就推诿："马爷，你这个思维方式不对。秀才就是输在你这种想法上，纸上谈兵，计划三步五步，把夺了江山娶几个老婆都想好了，有用吗？"

　　"那应该怎么做呢？"

　　"现阶段我们要做的，就是统一思想。我只问你一句，咱决定干不干他？"

　　"能干自然要干啊，但怎么干呢？"我再三追问。

　　"思想统一了就好办。我先问你个问题，把大象装进冰箱，总共需要几步？"

　　"别整这些有的没的。"

　　"你就说分几步呗。"

　　"三步，把冰箱门打开，把大象装进去，把冰箱门关上。"

　　"得嘞，咱就这么干。"

　　"你玩我呢？"

　　"马爷啊，就你这脑子，真不知道孔孟荀那老家伙，怎么就看上你，让你当主角了。"

　　"命运就这么设定的，你快点儿说吧。"

　　"好吧，就你这智商，我也不兜圈子了。你说李哈儿的长寿秘术是从哪儿来的？"

　　"我咋知道。"

　　"他不是告诉你了吗？"

　　"刘子骥？"

　　"没错啊，他找到了刘子骥的养生秘籍。"

　　"关键不知道这话是真是假。"

　　"我觉得这点他没必要撒谎，要撒也应该撒个人尽皆知的吕洞宾、彭祖什么的。反而因为刘子骥过于冷门，倒像是真的。"

　　张进步这么说，我觉得倒是有道理。

　　只是，我想来想去也想不明白，按照一般逻辑，普通人得到这种秘籍，应该秘而不发，闷声长寿才对，怎么会如此高调，专门排一出戏，大肆宣扬，毫无忌讳呢？

　　张进步对此也有自己的理解，"李哈儿这样做有两个原因：自信和无聊。"他说，"自信让他有恃无恐，无聊让他忍不住炫耀。"

　　这几天通过和李笑来接触，毋庸置疑，这个人的自信已经到了自负的地步，只是我对"无聊"这个说法，有些吃不透。

张进步引用保尔·柯察金的话说："人最宝贵的是生命，生命对于我们只有一次，但是，"他语气一转，"如果这一次很长很长，你还会觉得宝贵吗？"

"还是挺宝贵。"我想了想说。

"你的爱人、亲人、朋友一茬茬死去，世界上再也没有你认识的人，人世间所有的悲欢离合、喜怒哀乐，你都一次次反复尝遍，对你来说，太阳下再也没有什么新鲜事，掰着指头，也数不出几件让你期待的事，你会不无聊吗？"

"然后呢？"

"你就会游戏人间，把你的恶趣味统统体验一遍，比如去当个打家劫舍的土匪，养一群畸形的动物，革一回命，当一个白痴剧的编剧，或者戏弄一下那些在不同时代偶遇的路人。如果这些都觉得没意思了，那不如干脆自己制造一个旧社会，虽然时光不能回到古代，但金钱可以仿古。"

"你说这里吗？"

"对，稍微有点儿生意头脑的人都能看出，这里不可能赚钱，只是他一个人的游戏，用来哄自己玩。"

"所以，他才会做个五十年计划？"

"没错，只是不知道他能长寿到什么程度。"

"这无从猜测，没准他自己也不知道。"

"那他能被杀死吗？"

"我奶奶说当时他被子弹打伤，跌落山崖，要不是我爷爷救他，应该就没命了。"

"那还好，要是杀不死还挺麻烦。不过马总，咱可得事先说好，在没得到他的长寿秘术之前，绝不能擅自动手。他属于核心科技，谁掌握了核心科技，谁就掌握了世界。"

"我可不想掌握世界，这项业务，以后就交给你负责了。"我说，"你刚才说的把大象关进冰箱是啥意思？"

"如果李哈儿是一个小心谨慎的人，我们还真不好办。偏偏他无比自信，有恃无恐，那我们就有机会做个套，让他钻进去。"

"你觉得以我们俩的智商，能骗过一个活了百十年的老狐狸？"

"所以才要把水搅浑，浑水才好摸鱼。"张进步顿了顿，又说，"他这种人，明知是套也会主动钻，要不怎么才能表现他的优越感呢？只要大象进了冰箱，那就是商品……"

聊了半盒烟工夫，如何报仇一句没聊，主要是张进步阐释自己的商业模式，说白了就是"卖命"，技术专利还得从李哈儿身上搞来。

那句"空手套白狼"的俗话，不知道是不是这个意思。

如果说通过"拜树"获取长生的技术，牵强地说明了技术来处，那控制木客、山魈和羽人这个生物技术，就完全超出了我们的想象能力。

反正，我们一致认为，世界上没有神，只有错把自己当神的人。

我们正要回去，突然听见旁边花丛里，传来窸窸窣窣的响声，像是有人在尿尿。

"谁？"张进步轻喝一声。

声音停止了，但过了一会儿，又再度响起。

我还没来得及说什么，身材粗壮的张进步像一只肥猿，三步并作两步跳下小桥，朝花丛冲过去。我担心他跟人发生冲突，也只好跟了过去。

等我们来到发声的地方时，却什么都没发现。

张进步拿出手机，打亮手电筒查看，松软的土地上并没有留下脚印。

"别这么紧张，大概是兔子吧。"我说。

"嘘——"张进步蹲下来细致地查看，突然伸出手一把抓住了什么，使劲儿拽了一把，竟然没有拽动。

那是一根生锈的钢丝绳，直径有三四厘米粗，沾满了泥土，应该是施工时候，吊车或者其他的牵引设备留下的。

我刚想嘲笑张进步神经过敏，他突然身体往前一个趔趄，差点儿摔倒。

"小心点儿——"

我话音刚出口，就看他又往前奔了几步，看那身形，倒像是被人推着跑，不过这回倒是稳稳站在原地。

"你干什么呢？"我问。

"有东西。"

我这才发现了异样，那根钢丝绳绷得笔直，像是被什么东西拽着，沿地面快速向前遛。张进步碎步小跑，紧紧跟了上去。

钢丝绳都很重，直径三厘米的绳，百米重量约为三百公斤。而地上这根，只是露出来的部分，就有十多米长。能把这么一个三四十公斤的东西拽着跑的，肯定不是小动物。可是什么大动物，会对钢丝绳感兴趣呢？

张进步被拽着跑了三四十米，到了一个小池子边上，终于停下了。"跑水里去了。"他说着，使劲儿抽了几下钢丝绳，却纹丝不动。

"什么东西？"

"不知道。"

"活的？"

张进步疑惑地摇摇头，说："回去看看。"

我们沿着钢丝绳往回走，绳子特别长，至少有百十米，越过我们刚才所在的小石桥，继续往前走，一直走到几根破旧的石柱下面，才算到头。

石柱高低不等，高的有三四米，矮的不超过两米。样式也不统一，有圆有方，上面雕刻的纹理，也有阴有阳，透露出一些古老的蛮荒气息，不过倒不是怪兽之类，也不抽象，而是很具象的动物，有老虎、野猪、猴子、蟒蛇、鹳鸟等，还有些昆虫，我只能认出蝎子和甲虫。这些动物没有统一的尺寸标准，大大小小，纠缠在一起。

这些石柱围绕着一口古井，井口是一整块石头切成的，方方正正，不过看起来也有些年头。这口井被一块石头封起来了，石头中间有一个圆柱形凸起，圆柱中心有一个茶杯大小的洞，钢丝绳插在里面。

张进步过去拽了拽，没有动静。"这怎么像是封印着什么怪物的感觉。"说着，他又掏出手机，打亮手电筒，沿着洞口的缝隙往下面看，但很快就放弃了，"黑咕隆咚，啥都看不见。"

"刘子骥的访仙笔记，不会在这下面吧？"

"扯，这么容易就被我们找到，你看片看多了吧。"我说。

他呵呵一笑说："就这么随口一说。算逑，回去睡觉，明天再说。"

我转身刚想离开，就听见身后传来一声轻轻的叹息。

"别唉声叹气，回去睡吧。"我说。

张进步没出声，我回头一看，发现他正盯着井口发呆。

"又咋了？"

他伸手制止我说话，缓缓地朝井口走过去。

"神经病。"我心想。

这时，又是一声叹息，着实把我吓了一跳。

虽然声音很轻，但在这静谧的环境里，显得特别清晰。

那是一声苍老的叹息，仿佛来自地底深处，声音里满含悲凉、怨气、哀愁和隐约的不甘。

张进步回头看着我，摊着手，没有说话。

我快走两步，也回到井口边。

当井口传出第三声叹息时，我俩几乎是同时俯身过去，同时开口问："你是谁？"

大约安静了一分钟后，那个声音回答："侏儒。"说话声和叹息声一样苍老，听起来年纪不会低于七十岁。

"侏儒？"我和张进步面面相觑。

"老先生，您怎么称呼啊？"我问。

"侏儒。"

同样的回答，以至于让我怀疑应该是同音的另外两个字，比如朱儒。

"朱老先生是吧？我叫马龙。"

"我知道，你们刚才说话，我听到了。"那个声音缓缓地说。

"那你知道我是谁吗？"张进步问。

"张进步。"

"老先生，偷听人说话是很不礼貌的行为。"张进步提高声音说。

"不好意思，我不是故意要听。"那个声音顿了顿，又说，"请两位放心，我不会告诉主人的。"

"我去你的吧。"张进步看来是真生气了，一脚踹在井台上。

主人？我心里一动，想起了老木。

老木跟我说话时，提起曾经囚禁它的人，仍然不自觉称呼他为"主人"。

我拉住张进步，问："你说的主人是李笑来吗？"

井里一阵安静。过了一会儿，突然又传出声音："马龙，你是马服君的后人吗？"

"马服君？"我迅速在脑子里检索了一遍，似乎没有听说过这个人。我说："我家没有族谱，我只知道祖父的名字，再往上就不清楚了。"

"哦，这样也好。"那个声音轻轻地说。

话音刚落，一声凄厉的惨叫声，自清幽的夜空中传来。

第三十七章
羽人之死

我和张进步同时抬头，朝着"月宫"的方向看去。

一个羽人的身影，正从奇崖上悬空的宫殿里飞出来，像个惊慌失措的溺水者，纷乱地扇动着翅膀，掠过假月亮最明亮的方位。

可是，仅仅只是扑腾了几下，它的身体就像烟花一样炸开，羽毛纷纷扬扬，落在重重山峦之间。

月光幽冷，无声无息，生命了无痕迹。

转瞬之间，夜空就恢复了平静。

"我去，就这么死了？"张进步喃喃地说。

我说不清楚是什么心情，说是难过吧，比难过更复杂，还有一种对生命消失的怜惜和叹喟。

张进步问："马爷，这可是明目张胆地谋害生命啊。"

"王八蛋。"我忍不住爆了粗口。

"是不是你见到的那个羽人？"

我摇了摇头："没看清，距离太远了。"

"我们要去看看吗？"

陌生的地方，方向难辨，幸好有张进步，一个天生指南针，让我们在竹林里才没有迷路。

我们穿过竹林，面前是一道漫长的阶梯，蜿蜒曲折，通向半山。两边是幽深的灌木林，但看起来并不是天然形成的，而是经过精心设计。

我们走了一会儿，感觉不太对劲儿。这里太安静了，就连夜间出行的啮齿动物的声音都听不见。但事已至此，只能继续向前。

这里的台阶多到令人绝望。很快，我就感觉小腿发酸，膝盖发热，山间虽然清凉，但也走出了一身臭汗。我们好不容易走到半山一处平台，却发现距离"月宫"尚远。山崖上有一条栈道，栈道尽头是一座长长的吊桥，吊桥那边才是通向月宫的长廊。

桥头上有一间紧闭着门的小屋，只有通过那里才能上桥。可是当我们站在门前时，门却悄无声息地打开了。

我刚想进去，张进步阻止了我。

"怎么了？"

"里面不通。"

我透过门瞅了一眼，发现屋子一片漆黑，并没有通向吊桥的出口。

"是不是人进去了，门才会开？"

"万一被困住呢？"

"困住就砸门啊，这是景观路，又不是什么禁区。"

听我这么说，张进步也不再反对，于是我们先后进了小屋。

屋子里面的空间也就是三四平方米，像个电梯间。

我刚产生这个念头，小屋的门就关上了，随着一阵微微的震动，小屋竟然开始下降。

"真的是电梯吗？"

小屋下降了一会儿，又开始平移，然后轻轻一颤，停了下来，门缓缓打开。整个过程前后加起来，最多一分钟。

我们赶紧出来，看了一眼，就傻了。

电梯竟然把我们送回山下了，而位置就在刚才那口古井旁不远处，看起来就是一间普通的花房。

"我去，白走了大半天。"张进步骂道。

我忽然发现旁边的花丛里，似乎有一个矮小的黑影，正在盯着我们。我于是大声说："算了，找不到吃的，就回去睡吧。"

张进步也大声说："睡了睡了，明天还要早起呢。"

我倒不是害怕什么，只是两个女孩还在树屋里，把她们单独留在那里，有点儿担心。

回到树屋后，我先来到黄小意门口，还没开口，就听见黄小意说："好着呢，放心吧。"

"还没睡啊？"

"已经睡了一觉了，床太硬，硌醒了。"

"凑合着睡一晚，回去再休息。"

我又走到尚锦乡屋门口，透过门缝可以看到，里面灯还亮着。

"睡了吗？"我问。

里面没有声音。

我有点儿紧张，赶紧伸手敲敲门。

门开了，尚锦乡衣着齐整，手里拿着一本小书。

"进来吧。"她说。

"你也没睡啊？"我问。

"刚做了个梦，惊醒了，进来啊。"

我走进去。尚锦乡把书扔到床上，说："你们干吗去了？"

"出去抽了根烟，做什么梦了？"

"我梦见安蓝了……也不是，我梦见自己变成安蓝了。"

"想得多了，就容易梦见。"

尚锦乡摇摇头："是一些我从未经历过的场景。我梦见自己是一个生活在大山里的小女孩，每天上山采药、捡柴、割猪草。有一天，我在森林里走到一个怪异的地方，那个地方没有长草，全都是红色的石头树。有一群人，正在举办葬礼。死者躺在一大堆鲜花丛里，他们都围着死者跳舞。忽然，不知从什么地方，来了一个穿着黑袍的人，摇摇晃晃地走到死者跟前，趴在他耳朵边上说了几句话，然后那个人就活了，从花丛里站了起来。我看见了他的脸，你知道是谁吗？"

"这我怎么知道？"

"你。"

"啊？"我惊讶地笑起来，"好不容易才梦到我，还是这种梦，我该高兴还是伤心啊？"

尚锦乡面无表情地继续说："然后那一群人，就跪倒在黑衣人脚下。黑衣人却转头看向树后的我，我看不见他的脸。他冲我招手，让我过去，我虽然害怕，却没有任何抵抗力，就战战兢兢地走了过去。黑衣人牵住我的手，问我名字，我竟然本能地说我叫安蓝。"

"你在梦里意识到这是梦吗？"我问。

她点点头："我脑子非常清楚，这就是在做梦，却不由自主。我既是旁观者，也是参与者。"

"然后呢？"

"他问我的家人，我说我没有家人。的确，在梦里我不记得自己有家人。黑衣人就说，他就是我的家人，又指着下面那群人告诉我，这些人都是我的家人。随后就变了一个场景，我换上一身新衣服，站在一棵巨大的树下。黑衣人告诉我，我们所有人，山间所有的动物和鸟，都是大树结出来的。我还问他，为什么别人都有爸爸妈妈，只有我没有。他说我有，只是我的爸爸妈妈，已经变成了山上的树。"

"他又说，山上所有的树木，都是我的亲人。这时，我忽然看见了他的脸，竟然是李笑来，然后我就醒了。"

尚锦乡讲梦的时候，看不出任何情绪波动，仿佛在讲一个跟自己无关的故事。

"马龙，你觉得这个梦是什么意思？"

我说："是你这几天太累了，胡思乱想，不见得非有什么意思。"

"太真实了，我甚至记得自己衣服上的补丁，手指被荆棘划开的小伤口，还有就是光着脚在山里走，竟然没有任何不适。"

我开玩笑说："或许是你前世的经历吧。"

她沉默了一会儿，又说："我感觉这是安蓝的经历。"

"既然知道有这个人，我们迟早会见到她,到时候你可以向她求证。"我站起来说，"已经很晚了，你再躺一会儿，就该起床回去了。"

尚锦乡看着我，突然说："反正我也睡不着，看会儿书，你就在这儿睡吧。"

"也不是不行，只是你不睡觉怎么行？明天还要去博物馆。"

"没关系的。"

既然她这么说，我也就没再推辞，躺到了床上。

床的确有点儿硬，但也不至于硌，比我父亲的床要软多了。

我转过头，尚锦乡正看着我笑。

"笑什么？"

"没事儿，我只是觉得人生很有意思，自从认识了你，生活变得完全不一样了。"

"后悔吗？"

"有用吗？"

"我也没想到会变成这样，明明可以当个煤老板，却成了流浪汉。"

"愿得不单栖，任他流浪去。"

"啥意思？"

"没什么，睡吧。"

或许真是累坏了，只聊了几句，我就进入了梦乡。

不知道睡了多久，我忽然感觉身体一阵摇晃，睁眼一看，屋子里一片漆黑，整个屋子都在晃动。

"尚。"

没有人回答。

我想坐起来，却发现自己仿佛陷入了淤泥，完全动不了。随即，灯光一闪，身体开始下坠。我看见自己连同床一起，顺着树洞往下掉，速度越来越快，周围的光明灭闪烁不停。我想大喊，却发不出一丝声音。

终于我掉进了一片星空。

天幕深蓝，群星如豆。

我从床上坐起来，略一思索，马上就知道自己在做梦。可即便是做梦，面对床沿外无垠的虚空，还是没有勇气踏出去。

我想起以前做过的一个梦，自己飞到某个大楼顶上，却不敢飞下来。那会儿我也知道自己在做梦，但心里还是有恐惧——万一不是梦呢？

忽然，我看见虚空中有什么东西生长出来，隐隐绰绰，枝枝蔓蔓。渐渐地，变得越来越清晰，竟然是树，很多很多的树。

每一棵树的根，都紧紧缠绕着一颗星球。

树越生越多，越长越大，没过多久，我就如同躺在一片森林里。这时我看见森林的深处开始发光，深绿色的光，映衬出一个庞大的阴影，像乌云一样遮天蔽日，向我蔓延过来。

因为过于庞大，我只能看见它的一小部分，就像盲人摸象，看不清它的全貌。森林变得黝黑，所有的树开始像沥青一样熔化，很快就化成一片黑色的海洋。

我的床成了一艘大海上的小船，远处发光的地方，就像一座灯塔。

我伸出手，想划着床，到灯塔去。

可是手却被浓稠而温热的水，死死缠住。

我猛一使劲儿，把自己从梦里拽醒了。尚锦乡坐在床边，睡眼惺忪地看着我："干什么？"

原来她刚才趴在我胳膊上睡着了，在我手背上流了一汪口水。

窗外天色已经大亮。

第三十八章
纵目人

再见到李笑来的时候，大家都神色如常。

"条件简陋，委屈几位了，昨晚休息得怎么样？"

"不好，床太硬，硌得我尾椎骨疼。"黄小意抽着烟大咧咧地说。

李笑来笑着说："没办法，这边还没有准备好客房，不过等今晚到了山里的度假村，你们一定会满意的。"

这时过来一个人在李笑来耳边说了句话，李笑来点点头。

"各位上午还有安排，我就不留你们了，船已经准备好，我让人先把你们送回去。我还有工作要安排，我们下午见。"

李笑来亲自把我们送上大船。开船前，他又对我们说："对了，刘警官已经回去了，在酒店等着你们呢。"

我们谁都没说什么，客气了几句，坐船离开了"洞庭"。

李笑来没骗我们，等我们回到酒店时，刘天雨已经在房间了。

他看见我们回来，只是点点头，一脸铁青，平常挂在脸上的笑容也不见了。

我们问起昨晚的情况，他说昨晚的确是去追羽人了，而且已经追上。

"它在我面前，没有反抗的余地。"刘天雨说。

虽然接触时间短，但我们都知道刘天雨不是个爱吹嘘的人。老孔也说过，没有人敢轻视御龙氏后人。

刘天雨告诉我们，羽人的形象自魏晋以来少见的原因，不单单是佛教飞天传入，主要是它们几乎绝迹了，所以才成为传说。但传说只是对普通人而言，不平人知道它们的存在，我父亲见到的那具羽人尸体，刘天雨也见过。

只是没想到，能在这里遇见活体的羽人。

他说他已经捕获了羽人，却被人救走了。

"什么人？"我们问。

"不是人，是赣巨人。"

"是什么东西？"

"你们就理解成巨型山魈。"

"哟，还有你打不过的东西啊？"张进步笑着说，随即被黄小意在后脖子扇了一巴掌。

"如果只是一头赣巨人，倒也不碍事，可是还有一只举父，一头猣驱，一头狍鸮。"

"什么东西？"

尚锦乡解释说："都是些传说中的怪兽，狍鸮是饕餮的后裔，猣驱是一种四角长毛的食人兽，举父是一种猿猴，但力大无穷。昨天骑桶人讲在山里遇到李哈儿时，身边就有一只举父，说是只个头不高的斑毛猿猴。"

"就是它，趁着我和赣巨人交手，举父救走了羽人，但羽人也被我打伤了。"

刘天雨说的羽人，应该就是我在"洞庭"里遇到的那一个。

"乖乖，你这穿越到怪兽窝里去了吧？"张进步说。

"后来呢？"我问。

"救走羽人后，其他几个家伙也分头逃窜了。我追着赣巨人，追到一个天井，它纵身就跳了下去。我估计那天井至少有千米深，就没追下去。"

"不下去是对的。"我说，"反正位置你也记住了，真想去追，回头准备好再去。"

"我对赣巨人兴致不大，可惜那个羽人跑了。"

"跑是跑了，但也死了。"

我把自己上厕所遇到羽人，以及后来目睹它死亡的事讲了一遍。

黄小意惊诧地说："我们究竟是不是一路？为啥你们说的这些我都没看到？"

说回到李笑来身上，刘天雨也认为李笑来就是李哈儿，但目前并没有什么确凿的证据。他说他已经联系了老孔，让老孔去查证此人的来历。

我问刘天雨，究竟是谁让他联系的李笑来。他说就是老孔。我和张进步猜，老孔肯定是知道些什么情况，才不让直接去奉节天坑，而是来里耶，没准就是想让我们来摸摸李笑来的底。

刘天雨说自己从来不揣测别人动机。这话显得我们就像小人一样。

我们稍稍休息了一会儿，把行李收拾好，存在酒店前台，退了房，然后叫了几辆人力三轮车，一路直奔博物馆。

刘天雨提前联系了馆长。馆长姓阮，身材魁梧，性格爽快，不像读书人。他自称是梁山后人，倒是颇有几分气质。

阮馆长带我们进入馆内，大致看了些复原的战国兵器和生活用品，就转到后面的厅里。

刘天雨向阮馆长介绍我们时用了"自己人"。以此来反推，阮馆长应该也是自己人，那么"自己"的含义，应该就是不平人。

阮馆长说："我知道诸位时间紧张，里耶古井的情况，你们肯定已经知道了，竹简包罗万象，真要说起来，十天半月也讲不完。天雨提前跟我说了，我只向大家简述竹简中关于木德的记载。但是提前声明，你们级别不够，有一小部分绝密的内容，不能查阅，请见谅。"

他说话开门见山，该礼貌礼貌，该坦诚坦诚，倒是有意思。

阮馆长介绍说，根据竹简的记载，公元611年，秦康公嬴罃在位时，曾受楚国邀请出兵，攻打大巴山中的庸国，其间无意中得知，庸国人掌握着长生的秘密。而这个秘密，是巴国人先透露给楚国的。三方合击，灭了庸国后，却一无所获。后来巴国和楚国之间，多次发生战争，虽然巴国节节败退，但始终没有被楚国所灭。

历史进入战国时期，群雄并起，纷争不断，能人也不断涌现。其中一个神秘的学派——鬼谷，悄无声息地影响着天下局势。这个学派很有意思，从来不偏袒于哪个国家。所以鬼谷门下子弟遍布各国，如果有哪一个人特别突出，就一定会有另一个人出来制约平衡。我们熟知的孙膑和庞涓，苏秦和张仪，以及后来的李斯和韩非都是鬼谷门下子弟。

直到出现一个人——商鞅。

商鞅可以说是战国时期少有的不号称鬼谷门下之人，因为他的老师尸子是不平人滁蒙一脉，主张"草木无大小，必待春而后生"。商鞅受尸子影响，选择了最弱小的秦国来实施变法，使秦国一跃成为与六国一争高下的强国。

商鞅死前，为秦惠文王定下大计，要统一天下，必须先获取巴蜀。商鞅死后十二年，秦出大兵灭了巴蜀。正是在这一次战争中，秦国获取了巴国人的秘密，但这个秘密的内容是什么，竹简中并未明确写出。

但自那以后，秦国与不平人之间的关系出现了罅隙，但并未决裂。直到秦昭襄王重用鬼谷门下的冶金族人白起，在长平之战中坑杀赵军四十万，双方才彻底决裂。

自此五德纷纷入秦，其中知名者有蒙山氏蒙骜、濮阳吕不韦、王氏先祖王翦将军，以及后来的徐福等人。秦惠文帝去世九十年后，秦始皇在五德协助下一统天下。

随后不久，秦始皇就开始清理五德势力，这其中有不平人的支持和鼓动，但至于是哪一脉，阮馆长说不方便透露。

他又说，竹简上的记录，到此为止。但根据不平人掌握的其他资料，可以推断出，虽然大部分五德势力退出了中原，但也有一部分不愿屈服。历史上鼎鼎有名的留侯张良，本是青木外族，曾得到厚土族黄石公的教导。他曾与瑶水长老沧海君、冶金族扛鼎人一起，在博浪沙设下埋伏，刺杀秦始皇，却因秦始皇有不平人附族保护，而终未得手。

之后五德遗族各自起兵，以炎火族人项羽为首，最终灭秦，火烧阿房宫，杀死秦王嬴子婴，也算为五德讨回了公道。可惜，项羽虽未称帝，却自称西楚霸王，违背了五德不得称王的协定，最终被逼自刎。而张良壮志已酬，不恋权位，隐居而去。项羽虽死，但为回报炎火族人，汉朝以火德王，虽然中间经过几次角力，最终还是在历史上被称为"炎汉"。

阮馆长最后说，唯一不明白的，就是秦国攻灭巴国后，到底获取了什么秘密？竟然能让秦国不惜与不平人翻脸。

听完阮馆长的讲述，再回想在海底仙游宫壁画上的记载，很多想不清楚的事，才算是清晰了许多。

"那这些竹简，究竟是谁写的？为什么会埋藏在里耶井底。"尚锦乡问。

"目前还没有定论，但根据我们的推测，这些竹简是纵目书。"阮馆长说。

"什么东西？"我们同时发问。

"纵目书。"阮馆长在纸上写了几个字给我们看。

"你知道不？"我问尚锦乡。

尚锦乡摇摇头。

"这也算是绝密了，要不是得到授权，我也不会给你们讲。"阮馆长喝了一口水说，"简单来说，人在社会中，或多或少会参与各种事件，但有一种人，他们不参与社会的任何事件，而只是旁观，并且把这些事记录下来。他们究竟是谁？没有人知道。史书上也没有他们的任何记载。"

"那你们是怎么知道的？"张进步问。

"有问题你先听我说完。"阮馆长一点儿都没客气，继续说，"这些人的记录方式很有意思，绝不使用超出所记录年代的工具，比如在石器时代，就雕刻在岩洞上，在青铜时代，就铸刻在钟鼎上，还有甲骨文、竹木简和帛书，以及国外发现的泥板书、羊皮书等等。这些记录史料，如果不注意分辨，很容易与同时代其他器物相混淆。"

"有什么特征吗？"

"是的，所有纵目书里，都有隐藏的印记，就是纵目。"

"是三星堆那种眼睛凸起的造型吗？"尚锦乡问。

"不是，是三只，甚至四只眼睛，纵立于额头之上。因此才把这些史料文物，称为纵目书，把这些不知名的作者，叫作纵目人。"

"可说来说去，不就是史官吗？"

"史官是政权任命的，但纵目人独立于整个社会之外。"

"他们所记录的内容，跟史官有什么不同吗？"

"如果说完全客观真实也有些夸张，毕竟记录者都会有一定主观性，那么可以说成更丰富，也更复杂。"

尚锦乡说："阮先生，我是学习历史的，为什么从未听过纵目书？"

阮馆长笑了笑说："尚小姐，你可能没有听过这个名词，但一定看过纵目书中的内容。"

"是吗？"尚锦乡疑惑地问。

"《竹书纪年》就是一本纵目书，西晋时被人发现，后来一直珍藏于琅琊王氏，才流传至今。"

"哦！原来如此。"尚锦乡恍然。

第三十九章
处刑人

尚锦乡对纵目人和纵目书非常感兴趣，一直在与阮馆长交流。我瞅了个空，跟张进步要了支烟，到厕所去蹲坑。

正在酣畅淋漓之际，听见外面的门"咯吱"一声，有人进来了。

"厕所里不准抽烟！"是一个女声，应该是保洁员。

"好的，好的。"我赶紧把烟头扔进坑里。

保洁员没再吭声，听声音似乎拿着拖把和水管，在清洗厕所。

外面有女性，我有点儿不太好意思发出各种不雅之声，只好清理完毕，提上裤子，冲水，系好腰带，整理了一下衣服，开门出来。

让我略微惊讶的是，外间竟然没有人，只有一根水管在我隔壁的坑位里，哗啦啦地流着水，坑里的水已经满了，正在向外溢出，流得到处都是。刚才那个女保洁员，竟然悄无声息地出去了。

然而我走到水池边准备洗手时，却发现了异样——在我面前的镜子里，赫然照出有一个灰蒙蒙的人影站在我身后。我赶紧回头看，却什么都没有。

等我再回过头来看镜子，那个人影消失了。

鬼？我的第一反应竟然是想到了鬼魂。博物馆里藏的古物多，所以很多鬼怪题材的影视剧，都喜欢放在博物馆里拍。但我一向对此不以为然，就算真有鬼，那与我也是阴阳陌路，跟路上擦肩而过的陌生人没什么区别。

我拧开龙头，开始洗手。水柱从龙头里喷出来，刚接触到我的手，我就觉察出了问题，但容不得我多想，那水柱竟然像一条活的绳子，紧紧捆住了我的手腕。

我向后退，可是脚下像被胶水黏住，丝毫无法移动。我猛一挣扎，想把脚从鞋子里拔出来，可是大头皮鞋就像一副脚镣，将我死死困在原地。

这时，我看见那条黄色橡皮水管像一条眼镜蛇一样"站立"起来，水流压力忽然增大，像一把锋利的水剑直插我的胸口。我躲无可躲，只能弯腰避开，没想那水剑也调整了方向，径直切向我的脖子。

一阵寒意让我浑身的汗毛都竖起来了，此时此刻，我只能盼着水剑的锋利度没有看上去那么强，但怎么可能呢？

可就在水剑锋利的剑刃将要刺上我喉咙的那一刻，它忽然停住了，像是我的皮肤上出现了一层无形的铠甲，阻挡了它的刺入。

但那把水剑看起来似乎没有打算放弃，它吸纳了更多的水融入剑体，使得剑越来越大，剑尖悬在我的喉咙处，微微颤抖着，似乎在全力突破阻碍。

随着一阵"咯吱咯吱"的声响，不可思议的一幕出现，那把水剑竟然卷刃了，接着是剑体开始龟裂，随着一声刺耳的金属断裂声，巨大的水剑化为一蓬水雾洒落。

但危险并没有消失，更多的水珠变成无数水针，从四面八方向我射来，甚至有一些朝我的眼睛飞来，躲无可躲，我本能地闭上了眼睛。但等了半天，身体没有任何不适，我猛一睁眼，看见一个瘦小的影子站在我对面。她从体态上看像一个女性，似曾相识，但因为是半透明的，所以并不能完全看清她的相貌。

"你是谁？"

我刚一开口，一个拳头大小的水球就扑面而来，直直钻进我的嘴里，并迅速"孵化"出几条水虫子，沿着嘴里的孔道，爬向五官各处。只是一瞬间，我的呼吸就有些困难了，随之是耳朵和眼睛的功能也出现障碍。此时此刻，我感觉自己就像个溺水者，口不能言，耳不能听，眼前开始发黑，几乎丧失了思考能力，甚至因为手脚被束缚，连挣扎都不可能，浑身使不出一丁点儿力气。

正在这时，我隐约听见一个男人说："阿抱，放开他。"

好像是刘天雨的声音，但似乎没起什么作用。

"你要不放手，我就动手了。"

后来发生了什么，我不知道，因为我在一阵咕噜噜的水声中，失去了知觉。

等我醒来时，眼前是刘天雨的脸，他拍了拍我的脸，没说话，站了起来。我发现自己躺在一间办公室的皮沙发上，刘天雨身后站着一个女孩。我认识她，在里耶请我们吃饭的那两个人中的女孩阿抱。

我猛然坐起来，脑袋却一阵发晕，差点儿摔回去。

"别着急，休息一会儿。"刘天雨说。

"究竟怎么回事？"稍微缓和了一会儿，我忍不住大声问。

刘天雨说："你不要激动。阿抱是处刑人，而你是她的目标。"

"处刑人？"

"这件事由阿抱向你解释，我先出去。"刘天雨说完转身走向门口，回头又对我说，"别冲动，你打不过她。"

刘天雨出去后，我盯了阿抱半天，她也不说话，安静地看着我。

"在里耶暗算我的也是你吧？"

阿抱点点头。

"为什么？我犯了什么错？"

"你没犯错，你就是错误本身。"

"别给我讲哲学。今天你要是不说出个理由，咱俩没完。"

阿抱轻轻一笑："你以为能完得了吗？我是处刑人，你活着一天，就一天是我的目标。"

"这究竟为什么啊？"我迅速把这些年做的自以为有愧的事在脑子里过了一遍，没什么天理难容的事啊。

阿抱告诉我，我就是一个错误。

不平人自诞生之日起，就不允许通婚，不仅是因为条文，而且还有基因阻断。不平人之间通婚生的孩子，基因里有天然致命缺陷，几乎活不过十二岁。就算活过十二岁，也会被清除。而执行清除任务的，就是处刑人。

不平人有二十八个处刑人，大多由具有不平人血脉者担当，专门负责清除不平人内各种违规者，以及叛徒。

我的父亲马渝声和母亲王笑蝉，都具有不平人血脉，他们违规生下了我。

我问阿抱，为什么在我生命的前三十年，没有处刑人上门。

阿抱说她也不清楚，她是最近才接到的任务。

"任务是谁下的？老孔吗？"

阿抱摇摇头："这不是你该知道的，何况我也不清楚。但肯定不是孔先生，是他让刘天雨救下了你。"

"刺伤我的那柄刀，是你的吧？"

阿抱点点头。

"那刘天雨还在胡扯，说是不平人十二地支中的大渊献一脉想杀我。"

"他以前应该没有见过处刑刀。"

"他知道你是处刑人吗？"

阿抱摇摇头："不知道。只有手持处刑刀者，才是处刑人。"

"这又是什么讲究？"

"我能说的只有这么多。"

"最后两个问题。"我迅速地说，"第一个，你是不是一定要杀我？"

"你一定会死，但暂时不会死在我手上。孔孟荀的赦令之所以对我有用，唯一的原因是我丢了处刑刀。如果刀在手，我行使的就是天职，没有人可以阻止。但是你记住，就算我不杀你，其他二十七人也会来杀你。何况……"阿抱欲言又止。

"何况什么？"

"不平人血脉之间通婚而生的人，就算避过追杀，三十岁之前，也一定会基因崩溃而死。"

"啊？那我不是快死了？"我差点儿跳起来。

"但是处刑人把基因崩溃的自然死亡，当成自己的耻辱，所以在此之前，一定会找上门。"

"第二个，处刑刀上的猪头是什么意思？"

"室火猪。"

"哦哦哦，二十八宿，看来刘天雨真是胡说八道，不懂装懂。"我最后说，"要我让刘天雨把刀还给你吗？"

"不需要。"阿抱说完，就转身离开了。

刘天雨进来问我："明白了吗？"

我反问他："你明白吗？"

"这不是我该知道的事。"

"真是老孔让你救我的？"

刘天雨没回答，只是说："走吧，他们还等着呢。"

回到会议室，除了阮馆长以外，其他几个人都惊讶地看着湿漉漉的我。

"你掉茅坑里了？"张进步问。

"对啊，差点儿淹死。"我说

跟阮馆长告别后，饥肠辘辘的我们，找了路边店吃米粉。刘天雨说李笑来的车在酒店等我们，他先回去把行李箱装车上，再来接我们。

刘天雨离开后，张进步问我怎么回事。

我一边吃，一边把刚才的遭遇和处刑人的事讲给他们听。

当他们仨听到我说自己活不过三十岁时，都震惊了。

我赶紧安慰他们说："这些都是迷信。你们想想，古代哪有什么基因技术？"

听我这么说，他们紧张的心情才暂时缓和下来。

吃完米粉，我们又聊了几句阮馆长讲的那些事，车就来了。这是一辆七座的黑色商务车，司机一看就是专业的接待人员，称呼每个人都是领导，招呼我们上车后，还递给我们一袋小橘子。

商务车驶出古城，向山而行。虽然一路风景秀丽，但昨晚大家都没睡好，很快就沉沉入睡了。

大家睡得正香的时候，被刘天雨叫醒。

我们以为到了，下车后才发现只是到了一个半山的停车场。原来当地为了保护生态环境，不允许小轿车进山，所有进山的游客，都得乘坐专门的旅游大巴。

停车场上停了几十辆各地牌照的小车，旁边是两辆绿色大巴。一群游客正在排着队上车。

我扫了一眼，竟然看见个熟人——邓春秋的儿子邓元宝。他不是去云南了吗？怎么在这里？我正疑惑，一转眼，他已经上了大巴。

带着疑虑，我们上了后面的一辆大巴。

车上都是年轻人，年纪最大的也不超过四十岁，听口音，南腔北调，哪儿的人都有。

大巴车在高山峻岭间穿行，路面狭窄，可司机却开得飞快，不时传来一声声的惊叫和笑语。有一个导游，拿着话筒，向游客介绍路两边的各种景观。我们要去的地方叫鸡鸣峡谷，导游介绍说，峡谷里有全国最大的溶洞群，被誉为世界溶洞博物馆。

车大约行了一个小时，在穿过一条幽暗的隧道后，眼前的景致，让所有人都发出了惊叹。如果不是亲眼所见，仅凭文字、照片甚至影像，都无法感受到它的万分之一。那是一条深不见底的大裂谷，宛如用巨灵神斧劈开，雄阔壮美，气势磅礴。有瀑布如帘，高挂绝岭；有石壁如刀，直插谷底；峡谷两岸的如削绝壁上，有溶洞星罗棋布；云雾缭绕，宛若仙境。

度假村位于悬崖上一林木翁郁之处，正好是最佳的观景处。

我们刚下车，李笑来就迎上来。因为早上才分开，我们也就没有说太多客气的话。他亲自带着我们，走到大厅，一个胖乎乎的中年人迎上来。

李笑来说："非常抱歉，下午还有几拨客人要来，我得去接待，不能陪同几位。这是度假村的鱼经理，几位有什么需求只管找他。"他转头又对鱼经理说，"鱼总，这是我李某人的客人，你一定要用最高的规格来接待，没问题吧？"

"李总放心，按您的吩咐，我已经都安排好了。"

我注意到，鱼经理看我们的眼神，似乎有些紧张，甚至都没有询问我们的身份，应该是把我们当成什么大人物的亲戚了。

李笑来离开后，鱼经理带着我们来到一处独栋别墅，周围半公里内，再没有其他建筑。

"领导，这栋房子自景区开业以来，只接待过两拨客人，每天都有专人负责清洁。李总说领导们喜欢清静，看这里怎么样？如果有什么不妥的地方，请多批评。"

别墅有专门的管家，迎接我们进去。

刚一进去，刘天雨就对鱼经理说："鱼总，我姓刘，你可以叫我小刘。他们也不是领导，你不要这么叫。"

"好的，好的。"

"另外，管家我们也不需要，我们这几天可能会出去，行李就放在这里，不要让人动就好了。如果有什么需要，我会给前台打电话。"

"行行行行……"鱼经理连连点头。

他俩又说了几句闲话，鱼经理就带着管家离开了，自始至终没有跟我们四个说话，甚至都没有对过眼神。

第四十章
神树

◀ ‖‖‖‖‖‖‖‖‖‖‖‖‖ ▶

别墅是真大，总共三层。

上面两层是六间卧室，一层除了客厅，还有健身房、影音室、雪茄室，甚至还有一个温泉游泳池。酒柜里放着各种白酒和洋酒，最显要的位置放的是李笑来的梯玛酒。

张进步笑着说："这算不算无事献殷勤，非奸即盗。"

我问刘天雨："老孔让你联系李笑来，真没有其他任务吗？"

刘天雨一本正经："真没有。"话音一转，"就算真有，我能告诉你们吗？"

"那倒是，不过这一趟倒是没有白来，最起码知道了李笑来就是李哈儿。"我又把刚才看到邓元宝的事，给他们说了。

"咦？龙虎英雄会啊。"张进步感慨，顿了顿又说，"我这趟来武陵山最主要的目的，就是帮马龙找父亲，没想到找到了一条致富之路。真是苦心人，天不负啊。"

"你想干啥？"黄小意打开一瓶洋酒，给自己倒了一大杯。

"昨晚我跟马总已经说了，李哈儿这个人身上有养生的大秘密，我们只要搞到这个秘密，那简直就是挖到了无穷无尽的财富。"

刘天雨说："不说你发财的事儿，你有一点倒是说的没错，李哈儿身上的确藏着大秘密。"

"你们不平人就没掌握些蛛丝马迹？"

"我再次声明，我不是不平人。"

"不是就不是，不用这么激动。不过你这话的意思我听出来了，你不是不平人，所以有些信息你没掌握，对吧？"

刘天雨没有回答，看来张进步说的是对的。

张进步又说："所谓温柔乡是英雄冢，大家不是来这儿享受生活的。洗个澡，换件衣服，咱就出发吧？"

"去哪儿？"我问。

"这难道不是老刘安排吗？"

"神树。"刘天雨说。

洗完澡，换上适合爬山的衣物。一行五人在刘天雨带领下，出了度假村，沿着悬崖上的栈道，朝原始森林走去。

"老刘，这地儿你以前是不是来过？咋怎么熟悉呢？"

"嗯，来过几次。"

"有什么发现吗？"

"自1982年那次以后，我们内部有禁令，可以来武陵山，但不能接近任何可能与木德相关的东西。"

"为什么？"

"估计是因为巩学林。"我说。

"是的。"刘天雨倒也坦然。

"那这次怎么让来了？"

"这次你们才是主角，我负责服务和向导，不算违规。"

林间步道虽然狭窄，但非常平坦，我们毫无疲惫感，不知不觉就被美景所吸引。

忽然，尚锦乡对我说："这个地方我好像来过？"

"你以前也来过武陵？"黄小意问。

"没有，但这条路我非常熟悉。"尚锦乡忽然说，"没错，就是这里。我昨晚梦见安蓝小时候上山，走的就是这条路。"尚锦乡说着就跑到前面去。

我们赶紧追上去。

走了大约两公里，尚锦乡突然转入一条崎岖的小路，沿着碎石片铺成的简陋台阶向上爬去。

我们气喘吁吁爬到山顶后，被眼前所见吓了一跳，想不到在林深箐密的山林里，竟然有一处怪异的石林。

用张进步的形容，就是"一朵朵大红蘑菇"。

事实上，那些石头的形态并不像蘑菇，倒像是一座座天然形成的红色石塔，重重叠叠，形态各异，让人不得不感慨自然界的鬼斧神工。

刘天雨惊异地说："这里怎么会有红石林？"

他解释说，红石林的主要成分是红色碳酸岩石，形成期约为五亿年前的寒武纪。这片区域在古时候是扬子古海，海底沉积的大量碳酸岩，经地壳运动后升出水面，再经侵蚀和溶蚀，就形成了独特的红石林。

"就是在这里，"尚锦乡大喊着说，"我就是在这里遇到了葬礼。"

"什么葬礼？"

我看尚锦乡心情激动，就主动把她昨晚的梦讲给大家听。

"马龙，就是在这里，我从来没有见过红石林，它却在我梦里出现了，你能说这是我胡思乱想出来的吗？"尚锦乡喊着，就要爬上其中一块红石头。

我笑着说："别太激动了，小心摔着。"

黄小意也被眼前的红石林深深打动，跑过去跟尚锦乡挽着手，一起钻进了石林深处。

我问刘天雨这种梦怎么解释？

刘天雨说灵魂出窍的梦倒是常见，但像尚锦乡这种梦见别人小时候的梦，还真是不好说。

"你说的神树是什么？"张进步问。

"神树其实就是一棵古树，至少有三千年的寿命。自春秋战国以来，武陵山区就有居民奉其为神明，当地的很多民族习俗，都是从对它的敬拜仪式发展而来。它的影响非常大，甚至超出了武陵山。西南地区的一些民族以木为尊，就是源于此。"

我问："酉阳就在武陵山区，我一个酉阳人，怎么就从来没有听说过这些呢？"

张进步说："或许是有人不想让你知道。"

刘天雨继续说："我们一直认为，全国各地那些拜树的聚会，根源就在神树。"

"咦，财富之门越来越近了。"张进步笑着说。

尚锦乡和黄小意心满意足地回来了，兴奋地对我们大讲特讲红石林的神奇。

等她们心情稍微缓和下来，我问尚锦乡："你还记不记得梦里那棵巨大的树？"

"嗯，记得。"尚锦乡点点头。

"会不会就是刘天雨说的神树？"

"去看看不就得了。"

从红石林下来，我们继续朝森林深处走去。可是路的尽头，却是一处断崖，断崖有几十米高，长满了杂草、藤蔓和苔藓地衣。

"就在这上面。"刘天雨说。

"怎么上去呢？"张进步问。

"我倒是可以上去。"他说，"但你们爬上去有困难。"

尚锦乡说："后面有路可以绕上去，我带你们走。"

我们跟着尚锦乡，艰难地穿过一片没有路的野林子，几乎都失去了方向。就连人形指南针张进步都被绕晕了。可是一向看起来迷迷糊糊的尚锦乡，脑子里就像有幅地图，或左或右，或上或下，最终竟然找到了一条小坡路。路上落满枯枝败叶，但有人活动的痕迹，甚至还有丢弃不久的烟头。

尚锦乡气喘吁吁地说："从这里上去，就是了。"

"小姨啊，你这脑子是计算机吗？梦里的路咋都记得这么清楚？"

休息了片刻后，我们沿着小路一直向上，走了没多久，千米之外出现一棵遮天蔽日的巨树，足有上百米高。粗壮虬结的树干蜿蜒向上，像一条苍老的巨龙，顶上的树冠，倒是没有想象中那么茂密。

"就是这棵树！"尚锦乡说，"一模一样。"

我们继续往前走，离大树越来越近。突然，刘天雨伸手阻止我们。

"有人。"他说。

我们小心翼翼地爬上坡，才发现巨树长在一处数百米高的断崖之上。刚才所见的高度，只是它生长在悬崖之上的部分。

树的前方几十米处立着两块黑乎乎的巨石柱，外形没有任何雕饰。石柱后一直到靠近树的地方，有一些矮石头垒成的墙壁，还有一个小拱门，里面传来嗡嗡的人声，等再靠近一些，声音渐渐清晰，是一群人在低声合唱。那歌声我非常熟悉，就是在西安南郊的旧厂房里，那群拜树者所唱的歌。

"娑里娑，山与山合，娑转娑，山与水合，阴二娑，阳二娑，花儿神娑，金刚娑，树儿神娑，木客娑，草儿神娑，山鬼娑……"

因为是第二次听到，再加上是白天，所以听起来，也就不像第一次感觉那么诡异。

"唱的啥？"张进步问。

尚锦乡说："应该是当地的侏离歌。"

树下跪坐了三四十个男人，除了唱歌以外，倒是没有太多动作，但是在他们前面的一个小石台上，一个黑袍人正在疯狂舞动，上蹿下跳，肢体抽搐不止，像是农村那种驱鬼的神汉。不过舞者脸上戴着面罩，无法分辨男女。但通过动作来看，不太像女子。

我还在想怎么靠近一些，刘天雨已经率先走出去，似乎并不想隐藏。我们也只好跟上去。

快走到拱门时，一个导游模样的年轻人迎上来，伸手拦住我们礼貌地说："不好意思，这里正在举办祭祖仪式，麻烦几位先到其他地方游览，一个小时后再过来。"

"景区不让客人游览，这样好吗？"张进步问。

年轻人不卑不亢："请尊重民族习俗。"

张进步指着里面大声喊："民族习俗我们当然尊重，但邓元宝什么时候也成少数民族了？"

我惊诧地看着里面的人，没有看出哪个是邓元宝。但随即恍然，张进步这么喊，只是在试探里面有没有邓元宝。

年轻人表情一怔，眼神变得凌厉起来。

这时那群人里有一个人站起来，转身朝我们走过来。

正是邓元宝。

他走过来，对那个年轻人点点头，年轻人转身离开了。

邓元宝看着我，眼神十分怪异，他说："马龙，你是在找我吗？"他的语气十分冰冷，似乎把我当成了一个陌生人。

"元宝……"

"抱歉，我已经不是邓元宝了。"他说出这句话的时候，我分明看见他的眉头抖动了一下，似乎在承受某种痛苦。

"你能不能告诉我，究竟发生了什么？"

"什么都没发生，是你想多了。"

"那你为什么说自己不是邓元宝了？"

他的脸上露出一种阴恻恻的笑容，说："我需要告诉你吗？"

"哦，不需要，那你忙你的吧。"我说。

邓元宝没有说话，目光在我们几个人脸上扫视了一圈说："旅行愉快。"说完，转身走回原来的位置，跪坐下来。

"这小子中邪了吗？"张进步说。

我摇摇头说："算了，反正跟我们也没什么关系。"

在这个过程中，刘天雨一直没有说话，而是警觉地扫视着周围。

"有什么东西吗？"

"没看见，可总是感觉有东西在窥视我们。"

"无所谓，爱看就看呗。"张进步说。

"人家不让进去，我们去哪儿？"黄小意问。

"哪儿都不去，就在这儿等着。"刘天雨说。

于是，我们几个就像游客一样，掏出手机四处拍照。刚才那个年轻人又出来，对我们说："祭祖仪式禁止拍照。"

"又没拍你们，拍点儿风景，这漫山遍野的大树小草总可以拍吧？"张进步笑着说。

年轻人点点头："当然，只是不能拍仪式。"

忽然，钻进林子里拍照的黄小意，发出一声惊异的叫声。

我们赶紧撇下年轻人，朝黄小意跑过去。

第四十一章
石壁皮影戏

◀ ‖‖‖‖‖‖‖‖‖‖‖‖‖‖‖‖ ▶

　　黄小意似乎被吓坏了，指着一大丛灌木，说不出话来。好一会儿，她才缓过神来说："里面有怪东西。"

　　张进步钻进灌木丛转了一圈，出来说："什么都没有啊，你眼花了吧？"

　　"不可能，就像是个……木头猴子。"

　　"山魈？"刘天雨马上问。

　　听见木头猴子，我首先想到的也是山魈，并马上联想到李哈儿。骑桶人说过，李哈儿手里一直握着一只山魈当手杖。

　　黄小意说，她刚钻进林子，想找个背人处上个厕所，忽然听见灌木林里有东西在动，她以为是老鼠之类的，并没有太在意。刚起来，就看见正对面的树丛里，探出一个脑袋，冲她龇牙咧嘴地笑。

　　"那个脑袋，像是从一棵树里面长出来的。"

　　"就是山魈，"刘天雨说，"刚才偷窥我们的，也应该是它，不过现在已经离开了。"

　　刘天雨的感觉很敏锐，他说离开了，我们也就信了。然而，我们刚转身，准备回到神树那里，却听见背后的灌木丛里，传来一声怪笑。那种笑，绝不是人类的声音。等我们回过头来，发现灌木林一阵剧烈的抖动，一个瘦长的身影，蹦跳着朝林中跑去，每一步都能跃三四米远。

“就是它。”黄小意叫道。

张进步大喝一声"追！"，就冲着山魈追去，速度竟然比刘天雨还快。我本来想追过去，却被刘天雨拦住："我去就行了，你跟她俩待在这里，要是我们一个小时还没回来，你们就先回房间，我们在酒店会合。"

说完，刘天雨就朝张进步的方向追过去，他的动作，很显然要比张进步轻盈许多。一转眼，两人都没了身影。

我们走出林子，找了一块大石头坐着等，因为心里担忧，所以也没怎么说话。

其间，神树下那个古怪的仪式结束了。那群人一站起来，就恢复了游客的模样，笑语喧哗地走出来。

聊天的聊天，抽烟的抽烟，还有互相合影留念的。如果之前没看见他们那个怪异的仪式，我一定会把他们当成旅行团，还是单位团建那种。

邓元宝跟那个导游模样的年轻人走在一起，谈笑风生。经过我们身边时，视若无睹，似乎只是把我们当成另一批游客而已。他越是如此，我越觉得其中有古怪。只是身边有两个女孩在，我也不想招惹是非，只能等机会再去探究。

"那个黑袍人不见了。"尚锦乡说。

果然，刚才那个一直疯舞的黑袍人，没有跟那些游客模样的人在一起。我站起来扫视了一圈四周，也没见他的影子。

很快，一个小时就过去了。张进步和刘天雨还没回来。

"他们不会出事吧？"黄小意着急地说。

"有天雨在，应该没什么问题。"我只能这么安慰她。

"我们是回去还是继续等？"尚锦乡问。

"要不还是回去吧。"说实话，我并不想回去。可是这片陌生的山林里，到处都是诡异的事，带着两个手无寸铁的女孩，我真是不放心。

那群游客，转眼之间就不见了踪影。我本来想跟着他们一起回度假村，想方设法再跟邓元宝聊聊，但已经来不及了。

当我们从先前的坡路走下来时，尚锦乡迷路了。她的梦里只有来时的路，没有回去的路。不过，毕竟有路，我们也不着急，就沿着那条小路，一直往下走，不知不觉，竟然走到了峡谷底部的栈道上。

此时，日头已经偏西，斜阳透过五座石峰，像光刃般插入峡谷腹地。绝壁相对，怪石林立，千姿百态，行走在其中，到处可见飞瀑如练，涌泉如莲，陡崖如劈，深潭如镜，溪流如肠，叠岩如册。一路前行，忽而百转千回，忽而豁然开朗，移步换景，美不胜收。

面对如此美景，刚才的郁闷心情一扫而空，就连对张进步和刘天雨的担心，也冲淡了几分。只是没想到，栈道的尽头竟然是一片水泊，岸边有一个微型码头，但码头上并没有游人或工作人员。

遥遥可以望见，水泊对面有乘坐缆车的地方，几台缆车正从崖底往高处缓缓运行。

黄小意指着旁边的一个洞口说："不知道这里能不能绕过去？"

洞口被木栅栏封堵，栅栏上挂着一根锁链，但只随便绕着，并未上锁。旁边竖着一个牌子，写着：非游览区，请勿进入。

透过洞口可以隐隐看到灯光，还能听到"咚咚咚"的声响，像是有人在砸石头。

我说："里面应该是有人在施工吧？"

"要不进去问问？"黄小意说。

"行，就算绕不出去，也可以问一下怎么上去。"

我们扯开锁链，打开栅栏走进去。刚一进洞，就有一股凉风迎面拂来，让我打了个激灵。借着微弱的天光，经过一条窄廊，面前出现了一座酷似佛陀的巨大白色钟乳石，绕过佛陀，豁然开朗。

普通的溶洞里，大都为了造气氛，会用些五颜六色的灯光。

而这里却一片雪白。一瞬间，我仿佛又回到了琉球海底的盐漠世界。但与一望无际的盐漠不同，这里从上到下，到处都是千姿百态的白色钟乳石。白石山、白石塔、白石瀑、白石树、白石笋、白石蘑菇、白石珊瑚、白石人、白石动物、白石花……晶莹剔透，仿佛一片冰雪的世界。

"好美啊。"尚锦乡感慨。

黄小意笑着说："我们还是先找路吧，你看这大洞套小洞的，万一迷在里面，也就只剩下美景可看了。"

我提高声音喊了一声："有人吗？"

除了回音，没有人应答。

"要不往里面走走？"

我们朝着那个咚咚咚的声音传来的方向，走了过去。

美景就不说了，光是里面的空间之大，就已经把我们征服了。这里最大的特色，就是不幽暗，虽然洞中有洞，洞洞相连，四通八达，百转千回，却让人没有丝毫恐惧。

按黄小意的说法，就像在逛超市一样。

洞里的景观设置，没有一处不精致，以至于两个女孩过一会儿就要停下来拍几张照片。我以前也去过一些溶洞，但与此相较，简直就是茅草屋与水晶宫的区别。

那个声音离我们越来越近，可是当我们走到近处时，才发现竟然是一处巨大的白色石壁，石壁上下几十米高，左右上百米宽，平整如切，光滑如玉，简直就是用最细的砂纸打磨出来的。那个声音就是从里面传出来的。

等我们靠近石壁时，声音停了。

"好像在墙那边。"尚锦乡说。

"有人吗？"我喊了一声。

没有声音。

我伸手敲了敲墙壁，就像拍在一座山上，毫无动静。

黄小意突然指着石壁上的一处喊道："里面有东西。"

可当我过去看时，却什么都没有看到。

"真有东西在动，像是一条鳄鱼。"

尚锦乡说："对面不会是水底吧？"

话音刚落，果然在石壁上出现了硕大的影子，不过并不像鳄鱼，而像一头大熊，我突然有一种看皮影戏的感觉。

"这是怎么做到的？"

我还在疑惑，忽然那头"大熊"开始锤击石壁，"咚咚咚……咚咚咚……"着实把我们仨吓了一大跳。

"啥情况？"黄小意叫道。

"像是有什么东西被关在里面了。"尚锦乡说。

"你们知道这像什么？"黄小意问完，随即就说，"像不像海洋世界？大玻璃里面关着鲨鱼、海龟什么的那种。"

"玻璃可以看见，石头怎么看？"

我说："鬼才知道，或许就是为了造出皮影的效果吧。"

"那个李笑来脑子进水了，不让人看真的，让看影子？"

"大熊"锤了一会儿墙，消失了。没过一会儿，果然游过来一条鳄鱼样的玩意儿，又开始撞墙。一下又一下，但石壁纹丝不动。

"完蛋，跟这些玩意儿怎么问路，我们还是原路返回吧。"

我们正要调头返回，忽然听见下面传来说话的声音。我绕过一匹大石马，探头查看，居然看到一排石梯，石梯通到下面一层。人声就是从下面传上来的。只是石梯粗陋，像是临时修建的，还没有完工。

"要不你俩在这儿，我下去问问。"我说。

"那可不行，来都来了，一起去看看吧。"黄小意说。

石梯并不好走，不过我们还是安全落地了。

"哎哟喂，这地方牛啊。"黄小意兴奋地说。

能让黄小意这么激动的，自然是舞台。

这里像极了剧院的开阔空间，有三分之一的平地，三分之二是水面，水的尽头是一个琳琅满目的天然大舞台。

按照这个布局，我猜测这里以后肯定会有演出，而观众应该就是乘坐着小船在水面上观看，就像里耶码头的实景演出一样。只是把舞台搬到地下溶洞，利用奇幻迷离的天然钟乳石来装饰，简直就是一个鬼才想法。

黄小意看着舞台，眼睛放光，突然说："我动心了，想留下来，怎么办啊？"

尚锦乡说："那你就留下来啊，昨天李先生不是说要聘请你吗？"

"妈的！"黄小意轻声骂了一句，又念了句歌词，"想留不能留，才最寂寞啊。不说了，刚才说话的人呢？"

整个剧场一览无余，并没有任何藏人的地方。可是，我却莫名地感觉，有人在看着我。就是看着我，而不是看着我们。

"是李总吗？"我大喊了一声。

黄小意和尚锦乡惊讶地看着我。

"装神弄鬼干吗呢？有什么话出来说。"

一声苍老的叹息，从水面上传来。我们仨同时转头看去，一个矮小的人影，撑着一艘小船，向我们驶过来。

船上的人身高大概也就一米多，大脑袋上戴着一顶圆斗笠，遮住半张脸。身材粗壮，穿着一件五颜六色的布袍，袍子上面有很多小口袋。

看起来就像个丐帮长老。

小船靠岸，他却不下来，也不说话。

"你是谁？"黄小意问。

"马龙，我是朱獳。"他说。

第四十二章

暗河摆渡人

朱獳？好熟悉的名字啊。

我猛然想起，昨晚在"洞庭"的古井边，我曾和一个井下的怪人聊过几句，他自称"朱獳"。

"朱先生，你怎么在这里？"

"我是暗河摆渡人，这是我的工作。"

"工作？你为谁工作，李笑来吗？"

"嗯，我为主人工作，已经很多年了。"

"你怎么会认识我？"

朱獳叹息说："我不仅认识你，还认识你的父亲和你的祖父。"

"你为什么管李笑来叫主人？"尚锦乡问。

"他是我的主人，自然叫主人。"

聊天聊成这样，基本上就要聊死了。

我赶紧问："朱先生，你知道怎么才能出去吗？"

"你要出哪里去？"

"自然是从这里出去，回酒店。"

"哦，那容易。你们上船，我带你们到回去的码头。"

"你来是专门接我的？"

"是的。"

"为什么？"

"我是摆渡人，这是我的工作。"

我用目光征询尚锦乡和黄小意的意见，尚锦乡没表态，黄小意直摇头。看来她并不信任这位摆渡人。

尚锦乡突然问："朱先生，你不会就是耿山朱獳吧？"

朱獳眼睛一亮，随之黯淡下去，嘴巴颤抖了几下，没说话。

"耿山朱獳是什么？"我悄悄地问。

"《山海经》里有一种怪兽，形态像狐狸，却长着鱼鳍，生活在耿山，名叫朱獳。"

"怪兽？可他是个活生生的人啊，虽然个子矮了点儿，我还以为他自称'侏儒'呢。"黄小意说。

尚锦乡说："我也是突然想到之前骑桶人说，李哈儿收集了很多珍禽异兽，才一时心血来潮问的……"她转身对摆渡人鞠躬说，"非常不好意思，得罪了。"

"尚小姐说的没错，我正是耿山朱獳，主人让我在此等候几位，送各位回去。"

"李哈儿，不，李笑来让你来的？"

"主人为了保护各位贵客安全，在武陵山中各处都安排了人，时时处处都在暗中保护几位。"

"屁！这不就是监视吗？"黄小意骂道。

听了朱獳的话，我也心里一惊，没想到李哈儿竟然布下天罗地网，究竟是在保护我们，还是监视着我们防止我们离开呢？

看来之前遇到的山魈，也是一个接受了任务的监视者。

瓮中之鳖，再多说什么，也没有意义了。

我让朱獳把船靠近一些，然后扶着尚锦乡和黄小意上了船。

等朱獳开始划桨时，我才注意到，他脚腕上拴着两条很粗的铁链，跟船死死地捆绑在一起。

船绕过舞台后，进入一条狭窄的暗河，光线这才暗淡了不少，只是隔不远，就有一盏小灯。

"朱先生，这条地下河有多长？"尚锦乡问。

"不长，只有两千米。"

"水流向哪里？"

"地下的阴海。"

"下面还有吗？"

"武陵山有多大，阴海就有多大。"

"你去过吗？"

"没有，但主人去过。"

朱獳告诉我们，武陵山中，几乎所有上古遗留的矿洞、天然溶洞、地下暗河、天坑地缝，李哈儿全都一一亲临。

光是鸡鸣峡谷一处，就有上千个溶洞。李哈儿带领自己的属下，将这些人类原本绝不可能抵达的区域，一一探明，并全部打通，连接成全世界都绝无仅有的地下迷宫。

所以只要我们在武陵山境内，就时时刻刻都在李哈儿的"保护"下。

朱獳讲话，语气无喜无悲。但在我听来，它的话似乎有点儿多。我总有一种预感，觉得他肯定有什么话想对我讲。否则，他也不会在"洞庭"景区里就主动与我讲话。

暗河出口遥遥在望，竟然在斜上方。我们经过一处小支流时，朱獳忽然转向，转入支流，前行了十几米，支流到头，他把船停下来。

"马龙，长话短说。我知道你是什么人，或许你自己现在还不知道，但总有一天会知道的。朱獳等了无数光阴，就是等你来此。"朱獳一反常态，语气有些激动。

"朱先生，有话慢慢讲。"

"没时间了，我们在此处，最多只能停留一分钟。我只对你说三句话。一，主人非常人，你得万分小心；二，如果有一天，你知道了你是谁，务必回来找我；三，朱獳找你不是为了朱獳，而是为了万千生灵。"

朱獳一口气说完要说的话，还没等我有所回应，就急切地掉转船头，回到暗河里。不一会儿，小船沿着斜坡逆流而上，从一洞口处驶出。原来已经到了河面上。

黄小意本来想问清楚点儿，但被我制止。

小船靠在一处石桥边。在我下船时，朱獳想要帮我，他刚伸手来扶住我，却忽然像被火炭烫了一样放开，发出一声微微的惨叫——"朱獳"。他看着我的眼神里，充满了异样，也似乎多了几分希望。

我们刚下船，还没来得及向朱獳道谢，朱獳就和他的船一起缓缓隐没了。

"他刚才说的究竟是什么意思？"黄小意问。

"不知道。"我看着泛着微波的水面，不解地摇摇头。

刚进酒店门，张进步就扑上来，冲我们大喊："完蛋了，完蛋了，刘天雨死了。"

"啥？"我们仨同时发出一声惊问。

张进步讲，他们一起去追山魈，因为自己跑得太慢，很快就被山魈和刘天雨甩远了。本来想反悔跑回来找我们，但是又不好意思，只好硬着头皮跟在后面继续追，虽然连影子都看不见了。

追了半个多小时，追到一处地缝时，发现刘天雨正在跟两头奇形怪状的东西打架，一头是山魈，一头是人头羊。那人头羊十分凶狠，尖牙利齿，没有眼睛，但四肢都跟人手一样，十分灵活。两头怪物加起来也不是刘天雨的对手，一会儿就被打飞一个。

但是那两头怪物皮糙肉厚，虽然尽是挨打，也受了伤，却一点儿都没有怂。打了半天，山魈忽然高高跃起，凄厉地长啸了一声，没一会儿，从地缝的石窟里又钻出两头怪物。

"那样子长的，烤熟了都让人没欲望。"他说，"就叫四角猪和红毛怪吧。不得不说，刘天雨真是牛，四头怪物一起上，他也毫无惧色。但那个红毛怪忽然看见我，就朝我扑过来，吓死大爷了。我正想跑，刘天雨忽然从裤裆里掏出一把刀子，就是这把。"

张进步说着把刀拔出来，原来就是阿抱刺杀我的那把处刑刀。

"他把刀子直直向我甩过来，'嗖'一声，就扎在我脚边。说来也怪，红毛怪看见刀子，居然吓住了，冲我吼个不停，就是不敢上来。这时，刘天雨又从腰间抽出一根像黑铁丝一样的玩意儿，两米多长，拿在手里稍稍一抖，就发出一种很奇怪的声音，像有人在吹埙。那四头怪物一听，直接吓尿了，掉头就跑。刘天雨紧追不舍。"

"那你呢？"

"我肯定不能怂啊，拔刀也追了过去。"

"然后呢？"

"我速度不行啊，追了好一会儿才追上，等我赶到时，四头怪物已经不见了，只有刘天雨站在一个黑漆漆的洞口。洞口不大，直径有十多米吧，我爬过去瞅了一眼，黑黢黢的，深不见底。刘天雨说他必须下去，我拦不住。他让我告诉你，如果他明天晚上还不回来，我们就先下山，联系孔孟荀，说完就跳下去了。"

"那你咋说他死了？"

"你是不知道那洞有多深，我找了块大石头，往下一扔，十分钟没听见声音。我又找了把干柴，脱了衣服做了个火把，点着后扔下去，眼看着火把一直往下掉，最后掉成个小火星了，都没灭。你想想这得有多深？一个大活人跳下去，就算他是神仙，也得摔成地仙。再说那下面可能是怪物老窝啊，双拳难敌四手，猛虎干不过群狼……"

听完张进步的讲述，我吊在嗓子眼儿的心，往下落了一大半。刘天雨不是莽撞的人，既然敢下去，肯定是有一定把握。可是就怕万一，万一有个闪失……不敢想了。

晚上吃饭的时候，鱼经理让人送来一大桌子山珍野味。大家跑了一天，又困又乏，但除了张进步，其他几个人都没太大胃口。张进步一边吃，一边喋喋不休，夸赞那把处刑刀。

"这刀以后就归我了，千金不换啊。"

吃完饭，我刚想洗澡，就接到了李笑来的电话。他先是客气地表达歉意，说自己今天没空陪我们。然后又说："今天你们早点儿休息。明天一大早，我亲自带你们去看个世界奇观。"

他告诉我，这处奇观已经建好了，只是暂时还没有开放，我们是第一批贵宾。我虽然不知道他想干什么，但还是答应下来。本来想提一下刘天雨的事，但最终还是没说。

次日一大早，我们刚起床洗漱，李笑来就开车来接我们。

那是一辆电瓶观景车，司机竟然是昨天那个接我们的商务车司机。我们刚一上车，他又递过来一兜橘子。

黄小意一阵偷笑："看来这个大哥只喜欢吃橘子。"

李笑来听见了，转过头笑着说："他这橘子只给美女吃，我都从来没吃到过。"

司机没说话，一直傻乐。

车沿着悬崖边的路向上开，李笑来作为东道主，一直在热情地向我们介绍景观。整个过程中，我最疑惑的是刘天雨不在，五个人变成四个人，他竟然一句都没有问。

车行一路，反复上演那句"山重水复疑无路，柳暗花明又一村。"

终于，车在一块巨大的石壁前停下来。下车后，李笑来对司机说："你先回去，三个小时后再过来接我。"

司机点点头，开车离开了。

李笑来指着石壁说："这就是以后题写景区名字的地方。"

"这里叫什么？"我问。

"暂时保密。"李笑来神秘兮兮地说。

转过石壁，竟然是一大片桃林，只不过现在不是桃花开放的季节，只能看见茂盛的枝叶。

我们从桃树林里走出来后，都被眼前的场景吓了一跳。

第四十三章
寿木之林

前方竟然是一片平整的草原，虽然没有内蒙古草原那种一望无垠，但在山巅足以让人震惊。而草原的中间，是一座直拔云霄的绿山，郁郁葱葱的树木遮天蔽日，粗壮的树根虬结缠绕。

走近些，我们才看到山脚下茂密的草丛里，有一条蜿蜒流淌的小河；再往前走，就看出了人工的痕迹。小河上有一座白色的小石桥，桥上有白色的栏杆，栏杆上没有任何花纹，光滑干净。

几百尊高大的白色石雕伫立在草原上，一条条步道从中穿过，路边有崭新的木条长椅。

张进步不解地问："你这么大一片地方，啥建筑都没有吗？"

李笑来摇摇头："不需要。"

"好吧，那至少得有厕所和垃圾箱。"

"你要上厕所吗？"

"那倒不是，我要扔橘子皮。"

李笑来随手一指："那边。"

草丛边上，竟然真有一个绿色的垃圾箱，只不过上面都长着草，要没人指，根本看不出来。

李笑来看着我说："马龙，是不是很失望？"

"谈不上失望，非常美好，只是算不上世界奇观吧？"

李笑来说："你要是知道这片草原上以前是什么地方，就不会这么想。"

"是吗？难道是你把山铲平，造出来的草原吗？"

"这种破坏自然的事，我不会干。"他挥动胳膊，指着草原说，"一千多年前，这里曾有一座城，一座被人间传唱为桃花源的城。"

"桃花源？"

"没错，这里就是桃花源。但它真正的名字，叫灵乙城。"

"灵乙城？"我忍不住叫出来。

"没错，这里就是上古五德之一青木族的聚居处灵乙城。"李笑来放声说。

"你究竟是谁？"我问。

"你们猜的没错，我就是李哈儿。"李笑来坦然回答。

"你就是民国时期，龙头山的土匪李哈儿？"

"不止，还是奉节水文观察志愿者、调查团向导李哈儿。"

"那么骑桶人说的动物学家李哈儿也是你？"尚锦乡问。

"哦？你们连骑桶人都见到了？"李哈儿有些惊讶，"没错，骑桶人的确帮过我的忙，不过他说的话，你们也不能全信。他真是个会讲故事的人，哄死人不偿命那种。"

张进步看着李哈儿，神情非常激动："你真的长生了？"

"羡慕吗？"

"还行，我倒不是长生爱好者，我忽然理解你为什么这么有钱了。"

"张三哥啊，你以为我会跟你一样想当长生贩子吗？"

张进步尴尬地笑了笑。

看着眼前侃侃而谈的人，虽然我之前已经认定他就是李哈儿，但听他亲口说出来，不得不说，我的内心还是受到了相当大的冲击。毕竟，有一个活生生的长生者，就站在我的面前。

我说不清楚那是种什么感觉。

只是出于最本能地，问了一个问题："我爷爷呢？"

李哈儿没有回答，而是笑眯眯地看着我说："马龙兄，你不应该只问马汉生，你应该问的还有你的奶奶尚敏，你的父亲马渝声，你的母亲王笑蝉，还有你自己的命，对吧？"

我没说话。他说的没错，这些全都是谜团，一个套一个的谜团。

"不急，我带你去看一个东西，你只要见了它，所有的谜团全都会解开。"他又转身看着那座绿山说，"我刚才给你说的世界奇观，并非这片草原，而是它。你知道它是什么吗？"

"不就是一座山吗？难道是古墓啊？"张进步抢着说，"你可千万别忽悠我们盗墓，其实不盗墓的人生，也可以很精彩。"

"它是一棵树。"

"什么树？"

"寿木。"

"那不就是棺材吗？"张进步说。

尚锦乡突然开口说："有寿木之林，一树千寻。日月为之隐蔽。若经憩此木下，皆不死不病。"

"是的，这就是古籍里记载的寿木之林，不在什么昆仑，而在武陵。你们不是在探究那些拜树的人吗？这里才是根源，天下拜树得长生者，皆以寿木为尊。而此处也被各族道书称为灵丘天门。"

"难怪你能活这么久，原来找到老祖宗了。"张进步说。

我想了想说："我们暂且不说前尘往事，你千方百计带我们来这里的目的，究竟是什么？"

"我没有目的。古人有云，最极乐之事，莫过于腰缠十万贯，骑鹤上扬州。我已经全做到了，还要求什么呢？"

我虽然知道他说的是屁话，但也无力反驳。

"你不是想知道为什么吗？请跟我来。"李笑来说着，就朝着那座高耸入云的山——不，应该是那株山一样的巨树走过去。

越走近，我们才越知道寿木之大。毫不夸张地说，就算十万人躲在树山上捉迷藏，也是谁也找不到谁。原本以为的万木葱茏，其实都是寿木的气根，独木成林。

周围倒还是有些景观树，不过跟它比起来，都不好意思叫树。

密密麻麻的气根林里，有一条小路，通向深处，应该是李哈儿修出来的。如果说外面的气根是原始森林，那么里面的树干就是悬崖绝壁。斑驳的树皮，你就说是岩层也行。

李哈儿指着树的根部说，就在那里。

顺着他的手看去，在坚硬如岩石的树干上，竟然镶嵌着一个椭圆形的"蛋"，看起来有二十多米高，十几米宽，表面布满了绿色的纹理和褶皱，远远看去，像是爬满了无数小虫子。

"那是什么？"

"一个门。"

"什么门？"

"通往奥秘之门。"

李哈儿带着我们走到那个"蛋"跟前，随手在表面那些褶皱上按了几下，果然在绿色的蛋壳上，缓缓裂开一条缝，最后形成一片柳叶的形状，勉强可以进去一个人。

李哈儿对我说："你想知道的，全都在里面，想不想知道，你自己决定。"他又对其他三人说，"我们一起在外面等他出来。"

"李先生，里面是什么？"尚锦乡问。

"我不能说，而且每个人看到的东西，都不一样。"

张进步说："我刚瞅了一眼，里面亮晶晶的，好像全是金银珠宝。"

"里面大不大？"

"不小，像个小房子。"

"马龙，我跟你一起进去。"尚锦乡说。

"你这小两口就不对了，"张进步说，"说好有福同享，有难同当，这才刚看见珠宝，咋就把我撇下了。"

"就是。"黄小意说，"要进一起进。"

"可以一起进去吗？"我问李哈儿。

"没有试过，以往都是一个人进去。"

"那我们就试试，要是不行，再出来。"张进步说着，就率先冲了进去，黄小意紧随其后。我看了一眼尚锦乡，她点点头，拉着我一起进了门。我们刚一进去，门就像嘴一样"咔嚓"关上了。

好在蛋壳是透光的，里面虽然暗，但并不算太黑，而且空间也没有外面看起来那么大。

我刚想问李哈儿接下来怎么做，就听见李哈儿在外面哈哈大笑。

张进步慨叹一声："完犊子了，一听这奸笑，就知道上当了。"

果然，听见李哈儿在外面喊："马龙兄啊，实在不好意思，李某人骗了你。这个石球并没有你想要的功能，只能封禁我想要的东西。"

　　"你想要什么？"

　　"你啊。我处心积虑，呕心沥血，挖空心思，千方百计，耗费近百年光阴，就是为了得到你。"

　　"李哈儿你就是个变态狂。"黄小意骂道。

　　"黄小姐不要生气，我怎么说也是你父亲的同事，要是说起来，你该叫我一声叔叔。"

　　"叔你妈，快放我们出去。"

　　李哈儿长叹一声："真是世风日下，人心不古。想我华夏千年礼仪之邦，现在怎么成了这个样子，真让人痛心疾首……"说着说着，他就笑了起来，很显然他只是在玩闹，而并不真的是卫道夫。

　　"李哈儿，好好说话，你到底要我干什么？"

　　"我要你的身体，让你长生。"

　　"我不想长生。"

　　"为什么？"

　　"这哪有什么为什么，有人想不朽，有人就想速朽，我就愿意速朽。天下想长生的人多得很，为啥偏偏找我？"

　　李哈儿沉默了一会儿说："我活了一千来岁，也算见过些世面，满目都是想不朽之人，无论身体还是精神，可像你这样要速朽的，我还是头一次见。"

　　"你说你活了多少岁？"张进步问。

　　"一千多岁啊。"

　　"你哄鬼呢？彭祖才活了八百岁。"

　　"我干吗要骗你们呢？"

　　"因为你本来就是个大骗子。"黄小意骂道，"张进步，用你的刀把这块破石头撬开。"

　　李哈儿笑着说："三哥别白费劲儿。别说是把刀，你把挖掘机开来，也不可能破开它。"

　　"张进步，撬！"黄小意喊道。

　　"得了，我听小意姐的。"张进步抽出那把处刑刀，就要去撬门。

可是找了半天，却找不到任何下刀的地方。墙上虽然疙疙瘩瘩，却无比严实，没有一丝插刀的缝隙。

"小意姐，这没法撬啊。"

黄小意一巴掌打在张进步头上："废物点心。"

张进步摸了摸头，委屈地说："点心可还行。"

我推推尚锦乡，示意她跟李哈儿套套话，所谓言多必失，总能找到点儿空子。

尚锦乡点点头，冲外面说："李先生，你刚才说你活了一千多岁，可是真话吗？"

"当然，我本是前秦人，你是历史学家，算算到现在多久了。"李哈儿咳嗽一声，清了清嗓子说，"马龙，虽然你一直在寻找李哈儿，我也一直以李哈儿的身份走动，但我并不是李哈儿。"

"你不是李哈儿？"我惊异地问。

"我是李哈儿，但我的原名不叫李哈儿。"

"那请问你尊姓大名？可以说吗？"

"没什么不可以。"李哈儿说。

第四十四章
前世今生

"我姓符，单名一个元字，字复生。我的父亲是前秦征南大将军符融。"李哈儿说。

"你是前秦天王符坚的侄子？"尚锦乡惊讶地问。

"没错，我出生于前秦建元元年，也就是公元365年。"

"那你岂不是已经活了一千六百多年？"张进步掰着手指算道。

如果是在半月前，有人对我说这样的话，我都会认为他是患了臆想症。可是在目睹了李哈儿一系列所作所为后，虽然我对他话的可信度还有所保留，但已不再完全视为无稽之谈。

"我父亲不仅品貌非凡，且文韬武略，无不精通。这并非我自夸，后代史家都有记载。尚小姐，我说的没错吧？"

"没错，历史上对符融评价颇高。有'少而岐嶷凤成，魁伟美姿度'的美誉。"

"父亲在十七岁时，即担任侍中，封阳平公，侍从皇帝左右，出入宫廷，与闻朝政，随丞相王猛学习为政之道，后迁任车骑大将军、中书监、都督中外诸军事等高级职务。"李哈儿说起符融，语气颇为自豪。听得出来，他对符融非常膜拜。

"建元十一年，也就是公元375年，王猛丞相积劳成疾，金石无效。我当时十一岁，已记得很多事，每日都会跟随父亲，在丞相床前贴身伺候。丞相自知时日不多，临终前对天王叮嘱了诸多事宜。其时父亲不在场，但因我年少，天王也性情旷达，并未让我离开。"

李哈儿叹息道："当天，丞相的精神比往日好了许多，应是回光返照，他一直在说话，连续说了一个多时辰，水都没有喝一口。后来我才想清楚，他是有太多的不甘心和忧虑，想尽可能多说几句。"

"王猛去世应该是刚满五十岁吧？"尚锦乡问。

"正是成就大业的年纪。"李哈儿说，"他虽然说了很多很多，但总结下来，大都是关于国家社稷的，主要归纳三点。"

"其一，丞相恳请天王尽快铲除前燕降将慕容垂和羌族降将姚苌。他说，慕容垂有灭国之恨，姚苌有杀兄之仇，二人皆通权谋，且怀狼子野心，绝不甘为人臣，日久必生祸患。"

"真是一语成谶。"尚锦乡接话说，"不过，抛开人品不说，姚苌和慕容垂，都算得上是一代枭雄。苻坚最终死于姚苌之手，也可以说是自作自受。"

"天王之败亡，与其爱才惜才，却不能知人善任有莫大的关系，但他若是听从了丞相的第二个告诫，或许还能有一线生机。"

"那一定是劝他不要攻东晋了。"

"尚小姐说得对。丞相劝天王万勿贸然攻晋，急于一统。他说，如今北方尚未完全统一，国基尚浅，虽看似强盛，然内忧外患并未平息。东晋虽偏安一隅，但在天下人心中，仍是华夏正朔，贸然动刀兵，必然遭致人心叛离，内外交困，动摇国本。"

"这真是老成谋国之言。"我虽然对那段历史并不熟悉，但只听这段话就觉得很有道理。

玩火者必自焚，凡轻易动刀者，必死于刀下。

古往今来，无数至理名言，都劝统治者不要轻易用兵，但语言是无力的，人更相信自己亲手掌握的刀枪。

"王丞相是天纵英才，如果他身体康健，再延寿二十年，中国历史就是另一番景象，可惜天不假年啊。"李哈儿沉默了一会儿，继续说，"第三点，他向天王推荐我父亲为他的接班人。他信任父亲，也相信他能把自己的政策推行下去。丞相对天王说，一代人有一代人的责任，不可轻进求速。等几十年后，大秦国泰民安，天下归心。届时，再图进取。"

"这话放在什么时候，都是没错的，王猛这人了不得啊。"我由衷地赞叹。

"丞相去世后，天王悲痛欲绝，下旨举国哀悼，葬礼哀荣备至，并谥号武侯。"

"我去过成都的武侯祠，不是供着诸葛亮吗？"张进步疑惑地问。

"历史上谥号为武侯的人，屈指可数，不是名相就是名将，诸葛亮和王猛是名相，西晋开国功臣陈骞和后梁时的白袍将军陈庆之是名将。"尚锦乡解释道。

"丞相去世第二年，天王出兵灭了前凉和代国，至此，北方彻底统一。在众人的吹捧中，天王得意忘形，将丞相临终前的告诫抛在了脑后。他不顾我父亲的反复劝告，厉兵秣马，踌躇满志要攻打东晋，统一天下，成为秦始皇一样的千古一帝。"

尚锦乡说："后来的事情，历史上有详细的记载。公元378年初，苻坚命庶长子苻丕为征南大将军，率兵进攻襄阳，遭遇东晋守将朱序顽强抵抗，一年以后，才攻克襄阳。"

"只是没想到，这一次艰难的胜利，竟然没有让天王警醒，而是彻底冲昏了他的头脑。我记得那时父亲忧心忡忡，终日劳心苦思，但身为臣子，他能做的，就是一再劝谏。"

张进步笑着说："俗话说，听人劝，吃饱饭。可人大都自恋，认为自己就是对的。要是普通人，倒还好说，皇帝咋劝？电视剧上那些忠臣，没有一个好下场，你老子就是没看过电视剧。当大臣的，别太有主人翁意识，说多了，还以为你图谋不轨呢。"

李哈儿哈哈一笑："张三哥是现代人，哪知道我们这些古人的苦。"

"你这西装革履，现代得很嘛。别磨叽了，继续说你的书。"

"好。公元382年，天王主持开会，决定率兵百万，御驾亲征。"

"等等，你们有这么多军队？"

"日常有编制的军队，大约有三四十万，不过冷兵器时代，当兵门槛低，在北方征召几十万青壮年劳力，也不算难事。"李哈儿耐心地解释，"在这次会议上，主战派和主和派起了严重争执，主战派自然是以天王领头，而主和派以我父亲为首。最终因为大多数朝臣，包括诸多功臣都反对攻晋，天王虽然生气，但也没办法。会议不欢而散。"

"会后，天王把我父亲留下单独谈话，想劝他支持自己。最终，在父亲苦口婆心的劝谏下，天王也动摇了。"

"哦？"

"随后不久，包藏祸心的慕容垂和姚苌面见天王，两人鼓动天王应该力排众议攻打东晋，成就千古伟业。于是，天王的心火再一次被煽旺了，于公元383年下旨南征。父亲知道无力回天，主动上书，要求担任征南先锋。"

"反对打仗还主动担任先锋？这是什么道理？"张进步问。

"当时我也想不通。父亲说，国策不是个人好恶，反对攻晋，是为大秦着想。可是既已决定攻晋，那就应该上下一心，竭尽全力，取得胜利。先锋责任重大，交给别人，他不放心。"

"上阵父子兵，你没跟着去吗？"

李哈儿说："当时我十八岁，本应一起上阵。可是恰逢母亲抱恙，我不得已留在家中，照顾母亲。"

"哦哦，这也是应该的。"

尚锦乡突然问："李先生，历朝历代都有人分析前秦的败因，可前秦军队号称百万之众，却被东晋区区八万人打败了，在冷兵器时代，想来还是非常不可思议。这其中肯定有许多不为人知的缘故。你既然声称自己是苻融的子嗣，虽然没有上战场，但是肯定要比后世的人，知道更多的内幕吧？"

"我原本打算等母亲的病情好些后，再奔赴前线。那时的通讯，不像现在这么发达。父亲八月出发，三个月后，我才收到他派人送来的第一封家书。他在信中提到，秦晋军队正对峙于淝水，伺机决战。等下一次听到他的消息时，他已以身殉国。母亲听到噩耗，伤心欲绝，病情加重，没过几日，也溘然长往，追随父亲去了。"

"哎哟，你也是个可怜人儿。"张进步说。

李哈儿笑了："千百年前的事，如今说起来，跟别人的事儿一样，我连父亲母亲的音容笑貌，都想不起来了。"

李哈儿说后来发生的大事，与史书上的记载大致相同。

前秦几乎全军覆没，实力大减，慕容垂率部逃回河北复国，并联合丁零、乌丸等部族反叛；慕容垂的侄子慕容泓，建立西燕，并起军进攻长安；而姚苌在古羌和西州豪族的推戴下，建立后秦政权。自此，前秦分崩离析。

到385年，西燕慕容冲围困长安。当时，长安有本叫《古苻传贾录》的古谶书，里面有一句话是"帝出五将山久长得"，所以长安人纷纷传言"坚入五将山久长得"。

当时苻坚心慌意乱，几近万念俱灰。听到这句话，似乎在心理上抓住了救命稻草，不听规劝，带着妻子儿女，弃城奔逃到麟游县五将山，终被姚苌围困擒获。

姚苌逼苻坚禅位，苻坚不屈，厉声斥责姚苌，留下那句让人不胜唏嘘的遗言："五胡次序，无汝羌名。违天不祥，其能久乎！"随后自缢于新平佛寺。

听到这句话，我想起在"洞庭"景区的荷塘边，尚锦乡和李哈儿聊到苻坚时，曾提到过这句遗言。

"人在无望时，就容易相信这些神神鬼鬼的事，看来皇帝也不例外啊。"张进步说。

"那么——"尚锦乡问，"李先生，你既然是苻融的儿子，为什么能活下来？"

李哈儿说："苻坚去世后，虽然苻氏仍有人称帝，并苟延残喘了近十年，但前秦早就名存实亡。

我国破家亡，还被人追杀，只能躲入王猛府上。王猛丞相虽已去世多年，但王家一直受人尊重，就算乱军入城，也未去骚扰王家。我和王猛的孙子王镇恶自幼交往，我比他大八岁，但他颖悟绝伦，胆识过人，各方面都比我强出不少。平日里，我们无话不谈，是很好的朋友。"

我们这才恍然大悟。

他竟然跟王镇恶是发小，难怪他的游船，都要依照王镇恶的艨艟巨舰样式来打造。

第四十五章

琅琊王氏

◄ ‖‖‖‖‖‖‖‖‖‖‖‖‖‖ ►

王猛丞相有四个儿子，分别名为永、皮、休和曜。

四子中职务最高的，是长子王永清，曾官至左丞相。老三王休，就是王镇恶的父亲，担任河东太守。

西燕进攻长安，王永和王休兄弟俩在与叛军作战时，双双殉国。

如此一门忠烈，却出了个怪人，就是老二王皮。

此人无胆无识无才，从小被父亲判定是废材。王猛临终前特意嘱咐苻坚，莫让王皮入仕途。但苻坚感念王猛，还是封王皮为员外散骑侍郎——一个只领薪水不干活儿的闲职。或许是从小被父亲看不起的缘故，王皮一心只想干大事。而且是不干则已，一干惊人，后来竟参与皇家内斗，起兵谋反。很快，就事败被抓。

虽然是谋反，但苻坚却只判他流放朔方，把他从长安送到陕北榆林地区。

淝水之战后，趁着天下大乱，他逃离发配地，回到长安，竟然投靠了姚苌，并劝说整个王家都归附姚苌。

苻坚对王家有恩德，而姚苌是弑君者，王家绝不会行此不义之事。

于是在叔父王曜的带领下，王镇恶和家人离开长安，前往南方。

"我也只好跟着走，"李哈儿说，"先到河南渑池，借居在一李姓故交家里。王曜先去荆州联系归顺东晋一事，我们就暂时住在渑池。李家主人知道我父亲是苻融后，叮嘱我隐藏身份，并为我取假名为李方，取'方'字的古义'流亡'的意思。千百年来，我换了无数个名字，但一直都以李为姓。"

说起王镇恶，李哈儿钦佩有加。他说，王镇恶虽然还是少年，但素有大志。有一天，王镇恶见他闷闷不乐，就过来劝慰："复生兄，毋须如此忧心，总有一天，我们会回到长安的。"

李哈儿苦笑道："你是丞相的孙子，文武双全，德行兼备，无论在哪里，都会被奉为上宾。而我这氐人身份，到了南方，难免被人忌惮。"

王镇恶对他说："兄长把心放宽。令尊一代英豪，以身殉国，世人无不敬仰。再说兄长才华强我十倍，前程自当无量。不如我们兄弟效仿当初项羽和刘邦的赌约，看他日谁先以胜利者身份回到长安，如何？"

"先到者当如何？"

"当然是据守关中，自立为王。"十二岁的王镇恶哈哈大笑。

几个月后，王曜传来消息，东晋豪门陈郡谢氏主人谢安，非常景仰王猛，对王家的归顺欣然接受。于是，王镇恶一家从河南起身，准备前往建康。可尚未出河南境就得到消息，淝水之战后，因遭遇皇权猜忌和各个世族围攻，自请镇守广陵的谢安生病去世了。目前，陈郡谢氏的处境十分糟糕。

本来要前去投奔谢氏的王家，听闻此消息，只好另做打算。他们权衡之后，决定南下荆州。李哈儿也跟随王家，一起到了荆州。

荆州因其独特的地理位置，自古是兵家必争之地。有所谓"禹划九州，始有荆州"一说，还有"欲得天下，必先得荆州"的说法。

因其靠近雍州和秦州，北方战乱时，有大量关陇流民迁徙至荆州，这些人生性勇猛好战，在荆州形成了强大的军事力量。

王家是北方大户，到了荆州后没多久，便与当地名门望族建立了密切的关系，王镇恶作为王猛的嫡孙，自然与士族才俊走动频繁。而苻元也以李方之名，融入其中，对外声称为陇西李氏旁支。

那些士族青年才俊们，虽然看在王镇恶面子上，对李方颇为客气，但礼数方面，就难免怠慢。如此一来，李方心里难免郁结。

在一次文人雅集上，形单影只的李方，引起了另一个人的注意。此人叫王见，是琅琊王氏子弟，他性格乖张，言语间好冷嘲热讽，不太受人欢迎。他见李方一个人喝酒，就过来与他对饮。两人结识后，王见经常上门来找李方游玩宴饮。

李方听旁人说王见自幼放浪，品行不端，但交往几次以后，发现他除了爱谈些虚无缥缈之事，并无其他恶习。久而久之，两人就成了好朋友。

一次酒后，不知因何聊起淝水之战，以李方如今的身份，自然会夸赞谢安丞相运筹帷幄，谢玄将军决胜千里。

但酒醉的王见却颇为不屑，他说世人皆道是陈郡谢氏的胜利，却不知全都是琅琊王氏的功劳。

李方听他话里有话，就趁着酒兴追问。没想到这一问，却问出来一个惊天的秘密。

王见问李方：“你知不知道王氏的始祖是谁？”

李方回答：“天下人皆知，琅琊王氏始祖，乃是秦王翦将军的重孙王元。”

王见摇头说：“你只知其一，不知其二。琅琊一脉皆奉王元为祖，但王氏之先，出自周王子晋。”

王子晋原名姬晋，因是东周灵王太子，故而称之为王子晋，或称为王子乔。他自幼聪颖，非同凡人，后因直谏而被废为庶人，十八岁时离家出走，不知所终。

据传，在他失踪三十年后，有个叫桓良的人，在嵩高山（即嵩山）上见他吹笙，身旁有凤鸟环绕鸣唱。他对桓良说：“请转告我的家人，七月七日在缑氏山相会。”到了那天，所有人都目睹他骑一只仙鹤，出现在缑氏山顶，与家人挥手告别。

王翦将军是王子乔的第十八代孙。王翦的孙子王离，在巨鹿之战中失败被俘，章邯投降，王离宁死不屈。项羽本要将他斩杀，可就在当天，有羽人从天而降，救走王离，并将其带往琅琊。

王见说，羽人告诉王离，自己是王子晋的信使，奉命来救王氏后人，五百年后，必有王者兴。后王元兄弟举家来此扎根，开枝散叶，才有今日琅琊王氏。

李方被说得迷迷糊糊，本来是说淝水之战，怎么就讲到了虚无缥缈的神仙之事。不过，兜了一大圈子，王见总算绕回来了，可是却比刚才所说的更为离奇。

王见说，秦灭以后，王氏弃武从文。至汉武帝“独尊儒术”，琅琊王氏以“儒者”身份大隐于朝，培养出诸大儒。到西晋建立，琅琊王氏在朝中的位置已举足轻重。

元康以来，贱经尚道，以玄虚宏放为夷达，以儒术清俭为鄙俗，王氏又出现了清谈领袖王衍，引领时尚。一直到“八王之乱”，琅琊王氏正式登上前台。

一方面，有王衍与东海王司马越合作，把控朝政。另一方面，有王旷、王导和王敦，与琅琊王司马睿结盟。

彼时，东海王司马越自任太傅，大权独揽，杀戮朝臣，人人自危，皇室和北方士族纷纷南迁。王旷全盘策划，在密室中做出部署，先让司马睿南渡建业，笼络结交南方士族，安抚南渡的北方士族，积蓄力量。

司马越本来对司马睿颇为忌惮，但在王衍劝说下，最终还是同意了。

永嘉三年，司马越又在王衍建议下，不顾众人反对，任命王氏子弟王澄为荆州刺史，王敦为扬州刺史。而王导一直在司马睿幕府任职，自此王氏兄弟合力一处，辅佐司马睿。

而这时候，王氏三兄弟的核心人物王旷，却失踪了。

王见说到这里，神秘一笑。

他刚才讲的这些，李方大致是了解的，毕竟事情才过去几十年时间。里面提到的每个名字，都可以说是如雷贯耳。除了王旷，可王旷的儿子便是大名鼎鼎的书圣王羲之。

可按照王见刚才所说，王旷竟然是整个晋室南迁，促成"王与马共天下"的关键。就连王导和王敦，甚至位高权重的王衍，都只是在按部就班执行他的策划。

这样的人物，为什么会如此默默无闻呢？

李方向王见讲出了自己的困惑。

"这事关琅琊王氏的家族秘闻。"王见打了个酒嗝说，"不过，李兄，如果你愿意讲出你的秘密，我就告诉你我的秘密。"

"我有什么秘密？"

"你是长安口音，却声称自己是陇西李氏，这是为何？"

"我自幼在长安城中长大。"

"复生兄啊，我知道你的苦衷，不说也罢。"

李方大惊，自从化名"李方"以来，他的字也改成"广立"，即使在王镇恶家中，也只有王镇恶与他独处时，才会叫他"复生"。除此以外，哪怕是家里用人在场，王镇恶也以"广立"称呼。

王见看见他惊异状，哈哈大笑说："你放心吧，此事天知地知你知我知，别人不知。既然我知道了你的秘密，要是不讲出我的秘密，于心不安。不过广立兄，这个秘密我也曾在酒后告诉过别人，但他们都当我胡言乱语。我呢，且这么一说，你呢，且这么一听，酒醒以后，就当我胡言乱语吧。"

永嘉三年，匈奴人进攻壶关，王旷主动请缨前去应战，在长平遭遇伏兵，全军大败，将士十死六七，只有王旷不知所终。

这场战役非常奇怪，王旷数万大军，原本只需守住济河，以逸待劳。可一向英明的王旷，那时却不听任何人的意见，非要带兵进入地势险要的太行山，羊肠小道，曲折险峻，大军完全无法施展，几万条命白白送给了守株待兔的匈奴人。

随后匈奴人便兵出太行，南下攻击洛阳，虽然最终洛阳未失，但司马越麾下三支重兵被全部歼灭，实力大减，以致各地纷纷起兵讨伐而无力镇压。内外交困，司马越惊惧交加，两年后，急火攻心而死。

随后，匈奴围攻洛阳，皇帝下旨勤王。可是兵权大都落在王氏兄弟手里，他们要么置之不理，要么故意拖延。而在洛阳的王衍，率最后十多万大军弃城东进，与当初王旷如出一辙，把大军送进了匈奴大将羯人石勒的刀下，再次全军覆没，他自己也被石勒所俘。

这么明目张胆的弱智行为，连石勒也看不下去了。

他问自己下属："我打了这么多年仗，还没见过这种公然带士兵来送死的人，你们说，还要不要让他活下去？"

下属们都说："视十数万将士性命如草芥，这种人要是活下来，实在天理不容。"

石勒仍不忍下手，他摆下酒席，宴请王衍。

席间，王衍对石勒说："天下纷争，群雄逐鹿，石将军乃是羯族首领，怎能臣服于匈奴人之下，何不自己称帝？"

石勒说："王太尉当石某山野人吗？"

王衍笑问："王某敬佩石将军，此话从何说起。"

石勒说："太尉名盖四海，身居要职，年轻时就被朝廷重用，一直到头生白发，如今虽兵败，但应该忠于皇帝。说这样的话，岂不是将石某当三岁孩童戏弄？"

王衍哈哈一笑说："十多年前，我在洛阳城门口见一披发少年站在车辕上长啸，当时颇为惊讶。稍后回府，才觉察出其中有龙虎之声，长大以后必然搅乱江山，就让侍卫去抓他斩杀。可为时已晚，少年早不知去向。"

石勒一听，惊讶道："那少年正是石某。其时我在集市上见有危乱之气，想到乱世之中，才有我等异族出头之日，忍不住激动长啸。太尉真是神人啊。"

王衍微微一笑说："你今日不杀我，这话要是传出去，你的祸端就来了。"话音一转，他又说，"王某将十余万将士，如鱼肉送在将军的砧板之上，就算你放了王某，王某又怎能容于当世？但求一死。"

石勒这才下了决心，但仍是不愿动刀。于是，他让士兵们半夜推倒房子，把王衍压死，对外声称是意外身亡。

　　一代名臣，清谈领袖，天下名士，死于瓦砾土石之间。

第四十六章
横海鲸与垂天翼

李方听完这一段，瞠目结舌。

王见讲的这些事，虽然大致脉络与自己所知相差不多，但其间的细节大相径庭。

按王见所说，王旷与王衍前仆后继的送死行径，竟然都是为了削弱北方晋廷实力，将其早日送葬。不过他们的目的，最终还是实现了。

王衍死后，洛阳失守，西晋怀帝被俘，两年后遇害。再过三年，匈奴围困长安，晋愍帝投降。西晋灭亡。次年，司马睿在建康称帝。王导任丞相，内掌朝政；王敦任大将军，外握兵权。王氏子弟皆位居要职。

自此，"王与马共天下"的格局，正式成形。

而这一宏图伟业的策划者王旷，却再未有人说起。不仅王敦、王导等要人绝口不提，就连其儿子王羲之也讳而不言，是生是死，皆成谜团。

"王旷并没有死。"王见告诉李方，"他去了武陵郡。"

李方生在北方，知武陵郡为五溪蛮盘踞之地，西汉初年，汉高祖派萧何开发武陵，始设郡县。此后，也不知什么原因，武陵郡内战事不断。历朝历代，都会派重兵，攻打武陵郡，却每每铩羽。

王旷为什么会去武陵郡？

王见说，这都要从东汉朝廷将荆州刺史治所设在武陵汉寿说起。

汉廷最初的目的只是想将加强武陵地区的管辖，不料却招致当地蛮族拼死反抗。

建武二十四年，光武帝刘秀派武威将军刘尚，率重兵征讨武陵郡，结果全军覆没，刘尚阵亡。

于是，无往不胜的伏波将军马援，主动请战，但最终也死于战场，马革裹尸。

马援临终前，曾给皇帝留下一封密函。皇帝读后，勃然大怒，下旨追收马援新息侯印绶。直到马援去世三十年后，朝廷才为他平反，追谥"忠成"。而那封密函一直秘藏于皇室内廷，秘不示人。

自那以后，汉廷又多次对武陵郡用兵，无不是损兵折将。最终不得不把荆州治所迁回了襄阳。

后来有传闻，马援在密函中提到，武陵山中有一股非凡人可以战胜的强大力量。这股力量自上古以来就一直存在，隐匿于大山深处，神龙见首不见尾，被当地各族视为守护者。只要得到这种神秘力量，就可以横扫六合，并吞八荒。当初秦始皇就是得到其支持，才统一六国。马援还告诉皇帝，其实自己的家族——扶风马氏在很早以前就知道此秘闻。因此，光武帝才大惊失色，对马援家族施以重手打压。

东汉末年，有传闻称那封密函落在孙权手上。武陵在荆州治下，因此孙权不惜一切代价，都要夺取荆州。他曾多次派人到武陵山中寻访，有所收获，但史书上并未留下相关记载。孙权还娶了琅琊王氏的女儿为侧室，生下太子孙和。

东吴作为实力最弱的国家，一度有如神助，一而再地战胜魏、蜀两大强国。建安二十四年，孙权命吕蒙白衣渡江夺取荆州七郡，并不惜与蜀断绝关系，斩杀关羽。

两年后，刘备起兵争夺荆州八郡，却遭陆逊火烧连营，最终覆军杀将，饮恨白帝城。此后，东吴长期控制荆州地区，直至蜀汉灭亡十七年后，才亡于西晋司马氏。

李方问王见，武陵山中究竟有何事物？既然东吴灭亡，说明其力量也不是传说中那么不可战胜。

王见问："那你知道灭东吴的人，是谁吗？"

"西晋龙骧将军王濬，从益州出兵，顺江而下，熔毁横江铁链，攻取石头城，接受吴主投降。"

"没错，但你知道王濬的来历吗？"

"不甚了了。"

"王濬出身于太原王氏，其祖上是王离的次子王威，与琅琊王氏的始祖王元是同胞兄弟。"

王见又说："王濬在任益州刺史期间，曾独自深入益州治下巴郡的武陵山内，与山中人学得造船术。"

"莫非是那传说中的连舫大船？"

"正是。"

李方听父亲讲过连舫大船，据说其方一百二十步，周边以木栅为城，修城楼望台，船上可来往驰马，每艘船可装载兵士两千余人，亘古未见。不过，父亲也曾说过，连舫大船只闻其名，未见其形，有夸大之嫌。

但王见说，此船确实存在过，在王氏家史上，记作"横海之鲸"，并有详细的制作技艺和图样。如果说"横海之鲸"已令人惊叹，那另一物则更为神奇，简直不可思议。

当时，东吴为阻止战船，在江中设置了拦江铁锁。然而王濬的船队每遇到铁索，就放出一种巨大的木鸢。木鸢将水中铁锁腾空提起，再喷出烈焰，将其熔断，让战船通过。木鸢平素停驻于舫顶，蜷缩如鸦，然放飞之时，双翼展开，有上百米之宽，遮天蔽日，若垂天之云，因而被称为"垂天之翼"。

"如此神奇之物，为何没有传下来？"

"东吴被灭之后，不知什么原因，横海鲸与垂天翼被王濬销毁。他因此被朝臣多次劾奏，但晋武帝并未追究，反而给予丰厚的封赏。"

"这倒奇怪了。"

"据说是王濬在东吴皇帝孙皓处得到马援密函，献给了晋武帝。晋武帝的母亲，本就是我们琅琊王氏女儿王元姬，晋武帝也娶了琅琊王氏女儿王媛姬。"

"那晋吴之间的争斗，不就是你们琅琊王氏的外孙之间的争斗吗？"

"细细究来，道理正是这样。"

"那为什么琅琊王氏又放弃了正主，反而支持琅琊王司马睿呢？"

"八王之乱，引发五胡乱华，大势已不可逆，琅琊王氏只好改变方略，衣冠南渡，重建晋廷。"

"那我明白了，"李方说，"王旷失踪，应该是去武陵山中寻求支持。武陵山中的那股神秘力量，应该就是你们王氏先祖王子晋。"

王见摇摇头，其实具体是什么力量，他并不知晓。

李方又问："琅琊王氏既然具有如此实力，为何不取司马氏而代之？"

王见说："王氏家族中也并非没有持这样想法的人，也有人付诸实践，但终究还是未果。"

"王敦之乱？"

"没错。晋廷南迁后，皇帝对王氏颇为忌惮，唯恐有朝一日被取代，于是就培养一批忠于自己的亲信之人，想制衡王氏。其实这也是人之常情，都能理解。可是后来，为了防备掌握重兵的王敦，皇帝竟然不惜放弃边疆将士用性命换来的十年和平，这就惹恼了以大局为重的王敦。"

"原来如此！"

"没错，于是王敦上书，请皇帝诛杀挑拨离间的奸佞小人，言语间颇为不敬。只是没想到皇帝反应十分过激，竟然声称要亲率六军，诛杀王敦，并以王氏族人性命相威胁。激得王敦大怒起兵，天下再现横海鲸与垂天翼，石头城被迅速攻下。皇帝只好求和。此时，王敦已经起了废帝自立之心，但被王导劝阻。"

"王导丞相倒是忠诚。"

"忠诚当然无可置疑，但还有更重要的原因，这是祖训。"

"祖训不可谋反，还是不可做帝王？"

"不可做帝王。"

"这倒是奇异。"

"其中缘由据说不只牵涉王家，我也所知甚少。王敦的确被打消了废帝自立的念头，但自任丞相，任王导为尚书令。杀了想杀的人后，王敦就返回了荆州。没多久司马睿就羞愤交加而死，太子司马绍即位。"

"王敦再次起兵。"

"没错，这次就是直奔篡位而来。王导劝阻无用，不得已，派人进武陵山中请回了王旷。所向披靡的横海鲸与垂天翼，在王旷面前竟然如土鸡瓦狗一般。最终，王敦大军惨败，王敦也自杀身亡。"

"那王氏为活着的王敦发丧之事？"

"那是真的，倒不是为了震慑之类，而是他一旦动了称帝之心，对琅琊王氏来说，就已经是个死人了。"

"那王旷竟然如此厉害？"

"我祖父曾亲眼所见，赞叹为鬼神之力。"

"王旷最终留下了吗？"

"没有，当时就离开了，见过他的人不多于三个。平叛的所有功劳，都记在王导头上。"

"真是不可思议。"

"自王敦之乱之后，琅琊王氏才决定只理政务，不管军事。并培养一批中原南迁来的次等士族，既可平衡江南老士族，又可以让琅琊王氏的光芒，不再过于扎眼。陈郡谢氏就是在这个阶段培养起来的。"

"我记得谢安丞相的父亲谢裒，曾是王敦幕府的门客。"

"是的，谢裒与其兄谢衡同是王敦幕府门客，也因而长期被诸多老士族看不起，直到谢安出现。当时谯国桓氏执掌兵权，威势滔天，谢安虽在桓氏幕府任职，但知进退，明得失，带领士族抵制了桓温的谋逆之心。正是这一回，让琅琊王氏对谢安颇为看重，推举其担任宰相，并将横海鲸与垂天翼交付在他手上。"

"难怪啊，依仗横海之鲸与垂天之翼，面对我大秦百万天兵，有何惧哉？"李方长叹。

不料王见却摇头说："非也，横海鲸与垂天翼都是水战利器，陆战却不足用。淝水之战，我晋朝以区区八万人，重创你秦百万天兵，在横海鲸与垂天翼之外，还别有利器。"

"何物？"

"北府兵。"

北府兵，李方自然是熟悉的。太元二年，谢安举荐侄子谢玄担任建武将军，监督江北军事。谢玄上任后，在北方流民中选拔骁勇善斗之士，组建了五万北府兵。太元四年，五万北府兵大破前秦十四万大军，一战成名。

仍然是这五万人，在淝水之战中，让前秦几十万先锋大军溃败，死伤无计，他的父亲符融也在此战中殉国。

淝水溃败后，李方曾与父亲旧部活下来的士兵交流过。说起当日之战争，皆觉得不可思议。

秦晋对峙淝水，持续多日，有人向符坚建议后退让出一片区域，让晋军渡江后决战。符坚假意答应，原本待晋军半渡突袭。不料秦军刚刚后移，水中忽然浮出连舫大船，晋军以迅雷不及掩耳之势登岸。

秦军待回击时，船上突然飞出巨大的火鸟，喷吐烈焰，如天河泻火，一时间，秦军阵脚大乱。火鸟虽持续不久便自焚坠入河中，却让秦军将士无不胆战心惊。

哪知道一切才刚刚开始，后面还有更恐怖的东西在等着他们。

第四十七章

风声鹤唳，草木皆兵

李方通过王见已经知晓，士兵们所说的大船和火鸟，就是琅琊王氏交给谢安的横海鲸与垂天翼。

那么他们所经历的其他怪异诡谲之事呢？

据士兵们说，秦军刚在火鸟的攻击下立住阵脚，忽然狂风大作，沙砾飞扬，马毛猬磔，半空中传来尖利刺耳的鸟鸣声。士兵们还未来得及仰头去看，那些鸟却飞下来，以饿鹰扑兔之势，向秦军发起攻击。

秦军这才发现，那些哪里是鸟，分明就是长着翅膀的"鸟人"，鹰嘴鹞目，口中发出豺笑狐叱之声，挥舞着利爪，撕开一个个士兵的脑壳。秦军此时已近崩溃，完全丧失了反击能力，只顾四下奔逃，为了躲避"鸟人"的利爪，争先恐后躲入丛林。

可是丛林不仅没有为他们提供庇护，反而将他们送进了地狱。林中的每一株灌木，每一段枯枝，甚至每一棵草，都化身魔鬼，露出尖牙，伸出利爪，撕开了一个个士兵的喉管。没来得及躲入林中的人，只能听见林中传出一声声凄厉的惨叫，肝胆俱裂，魂飞魄散。

数十万大军，只遭遇一轮突袭，就死伤近半。符融将军就是在此一轮突袭中战死的。天王符坚中箭，率领部分残兵逃命，无论是天上的鸟鸣，还是路边风吹林叶荒草的沙沙响声，都被视为敌袭，因而日夜不息。等回到北方时，百万大军所剩无几。

关于这一段，李方本不太相信。他觉得这是士兵们遭遇突袭惨败后，一时无法接受，于是犯了癔症，臆想出许多恢恑憰怪之物。

但王见告诉他，北府兵虽然是在广陵等地招募，但其核心的上百军士，都曾随谢玄进入武陵山中训练长达半年之久，其中就有彭城刘牢之、东海何谦、琅琊诸葛侃等人。而训练他们的人，仍然是王旷。

"王旷活了这么久吗？"

李方十分吃惊，因为他知道，淝水之战时，王导已经去世四十多年，就连王旷的儿子王羲之，也已去世二十年。

不过这些事，王见也不得而知了。

后来李方才恍然，原来王见绕了这么大一圈，并非只是为向他炫耀琅琊王氏的功绩。而是想告诉他，他的父亲符融和他的国家，并非输给人力，而是输给了非人力可以抗争的神秘力量。出谋划策的琅琊王氏，及执行者陈郡谢氏，也只是这种力量在人间的代理而已。

王见的本意，是让李方放下过去的家仇国恨，改头换面，从头开始。只是他没想到，他的这番话，却激起了李方一探究竟的念头。

接下来一段时间，李方央求王见带他结识了诸多琅琊王氏子弟，言语之间多有试探，却一无所获。他发现大多数琅琊王氏子弟，对武陵山之事全无所闻。有些若有所闻者，也都含糊其辞，顾左右而言他。

其间，李方曾随王镇恶前往建康，有幸拜会了中书令王献之。王献之对王镇恶颇为欣赏，听说其暂居荆州，随手写下"洞庭"两字，赠与王镇恶。因为王镇恶热衷于军事，对书法并无兴致，回来后便转赠于李方。

建康一行，李方见识了诸多琅琊王氏才俊，无不神采英拔，风流倜傥，却并未见识到他们有任何神异之处，于是对武陵山中之物的兴趣越发浓烈起来。

李哈儿说："经过一段时间的深思熟虑，一天晚上，我给王镇恶留下一封信，离开王府，前往武陵山。"

张进步说："老李，你刚说的不就是草木皆兵啥的吗？历史书上都学过了，啰里啰唆讲这么多，说点儿我们不知道的。你是咋活成老不死的？"

李哈儿嘿嘿一乐："张三哥，你也想长生吗？"

张进步赶紧摇头："别，有你一个就够了，祝你活到天荒地老，成为地球上最后一个人。"

尚锦乡说："李先生，您在武陵究竟找到了什么？"

张进步抢着说："那还用问，肯定误打误撞，进入了青木族的遗址灵乙城，在里面找到了长生不老药。仙侠小说都是这么写的。老李，你那故事我们也不听了，咱来做个交易吧。"

"什么交易？"

"你就说怎么样才肯把我们放出去？条件只管提，狮子大开口也不怕，你漫天要价，我们就地还钱，最后达成一致意见，两相欢喜，再见面既不用红眼也不用红脸，多好。"

"我已经说过了，我要马龙。"

"我就不明白，你看上他哪点了？你要说看上小意姐，倒也是人之常情，那还可以商量商量。马龙有什么好呢？"

"啪——"黄小意一巴掌扇在张进步脑门上，"放你的屁，老娘才不会跟一个千年老妖怪做交易。"

李哈儿哈哈一笑："其实你们没有资格跟我谈条件。我只要不管你们，耐心等待半个月，你们就必死无疑。之所以耐心跟你们聊这么久，是因为我想拯救马龙兄，不忍见他如此风华正茂，就基因溃散而死。"

"老李，你是老鼠啊，连不平人那点儿秘事都听见了。"

"既然黄小姐说我是千年老妖怪，那么我活这么久，就必然有一些优势，比如知道的比你们年轻人多那么一点儿。不平人各脉之间存在基因阻断这事，对普通人来说是绝密，但对我一个千年老妖怪来说，并不新鲜。我这种存在，用游戏中的话来说，就是这个世界的一个 bug。"

张进步说："你还真是一点儿不谦虚。"

李哈儿大声说："马龙兄，如果我今天放你走，可能用不了太久，你就会死在不平人处刑人的刀下；就算你侥幸不被杀死，也活不了几天。不平人之间通婚所生的孩子，绝少有活过十二岁的，几千年来，只有两个活到了三十岁，上一个在三十岁生日前一天暴毙，而你的生日，要是我没记错，应该就是下个月吧？如果你同意了我的条件，我至少可以换一种方式，让你长久活下去。"

"马爷，要不你试试？其实长生，也挺好的……"张进步冲我使眼色，意思是暂且答应。

我知道李哈儿说的是事实。

处刑人阿抱也已明确告诉我，就算她放过了我，其他二十七位处刑人迟早也会找上门来。何况还有那从远古时期，就在基因里种下的阻断术，基因溃散是迟早的事。

只是我直到现在也没搞清楚，我母亲王笑蝉本是琅琊王氏传人，本属青木族，为什么也会有不平人的血脉。

不平人跟五德之间，不是应该势不两立吗？

要搞清楚这些，只有找到父亲或者母亲才行。可现在我们被李哈儿这个怪物困在这里，上天无路，入地无门。真要是出不去，活生生渴死饿死，这些秘密也只能到黄泉路上问鬼去了。

我说："老李，答应不答应咱另说，毕竟是我的身体，我先搞清楚你准备怎么使用，再决定行不行，如何？"

李哈儿嘿嘿一笑："具体如何使用，我说了你也不明白，但你放心，首先你身体的任何部分，都不会被破坏；其次，你的记忆也会永久保留下来，而且在很长一段时间内，你能感知到外界，这个时间段可能比大多数人的生命还长，唯一的不适感是，你的身体不再听从你的意识控制。"

"马爷，这条件不错啊。"张进步叫道。

"屁，那不就是植物人？"黄小意又一巴掌扇在张进步头上。

"老李，马龙不愿意，我愿意，你就选了我吧。"张进步冲外面喊。

"张三哥，不好意思，你的身体虽然诱人，但不是我需要的类型。"

我忍不住问："老李，我身上究竟有什么东西，让你如此看重，难道只是因为不平人血脉？"

"如果仅仅是不平人血脉，我也不用费这么大气力。不平人虽然稀少，但上千年里，我也遇到过那么几个。你这具身体，对别人来说不值一文，只有给我才能物尽其用。"

张进步说："老李，你也别卖关子了，现在我们都知道你馋马龙的身子。马爷的性格呢，一向犹豫不决，你就明明白白告诉他，他这具身子究竟有什么好，没准他脑子一糊涂答应了，你不就可以称心如意为所欲为了吗？"

"这有啥好说的，他是千年老妖怪，肯定是要吃了马龙。"黄小意生气地说。

"他要吃人，吃你小意姐不香，还是吃小姨不香，为啥非要吃马龙呢？老李是千年文化熏陶出来的文明人，别老以我们当代野蛮人之心，度人家知书达理的古人之腹。"

眼看两人又要吵起来，我赶紧拦住说："老李，进步说得对，就算让我死，你也得让我死个明白，对吧？"

李哈儿说："这说起来话就长了。"

"下雨天打孩子，闲着也是闲着，反正到嘴的肉了，也不急于这一时半刻。"

安静了片刻之后，李哈儿说："这还要从马龙的不平人血脉说起。远的说起来就太远了，我们就从马汉生说起吧。马汉生是东汉马援留驻在武陵山中的不平人大荒落一脉。"

终于在李哈儿口中，我听到了爷爷的名字。

李哈儿说，他原本以为马援是不平人，但后来发现，扶风马氏只是不平人大荒落一脉的附属家族。

只是不知为何，大荒落一脉后来竟以马为姓。

马援在武陵山中发现异常后，知道非凡人力量可以战胜，就请大荒落一脉前往镇守。自己给皇帝留下一封密函后，撒手西去。

而大荒落一脉就镇守在武陵山中明察暗访。

"以当时不平人的能力，如果给他们足够时间，迟早会查出端倪。可偏偏就在他们快要进入灵乙城时，我先来了。"

李哈儿得意地笑了。

第四十八章
登梯

"我从荆州出发后，踏遍武陵山脉的每一座山峰，游历湘西、巴蜀各地，整整五年，一无所得。

"直到有一天，我遇到一个人，他改变了我的一生。

"他叫刘子骥。

"刘子骥在史书上，的确只留下寥寥数笔，甚至连生卒年月都无人知晓。关于他的一些传闻，大都出自民间文人的零碎笔记，其中也包括陶渊明的《桃花源记》。

"我之前说刘子骥活到一百零四岁，并非信口雌黄，他留下了几十万字的访仙笔记，也是事实。但这些笔记里，只记录了他九十多年的行程，相当于一本旅行手账，对别人来说十分宝贵，但于我而言没有太大价值，因为我完整地得到了他的记忆。"

李哈儿说他认识刘子骥时，对方已是不惑之年，容貌风采几若天人。

李哈儿阴差阳错地成了刘子骥的贴身仆从，随他五十多年，游遍大江南北。五十多年的贴身跟随，让李哈儿深得刘子骥的信任，于是刘子骥告诉了他很多隐秘之事，也带他见识了世上诸多常人所不能见的人物。

刘子骥青年时期在武陵山中游历时，无意中进入了一个古庸国遗民村落。在与庸国遗民的长期交往中，他发现了一个秘密。

他先是注意到，这些村落里没有小孩子，最年轻的也是二十出头的小伙子。他向村民询问，但庸人讳莫如深。时间长了，他发现，这里的村民到了一定年岁，在活着时，就要举办葬礼。

葬礼一般都在晚上举办，但并不避人，刘子骥就去观摩过几次。

众人先将到了岁数的老人装入棺材中，然后避到一丈以外。中间留下两三人，一人系鼓，一人提锣，围着灵柩，迈着舞步，边走边唱，一应一对，或者后面跟随一人吟唱。所唱之内容宛如咒语，晦涩难懂。

歌声会持续整整一夜，待黎明时，村民将棺材放上竹筏，运至悬崖，系在从崖上垂下的两根藤条上。随着一声锣响，藤条会向上收起，宛如两条巨蟒，将棺材运到悬崖上的山洞中。

当天午后，村民会摆酒设宴。日落时分，就会有一位年轻人来到村里，受到村民的热情款待。

载歌载舞一整夜后，年轻人就留在村里，成了村民。

刘子骥十分惊讶，将未死的老人活葬，本就属大逆不道之事，但既然是人家习俗，虽然感到不适，但也无权过问。可是这个年轻人又是谁？他从哪里来？为什么刚来，就和村里的每个人都认识？

带着这个谜团，他继续留在村里观察。直到有一次，与刘子骥相熟的一个老人到了岁数，将要被送进悬崖洞穴。刘子骥特别悲伤，那老人却笑呵呵地劝慰他，说送葬并非死亡，而是重生。

老人告诉他，上古时期，神创造人与万物。人的先祖发现，人老了会死，但树老了，只需要蜕一层皮壳，就变得年轻。于是庸人找到了创世神，向他抱怨不公。请神将"人死树蜕皮"改为"树死人蜕皮"。神同意了，但人与神的这番谈话，被蛇听到了。在神更换人与树的蜕皮能力时，蛇偷偷附在树上。

等一切尘埃落定后，神才发现自己施展的神力，有一部分被蛇吸收了，但万物平等，神也并未追究。

于是，世界上只有一部分人得到了这个能力，通过蜕皮获得长生；有一部分树失去了能力，蜕皮后会死；而乱入的蛇，虽然得到了蜕皮变年轻的能力，但并未获得长生。

老人告诉刘子骥，那部分通过蜕皮就可以长生的人，后来就成了庸人。但长生者并非永生不死，遭遇意外还是会死掉。只有那种健康活到老的人，才可能通过蜕皮重生。重生者会保留前者的记忆，也会生出独立的性格和意识，与前者既是一人，也非同一人。

因为记忆传承，所以古庸人曾创造了灿烂的文明，古庸人建立的国家，也曾无比强盛。早在殷商之前，四川西北部、湖南西北部、湖北西南部以及陕西南部，皆在庸国的统治下，境内百濮诸族均为其麾下。

而长生之术，也为庸人招来了祸端。庸国军力强大时，他人还不敢侵犯。但周灭商以后，庸人主动放弃军力，沉溺于医道、建筑、音乐、舞蹈、雕刻和品茶等艺术。

周文公十六年，楚、秦、巴三国突然出大军合力攻击庸国，内部诸多蛮族也闻风而动，纷纷叛乱，企图分一杯羹。他们内外合击，一夜之间，庸国被灭，庸人多被杀害。

但入侵的各国并未得到长生的秘密，因为秘密不在庸国都竹山方城，而在此处。

老人说完后，欣然离去。

次日黄昏时分，一个年轻人回到村里，模样与老人有几分相似，但言谈举止却颇为不同。他认识刘子骥，但言语间颇为客套，似乎两人先前的感情也消失了。

刘子骥离开庸人村回乡后，把此事讲给了陶渊明。

陶渊明说，虽然他的记忆保存下来，身体也返老还童了，但是灵魂已经更替，老人相当于已经死了。这样的长生，还有什么意义呢？

他问刘子骥，能不能把他的故事写下来。刘子骥担心会给庸人遗民招来祸患。但陶渊明说，他会将故事改头换面，不会透露出关键信息。刘子骥这才答应。

没过多久，刘父去世，刘子骥特别伤心。伤心之余，他突然意识到自己终有一天也会死去，想来想去，决定再次进入武陵山。

刘子骥并没有将这一次的进山经历告诉李哈儿，是李哈儿后来通过他遗留的记忆才获悉内情的。原来刘子骥寻到了灵乙城，在其中居住了长达十年之久，并与上古五族的青木族有了交往。不过李哈儿说，其中更多的细节，他并不方便告诉我们。

总之，刘子骥此行得到了他想要的东西，但并不满足。他计划了一次长达半生的游历，也正是在此时，李哈儿遇到了他，并跟随他游历天下。

南下爪哇羯荼，西上昆仑雪原，东北抵达通古斯河畔，东南游走琉球诸岛……秘境天险，名山大川，古迹名胜，他们俩无不走了个遍，这一走就是五十年。

那时的李哈儿已年近古稀，垂垂老矣，而刘子骥大他二十岁，却仍是他们初见时的模样。刘子骥传给李哈儿一套养生法，说可保他活过百岁。李哈儿回到武陵山后，依法修炼，刘子骥则继续游历。

十四年后的一天，刘子骥对李哈儿说他将要成道仙去，问李哈儿还有什么心愿。

李哈儿对刘子骥说，虽然养生法可保他活过百岁，然而百年之后，也终将化为枯骨。他求刘子骥传仙游秘法。

刘子骥问李哈儿真想要长生吗？

李哈儿说他自然梦寐以求。

刘子骥说，他对李哈儿说"仙去"，是方便李哈儿能听得懂，但这是一个非常复杂的过程，他也是在很多机缘巧合之下，种了很多因，才有了现在的果。而且这个果究竟如何，是阴是阳，是妙有还是虚无，他并不知晓。

刘子骥说，其实他三十年前就可以离去，但终究不舍人世繁华，这才游历人间，体会种种人生。如今，他在人间已无惦念，才想体验另一种生命。

刘子骥说，李哈儿要走他的路，已经行不通了。但他还有另外一法，问李哈儿愿不愿意放弃自己的肉体。

李哈儿当时一心长生，所以就对刘子骥说，只要他的本性不灭，就算让他当一棵树，他也愿意。

"刘先生说，他仙去后会留下不腐的遗蜕，原本打算让我将其焚毁，接着又说若是我不嫌弃，他愿将这具身体送给我，当作我跟他半生的回赠之物。

"我本以为先生在说笑，我的本性如何能迁到他的身体里？

"三天后，先生将我带到一隐秘处。

"为了表达我的诚意，我可以告诉你们，那隐秘之处就在那株神树之下。"

刘子骥让李哈儿进入树洞中，刹那间，李哈儿就被树体包裹起来，千万条细小的木根，沿着他的毛孔进入身体，穿透他的五脏六腑、七经八脉，在他的身体里扎根。

李哈儿说，那种痛苦，让他至今想来仍然痛不欲生。

或许整个过程并未持续太久，但于他而言，如同在地狱中的某一层，经历了千百万年的折磨。

他原本以为自己死定了，没想到随着身体痛苦加剧，意识不仅没有模糊，反而越来越清晰。为了摆脱这种无尽痛苦，他不得不使劲儿挣扎，想从里面挣脱出来。不知挣扎了多久，他突然发现自己的意识钻出了身体，独立存在于躯体之上。原本衰老的躯体，缓缓化为一堆粉末。

李哈儿听见刘子骥站在树冠上，便仰头去看他。

而站立在一处枝杈上的刘子骥，也低头看着李哈儿，对他念了一首诗：

有客常同止，取舍邈异境。

一士常独醉，一夫终年醒，

醒醉还相笑，发言各不领。

寄言酣中客，日没烛当秉。

随后，就发生了奇异的一幕。大树上所有的枝叶都像活了一样，围着刘子骥旋转起来，最后形成一个奇怪的螺旋云梯，看起来像一个大麻花，两条边绕着轴心，以右手方向平行盘旋，却走向相反。云梯通体如镶嵌着宝石一般，闪耀着七彩的光芒，通向虚空之中。

刘子骥念完诗后，冲李哈儿微微一笑，缓慢却决然地踏上云梯，一步一步朝高处攀登。每一步看起来并不高，但他每上一阶，李哈儿都感觉他体型小了几分。在这个过程中，李哈儿似乎看到了暮去朝来，乌飞兔走。在无数次的反复后，刘子骥消失在虚空，杳无踪迹。

那枝叶的天梯也缓缓散开，漫天飞叶如羽毛般飘落下来。

可是，当李哈儿把目光收回来，却看见刘子骥的身体依然站在原地，笑容依旧，只是纹丝不动。

这时，李哈儿感觉到自己被两股巨大的力量撕扯。

一股力量来自地下，李哈儿听见地底深处有一个声音在呼唤他，让他忍不住坠落下去。

同时，另一股来自树冠的力量，吸引着他，向上飘浮。

第四十九章
不可思议之物

◀ ‖‖‖‖‖‖‖‖‖‖‖‖‖‖‖ ▶

李哈儿讲到这里时，声音发生了明显的变化，像是被什么东西扼住了喉咙。只听他长吁了几口气，这才说："马龙，马渝声的考察笔记你一定看过了吧？"

我不知他为何忽然提到父亲的笔记，就说："是的，看过了。"

"看完后是什么感受？"

"你也看过吗？"

"我不用看，因为我知道他经历了什么，而且整个专家组中，只有他和王笑蝉两个人，体会到了那个东西。当然，严格来说整个考察队，还包括我，只不过我比他们早体会了一千多年。"

"马爷，是什么？"张进步问。

我思考了半晌，才想到一个最简单也最准确的表达："真相。"

"真相？关于什么的真相？"

"生命和文明。"

"说人话。"

我该怎么向他们讲述父亲笔记里那些不可思议的东西呢？我沉默了好久，最终还是没有讲出来。我不愿意讲，有几个原因。

首先，父亲的表述本身十分主观，他甚至自己说，那可能是幻觉；其次，其中的信息量过于庞大，我无法总结，但要是全部讲一遍，不如让他们自己看；更重要的是李哈儿，我不知道他是不是在故意套我的话。

我说："老李，这样吧，既然你是亲历亲见者，那不如你来讲述，我用父亲的笔记来印证如何？"

李哈儿发出一声刺耳的笑，听起来对我的这种小心谨慎颇为不屑。不过最终他还是开口了。

李哈儿说，就在他感觉自己要被撕开，濒临崩溃时，他听到，不，应该是看到——其实看到和听到都不准确。总之，有一股洪流向他涌来，让他瞬间成为一个溺水的人，垂死挣扎，想抓住点儿什么，却徒劳无功。仅仅是触碰到的一些片段，其中的信息量就让他感觉自己鼓胀成了一个星球。

在地球形成不久后的太古宙，有不可思议之物穿越无尽虚空而来，它们的呼吸，形成了地球的原始大气，地球因此降了千万年的暴雨而形成了海洋。而它们自宇宙深处，携带而来的大量无形物质，散布在地球周围，与旋转的地球摩擦，使地球产生了磁场。

随后，在以亿计量的年月里，这些不可思议之物开始争夺势力范围。地壳被一次次打碎又重组，合并又分裂，沉没又崛起，最终形成了今天的形态。而与此同时，这些不可思议之物在地球上，也创造出了辉煌的文明，只是这些文明与人类今天所定义的文明有天壤之别。

也不知在几亿年前，这些不可思议之物全都陷入沉寂，不知所终，但它们从未离开过地球，因为它们的诸多眷族、跟随者和崇拜者，仍生活在地球上，继续着它们的战争和创造。形形色色的生物，被创造衍生出来，生灭不休，循环不止，让原本死寂的地球，变成了今日生机勃勃的瑰丽星球。

在这巨大的洪流中，李哈儿看到一丝绿光靠了过来，于是拼尽全力伸手去抓它。就在李哈儿碰到绿光的瞬间，他被绿光里的东西缠绕，接着被包裹成一颗茧子，在洪流里漂浮起来。这时候，洪流消失了，世界除了绿，一无所有。既听不见，也看不见，直到最后，他变成了绿本身。

等李哈儿的眼前再次出现一丝别的颜色时，他发现自己已经进入了刘子骥的身体，站立在巨树的枝杈上，笑看着下方一摊灰白色的粉末。李哈儿知道，他活了。

下一瞬间，他看见了刘子骥一生的经历，继承了其所有的记忆。这些记忆虽然驳杂，但比起刚刚接收的那些信息，九牛一毛都算不上。他慢慢从树上爬下来，脚一落地，就突然明白自己应该干什么。

李哈儿也不知道自己能活多久，他花了上千年的时间走访世界各地，在实地考察的同时，翻看大量书籍和最新研究成果，才渐渐消化了一部分信息。他也知道了自己身体的一些秘密，与上古五族有直接的关系。

关于地球文明演化的研究，最困难的，其实是观念。

每过百十年，人类对世界的研究就会前进一大步，尤其是近三百年以来，几乎是日新月异。他时刻提醒自己，作为一个古人，要敢于抛弃陈旧观念，接受新事物。

但越研究，他就越恐惧。因为他渐渐觉察到，那些不可思议之物并未死去，而是潜伏在某些人类无法企及之处，等待时机，再次君临。

到那时候，地球将重新置于它们的统治下。

李哈儿说这些话的时候，表情中流露出罕见的忧伤，最后竟然沉默了。

听着这些话，我非常震惊，因为他的描述，跟我父亲笔记里记录的片段完全符合，甚至更为完整。

我记得自己初读父亲笔记的感受，就是完全摧毁了我对文明的认知，也就是我刚才说的"真相"——人类渺如尘埃。

曾几何时，我们还谦逊地说，人类是地球的寄生虫。

如今看来，这话也太自大了，更毋须说那些诸如"地球是人类的家园"之类的妄言。地球，并不属于我们，它有自己的主人。

人类，连寄生虫也算不上，只能算是附着物吧。

我问李哈儿："你跟我父亲探讨过这些吗？"

"没有。"李哈儿断然否认，"我当时只是个向导而已，他犯不着跟我探讨。"

"千年以来，你就没有跟别人探讨过？"

"探讨谈不上，交流还是有的。"

李哈儿讲，清朝道光二十七年，也就是公元1847年，有一支美国探险队，一行七人到武陵山一带调查。

当时，湘西南农民聚众起义，探险队运气不好，全部落在起义军手里。其中，有两个人逃了出来，他们慌不择路，一路向北进入湘西，却掉进本地猎人的陷阱，一死一伤。

活下来的，是一个黑人。

猎人没见过黑人，以为是妖怪，就捆绑着献给李哈儿。

黑人用英语和李哈儿说话。李哈儿当时还不会英语，但在海上跟葡萄牙人学过一些葡萄牙语，就尝试用葡萄牙语跟他说。没想到那个黑人也会葡萄牙语。

黑人说他叫卡斯特罗，原本是西印度群岛的土著水手，被白人探险家雇佣当脚夫。卡斯特罗害怕李哈儿杀了他，求着饶命。

李哈儿没有杀卡斯特罗，还帮他接骨，让他住在寨子里养伤。

有一次，卡斯特罗看过梯玛祭祀后，惊异地说，在他的家乡，也有相似的祭祀仪式。他说那种仪式非常古老，几乎可以追溯到人类诞生之初。

李哈儿疑惑地问卡斯特罗，在他们的宗教中，是上帝创造了世界人类，难道他们不是在祭祀上帝吗？

卡斯特罗否认了李哈儿的说法。

不过，卡斯特罗自己也不清楚，家乡那些古老的仪式，究竟在祭祀什么。

卡斯特罗问李哈儿，山寨里的仪式是在祭祀什么神灵，不会就是那棵粗壮的大树吧？

李哈儿想了想，决定将他在复活之际窥到的那一幕，告诉卡斯特罗。

李哈儿问卡斯特罗相不相信，在人类以及人类的神灵出现之前，不可思议之物曾统治地球亿万年，也建造过无比宏大的城市。

卡斯特罗不信，他说那些都是神话。

李哈儿说，他要说的比神话还要久远。

李哈儿拿出一幅中国地图，据他说那是德国人在一百年前绘制的，后来由法国人收入到一套叫《中华帝国全志》的书中出版。他在广州认识的一位传教士手中有一套，他就借来临摹了其中的中国地图。

李哈儿指着四川盆地给卡斯特罗看，告诉他，整个四川盆地是一座城。卡斯特罗不信。

李哈儿说他曾亲自考察过，那是一个矩形的大城，西到雅州，东到万县，南到叙永，北到广元，在不知多少亿年前，由统治地球的不可思议之物建造，名为"天府"。

卡斯特罗目瞪口呆，说不出话来。

李哈儿继续告诉他，在整个中华帝国境内，曾有十二座这样的大城，分别名为天府、天柱、天峻、天镛等，这些城大小不一，但每一座，都曾潜伏着一尊不可思议之物，接受史前异类种族的崇拜和供奉。

陆沉水没，沧海桑田，那些不可思议之物，在人类诞生之前，就长久地沉睡于地下。

虽然了无生机，但并未死去。

卡斯特罗问它们还会沉睡多久，会不会复活归来？

李哈儿摇头表示他不清楚，但他通过在世界各地考察得到的有限信息推测，在人类世界中存在的多种秘密教派，可能就是它们的信徒。

而长久存在于武陵山区，甚至西南地区的拜树仪式，就是信徒以树为媒，生生世世为那些不可思议之物奉献其生命力。

李哈儿的这些话，也激发了卡斯特罗的一些记忆。

卡斯特罗说，他也曾在太平洋上的风暴中，目睹过巍然耸立的巨大石城。但风暴过后，石城就了无踪迹。

老水手们曾告诉他，那些石城里栖息着星主，有无尽的奴仆伺候在其左右。凡是靠近石城的船舶，必然遭致厄运。那些星主正在酣睡，等待信徒将其唤醒后，统治整个海洋。

在山寨里住了两个多月后，卡斯特罗的伤已养好，李哈儿让人将他送到了长沙。后来卡斯特罗是生是死，李哈儿就不清楚了。

"人都是要死的嘛。"李哈儿说。

尚锦乡突然说："马龙，你还记得吗，在琉球海底漂流时，我们遇到的遗址，以及那些巨大到足以分割海洋的城墙？"

"嗯，那些不是姆大陆遗址吗？"

"我当时也那么认为，但后来我越想越疑惑，那些海底的石头遗址，可能是姆大陆沉没后留下的，但那城墙已经完全超越了人类想象的极限，绝非人力所能为。"

"小姨，你想多了。李哈儿满嘴跑火车，几亿年信手拈来，这你也能信？"张进步说。

"我们在海底洞穴的壁画上，曾见过一个巨人，你们还记得吗？"

尚锦乡提到的，是我们在琉球海底遗址，从食肉兔嘴里逃生后，寻找食物时，无意中在一个洞穴里看见的壁画。

第五十章

灵乙城

◀ ‖‖‖‖‖‖‖‖‖‖‖‖‖‖‖‖ ▶

在那幅壁画上，有一个身穿羽毛服饰的巨人，正从高大的石台上走下来。巨人脚下匍匐着密密麻麻的人，正在向它祷告。

巨人的身高超过普通人数十倍，所以看起来如天神一般。

尚锦乡提起巨人，倒是让我想起壁画上另一个东西，仅仅一个念头，就让我忍不住打了个寒战。那是一块奇形怪状的大石头，上面刻着极其复杂的符号，绘制壁画的人却不厌其烦地把它再现了出来。那些符号里蕴藏的信息，似乎阻断了人的思维，让人不敢去想。

李哈儿听见我们的对话，说："尚小姐，巨人不足为奇，只是体型大一点儿而已。你要是有兴致，就劝说马龙同意我的条件，然后我放你们出来，带你们去看巨人。实不相瞒，我的暗河囚笼里还关了三个赣巨人，其中一个身高超过十米，但那又如何，劳力而已。"

张进步接话说："老李，我发现你比不平人还要不平人。不平人发现异常生物，最多是杀了而已，你却把它们关起来折磨，这爱好还真够奇葩的。"

李哈儿又是哈哈一乐："张三哥，你要是我，没准儿也会这么干。"

"别，我是扫地不伤蝼蚁命，爱惜飞蛾纱照灯。虽未出家，但也一向以慈悲为怀。"

"三哥爱吟诗，一定听过曾国藩麾下大将彭玉麟的诗句——烈士肝肠名士胆，杀人手段救人心？"

"行吧，你就是个常有理。但是我提醒你，你跑题了，已经从马汉生说到曾国藩了。"

"抱歉抱歉，但万事皆有前因，现在切入正题。"

李哈儿得到刘子骥的身体后，从树上下来，就想清楚了自己要做什么，他要探明真相。但从何入手呢？他从刘子骥的记忆里得知，上古五族中的青木一族，竟然可能与不可思议之物有过接触。

于是，他以刘子骥的身份重回灵乙城，见到了青木族人。

虽然在刘子骥的记忆里有过印象，但初入灵乙城的李哈儿，还是难免受到了震撼。

一片由一棵古老的巨树笼罩的小型平原上，形成了一个人类的聚居区。四通八达的道路，通向高高隆起的城市中心。整座城市功能划分明确，生产生活、种植养殖、娱乐宗教，各有其所属区域。

城市中心，高楼大厦，鳞次栉比。整座城市以树干为中心，从里到外，建筑物从高到低，一直延伸到平原上。所有的建筑物和生活用品，都是木质的，偶有些重要的宗教建筑，也是用木化石雕成。

人们乘坐形形色色的交通工具，在城里城外来往，络绎不绝，士农工商，悉如外人。

刘子骥是这里的贵客，很受欢迎。住下来之后，李哈儿才仔细理了理刘子骥关于青木族的这段记忆。

原来青木族人并非纯粹的姆大陆遗民。姆大陆沉没后，迁到神州大陆的只有一支，就是瑶水族。后来瑶水分治，瑶姬与武陵山中巫觋相爱，带领一批人另立青木族。

瑶水与青木，共享长生。

青木族自立之初，一部分人开始在世间行走，济世救人，不只行医，还教授刀耕火种，培育五谷，种植粮食。另一部分人则隐匿在山中，掌握着不死之药。李哈儿虽然没有见过不死之药，但亲身体验过不死之术，所以他认为应该可信。

李哈儿接触到的青木族人，大多是从外界回来避世的。

灵乙城因其容量巨大，所以居民成分十分复杂——有常年居于此处的青木族人；有从别处迁徙来的青木外族和附属种族，其中就包括帮秦始皇统一六国后，从中原迁移而来的一部分；还有一些是"神木教"的信徒，他们因为忠诚，被允许进入灵乙城。

只有一小部分人，与别的人样貌略有不同。他们皮肤金黄，即使在幽暗的光线下也闪闪发亮，双目深邃，似乎能看透人心。

这些人都是祭司，他们住在城市核心最高的大厦里，见一面并不容易。不过，凭借刘子骥特殊的身份，李哈儿也接触过几个。

李哈儿后来发现，这些所谓祭司其实是一个血统纯正的支脉。他们平常并不住在这里，偶尔才会出现，神龙见首不见尾，就连刘子骥也不知道他们的来处。

祭司有三个职能：

其一，延生。虽说青木族掌握着长生药，但并不是所有人都会长生，只有一部分人会通过转生的方式，重新获取生命。而大多数人也会生老病死，只是寿命比外面的普通人长一些。

反而是一些外族人，或者信徒，会得到优待，获得转生的机会，譬如山中的庸人遗民转生，其实就是灵乙城的祭司在操作。直到很多年后，李哈儿才想明白，其实庸人并没有重生，而是通过蜕变，让另一个意识体寄生在其身体里。而这些意识体，就来自青木族人。

其二，传教。武陵山中各族，皆以木为尊。李哈儿初到武陵时，就见过梯玛祭祀仪式，但那时他并不知其所以然。

那棵让他复生的神树，就是山中各族专门用来举办仪式的。后来他也渐渐明白，青木族有一种能力，那就是将树和人的生命能量来回转化。而越古老的树，生命能量越强。信徒们通过对树木的敬拜，汲取其生命能量。而祭司就是专门教授如何汲取树的能量的人。

其三，驭兽。青木族祭司所驭之兽，并非山间野兽，而是像山魈之类的珍禽异兽和其他异类种族。其中，包括木客和羽人等。山魈被训练成士兵，木客是工匠，羽人是信使，还有其他一些异兽，各有功用。

李哈儿住进灵乙城后，因为其表面身份刘子骥游历天下，见识广博，所以经常有人上门来找他闲聊或请教。他便根据刘子骥的记忆，认真回答应对。来访者中有一位祭司，他是刘子骥最早接触的祭司，两人交谈甚多。

有一次，李哈儿向祭司提出学习驭兽术，理由是他常年游历名山大川，难免会遭遇异兽，担心自己横遭不测。

祭司对刘子骥十分尊重，丝毫没有怀疑，从怀里掏出一个小木偶递给李哈儿，说只要吞下这个木偶，世间所有异兽都不敢加害。

木偶只有指尖大小，用朽木制成，形态怪异，看不出是什么东西。李哈儿吞下后，祭司说这个木偶只能保证异兽不敢加害，但并不能让异兽听命。

李哈儿心想这也足够了，只要它们不敢伤他，他总有办法让其听话。

他来灵乙城的目的，说大了是想探寻生命的奥秘，说小点儿是想更多地获取那些不可思议之物的信息。但这么长时间以来，他并未找到什么有用的东西。虽然青木族的长生术是人类梦寐以求之物，可对他来说，已经没有太大用途了。

但是这个木偶给了他启发，让他相信这里必然还隐藏着巨大的秘密。关于这些，刘子骥的记忆里空空如也。

偶然间，李哈儿在刘子骥晚年的记忆里，找到一条不甚清晰的信息——大荒落一脉驻扎在武陵山中，而且在寻找青木族。

在此之前，李哈儿从未听过不平人。于是，他就把这个消息告诉了那位祭司。

祭司初听有些惊讶，但他惊讶的是李哈儿竟然知道不平人。时至今日，李哈儿还记得他站在百米高的天台上，指着下面的大城说，就算不平人将这里化为灰烬，但对他们来说，不过就如同火焰燎了毛发而已。

祭司说，巫载城才是他们的根。

在李哈儿的追问下，祭司说出了巫载城的位置：扬子海边，姑瑶山下，万寻之根。

"他说了相当于没说，古扬子海已经消失了亿万年，姑瑶山虚无缥缈，万寻之根是什么，我到现在也没搞明白。"李哈儿气呼呼地说，"不过，我总算知道了巫载城。"

"祭司似乎看透了我的想法，微笑着说：'刘先生，巫载城有我们青木族和上古巫族的秘密，就连一般族人都绝不可以染指。您是有见识的人，应该知道这个世界上有很多东西，我们不仅不该去触碰，甚至都不该去想，否则就会带来无穷无尽的灾难。'"

"吓人的话，谁不会说呢？但是从祭司的口气里，我听出他言语里并未有任何的夸张和故弄玄虚。但这更加激起了我的好奇心。"

后来，祭司给李哈儿讲了些不平人的事，原来双方的争斗可以追溯到羿所在的时期。不过，祭司对不平人也并没有太多的仇恨，只是觉得他们过于自大了，蝼蚁怎么能有搬山之心呢？蝼蚁本是山中之物，转瞬即逝，但山永远都是山。

但关于巫载城，祭司绝口不提。

接下来一段时间，李哈儿与别人也交流了许多，不能说一无所得，但所获甚少。大概总结出来就是，巫载城是上古巫族的居城，而灵乙城是巫族与姆大陆遗民共建的城市。关于巫载城的描绘，有些人描述成仙境般美丽，有些人描述成地狱般幽森，还有些人说那根本不是一座城，而是一座堡垒，屹立在世界的尽头，是深渊的入口。

不管怎么说，总之所有人都知道有巫载城的存在，但谁都不知道它在哪里。李哈儿突然有了个不好的念头，如果灵乙城遭遇灭顶之灾，那整个青木族会不会迁移到巫载城？

这个念头决堤后，就再也合不拢了。

于是，李哈儿从灵乙城出来，专门去寻找不平人，想借他们的力，逼出巫载城。就在李哈儿找到不平人，决定跟他们见面前，他的心中突然生出一种强烈的危机感。不平人虽然看起来与普通人无异，但对他这种非正常的人来说，却无疑是致命的。

说到这里，李哈儿突然停下来。

"怎么不讲了？关键时候，难道要充值？"张进步问。

李哈儿说："这一段说起来，难免又要绕许多不相干的事进来，我直接讲马汉生吧。总之，青木族把这一片区域留给了我。"

"我去，你这也太敷衍了。"

李哈儿不理张进步的抗议，继续讲。

第五十一章
百年大计

李哈儿说，可以这么讲，马汉生是他看着长大的。

马汉生虽然是不平人大荒落传人，但更愿意做个江湖人，过市井的生活。武陵山遍地药材，他只是稍稍利用了一点儿医术，就足以在重庆码头立足，做生意也是得心应手。

那时日本刚刚战败投降，本应回国的尚敏得到一个消息：与水德交好的木德后人就在重庆。小女孩复国心切，很容易去抓最后一根救命稻草。于是，她逆潮流而动，没有返回琉球，而是一路西上，到了重庆。

但这个消息，是李哈儿故意传递给她的。

相较于祖先，马汉生更像个和平主义者。在李哈儿促成他与尚敏的相识后，他第一时间就认出尚敏是瑶水族的后人，但他还是摒弃恩怨爱上了尚敏。而尚敏根本不知道五德与不平人的事。两人结成夫妻，马汉生带着尚敏回到了酉阳。

马汉生这样的行为，其实严重违反了不平人的准则，被处刑人杀上门来是迟早的事。当时新政权刚刚建立，百废待兴，全世界都处在观望状态，所以不平人也暂时没有行动。所以，两个人的小日子过得很幸福，尚敏也怀孕了。

就在这时，李哈儿再次登场。他之前利用土匪的身份，与马汉生交往过几次。由于李哈儿隐藏得比较好，马汉生没有对他起疑心。所以，他趁着解放军进山剿匪，开枪把自己打伤，跳下马汉生采药时经常路过的山崖。马汉生是江湖人性格，很讲义气，就把他救了回去。而尚敏亲自动手，给他做了手术，帮他把伤治好。

"按说这么好的人，我不该欺负他们。但天地不仁，以万物为刍狗，我为了更大的事业，也只好忍心动手了。"

李哈儿叹息一声，继续说："随后，我杀死寨民，引马汉生离开。马龙不是问我马汉生去哪儿了吗？你放心，我没有杀他，再说我也不敢害死一个不平人。处刑人没有上门报复，就足以证明我的清白。

"我这么做，目的就是把他领走，困起来，让他的妻子为他生下一个有不平人血脉，却没有接受传承的儿子。"

不久后，马渝声，也就是马龙的父亲出生了。

马渝声天资聪慧，灵动敏锐，打小就有一项特殊能力，就是能和动物交流。不平人的血脉果真神奇，很多能力就像是隐藏在基因里，不知什么时候就觉醒了。这也愈发坚定了李哈儿实施计划的决心。

在马渝声小的时候，李哈儿经常去看望他。他不知道李哈儿是谁，但他成长的每一步，几乎都有李哈儿的参与。可以这么说，李哈儿在扮演马渝声父亲的角色。只是在马渝声的记忆里，这个李叔叔只是龙潭中学旁边小巷子里古旧书店的老板李牧野，在他考上大学那年，就脑溢血去世了。

马渝声虽然是马汉生的血脉，但没有正式接受不平人的传承，就不能算是不平人，而他又融合了上古五族之一瑶水族的血脉，几乎完美。

按计划，在他年满三十岁时，李哈儿就要暂借他的身体。

可惜还差两年，另一个人就出现了。

她是一个女子，叫王笑蝉，更要命的，她竟然是不平人的处刑人。她来只有一个目的，就是要杀马渝声。

百鸟不敢鸣，百草不敢生，仗剑司天法，杀物自有刑。

处刑人要杀的人，可以说跟死人没什么两样了。李哈儿绞尽脑汁，也没找到解救的方法。

苦心人，天不负，本已让李哈儿绝念的事，竟然又出现了转机——马渝声和王笑蝉相爱了。

李哈儿虽然经常操纵人性，但对感情的事，他真是觉得无法理解。

更意外的是，王笑蝉竟然还是琅琊王氏族人。李哈儿在灵乙城中获悉，青木族除了城中人，还有许多外族散落在各地，琅琊王氏就是其中一支。

当初王旷失踪，其实就是进入了灵乙城，并将青木族的一些秘术传给了琅琊王氏的当政者，帮助谢玄训练了北府兵的精英，并在淝水之战中派出了山魈、羽人和其他异兽，战胜了前秦天王的百万大军。

但让李哈儿无法理解的是，不平人和五族势不两立，怎么会让一个琅琊王氏的人担任处刑人？王笑蝉不仅没有杀马渝声，还给了马渝声身份，让他参与了多次不平人的行动，她为什么会有这么大的能量？

不过李哈儿没有功夫考虑这些问题，因为他又等来了新的机会——王笑蝉怀孕了。

如果王笑蝉只是琅琊王氏的人，那么瑶水、青木合体，再加上不平人血脉，一个比马渝声还要好的身体就会诞生。

但很可惜，王笑蝉和马渝声都有不平人血脉，他们的孩子注定夭折，就算暂时还活着，处刑人也会随时上门，将其处死。这些规矩就算马渝声不清楚，王笑蝉肯定是知道的。但她竟然似乎想好了应对的方法。

果然，王笑蝉生下儿子后，以马渝声没有不平人传承为由，请求免予处刑，并且承诺让儿子以普通人身份存活于世，自行生灭，她则与儿子终生不相见。

"不平人要是这么好说话，也传承不了这千万年了。我不相信不平人会答应王笑蝉的请求，可是我不相信没用，人家竟然同意了，我这也算是'活久见'了。不过，我听说是王笑蝉接受了一项任务，换来了对儿子的饶恕。"李哈儿困惑地说，"别问我什么任务，这是不平人的事，外人无从知晓。"

经此一事，不平人起了疑，开始调查李哈儿的身份。他不得不躲进地下暗河，一躲十几年，才免遭追杀。

"真要打起来，逼急了我，我不敢说赢，但输的也不会太惨。但我不能死啊，我要死了，这个世界不就完了吗？为了世界，我个人的得失荣誉算得了什么呢？"李哈儿骄傲地说。

在像水老鼠一样从地沟里爬出来后，李哈儿才知道马渝声和王笑蝉的儿子马龙，竟然还没有死。

他原本熄灭的心火，一下子又重新燃了起来。

可是，当李哈儿想干点儿什么时，却注意到马龙周围有人终日看护，他猜测应该是孔孟荀的人。考虑到当时马龙还小，李哈儿就没有打草惊蛇，而是以李笑来的身份，在武陵山低调经营十余年。

"今年春天，我猛然意识到，马龙就要满三十岁了。"李哈儿提高声音说，"马龙兄，不是我心急，是我不敢冒险。"

听完他这番话，所有人都沉默了。

这个人用百年时间，以三代人为代价，实施自己的计划……究竟是怎样强大的动力和定力，才能让他干出这样的事？真是让人毛骨悚然。

"马龙兄，该说的不该说的，我全都说了，这是我的诚意。你是不是也该有所表示呢？"李哈儿说。

我还没来得及说话，张进步抢着说："老李你这偷奸耍滑的家伙，啰里吧嗦说了这一大堆，一到关键点就关机。我就最后问一句，你搞这么大一个套，究竟是为了什么呢？别告诉我你就是看上马龙的身子了。"

李哈儿沉默了好一会儿才说："何必刨根问底呢？"

我看张进步还要说话，就劝阻他："别问了，他不会说的。"

"那现在怎么办？"

我想了想，大声对李哈儿说："老李，我可以答应你，但你得答应我一个要求。"

"什么？"李哈儿急切地问。

我看了看黄小意，开口说："如果你能把黄小意的病治好，我就同意把我的身体送给你。"

此言一出，所有人都大吃一惊。

"马龙，你放屁！"黄小意骂道。

"小意姐怎么了？"张进步和尚锦乡同时问。

我苦笑着对黄小意说："眼下这情况，我要是不答应，你们三个都得给我殉葬。与其四个人一起死……"

"那就一起死！"黄小意斩钉截铁地说。

尚锦乡也淡淡地说："死而已。"

"行不行？"我冲外面大声问。

"不行！"黄小意厉声呵斥。

过了一会儿，我听见李哈儿长叹一声，说："马龙，我要是说行，那就是骗你。黄小意得的是癌症，我治不好，我可以让她活下来，但得换一具身体。你们要是同意用这样的方式，我马上就可以安排。"

"我不同意！"黄小意说，"我宁可死也不愿偷别人的身体活着。"

"小意……"

"你别说了，我的命是属于我的，没有人可以替我做决定，如果你非要逼我，我现在就死。"黄小意说着，就一头朝墙壁上锐利的水晶撞了过去。

旁边的张进步赶紧一把抱住她，劝道："我的姐啊，这不是在商量吗？你不同意就不同意，反正死定了，也不急于这一时半会儿。"

"没什么可商量的。"黄小意气呼呼地把头甩向一边。

"马爷，小意姐这好好的，咋突然就得癌症了？"张进步问。

我只好把黄小意患了乳腺癌的事，简单讲了讲。

黄小意说："我这次跟你们来武陵，就是想痛快地玩，就算死也要开开心心地死。别整那些没用的。"

黄小意态度坚决到没留任何后路，我只好在心里叹息一声，说："行吧，这个事儿就当我没说。"我又对张进步和尚锦乡说，"那你俩呢？有什么愿望就提出来，好歹让我这具皮囊卖个高价。"

尚锦乡看着我说："我的愿望，就是跟你一起死在这里。"她说得那么真诚，连一向口不择言的张进步，都不忍心出言调侃。

"我是想活却活不了，你们是一个个都要死，这又何苦呢……"我在心里暗自嘀咕，没有说出口。

我和尚锦乡四目相对，而张进步死死抱着黄小意。狭窄的空间里，气氛一下子变的有些怪异。

"你放松点儿，我都没法呼吸了。"

黄小意的话打破了这份尴尬，四个人左右打量，哈哈大笑起来。

"那你呢？老三，把你几个亿的梦想说出来，李总有的是钱。"

"我跟你们这些痴男怨女不一样，你们想死，我可想活。老李，我怎么越想越不对劲儿，万一马龙答应了你，你不会把我们灭口了吧？"张进步放开黄小意，冲外面大声喊。

"张三哥小看李某了，现在是法治社会，李某从不动手杀人。"

"你是不动手，你让那个小四动手。羽人不就是被你杀了吗？"

"羽人非人，禽兽罢了。再说你们与我无冤无仇，李某为何要这样做？"

"你不怕我把你的这些所作所为，告诉不平人吗？"

"他们难道不知道吗？"

"什么意思？"我听出他话里蕴含了别的意思。

李哈儿没有正面回答，而是平静地说："时代变迁，所有人都得与时俱进。"

"老李，你知不知道，我父亲究竟去哪儿了？"我问。

第五十二章
蛋形馗人

"我不知道。"李哈儿丝毫没有犹豫。

"那我爷爷呢？还活着吗？"

"你答应我的条件，我就告诉你。"

这一场漫长的谈话终于陷入了僵局。

时间一分一秒，像一只蛆虫蠕动，与之共同蠕动的，还有我们的肠胃。张进步的肚子，从刚开始的男低音，一路向上攀登，此刻终于唱成了帕瓦罗蒂。

"老李，弄点儿吃的吧。"他终于忍不住大喊。

外面没有声音，但我们都明白，李哈儿肯定没有离开。他在等待，他已经等了近百年，最后时刻，他最不缺的就是耐心。

尚锦乡和黄小意靠在一起，窸窸窣窣地说着话，她们困在绝境里，竟然还时不时发出笑声。

她们聊天我也插不上嘴。张进步卧在旁边哼哼，我想跟他说话，看他兴致也不大，只好站起来，打量把我们困住的这个小地方。

前后左右，各只有两三米宽，弧形的四壁，爬满了尖锐的结晶体，没有一处是平整的。因为光线不足，颜色看起来是黑紫色，像是那种水晶原石的摆件。

我记得这个玩意儿外面，有一层布满了纹理和褶皱的硬壳，形状像一个爬满了小虫子的绿蛋。只是为什么外面看起来那么大，里面空间这么小？而且找不到一点儿缝隙？

再看李哈儿所在的位置，声音能清晰穿透，应该不会是封死的。

乍一看，似乎有一些密密麻麻的小孔，还透着微微的光线，可仔细再看，又什么都没有。

我伸出手轻轻敲击那些结晶体，一点儿声音都没有。

看了半天，我一无所得，只好找了个相对平整的位置坐下来。

可是，右手掌刚一撑到地面，就传来剧烈的疼痛感，而且就在被处刑人的刀割伤的位置。

不是已经好了吗？我心想着，赶紧抬起手来检查。什么都没有。用指甲抠了抠，也没什么感觉。

再看地上，没有什么尖锐的东西。

我心里觉得奇怪，忍不住又用手去摸，平整、光滑而冰凉。难道是手掌的问题？于是，我再把右手掌贴上去。

果然，疼痛再次袭来，像是有什么东西在咬我。我想把手收回来，可手竟然被紧紧吸住，我赶紧使劲儿拽开。再看手心，有一个扁圆的红印，像唇印，更像是齿痕。

我本想叫张进步来看，可是脑子里却有另一个意识在指挥我，让我把手放回原地。我想抗拒却无法做到，右手掌就像脱离了我的控制，自己放了回去，然后被紧紧吸住。

但这一次的疼痛感明显减弱了不少。与此同时，我感觉自己正在跟这块水晶"交流"着什么。准确来说，不是我，而是我身体里某个意识，正在通过我的手，和这个蛋形大石头聊起了天。

然后，我就像被灌顶一样，脑子里流入了一些信息。我这才知道，把我们困住的这块蛋形石头，竟然是一个活物。

它是尪人。

我听木客讲过，大树创世神结了九层果实，第八层是尪人。物通人性者，高大者为尪，细小者为菌。它还说，变成一块朽木的巩学林，与尪人十分相似。

老木的这些话，我当时是完全当成一个神话或者童话故事来听的。

那会儿，我不仅不信有尪人，甚至对老木的木客身份都有所怀疑，觉得它们只是人类进化史上的一个分支，走劈叉了。

可这才几天，满打满算不到一周，我见识到的东西，已经足以让我面对任何神异诡奇之物都不再大惊小怪。哪怕是有一只猴，亲口告诉我它是孙悟空，我也会请它吃罐黄桃罐头。

我唯一疑惑的是，我的身体里究竟有什么东西，能不经我的同意，就指挥我的手？这种情况已经是第三次发生了。第一次是在从龙山县城去里耶的车上，我感觉自己的眼睛，在看着自己的后脑勺。第二次是在李哈儿的艨艟游船上，本来不想喝酒的我，被一个突如其来的意识，逼着一连喝了好多杯。前两次还不甚明显，但这次就有点儿夸张了，竟然直接指挥我的手。

照此发展下去，我的身体是不是会脱离我的控制，干出什么不可想象也无法描述的事？

不过，我来不及多想，一股股的信息流冲进了我的脑子，感觉就像是大脑被植入了芯片，有人正在通过无线传输，朝我脑子里植入信息。

这个石蛋模样的魋人，竟然有名字，叫"闪"。但这只是我的翻译，如果要准确描述它的名字的话，只能说是一丝闪动。

它并非水晶，水晶是二氧化硅，而它的骨架是硅酸盐晶体。

闪原本不在此处，而是在地底漫游，放牧魋虫。只是不知为何，也不知什么时候，它被带到这里，当了守门人。带它来这里的主人，有十张不同的面孔。

闪的脑瓜子不是很灵活，既说不清时间，也说不清事，记忆跳跃很厉害。闪说它大多数时间都在休眠，在这期间发生的事，它都不会记得。只有遇到召唤，它才会花很长时间醒来。现在，它仍然处于半梦半醒之间的状态。

通过闪传递的那些迟钝信息，我猜测李哈儿并不知道它是魋人。因为在闪眼里，李哈儿只是个喜欢游戏的幼童。

闪记得在这棵大树下，曾有很多房子，很多人，但后来都不见了。只有李哈儿偶尔会来这里，跟它玩游戏。在李哈儿眼里，闪只是一个有些灵识的机关罢了。

作为守门人，闪太不称职，它连自己守的门在哪里都忘了。这让我忍不住笑出声来。

张进步奇怪地看着我说："马爷，据说很多人在饿死之前会出现幻觉，看见眼前堆满了美酒佳肴，会不自觉发出笑声，你现在就是这个状态……"

我刚想把闪的事告诉他，忽然，我感觉一股强大的力量从闪的身体里冲出来，跟之前慢慢悠悠的状态截然不同。我甚至可以看见它的颜色，是一团墨绿色的烟雾，企图通过我的胳膊，进入我的身体里。

我还不知道发生了什么事，只听脑袋里发出一声清晰的尖叫，叫声里的惊恐迅速蔓延到我的全身，让我忍不住全身颤抖起来。

张进步马上觉察出我的异样，起身大声问我："怎么了？"

尚锦乡和黄小意也惊异地看着我。

我想说我不知道，可是牙关打颤，什么都说不出来。

"完了，饿出羊癫疯了。"张进步说着，就准备过来扶我。

可就在这时，整个石蛋都开始颤动，内壁上的结晶体稀里哗啦掉落下来。

"地震了！"尚锦乡叫道。

张进步赶紧冲外面大喊："老李，李总，李哈儿，快放我们出去。地震了，我们要震死在这里面，你就鸡飞蛋打了。"

外面没有声音，过了一会儿，只听李哈儿惊喜地喊："你们干了什么？"一边喊一边放声狂笑，可笑了一会儿又喊，"你们究竟干了什么？"这一回，声调里不是惊喜，而是惊惧。

这时，我的身体才慢慢复苏，那个藏匿在我身体里的意识，似乎被什么吓着了，潜伏了起来，对我失去了干扰。

这时，整个石蛋开始缓慢滚动，我们在里面一会儿上一会儿下，身体磕碰在那些尖锐的结晶上，疼痛无比。

"把头抱起来。"尚锦乡说着就把身体蜷缩起来，双臂紧紧抱住脑袋。我们也学着她的样子抱头，但是身体其他部位还是不时地传来刺痛。

不知道滚了多久，石蛋终于停了下来。

我缓缓放开双臂，身体没有一处不疼，其他人也是一样。大家躺在地上，一动不能动，耳边传来张进步销魂的呻吟。

"哎哟喂，这他妈是滚钉桶啊，旧社会叛徒才受的刑，老子这是招谁惹谁了……"他的哭腔都要出来了。

我强忍着疼痛坐起来，突然注意到石蛋内的空间似乎大了许多。

"小意姐，尚，你俩没事吧？"

"屁，老娘屁股都被扎碎了。"黄小意骂道。

"我没事。"尚锦乡虽然这么说，但坐起来的时候，脸上还是露出痛苦的表情。

"李哈儿你个王八蛋，老子一定要让你滚钉桶，用三寸长的铁钉子，捅烂你的屁股……"张进步破口大骂了好一阵，但外面没有了声音。

"这王八蛋不会被压死了吧？"黄小意问。

"王八蛋可不能被压死，否则我们就完了。"张进步说。

话音未落，石蛋再次动起来。万幸，这次它没有滚动，而是在内壁的某一处，缓缓裂开一个口。阳光照了进来，那是熟悉的草木味。

我们虽然只被困在里面几个小时，但恍若隔世。

我赶紧站起来，拉起黄小意和尚锦乡，把她们从尚在张开的口推了出去。我也顺势钻了出来。只有粗壮的张进步，挤了半天挤不出来，最后我们仨合力，才把他从里面拽出来。

惊魂初定，举目四望，眼前的景象，让我们惊讶得半天没有合上嘴。

如果不是那棵山一样的树干还在，我差点儿以为，这是到了远古的原始森林。原本开阔平坦的景区，如今看来，就像荒废了至少三十年以上，目之所及之处，有一种让人胆颤的不安和压抑。

那棵像山一样巨大的寿木，竟然笼罩了一层衰败之气：无数粗大的气根从半空扎到地里，还有一些缠绕在近处的树上，将那些树全部绞死；地上积了厚厚一层枯枝腐叶，散发着浓烈的腐木味，上面生长着地衣和蕨类植物。

杂草蔓延，青芽枯茎，重重叠叠，侵没了小路，也淹埋了那些在草丛里的长条椅。那些景观树和灌木，因无人修剪而疯狂抽枝，像沦落街头的乞丐。石头雕塑和栏杆上，生满了灰绿色的苔藓。就连清澈的小河沟里，也被茂密的水草覆盖，只能隐约听见汩汩的水流声。

"我们这是穿越了？"张进步目瞪口呆，喃喃自语。

没有人能立即回答。

第五十三章
速朽

本来镶嵌在树干底部的大石蛋，如今滚出有上千米远。它的外形比我们刚见到时大了不止一倍，难怪里面的空间也大了许多。

"它真是尪人吗？"我心里不禁怀疑。

这时它身上裂开的那道口子缓缓合上，就像是一张大嘴，巨大的身体也在缓缓下沉。

我们所在的位置，既不是沼泽，也没有流沙。可它就那么旁若无人，兀自下沉，丝毫不在乎我们这些人惊诧的目光。

可随即，发生了更惊异的一幕。大石蛋将一半身体沉入地下后，停止下沉，可转眼之间，它又开始上升，像是漂浮在水上的一颗皮球，重新回到地面。

"它就是尪人。"目睹了这一幕，我再也不怀疑了。

然后，它像鸭子抖水一样，全身震动，频率极快，泥土飞扬。转瞬间，它身上的泥土就被抖得一干二净。但它并不满足，还在继续抖，竟然把身上那层浅绿色的褶皱皮壳抖了下来。

皮壳落地，散成无数细小的碎片。碎片开始爬行，竟然是千万只浅绿色甲虫。甲虫像是在举办奥运会开幕式，以极快的速度排成了整齐的队列，整体朝着那几百尊石头雕塑爬过去。

我们只听得一阵沙沙声，雕塑就像烈日下的雪人一样消融，没过多久就消失得无影无踪，在荒草地上留下一片片斑秃。

吃完雕塑，甲虫的体型明显大了一圈，每一只都像拳头那么大，形状看起来像一片片浅绿色的叶子，在地面上如水波般"流动"。

我们所有人都看呆了。

"那是什么玩意儿？"张进步喃喃自语。

"馗虫。"我说。

我记得闪说过，它以前在地底深处，放牧馗虫。

"好可爱，真想养一只玩。"黄小意在旁边说。

"那我去帮你抓一只。"张进步说着，就要过去。

我连忙一把拉住他，说："不想活了？那是有主人的。"

我花了一分钟时间，向他们解释了馗人闪。

就在我们说话的时候，那些小甲虫已经爬回馗人身边。

石蛋因为褪去了皮壳，此时成了一颗泛着紫光的大皮蛋，体型就像一栋小洋楼。那些馗虫真有劲儿，竟然组合成两条粗壮的柱子，举起了闪。如今的闪，看起来就像长了两条大长腿的皮蛋。

"这玩意儿，倒是可以立在中国皮蛋之乡当吉祥物了。"张进步大笑着说。

随后，皮蛋就迈开两条腿，一步一步朝大山走去。

"这是要去哪儿啊？"

"它要走向世界吧。"

我和张进步正着迷于馗人惊天动地的步伐，突然听见黄小意喊："李哈儿那王八蛋呢？"

我们从石蛋里出来，被眼前的变化所震惊，差点儿忘了罪魁祸首李哈儿。

尚锦乡认真地说："我刚才查看了石球滚过来的痕迹，没有发现李哈儿被压死的迹象。"

"这要是真穿越到三五十年后，那千年老妖怪的死尸，应该早就腐烂风化了。"黄小意说。

"不对，我们没穿越。"尚锦乡指着一条长椅说，"油漆都没有脱落。"她突然想起什么，也朝着大树那边跑去。我们仨赶紧跟上去。

尚锦乡在一片草丛里摸了半天，找到了一个垃圾箱，然后把手伸到里面，拿出一个东西。

"果然没穿越。"我和张进步同时说。

尚锦乡从垃圾箱拿出的，是我们上午丢掉的橘子皮，现在还是黄澄澄的，只是稍微有一点儿萎缩。

"那这些树是怎么回事？就像是长了几十年。"

"啊——"黄小意发出一声尖叫。

她的右脚被一根细小的气根缠住，那气根只有小拇指粗细，像条蛇一样，在小意的脚腕上缓缓收紧。

我还在想怎么办，张进步已经掏出刀子，冲着气根剁下去。

处刑人的刀果然削铁如泥，不费吹灰之力，就砍断了气根。

可是缠在小意脚腕上的那圈气根，却仍然没有松开。

张进步挥舞着刀子说："小意姐，现在你有两个选择：一是把你的脚剁掉，树根自然就掉了；二是让树根留在你的脚腕上，当个纯天然的装饰。"

"剁脚！"黄小意毫不犹豫。

"好嘞。"张进步说着，就冲着脚腕砍过去。

电光石火之间，气根就被砍断，落在地上。而此时刀刃距离皮肤，大概只有一根汗毛的距离。

整个过程，黄小意一动没动，而且神情淡然，毫无紧张感。反而是我汗毛都立起来了，尚锦乡的嘴巴也张成了一个"O"。

张进步看见我俩的样子，撇了撇嘴说："你俩至于不？看看小意姐，啥叫素质？这才是典型的大女主。"

话音未落，只听黄小意长长呼出一口气，突然出手，一个巴掌打在张进步的后脖颈上："牛啊！"

张进步赶紧跳开，委屈地抱怨："你这咋还打成习惯了！"

话音未落，我发现了异样——就在这一瞬间，黄小意似乎老了许多，脸上原本光滑的皮肤，竟然出现了皱纹。

很快，尚锦乡和张进步也发现了问题，同时盯着黄小意看。

"怎么了？"黄小意诧异地问。

"没事，脸上有个虫子。"张进步伸出手，迅速在小意脸颊上抹了一把，竟然还真捏了个小飞虫。

我和尚锦乡也赶紧把目光收回来，在搞清楚事情的真相之前，暂时还是别把她吓着。

　　"现在怎么办？要不要先回去？"尚锦乡问。

　　"回去肯定要回去，只是现在我得先找点儿吃的。"张进步说。

　　我们正在商量着，突然从不远处传来一阵轰隆隆的巨响，转头一看，竟然是那个大皮蛋尫人在用自己的大脑袋，使劲儿撞击寿木的一条气根。

　　虽然尫人的体型够大，但比起那山一样的树来说，还是显得过于渺小。光是那根气根，就足有圆桌那么粗，而它只是千万条气根其中的一条而已。

　　"老闪，有什么想不开的坐下来聊聊，别跟自己的大脑袋过不去。"

　　张进步冲尫人大喊。他对人都是自来熟，我刚跟他说尫人叫闪，他就叫人家"老闪"。不过，巨大的撞击声瞬间就淹没了他的喊声，只有几片黄叶从头顶落下来。

　　黄叶？我心里一动，怎么会有黄叶？我赶紧抬头看，发现头顶上，那绿山一样的大树冠，竟然有一小半已经变黄。虽然我知道黄角树落叶无定期，但不可能上午还是绿叶，下午就变黄。

　　当然，这棵寿木只是很像黄角树，我并不能确定它就是黄角树。毕竟它的寿数和形态，已经完全超出了我的认知。

　　那边尫人撞了很多下，气根并没有损伤。

　　张进步阴阳怪气地说："蚂蚁撼大树……"

　　话还没说完，那尫人突然就像疯了一样，加快了撞击速度，频率比刚才提高了十倍不止，力道也越来越大，就连我们脚下的土地也跟着抖动起来。

　　"吱嘎——"一声巨响，那条圆桌粗的气根，竟然被生生拦腰撞断。而尫人随着惯性冲了进去，一连撞断上百条粗细不一的气根，"咚"一声，又撞在更粗的一条上，才停住。

　　可是尫人并没有止步，而是又瞅准一条粗根，像先前那样撞上去。

　　"这家伙要干什么？"张进步疑惑地问。

　　随着气根一条条被尫人撞断，张进步又猜："它不会是想砍树吧？"

　　虽然以尫人这种笨拙的撞法，真要想把所有气根撞断，大概得撞几十上百年，可是除了砍树之外，似乎也想不出其他的理由。

　　"马龙，你不是可以跟它交流吗？问问它是怎么个意思，需不需要我们帮忙？"

　　"你倒是个热心人儿啊，"黄小意笑着说，"你拿小刀帮忙吗？"

"蚊子多了，也能把大象吸干……"张进步突然不说话了。

张进步从来不会说半句话，我奇怪地扭头看他，却发现他正盯着黄小意，眼睛里满是惊惶。而黄小意眼睛一直看着尪人砍树，没有注意到张进步的目光。

仅仅这么一会儿，黄小意又老了许多，皮肤老化严重，脸颊下垂，皱纹越来越明显，就连头发，也枯干发黄，甚至出现了许多白发。照这个速度发展下去，用不了多久，她就会变成一个形容枯槁的老太太。

"怎么办？"我用口型问张进步。

他摊了摊手，脸上挂着浓浓的忧虑。

我心里也是焦急万分，但还是强迫自己冷静下来。要解决问题，先得找到问题的根源才行。

在尪人身体里的几个小时，黄小意并没有衰老，说明并不是尪人的原因。她的衰老，是从尪人肚子里出来后才开始的，那在这期间，究竟发生了什么？

我突然想起李哈儿喊的那句——"你们究竟干了什么？"

听他的语气也是非常吃惊，绝非作伪。接着大石蛋就开始抖动，滚动，等我们出来后，就看到外面的世界已经恍若隔世。

如果这一切不是李哈儿干的，那是谁？

我再一次把整个事情捋了一遍，终于找到了源头。眼前这一切，都发生于我体内的意识和尪人交流以后。

交流刚开始的时候还很和谐，进行了一会儿却被一股突如其来的力量打断。

那股力量是一团墨绿色的烟雾，它想要通过尪人强行进入我的身体，紧接着我就听到体内的意识，畏惧尖叫……交流被切断。

没错，就是那团墨绿色的烟雾，它是造成这一切的万恶魁首。

它是什么？我无从得知。

我看看远方撞树不停的尪人，或许只有它才知道。

我得去问问它。

第五十四章
我爱你

‖‖‖‖‖‖‖‖‖‖‖‖‖‖

　　我是马龙，马龙并没有跟馗人聊过天。跟馗人交流的，是我体内另一个莫名的独立意识。

　　它究竟是原生物，还是寄生物，我一无所知。

　　如果是原生物，那就表明我精神分裂了，出现了感知障碍，甚至思维障碍。这是病，得治。

　　但如果是寄生物，它又是从何而来？是暂时寄生，还是永久寄生？

　　不管是原生还是寄生，总之身体里有这么个玩意儿，就像长了个精神肿瘤，让我非常不舒服。

　　但现在我又不得不借助它，跟馗人交流。

　　我让他们三个站在原地别动，自己找了个理由朝馗人走过去。

　　馗人正忙得不亦乐乎，完全没有注意到我。或许注意到了，它也不会在乎我。就像一头大象，不会在乎一只兔子。

　　我离它越近，脚下就震动得越厉害，距它三百米之内，每走一步，就感觉像在跳。等走到距它六七十米的地方，我停下了。

　　不敢再近了，它撞倒的那些气根，携带着树枝树杈，一大片一大片落下来，木屑横飞。我如果再近，就会有危险了。

可我该怎么跟它交流呢？靠大声吼吗？

于是我尝试着大叫了几声，却毫无作用。撞击的声音太大，完全掩盖了我的吼声。

我只好继续往前靠近，三米五米地往前移，一边移一边还得防止被木头砸中。那些横飞的木块，最大的有集装箱那么大，我要是被砸中，基本就死定了。等距离它不足三十米的时候，一根巨大的断根挡在我前面，正好可以当我的防护墙。

我把身体隐藏在断根后面，开始大声喊叫。可才叫了一声，我就被巨大的震动震倒在地。又一条大气根被撞断，一大片枝叶如黑云盖顶，从我正上方落下来。万幸，我躲在断根的凹陷处，没有被打中。但整个身体都已经被重重叠叠的枝叶掩埋。

枝叶之间空间松散，呼吸倒是没有障碍，但是被掩埋的感觉很糟糕。我满头满脸都是泥土，眼睛也进了灰尘，一时睁不开。

等眼睛好不容睁开，我才慢慢扒拉着往外爬。只是顶上这枝叶之厚重超出了我的想象，我见缝插针钻了半天，累得气喘吁吁，还是没出来。

隐约之间，在一刻不停息的撞击声里，我似乎又听见了什么声音，像是人在哭。仔细一听，果然是有人在哭，号啕大哭。

“马爷啊，你怎么就这么被活埋了啊……你要挺住啊，兄弟一定把你挖出来，生要见人，死要见尸啊……”竟然是张进步是声音，应该是他看见我被埋，过来挖我了。

我赶紧打起精神，朝上面喊：“老三，别号了，我还没死呢。”

“没死吗？啊，你怎么还没死啊？”

“别扯犊子了，你让开点儿，别让小意她俩过来，危险……”

“马龙，你还活着啊！”小意的声音传来，“你没受伤吧？”

“好着呢。你们过来干啥？快走远点儿……”

我话还没说完，又传来一阵难听的断裂声，只听张进步一声惊叫：“小姨，快躲开！”

“噔——”一声闷响，外面安静下来，就连馗人撞树的声音也消失了。

“老三，咋回事？”我赶紧问。

没有回答。

“小意！”

还是没声音。

我心里一阵惊惶，听刚才的声音，应该是一根巨大的木头掉了下来，可却没有震动感，怎么回事？

我赶紧爬起来，继续往上钻。衣服早就被树枝划烂，本来就伤痕累累的皮肤，更是被木头划得火辣辣地疼。可我不管不顾，把自己当成一个打洞的老鼠，使劲儿往外钻。终于，当我好不容易钻出那堆小山一样的枝叶后，眼前的一幕让我呆住了。

黄小意和张进步站在我左手边，距离我不到十米远的地方，尚锦乡离得远一些，在我右手边十几米处。一根十几米长、木桶粗的大树干，悬在她头顶七八米处。馗人闪用自己的大石蛋脑袋，死死顶着那根树干。

三个人都没事，只是全都傻了，站在原地一动不动，看着馗人。就像三只兔子，盯着一头大象。

我看明白了，当那个树干直直地砸向尚锦乡时，是馗人用自己的脑袋顶住了它，救了尚锦乡一命。

傻丫头，我心里骂了一句，赶紧从枝叶堆上深一脚浅一脚蹦下来，跑到尚锦乡身边，握住她的手，将她拉到了安全区域。

尚锦乡被吓傻了，脸色苍白，汗水和尘土搅和在一起，在白净的脸上流出了一道道泥沟。她眼睛直勾勾看着我，却一句话也说不出。

突然，我身后又是"噔"一声巨响，地面微微一晃，那根大树干被馗人扔到地上。尚锦乡眼睛微微一动，似乎才认出眼前的人是我，猛然扑过来，紧紧抱住我，"哇"的一声哭了出来。

我也紧紧抱住她，轻轻拍着她的后背，在她耳边反复说："没事了，没事了……"可尚锦乡还是痛哭不止，身体因此颤抖着。

张进步和黄小意走了过来，安静地站在旁边。黄小意也被尚锦乡的哭声感染，眼睛通红，流着泪。张进步伸出手，拍了拍黄小意的肩膀，长吁了一口气。

尚锦乡的心情终于缓和下来，哭声渐渐变小，最后成了微微的抽泣。终于她说出了第一句话："马龙，我爱你。"

张进步在旁边做着鬼脸，说："好了好了，还有外人呢。"

他说的外人，就是馗人。

此刻，它一动不动地站在原地，因为没有脸，也没有明显的五官，不知道它是不是在"看"我们。

它为什么要救尚锦乡呢？不管为什么，它既然知道救人，就说明跟我们是一样的生命。我决定再尝试跟它交流一次。

我放开尚锦乡，尚锦乡却紧拉着我的手不放。我只好拉着她，一起朝馗人走过去。

"你能听到我说话吗？"我大声说。

没有任何动静，它重新恢复成一块石头的模样。

"不管你能不能听到，我要先谢谢你救了我的……未婚妻。"

我说出"未婚妻"三个字的时候，感觉尚锦乡的手轻轻颤抖了一下。

"马爷，你之前是怎么跟它交流的？"张进步在身后问我。

"用手啊。"

"它就算听见你说话，可能也理解不了，即使可以理解，怎么回答你呢？所以你还得继续用手。"

我的右手被尚锦乡紧紧握住，我向她说明情况后，她又换到了左手。我只好拉着她慢慢靠近馗人，直到走到它身边，它还没有动静。

这时，又出现一个难题。

馗人那两条大长腿有两三米高，我想摸也摸不到。那些甲虫虽然看着很萌，但垒在一起密密麻麻，我也不敢摸。

尚锦乡指着旁边那根差点儿让她殒命的大木头说："上去试试。"

木头直径超过了一米，我先攀着爬上去，又把尚锦乡拉上来。我伸手使劲儿往前上探，还是差一点儿。

尚锦乡说："我背你吧。"

"你？背我？"我笑着问。

"对啊。"

我想了想说："这树根太滑了，你背着我肯定站不住，不如我背你怎么样？"

"是你跟它接触，又不是我。"

"先试试。你来做根导线，要是不行再想办法。"

"可以吗？"尚锦乡疑惑不解地问。

"反正都是试嘛。"

我之所以让尚锦乡试试，也是临时起意，是想知道馗人是只会跟我交流，还是说它也会和别人交流。

我背起尚锦乡，缓缓靠近馗人，让她伸出手去触摸那颗皮蛋的下沿。就在这时候，我突然觉得自己体内那个意识，又开始觉醒了。

"看来有门儿。"我想。

尚锦乡的手刚摸到魁人的身体，我立即有了一种来电的感觉。

"有感觉吗？"我问。

"冰凉。"尚锦乡说。

看来她这根导线有用，但是本身感受不到那种能量的波动。

我说："你就把手放上面，不要动。"

也不知为什么，我感觉体内的那个意识畏畏缩缩，似乎像一只受过惊吓的小羊羔，踟蹰不前。

我只好先尝试跟它沟通，说沟通其实也就是在心里默默想，也不知道它能不能感受到。看来沟通起了作用，过了一会儿，那个意识开始滚动。紧接着，我脑子里再一次出现了一个声音，是魁人。

它对外界他物的认知和沟通方式，与我们不同。它觉得它是在说话，但我们听不到声音，只能用意识感知。

我让体内的那个家伙，跟魁人表达了谢意。但魁人竟然不懂"谢意"这种人类必备的感情。

我问它为什么要救尚锦乡。

它说不是它，对它来说我们这些生命不值一救。

从我的理解来说，我们之于魁人，如蜉蝣之于人类。人类就算看见蜉蝣要死去，也不会动恻隐之心。

魁人想不起自己刚才的行为，它只记得自己被一股污秽不堪的冰冷能量吞噬，随后有另一种温暖的能量让自己清明，同时驱使自己扛住了那根将要砸落的枝干。等到我把尚锦乡拽开后，那股温暖的能量才消失。

它还对自己撞倒这么多的树根，颇为吃惊。

我问它那一团墨绿色的烟雾是什么，才发现它没有辨别颜色的能力。

我还想问些其他的，但已经来不及了。

体内的那个意识，像是被烟头烫了的手指，"唰"一下就消失了。与此同时，魁人再次开始抖动，带动了整个地面。我脚下的那根树干，也开始晃动，我站立不住，只好从上面跳下来。

魁人又疯了，而且紫色透亮的身体，竟然被一种墨绿色所浸染，体型开始膨胀，转眼之间就胀大了一圈，看上去越发像一颗大皮蛋。

紧接着，它身体表面又生出丝丝绿色烟雾，缭绕在它周围，散发着一种怪异的味道。

　　"快跑！"身后传来张进步的叫声。

　　我这才缓过神来，拉起尚锦乡，转身就跑。不一会儿，身后传来一种声音，咯吱咯吱，让人牙酸。

第五十五章
树洞

我回头看了一眼，发现那些浅绿的甲虫，颜色正在变深，而且已经散开，有一些已经朝我们追来。

不远处，张进步正在一边大喊，一边朝我们使劲儿招手。

我们快速绕过几个大树干，跑到张进步身边。回头一看，那些甲虫已经彻底变成深绿色，它们排成长队，蠕动着，打眼看去，就像是一条泛着绿色荧光的巨蟒，正朝我们的方向爬过来。

"马爷，这个大皮蛋咋又疯了？不是你刺激的吧？"

危险就在眼前，我来不及把刚才的突发情况告诉他，只好说："等会儿再给你讲，现在先对付这些虫子。"

"这玩意儿咋对付？只能跑啊。"

我们转身刚跑了几步，突然黄小意"哎呀"一声，摔倒在地上。

张进步眼疾手快，一把拉起来。此时，黄小意正以肉眼可见的速度，迅速衰老。她自己也觉察到了，满脸惊惧地问："我这是怎么了？"

"幻觉！"张进步迅速回答，"小意姐，都是幻觉，等我们出了这鬼地方就好了。"

黄小意将信将疑，还想说什么时，但虫子已经逼近。以黄小意目前的情况，肯定是没法跑了。张进步二话没说，把她驮到背上，打算背着她跑。

我说："这样不行，得先找个地方躲起来。"

可是躲哪儿呢？我和张进步同时看向寿木。树干上有一个巨大的洞穴，那是先前魋人所镶嵌之处。

"就去那儿吧。"

我拉着尚锦乡，张进步背起黄小意，拔腿就朝着树洞跑去。

如果今天必死无疑，死在一个树洞里，总比曝尸荒野，被野兽啃食要强得多。

距离虽然不远，但地面不平整，张进步又背着黄小意，速度受限，所以等我们深一脚浅一脚跑到洞口时，身后那条虫子组成的巨蟒，已经距离我们不足百米。

树洞敞着口，毫无遮挡。进洞后，张进步把黄小意放下来，气喘吁吁地拔出刀，守在洞口。

我苦笑着说："这应该没啥用吧？"

"有用没用，也只能这样了。马爷，你究竟咋刺激那大皮蛋了？"

"跟我没关系，我感觉它被什么东西控制了。"

"控制？"

"我真搞不清楚……现在说这些有毛用？"

"那你说啥有用？"张进步问我。

"你俩别吵了，看看小意姐。"尚锦乡在旁边说。

我俩一回头，吓了一大跳。眼前的黄小意，已经变成一个白发苍苍的老妪，鹤发鸡皮，形容枯槁，依偎在尚锦乡怀里，瑟瑟发抖。尚锦乡泪流满面，紧紧抱着她。

"马龙，我要死了吗？"黄小意用浑浊的眼睛看着我问。

我不知该怎么回答，眼泪差点儿夺眶而出。

"小意姐，你别胡思乱想。我不是说了吗？这都是幻觉……"

"不要骗我了，进步，如果是幻觉，怎么可能只有我变成这样……"黄小意忽然喘着粗气，咳嗽起来。

尚锦乡赶紧从随身的包里拿出水，想喂她喝，但是被黄小意推开。

她凄然一笑说："我得了癌症以后，还安慰自己，可以不用像别人那样，老到变丑了才死。看来这个心愿也实现不了了。"

听着她的话，我的眼泪终于再也忍不住流了下来。

张进步说："小意姐，你别难过，这不还有我们几个陪你死吗？黄泉路上聊着天，热热闹闹的多好。"

黄小意摇摇头："是我拖累了你们。你们别管我了，离开这儿吧。"

眼看小意还在继续衰老，我突然想起了李哈儿。目前，只有李哈儿可以救她。

我走到洞口，冲着外面放声大喊："李哈儿，你在哪儿？我答应你了！李哈儿，你这个王八蛋，快点儿出来……"可无论我怎么喊，都没有任何回音，李哈儿就像已经离开了这里。

此时，那些绿幽幽的虫子距洞口只有三四十米。而不远处，尷人还在继续膨胀，整个身体已经被墨绿色的烟雾包裹，烟雾缭绕的，像身上长出的毛发，看起来无比诡异。

"马爷，快看！"张进步在身后叫我。

我以为是黄小意不行了，一回头却发现张进步正死死盯着洞壁。

木质的洞壁是浅黄色的，上面有规则地布满褐色纹理。此刻，那些褐色的纹理，仿佛水波一样微微摆动。

"我明白了！"张进步发出一声鬼叫。

他看着我说："加速成长，不知道什么原因，这里所有的东西，都以非正常的速度在加速成长。你记得古观音禅寺那棵银杏树吧？"

"树叶一夜变黄？"

"虽然生长的速度不同，但应该就是一回事。"

"你的意思是小意姐也是……"

"没错。"

"那我们呢？我们为什么没有变化？"

张进步摇摇头："不清楚……我去，这个洞已经小了。"

经他提醒，我才发现树洞的空间果然比刚才小了不少，甚至连洞口都小了有四分之一。

张进步哈哈一笑说："世界真奇妙，真没想到，连棺材都给我们准备好了，还是纯天然的。"他转身走到洞口，冲着洞外的甲虫喊，"兄弟们加油啊，别等我们被树捂死了，你们吃屎都赶不上热乎的。"

也不知道是不是张进步的喊叫起了作用，那些甲虫竟然停了下来，在洞外七八米处形成一个半圆包围圈，虫与虫之间摩擦，发出咯吱咯吱的响动，听得人百爪挠心。

"马爷，两种死，你是选择壮烈，还是静候？"

"你呢？"

"如果是我一个人，就壮烈吧。但现在拖家带口的，就不如聊聊天，静候死亡到来。"

"憋死难受还是被虫子咬死难受？"

"我觉得都不好受，但憋死还能憋个全尸，被虫咬死太惨烈了。"

黄小意已经处于半昏迷状态，尚锦乡紧紧抱着她，一句话也不说。我走过去，搂住她。

尚锦乡面色平静，微微一笑问："有个问题想问你。"

"嗯？"

"你为什么说我是你的未婚妻，而不是女朋友？我们并没有订婚。"

"那要不现在就订？"

"你要向我求婚吗？"

"你会答应吗？"

"你试试看。"

"不，万一你不答应呢。"

"万一答应呢？"

我心里一动，对张进步说："把你的刀给我。"

"干吗，歃血为盟，结为兄弟啊？"

"快给我。"

张进步把刀递给我说："订婚不需要喝血酒的。"

"喝什么血酒？我要求婚，做个戒指。"

说着，我接过刀，起身想在树洞壁上砍一块木头下来，却发现树洞光滑，没有下刀的地方，只好走到洞口，瞅准一块凸出来的地方，一刀砍下去。突然，我感觉体内那个共生的意识跳了出来，想阻止我下刀。可是来不及了，处刑人锋利的刀刃已经切入了木头。

与此同时，我似乎听见了一声尖叫，可听起来又像是潮湿的木头裂开的声音。刀刃切开的地方，喷涌出一股浅黄色的液体，就像喷泉一样飞溅在我的身上和脸上，甚至还有几滴落在我的嘴里。

一阵清冽的幽香充盈了我的味蕾，整个树洞里也弥漫着这股味道。洞口以肉眼可见的速度迅速闭合，整个洞壁像一块巨大的血肉，鼓起一个个木瘤，并不断膨胀，树洞的空间越来越狭小。最后，我们四个人被硬生生挤在一起。

突然之间，我觉得这种感觉非常熟悉。

我想起来了，那是在洞庭树屋的梦里，我梦到自己掉进一个狭隘的树洞，身体不停地坠落，坠落……直到从梦里掉了出来。

此时，木瘤已经完全堵死了洞口，我们被封死在这棵寿木的体内。

更难受的是，那种黄色的液体依然在不断涌出，漫过我们的膝盖，大腿，腰部……

"马爷，这是担心我们尸体腐烂，还预备了福尔马林吗？"死到临头，张进步仍然是一副玩世不恭的态度。

我对尚锦乡说："实在不好意思，戒指没了，你还同意吗？"

尚锦乡说："元曲里有生则同衾，死则同穴的说法。我们都死同穴了，还要戒指做什么？"

张进步说："你说你俩生同衾，死同穴，这么浪漫的事儿，非要拉着我干什么？太煞风景了。假如多年以后，有人发现了我们的尸体，四个人同穴，这算怎么回事？"

没说几句话，黄色液体已经没过了脖子。

我们默不作声，静候死亡到来，万籁俱寂，只能听见微微的呼吸声。等液体淹没了所有人时，就连呼吸声也没有了。

因为我天生会游泳，从来没有过呛水的体验。但此时身体被木头固定，丝毫不能动，只能任凭液体随着我的呼吸，进入了我体内……咦，为什么我可以呼吸。

我心里一喜，就想开口说话，可刚一张嘴，嘴里就灌满了液体，清冽而甘甜，忍不住咽了好几口。随后，脑子一激灵，感觉体内被某种轻盈的东西充满，身体像个气球般，缓缓向上漂浮。

一时间，我有些分不清这是幻觉，还是真实发生的。但无论怎样，我都一手紧拉着尚锦乡，一手扶着黄小意。

漂浮的感觉越来越强，我的身体有一种乘坐高速电梯的眩晕感。大脑从始至终保持着清醒，可是身体被卡得死死的，一动都动不了，想说话也张不开嘴。我只好握了握尚锦乡的手指，没想到她也回握了一下。

这让我一阵欣喜，她竟然也跟我一样，没有窒息。

接下来，在很长一段时间内，我觉得自己像一颗氢气球，在黔黑的夜空中无止境地向上，向上，向上……其间我时刻都在提心吊胆，担心不知道什么时候，脑袋就会撞在天花板上爆开。

空间越来越狭窄，四个人被紧紧挤在一起。

北方有一种压肉，就是用大石板或石磨盘压着熟肉，把肉里的油挤压出来后切片下酒。我感觉照此挤压下去，我们四个很快就会被挤成一块肥瘦相间的压肉，只是不知道谁会拿我们下酒。

忽然间，我感觉眼前不再一团漆黑，隐隐约约可以看见几个人的脸，并很快就看清了五官。我又是一阵惊喜，因为我看见尚锦乡和张进步的眼睛睁着，而且还在不时眨动。

他们也看见了我，脸上同时露出惊讶的笑容，张进步甚至还做了个奇怪的鬼脸。

光线是从上面照进来的，只不过我们没法抬头，看不见光源是什么。但我突然有一种感觉：我们不会死了。

这时，浸泡着我们的液体不再平静，而是发出汩汩的声响，像是有一头野牛在饮水，紧接着，是一群野牛。

液体沸腾了，无数水泡像珍珠串一样，在我们面前上蹿下跳。

我突然感觉身体可以动了，原本挤压着我们的木瘤开始变软，就像胶皮一样弹性十足。我把脑袋使劲儿往后仰，终于看清了光源。

在我头顶之上，无穷远处，出现一个发光的图案，就像飘浮在夜空中的不明飞行物。

这个图案我见过，在"大地原点"的不平人地下基地里，孔孟荀曾给我看过一个瓦当拓片，上面的图案跟这个一模一样。那是由五棵树和五只眼睛所组成的图案，青木族的族徽——树木人面纹。

挤压感虽然没有消失，但因为挤压物不再是坚硬的木头，所以我们都有了些许活动的可能。

水声越来越大，我们仿佛置身于瀑布之中，耳边轰鸣不止。

向上的速度越来越快。先前没有光线，看不清楚，我还以为是幻觉。但现在光线越来越明朗，我确信我们就是在向上漂浮。

第五十六章
青鸟

我们越接近树木人面图案，周围的液体就翻腾得越厉害。

忽然间，我脑子里产生了错觉，感觉自己并非向上漂浮，而是以倒栽葱的姿势，一路向下坠落。简直就像是母体中的胎儿。

我不晓得胎儿有没有时间观念，但我可以肯定，此刻的自己已经丧失了对时间的感触。

瞬间与永恒，对我来说已经不再重要。

大大小小的水泡，携带着我三十年的经历，在眼前上下跳跃。一时的悲喜和得失，如今看来，竟然像是在看片花，心如止水，毫无波澜。

一阵困意袭来，像一股暖流环绕着我，让我浑身舒坦，渐渐地，眼睛忍不住合起来。

将睡未睡之际，我感觉身体周围一阵激流涌动，身体像一发炮弹，不受控制地被弹射出去。事发之突然，力量之强大，让我原本拉着尚锦乡和黄小意的手也被挣脱，口中不自觉发出一声喊叫。

在听见自己声音的同时，我也听到了另外几个熟悉的叫喊声。

脑子来不及思考，人已快速翻滚了好多圈，像是被投进滚筒洗衣机。恍惚之间，我看见眼前出现一片清澈的蓝光，无比明亮，随后我就一头扎进蓝光里，失去了意识。

等醒来时，我发现自己像个婴儿般，蜷缩在一处类似沼泽的地方，到处黏黏糊糊的，身体被一种绿色淤泥所包围。好几年前，我曾在广西的溶洞里洗过一次"泥浴"，就是这种感觉。

淤泥又软又暖，躺在里面让人浑身酥软，丧失了爬起来的动力。所谓"温柔乡是英雄冢"，我想温柔乡，大概跟淤泥差不多吧。

"马爷，你死了没？"脚头传来张进步懒洋洋的声音。

"你呢？"

"我不知道啊。"

"你掐一下大腿，看疼不疼。"

"懒得掐，要不你踹我一脚。"他声音绵软，就像是喝多了一样。

"懒得踹……"

我话还没说完，左小臂就传来钻心的疼痛感，扭头一看，原来是尚锦乡在掐我。我咬了咬牙，忍住没叫出来。

"疼不疼？"她问。

"没感觉啊。"我说。

"看来我们真死了。"尚锦乡也躺在淤泥里，完全不顾美女形象。

张进步提醒："我记得只有梦里掐不疼，难道死了也不疼？"

"死是会疼的，要不地狱里那些酷刑还有啥用？"竟然是黄小意熟悉的声音。

我腾一下坐起来，看见黄小意斜倚着，满身满脸都涂满泥浆，整个人看起来绿油油的。虽然不好看，但比刚才的老妪状要好多了。

"小意姐，你好了？"张进步凑过来，兴奋地问。

"好个屁，只是泡了一会儿泥浴，比刚才有劲儿多了。"

"那太好了，你多泡泡。这淤泥可是纯天然的，美容养颜，比任何化妆品都强。"

我问黄小意有什么感觉。她说其他的不明显，只是身体每个关节都疼。我仔细打量她，发现她似乎少了一些老态。

"是不是很丑？"黄小意问。她的模样虽然变老了，但声音一点儿都没变。

"我们都是小绿人，有什么丑不丑的。"

看大家一副懒洋洋的样子，我提议在泥里多泡一会儿，缓解一下疲于奔命带来的劳累感。

我们四个并排仰面躺在泥坑里，就像四个绿色的癞蛤蟆，有一嘴没一嘴地聊着。

说起刚才下坠的经历，张进步说："我怎么觉得自己像是重新生了一回。"我们三个也有同感，于是一瞬间，四个癞蛤蟆，又变成四个嗷嗷待哺的婴儿。

"你们说这里是什么地方啊？"张进步问，"小姨，你是文化人，你来猜猜。"

"既然已经死了，那不是天堂，就是地狱。"

"那我就知道了，我们下的是泥犁地狱，要不咋会有这么多泥呢。"张进步信口胡诌。

黄小意说："太不公平了，你老三下地狱是回家，我们凭啥还要陪你回门呢？"

"小意姐，你这就不对了。亚细亚孤儿团作为一个团队，就算不能同年同月同日上天堂，也要同年同月同日下地狱嘛。"

听着他们俩斗嘴，我心想不管天堂还是地狱，只要有他俩在，肯定不会有片刻安宁。不过，听着嬉笑声，我心里还是欣慰了许多。

"快看！"尚锦乡忽然举起手大喊。

我们顺着她指着的方向抬头望去，从远处飘来一团蓝色的火球。

"完了完了，果真是地狱，鬼火判官来了。"张进步喊。

火球越飞越近，渐渐显出了一只大鸟的形态。那只鸟通体青蓝，每一片羽毛都发着璀璨的蓝光。它扇动着硕大而轻巧的双翼，在我们头顶上盘旋，长长的尾羽轻舞飞扬，星星点点，仿佛在播撒星光。

"夜光苍鹭？"我在心里惊叫道。

中学时，我看过父亲收藏的一本科普书，编著者是一位美国物理学家，名叫威廉·柯里斯。

这位物理学家认为现代科学存在严重缺陷，对未知事物保守，因而缺乏探索动力。他研读了上万种科学杂志，精心收集了许多在科学领域内被人忽视的资料，分类整理，编成了一本厚厚的《原始资料专集》。

父亲的这本书，就是那本厚书的生物学分册。柯里斯在书里提到一些会发光的鸟，其中就有夜光苍鹭。不过，柯里斯并未解释鸟类发光的原因。因为自己的发现并不被科学界所认可，柯里斯一气之下不再当科学家，而是转行成为一名科学作家，专门介绍现代科学无法解释的东西。

那时我问父亲，是不是真有夜光苍鹭这种鸟。父亲说，自然界中有许多人类还不了解的事物，不必急于肯定或否定。很多科学事实在被证实之前，也都是假说。现代科学并不能只满足于描绘那些常见的确凿事实，而是应该去研究那些未知事物。

但书里描绘的夜光苍鹭，外观是纯粹的白色，体型也是从头到脚都是细长的；

而在我们头顶盘旋的这只鸟，通体呈青蓝色，样子像小一些的孔雀。

如果这只青鸟安静地停在某处，我绝对会把它当成一件精美的染色玻璃工艺品。除了发光这点外，它和夜光苍鹭还真没太多相似之处。

尚锦乡说："它的颜色，倒像是中国古代传说中的青鸾。"

"鸾，不就是凤凰吗？"张进步说。

"赤色为凤，青色为鸾，据说它是西王母的信使，世间仅有一只。"

"仅有一只？"张进步兴奋地问。

"传说就是这么说的。"

"那不是很值钱？"

"老三，你小时候是家门不幸，还是说女朋友被富二代撬走，精神受了刺激，咋动不动就钱钱钱的？"黄小意说。

张进步嘿嘿一乐："小意姐你就不懂了，大多数人在世界上之所以活得不快乐，是因为他们要的太多。而我比大多数人快乐，就在于我只要钱，权力名誉美色于我如浮云。所以说，我才是一个纯粹的人，一个高尚的人，一个脱离了低级趣味的人。"

我们还在讨论那只鸟是不是青鸾，它盘旋了一会儿，就往远处飞去。等它飞远后，我们周围的光线立即就暗淡下来。

只有一些暗处的真菌，还在发着幽幽的微光。

这时我注意到，在我们躺着泥浴的沼泽侧上方，有一根粗大的根管，就像是一根排污管，在滴答滴答滴水。根管有一米多粗，不知从何处伸出来，管口像一片银杏叶子，仿佛若有光。

我跪起来，模仿小猪，四脚着地朝它爬过去。

果然根管深处透着光亮，但透光处就是树木人面纹。没错，我们就是通过这根排污管一样的玩意儿，掉进来的。

张进步认为，既然有鸟，说明此处不是绝境，可能只是山里的一处溶洞或者地穴。等我们休息好了，就去找出路。

先前李哈儿曾说过，武陵山中地质条件复杂，地下溶洞密布，他开发的景区，以喀斯特地下景观为主。

我们在地下暗河时，朱獳告诉我，光是鸡鸣峡谷一处，就有上千个溶洞。李哈儿利用大量异兽奴隶，将这些人类原本绝不可能抵达的区域一一探明。并耗费了无穷光阴，将所有溶洞、上古矿洞以及地下暗河全部打通，开发出了举世罕见的地下迷宫。

那里同时也是一个堡垒，如果李哈儿躲起来，除非将整座武陵山连根拔起，否则绝不可能找到他。

我们一直不明白，他花这么多精力干这些事，目的究竟是什么？

张进步说："一般人深挖洞，广积粮，无非就是备战备荒。李哈儿备战倒是有可能，毕竟自己是非凡之物，不平人总有一天会找上门来。"

我说："那也没必要把整座山挖通，这样的行为，才更容易引起不平人的注意。"

"那还有一种可能，荒山野岭盖别墅，不是华侨就是盗墓。"

我心里一动，老三说的没错，掘地三尺，无非就是寻找什么东西。联系到李哈儿先前的话，我不禁想，他难道就是为了寻找巫载城？

可是青木族对世人最大的吸引力，莫过于长生术，但李哈儿已经实现了长生。那巫载城还有什么东西，值得他如此劳心费力，念念不忘？

躺了小半天，在张进步打了一会儿呼噜后，我们简单商量，决定朝青鸟飞走的方向前进。按张进步的说法就是："实在一时半会儿出不去，我们还可以掏鸟蛋吃。"

我们所在之处是一块洼地，洼地中央汇集了一大汪绿色的泥浆。我们从泥浆里爬出来，面面相觑，全都哈哈大笑。我们都被绿泥裹满，像几尊刚上色的泥塑。

我们攀着枝杈爬到高处，翘首遥望，所有人都由衷地发出一声惊呼。眼前的景象无可言喻，让我不禁浑身战栗。

第五十七章
巫载城

◀ ‖‖‖‖‖‖‖‖‖‖‖‖‖‖‖ ▶

那是一个由树根编织的世界，遥遥望去，四条主根，宛如四条山脉，连绵起伏，深深地插入无垠的黑暗中；一条条粗大的侧根，如盘虬卧龙，或显露于云端，或隐匿于深渊，蜿蜒萦回，盘根错节；无数根须则如同粗细不一的蟒蛇，纵横纠葛，缠绕盘桓，形成一片无边无际的原始丛林，可是仔细看，却没有一片枝叶。

只有无数璀璨的青鸟，在林间穿行，洒下万千光辉。

我们此刻所在的位置，在一条主根高高隆起的"山脊"上。刚才所在的洼地，只是山脊上的一个小坑。

我们见识了寿木之巨，对"大"已经脱敏，但这个根系丛林所呈现出的怪异形态，还是深深地震撼了我们。然而，一切才刚刚开始。当我们尝试靠近丛林时，立即就注意到，那些密密麻麻的根须上，竟然生长着一个个畸形的根瘤。随即我们在侧根上也发现了根瘤，只是更为巨大。

这些根瘤使得整个根系丛林，看起来就像一个被辐射的巨兽，让人浑身不舒服。

但没过多久，细心的尚锦乡就发现，那些根瘤上竟然有"门"，可以进出，还有"窗口"以供通风。

难道是什么地底动物的巢穴吗？

我们立即警觉起来，张进步掏出刀子，在前面带路。

可是当我们忐忑不安地进入一个球茎状根瘤，目睹里面的一切后，所有人都目瞪口呆，半天没说出话来。

这是一个不规则的树洞，但绝非动物巢穴，反而像是人住的房间。整个房间大约有二十平方米，有床有椅还有桌子，不过都与房间连为一体。细致查看，还能看出房间包括里面的摆设，没有任何雕刻的痕迹，而像是自然生成的。这已经超出了人类，不，应该是我们几个人的想象。

稍稍能让我们安心的，大概就是房子里那层厚厚的灰尘，看起来已经很久都没人居住了。

一连看了好几间，虽然根瘤形状各异，大小也有区别，但格局大致相同。每条根须长短粗细不一，上面的根瘤少的有十几个，多的有几十个，可以这么说，一条根须就是一栋楼。

而侧根上的那些根瘤，更是不可思议。里面的空间大大小小，功能各不相同，有些空无一物，有些是餐厅，有些生长着一排排座椅，甚至还有舞台，看起来像是剧场。

当我们从房子里出来，重新打量这个根系丛林时，每个人都心潮澎湃，究竟是谁创造了这里？创造了这个生长在地底深处的根系立体城市？

没错，这就是一座城市。

可是这里没有人，没有雕塑，没有符文，没有壁画，除了树根以外，别无他物。不说现代化设施，哪怕是古代化设施都没有。仅有的光源，就是那些林间翱翔的青鸟，以及一些生长在暗处的发光真菌。

就连渊博的历史学者尚锦乡也对其一无所知，完全无法判断它的年代和所有者。

不出意外的话，它应该就是寿木之根。只有山一样的寿木，才会生出如此磅礴的根系。

我心里一动，大声宣布："我知道这是哪儿了！"

他们仨同时问："哪儿？"

"巫载城。"

"青木族的巫载城？"张进步问。

"没错，也是李哈儿心心念念的巫载城。"

我记得祭司对李哈儿说过，巫载城是青木族的根。任凭谁听这句话，也不会把"根"当成树根。所以李哈儿就算守着寿木一千多年，也没想到他自己梦寐以求的巫载城，就在寿木的根部。

但以果为因来倒推，青木族以树木为信仰，听从树的引导，要是撇下千万年的信仰之树，另觅他地，才不合理。

张进步哈哈大笑："李哈儿这个王八蛋，要是知道我们比他还先到巫载城，会不会气疯了？"

"如果我没猜错，李哈儿最终还是把灵乙城的位置告诉了不平人。他打算借不平人之手，毁灭灵乙城，逼青木族迁移到巫载城，顺便把自己也带进去。"

"灵乙城毁了，他怎么没跟进来？"

"这中间一定是出了什么岔子，不平人没有来。"

"嗯？你怎么知道？"

"不平人档案里没有记载这一笔，老孔和我父亲后来到灵乙城遗址，都是李哈儿带的路。"

"那灵乙城是怎么毁掉的？"

"李哈儿。"我说，"不平人没有来，可是青木族却在一夜之间从李哈儿眼皮下消失了。他气急败坏，烧毁了灵乙城。"

"李哈儿有这么强的能力吗？我很是怀疑。"

"或许青木族迁走，还有其他原因吧。总之灵乙城毁灭后，青木族就一直住在巫载城里，至于跟外界有没有联系，那就不知道了。"

因为都是推论，也没有什么对错。所有人都疑惑于为什么如此大一处聚居地，却没有一个人影？

"这么长时间，不会是死绝了吧？"黄小意说。

"青木族人有长生术，怎么可能灭绝？"张进步说。

"小意说的不是没道理。青木族人的长生，是建立在转生基础上的，假如没有新人进来，他们怎么转生呢？"

如果我的猜测是真的，那这里很有可能就是一个巨大的坟墓。

"也不对，青木族人不可能自掘坟墓，不能因为担心李哈儿或者不平人，就让自己全族灭绝。"张进步不同意我的看法。

四个人你一言我一语说了半天，也没个结论。

尚锦乡说："我们现在的位置应该是城市边缘，这里这么大，谁知道里面有没有人，与其乱猜，不如进去一探究竟。"

反正不进去也无路可走，进去还可能找到一线生机。我们同意了尚锦乡的提议，每人喝了几口水，就朝城市中心进发。

穿行在巨大树根笼罩下的昏暗丛林里，我们时不时停下来查看那些大大小小的根瘤房间。

不出意料，所有建筑都已荒废日久，但并没有破败之感，反而越往深处走，越能感觉到生机勃勃。潮湿的森林和树洞里，到处都生长着发光真菌，所以并不让人觉得阴森，反而有一种梦幻感。

绕过一丛密林后，眼前突然出现一片发光的草地，宛若银河。看到这一场景，两个女孩绷不住了，大声惊叹着拔腿奔过去。我和张进步也赶紧跟在后面。

那是一种我们从未见过的小草，半尺多高，形如金灯，一茎三叶，正中的一片叶子如同跃动的火苗。

我们刚靠近草地，就听见一阵细碎的啪嗒声。仔细一看，那些小草竟然轻轻摇曳起来，侧面的两片叶子，鼓掌般互相击打着。

"哇，这不会就是虞美人草吧？"尚锦乡欣喜地说。

"我怎么看着是草成精了。"张进步悄悄嘀咕。

我虽然不认得小草，但我知道那并非虞美人草。虞美人形如鸡冠花，独立长茎，叶子两两相对，会开艳丽的花。这些草与虞美人并无任何相似处。但这种时候，又何必说这些煞风景的话呢？

这时，听见尚锦乡对黄小意说："《情史》里记载，西楚霸王的爱人虞姬自刎之后，精魂化为虞美人草。传说，这种草只要听见《虞美人曲》，就会应拍起舞。"

黄小意笑着说："那我们还是同行啊。"

"小意姐，你会唱《虞美人曲》吗？"

小意摇摇头说："不会，我随便哼一个曲子吧。"说着，她就哼起歌来。

那些小草像是受了鼓舞，竟然摇得更厉害了。

只听尚锦乡缓缓吟咏："悲歌泣下计何短，项王去后知属谁。世传姬死横中道，怨魄悲魂化青草……"

两人一唱一诵，让人心动。

黄小意哼了一会儿，竟然也舞动起来。

夜空之下，草叶飘浮，如星辰的河流，灯火的海洋。黄小意像一个古老的精灵，在梦境中翩跹起舞，时而抬腕低眉，时而轻舒云手，让人眼花缭乱，心动不已，几乎已经忘了自己仍然身处险境。

正在这时，林子上空传来一阵呼啦啦的声响。抬头望去，几百只青鸟，像是受到了惊吓，穿林而出，飞上了半空。方圆几公里内，一时被照得透亮，灿若白昼。原本是精灵的舞蹈，被强光照耀，意境全都变了，成了一个小泥人儿在草地上蹦跶，像是在拍电影特效镜头的小绿人，显得特别怪异。

张进步刚咧开嘴，还没笑出来，在森罗密布的城市深处，传出了一声巨大的狞笑声。那些小草似乎也被狞笑声所惊吓，竟然蜷缩起来，那片如火苗般耀眼的草叶，也渐渐熄灭了。

第五十八章
窥窍

◀ ‖‖‖‖‖‖‖‖‖‖‖‖‖‖ ▶

群鸟颉颃，万籁俱寂，只能听见呼吸和心跳声。

那绝非正常人类的笑声里，混杂着贪婪、欲望、狰狞和暴戾，让原本还算祥和的根系森林，笼罩了一层难以言喻的险恶气息。

空气并未流动，却有一种刺骨的冰冷弥漫而来。

我看见张进步用最小的动作，抽出了那把锋利的刀，可即便是削铁如泥的寒刃，此时也收敛了自己的锋芒，仿佛遭遇了天敌。

可刀的天敌是什么？是什么能让刀也产生畏惧？

时间一分一秒地流逝，那种剧烈的压迫感越来越强，可是除了那声狞笑，再没有任何动静。

终于，青鸟们缓缓降落，闪着火苗的小草再次点亮，一切都恢复了原样。等我们回过神来，才发现脸上的绿泥，已经被汗水冲出一道道沟壑。

所有人都长吁一口气，双腿发软，坐倒在地上。

"吓死宝宝了。"张进步战战兢兢地说。

四个人谁都没敢提起刚才的事，只休息了片刻，就纷纷站起来，头也不回地离开。

我们警觉地穿梭在这座庞大的城市里，它由如此多的深巷和小路纠缠而成，错综复杂到让人失去了方向。

我们沿着天然拱桥，越过宽阔的沟壑；经蜿蜒的树洞，在高低不同的建筑间穿行；甚至还从一个几百米长的滑梯溜下，进入一个斗兽场般的椭圆形空地；然后又鼓足勇气，顺着陡峭的梯道，爬上了另一条主根的脊梁。抚摸着这些生长了千万年的巨大树根，我们似乎与某种人类从未触及的文明，产生了莫名的联系。

不知道走了多久，直到所有人都精疲力竭，我们似乎走到了城市的中央。这里有一个庞大的太阳伞形建筑，中轴是一座高大的塔状树根，超过百米。它的顶部衍生出无数条根须，十分规则地向四周辐射。根须上又生出更细小的根须，错综复杂地纠缠在一起。

伞下的空地堪称辽阔，就算有几十万人站在这里，都不会过于拥挤。地面之设计让人赞叹，一条条树根盘旋萦绕，组合成一个巨型的旋涡。一眼望去，宛若活物，蠕蠕而动。

尚锦乡猜测这里应该是一个集会广场，她说这儿跟梵蒂冈的圣彼得广场非常像，中间高大的建筑物，看起来就像一个教堂。

尚锦乡说："中国古代的高耸独立建筑，通常都是佛塔，最高的是北魏时期的洛阳永宁寺佛塔。这座塔是木质结构，精美绝伦，高四十九丈，相当于一百四十七米。据说站在洛阳任何一个位置，都能看见它。"

"我去过洛阳很多次，怎么没看见？"张进步问。

"这座塔只存在了十六年，就毁于雷电引发的大火，化为灰烬。而北魏王朝也在这一年，随着佛塔灰飞烟灭。"

"木质结构的房子太容易被烧毁了。"张进步说，"你们想想，假如在这里放一把火，是不是整座城就没了？"

正说着，就看到了火光，与那些青鸟所发出的冷色调光线不同，高塔侧面似乎烧着熊熊火焰。

"不会是有宝贝要出世了吧？"张进步惊喜地说。

"网文看太多了，你就不怕是真着火了？"

"那我就拨'119'。"

我们虽然嘴上嬉闹，但心里还是有些紧张，小心翼翼地踩着旋涡地面，朝火光的方向走去。

我们没有看错，空地上确有一团火，燃烧得十分炽烈，一条条细长的火舌在欢快地舞动着。但稍一打量，就发现了问题。

那团火的下方，没有任何可燃物，就像是在凭空燃烧。

"不会有沼气孔吧？"张进步说。

我们慢慢靠近那团火焰。刚走了几步，我就看见在那团火的后面，蹲着一个巨大的黑影。我心里一惊，赶紧阻止他们过去。

"怎么了？"张进步问。

"那是什么？"我指着那个黑影给他们看。

"没什么啊。"想不到张进步竟然视若无睹。

这让我愈发紧张，我又问了尚锦乡和黄小意，可是她俩也说没看到什么。

"你不会是幻视了吧？"张进步说。

我还没来得及再说什么，就看见那个黑影微微一动，像是一个体型庞大的生物，蹲伏在那里。

我把自己看到的跟他们讲，可是他们三个竟然都看不见。

"不对劲儿，我们还是走吧。"我说。

正当我们要离开时，那个黑影动了。它缓缓站起来，有四五米高，十分魁梧，只是全身都笼罩在黑色影子里，看不出是什么生物。

很明显，它已经"看见"了我们。

我缓缓向后退，他们几个看着我奇怪的动作，虽然不明所以，但似乎也感觉到了某种危险正在逼近，模仿着我的样子，缓缓后退。

这时，那团火焰开始抖动起来，发出微微的呼啸声，就像有人吹响了哨子。哨声越来越响，尖利刺耳，让人忍不住想捂住耳朵。

忽然黄小意尖叫了一声，发疯似的拔腿狂奔起来。看来她也听见了那个声音。

张进步和尚锦乡似乎还不知道发生了什么事。

"怎么办？"张进步问。

"跑！"我大喊一声。

我们朝着黄小意跑的方向，撒丫子狂奔，很快就追上了黄小意。我们又跑了上千米，直到听不见身后的哨声，才停下脚步。可是转头一看，所有人都吓傻了。

就在我们身后不足五十米远的地方，那团火焰跃动不止。而在火焰后面，那个黑影依然站在原地。

环顾四周，所有的景象都没有变，似乎我们刚才玩命的奔跑，就是在原地踏步。

"我去，鬼打墙了。"张进步说着，就要解裤子。

"干什么？"

"你没听人说过吗？撒尿可以破鬼打墙。小姨，你们俩转过头去，我要尿尿了。"

我一把拉住他："别搞得这么猥琐。"

"那你说怎么办？"

容不得我们想怎么办，只听一声让人胆战心惊的狞笑声在耳边响起，正是先前听到的那个笑声。

只见那个黑影一步一顿地靠近火团，转瞬之间，身上就燃起熊熊火焰。笼罩着它的黑暗，像碎纸一样片片化为飞灰。等黑暗烧尽，火焰也缓缓熄灭。黑暗下的身影，露出了它的真面貌。

我无法描述它是一种怎样的存在，就连世界上最渊博的动物学家，也无法将它分类。它汇集了飞禽、走兽、昆虫和爬行类动物的特征，这样的描述，远远不足以形容它的复杂。

它像一头白化的霸王龙，身体表面覆盖着一层绒毛，上面有一些深色的符文，就像是有人专门画上去的。那些符文充满了蛮荒气息，我似乎在哪里见到过。

它的皮下筋肉虬扎鼓胀；后肢粗壮，脚趾像偶蹄兽，还有一条袋鼠一样的大尾巴；两对长短不一的前肢，长的像是地狱恶魔的利爪，短的却是一双人一样手臂，显得无比畸形而扭曲；背后有一对黑色羽翼，长长的羽毛，像铡刀般闪着寒光。

它没有脖子，脑袋像狮子一样巨大，一簇簇乱麻似的鬃毛里，既有节肢动物一样的触角，也有食草动物一样的尖角。

最让人惊恐的是它的脸——那是一张人脸，却比恶魔还要可怕。靛青色的横肉，满是蜂窝状的窟窿，一张大嘴像小丑一样，几乎把脸撕裂成两半，嘴里是几排长短不一的尖牙，还有两颗巨大的獠牙，弯曲着从两腮的部位突出。而它的眼睛里，不仅没有人性，甚至都看不出兽性，世间所有的猛兽都不敢与它对视，它绝不应该存在于这个世界上。

恐惧到极致，反而忘了恐惧。

"马龙，我们完蛋了。"张进步破天荒地叫了一声我的名字。

"不要这么悲观。"我说。

"你知道这玩意儿是什么不？"

"我知道啊。"

"啊？这你都知道？吹牛吧？"

"我见过它。"

"在哪儿？"

"在我父亲的笔记上。"

我没有胡说，怪物的脸在火光中刚一闪现，我就认出来了。

窫窳。

父亲在笔记本里，详细记述了从七曜山的洞中取出的那个汉代铜洗。他临摹了铜洗底部的神秘符文，那些符文与窫窳身上的一模一样。

除此以外，铜洗两侧的人面辅首是描绘的重点。父亲精细地摹绘出了人面辅首的图像。那是一张写满疯癫、狰狞、淫邪而暴戾的脸，与面前的怪物一模一样。

至于父亲为何判断辅首就是窫窳，笔记里没有记述，但他肯定不是根据《山海经》做出的判断。

因为《山海经》里的窫窳，开始是蛇身人脸，死而复生后，化为龙首猫身，也有的说是牛身人脸马足。虽说都是人脸，但所流传的形象，与汉代铜洗的人面辅首并不相同。

而父亲却认定辅首上的人面才是窫窳，凭我对父亲性格的了解，他既然言之凿凿，就绝非凭空猜测。

既然《山海经》连样貌都不准确，那它死而复生的故事，自然也就是无稽之谈了吧？

可我记得老孔说窫窳已经被羿射死了。老孔虽然经常说大话，但没必要借窫窳来替祖师爷吹嘘。毕竟羿是射过太阳的人，跟太阳比起来，窫窳简直不值一提。既然已身经百战，何必再吹嘘他会杀鸡呢？天底下再也不会有比射日更牛的事了吧。

倘若窫窳果真被羿射杀了，为什么还会出现在这里？

想来想去，还是得基于古籍来分析。如果以此为前提，有两种可能：

第一种，窫窳不止一个，羿射死的只是众多窫窳中的一头。我们且不要把窫窳当天神，那么作为一种生物，肯定不能全世界只有一头，所以这种可能是存在的。

第二种，权且把窫窳当成加拉帕戈斯群岛上那头老象龟——"孤独的乔治"，世上独一无二。它被羿射杀后，真如古籍所说，又被人复活了。那么复活它的人，传说中的灵山神巫，就是存在的。

这些都建立在假设的基础上，但并非空中楼阁。

李哈儿从刘子骥处得知，姆大陆沉没后，掌握多种科技能量的瑶水族迁到神州大陆。瑶水分治，瑶姬与武陵山中巫觋相爱，带一批人与巫觋族人结成青木族。

那么巫觋族，会不会就是灵山神巫？再联系到此处叫巫载城，这种可能性就又近了一步。

如果推论成立，那么窦窳出现在这里，就有了一定的合理性。

想到这里，我无来由的一阵轻松。

第五十九章

弑神者张进步

我转头看了看他们几个，都有点儿呆若木鸡。

"马爷，老爷子既然认识窫窳，有没有留下什么克制的法术？"张进步问。

我摇摇头："没有，但是……"

"快说啊！"

"我也就是瞎想，不知道起不起作用。"

"说说看嘛。"

我把灵山神巫复活窫窳的故事讲了一遍后，又说："窫窳虽是吃人凶兽，但肯定不会对复活自己的人下毒手。青木巫觋本为一体，我体内有母亲的青木血统，它作为异兽肯定能闻得出，大概率不会对我下手。"

"那又怎样呢？"

我指着中间的高塔说："一会儿，我先把它拖住，你带小意和尚锦乡进高塔，如果这里真是青木族的宗教场所，窫窳肯定不会进去亵渎。等你们安全了，我再进去跟你们会合，再想办法。"

"不行！"张进步和黄小意同时拒绝了我的提议。

"你就扯淡吧。"黄小意骂道，"你还不如直接说用自己喂饱它，让它对我们没食欲呢。"

"你这牺牲精神值得赞美，但我们不同意让你当烈士，留下我们背负千古骂名。"张进步说。

只有尚锦乡没说话，她直愣愣地看着我，老半天才说："马龙说的不是没道理。"

张进步和黄小意同时瞪大了眼睛，他们似乎不相信这话出自尚锦乡之口。

趁着他们吃惊，我侧眼偷偷看了看窦窳，没想到它也在看着我。也不晓得是不是自己的心理作用，我竟然在它暴戾的眼神里看出一丝迷惑。

"马龙明显就是在胡说，你怎么也跟着他疯？"黄小意的语气里明显带着责怨。

尚锦乡咬了咬嘴唇，轻声说："小意姐，你不要生气。我说他有道理，是指他对灵山神巫与巫觋关系的分析，并不是让他去送死。"

"尚，你对巫文化也有研究吗？"我惊奇地问。

尚锦乡说："是蔡先生，他的父亲是巴蜀文化研究者。蔡先生曾深入钻研过巴文化，他说过，巴文化的源头，就是巫文化。"

"史学界对巴人的起源莫衷一是。蔡先生认为，巴人就起源于武陵山区。先秦史官修撰的《世本》里有'廪君之先，出自巫蜒'的记载，廪君就是巴人的手务相，而'务相'就是'巫咸'的转音。《山海经》里记载，巫载民姓朌，不纺织，却自然有衣服穿；不耕种，却有粮食吃。有能歌善舞的鸟，鸾鸟歌唱，凤鸟飞舞，还有各种野兽，群居相处。"

"这不就是我的理想——不劳而获吗？"张进步赞叹道。

"人人不事劳作，却丰衣足食，安居乐业，人与鸟兽和谐相处，在任何时代都堪称神迹。那究竟是什么样的力量，才能造就这样的神迹？"

"巫？"

"《山海经》里说，大荒之中有灵山，灵山有巫咸、巫即、巫朌、巫彭等十位灵巫。巫字绝地通天，巫这个身份，承担着天与地之间的沟通任务。所以巫所居之灵，被称为巫灵山。"

"武陵山？"张进步惊呼。

"没错，武陵山就是巫灵山。"

"灵山十巫不就是复活窦窳的人吗？"我说。

提到窦窳，我们忍不住又偷偷看它，可这个狰狞的怪物，依然站着一动不动，眼睛死死盯着我。

"它看上你了。"张进步悄悄地说。

尚锦乡进入了学术频道，不管不顾地继续自己的解释。按李哈儿的说法，青木族其实是瑶水族的一支与上古巫族的结合。一部分人隐居山中，另一部分在世间行医，并教导百姓种植农作物。可是在上古传说中，亲尝百草，教民医药，发明刀耕火种和播种五谷的是神农氏，也就是后世尊称的炎帝。

这两种说法看起来似乎相冲突，但在古籍《路史》中有记载，"神农使巫咸主巫"。商代甲骨文里，"使"与"事"同义，事有供奉的意思。所以这句话蕴含的意思其实是，神农侍奉巫咸为主巫。如此一来，两种说法便合二为一。

"这样说来，神农氏也属于青木族人？"我疑惑地问。

"唯一讲不通的是，炎帝也称赤帝，南方火形之人，归属火德，而青木族是木德。"

"那木德的精神领袖是谁？不是十巫吧？"张进步问。

"伏羲，他创造了先天八卦，天下巫术，以伏羲为尊，号称青帝。"

尚锦乡讲的过程中，不时提及她的老师蔡哲伦，让我对这位蔡先生产生了强烈的好奇心，心想有机会一定要去拜访。

"说来说去，都是些不着边际的事，就算是真的，我也不能让马龙冒险。"黄小意板着脸说。

尚锦乡走过去，握住黄小意的胳膊，做了个鬼脸说："你舍得，我还舍不得呢。"

原本有些尴尬的气氛，一下子轻松许多。

张进步趴在我耳边说："我怎么看那家伙像是认识你，一直盯着你看。"

我也觉得奇怪，刚才窫窳还没有显形的时候，四个人里只有我能看见它。显形之后，窫窳始终没有动作，并且对他们仨视而不见，只盯着我看。

就这么僵持了好一会儿，我们大半天水米未进，已经是人困马乏，一个个都蹲在了地上。张进步干脆一屁股坐下，要不是我拉着，估计已经躺倒睡着了。

"马爷，这么耗着，也不是个办法。"

"那你说怎么办？"

黄小意在旁边说："你刚才不是说那个楼是教堂，它不敢进去吗？我们干脆到里面去，看它还会不会跟过来。"

"也是个办法，我现在也不管死活了，只要让我在死之前能安心睡上一觉就行。"张进步突然跳起来，冲着窫窳喊，"窫窳兄，兄弟张进步，是马龙的好兄弟。你看我们也在这儿耗了半天，浑身臭烘烘的。你要想吃我们，也得洗剥干净，才符合你的神兽身份。我就想问问，这附近有没有什么洗澡的地方？我们自己去洗干净，免得你吃着碜，崩了牙。"

张进步要是二起来，连自己都怕。他说完这番话，就径直朝着窦瘕走过去。

"老三快回来！"黄小意急得大喊。

可张进步充耳不闻，一步步靠近窦瘕，看那义无反顾的样子，简直不想活了。

不过，张进步这么一乱搞，窦瘕也有了动静。

它身后的羽翼缓缓伸展开来，浑身鼓胀的肌肉像一条条灰色的蛇，缓缓蠕动。狰狞的脸上泛起诡邪的笑，头上的触角快速抖动着，发出一种响尾蛇般嘶嘶的声响，听起来让人汗毛倒立。

"马龙，他听你的，你快把他叫回来。"

我心里很清楚，别看张进步平常嘻嘻哈哈，一旦下了决定，就算一万头牛都拽不回来。他这么做，肯定是受了我的启发，决定牺牲自己，成全大家。

此时，所有人的心都吊在了嗓子眼上，张进步每往前走一步，都像踹在我们心坎上。

他一直走到窦瘕身边两三米处，才停下来，回头冲我们咧嘴一笑："小时候上学，我们就学过，人固有一死，或轻于鸿毛，或重于泰山，为啥呢？因为人的追求不同，首先是不羞先人，其次是不受侮辱和威胁。"他猛然转身，指着窦瘕说，"我张进步平生最厌恶的，就是被人威胁，我不管你是神仙鬼怪，还是有钱有势，你可以杀了我，可以吃了我，但不能威胁我……"

他一边义愤填膺地指着窦瘕，一边激动地向前走了两步。忽然，他猛地抽出一直插在衣服里的右手，手里握着的竟然是那把处刑刀。然后，他像只猴子一样迅疾跃起，寒光一闪，朝窦瘕的下腹部捅去。

窦瘕虽然个子高，但大腹便便，毫无防备地袒露在张进步的头顶。

"嘎吱"一声，锐利的处刑刀毫无阻碍地插进了窦瘕的身体。黄小意在身后发出了欢呼。

欢呼声还没有停，我就发现了异样。

插入窦瘕身体的不只是那把刀，还有张进步的半条胳膊。凶神恶煞般的窦瘕，就像是一块软泥做成的，活生生被张进步捅穿了。

张进步也愣住了。他一定没想到自己能如此轻易得手，更没想到会是这样一种结果。

窦瘕低头看着张进步，就像一只大猫看着小老鼠，然后发出一声阴狠而恶毒的狞笑，伸出那只魔鬼般的巨爪，缓慢朝着张进步的头顶盖下来。那速度，就像是一个老爷爷，要亲昵地抚摸自己的孙子。

张进步想躲闪，可他的手被卡住了，拼命拽了几下，仍然停留在窦窳体内，一动不动。他急得上蹿下跳，却没有办法。

我毫不怀疑，那钢锥般的巨爪能撕裂张进步的胖头。我一时心急，拔腿就想跑过去，却被黄小意和尚锦乡死死抱住。

我使劲儿挣扎，却无法挣脱两个女人的纠缠。眼看着巨爪就要落在张进步头顶，我只能闭上眼睛，不想看见张进步的惨状。

但出乎我意料的是，过了好一会儿，我既没有听见张进步的惨叫，也没有听见他颅骨被撕裂的声响，可我还是没有勇气睁开眼睛。虽然什么都没有看见，但我的脑子里已经演绎了无数种惨状。

"哎——"是黄小意在推我，"你看看什么情况？"

"你怎么不看？"我以为她也闭着眼不敢看。

"不是，张进步没死。"

什么？我赶紧睁开眼，眼前并没有任何血腥场面，反而出现了不可思议的一幕。

张进步不仅没有死，还在用刀一下一下捅着窦窳，每一下都捅得极深。而窦窳也在反击，可是无论它如何攻击，都无法伤到张进步。

不是张进步身法灵活，也不是窦窳没有击中，而是每当它要击中张进步时，爪子就像幻影般直直从张进步身上穿过去，相交之处闪着银光，却造不成任何伤害。

也就是说，张进步捅窦窳是实实在在的，窦窳的攻击却是虚影。天下再没有这样不公平的战斗了。我想如果我是窦窳，真要被活活气死。

这场战斗持续时间之长，过程之激烈，堪比一集电视剧。

直到张进步再也挥不动刀，喘着粗气，瘫倒在地上，才算停止。

我们可以清晰地看到窦窳身上的伤口，大大小小的口子，至少有几百个，可是并没有血迹。就算是一棵树，被捅了这么多刀，也会流点儿汁液出来。可是窦窳干巴巴的，简直就是一具博物馆里的干尸标本。

可要说是干尸，它明明是活生生的。

此时，窦窳也停止了攻击，它低着头，伸出锯齿般的舌头，舔舐着自己的伤口，喉咙里发出呜咽声。

任凭是谁，经历这么一场只能挨打的战斗，心里也会有万般委屈。

第六十章
瑶姬是我妈?

◄ ‖‖‖‖‖‖‖‖‖‖‖‖‖‖ ►

我觉得窦瘕有点儿可怜,虽然这么想,感觉是屁股坐歪了。

我现在还无法确定,究竟是张进步有什么特异功能,还是说窦瘕本就是虚影。如果是虚影,张进步的刀对它应该也不起作用才对。可如果是张进步的原因,那就好玩了。

尚锦乡问我要不要去把张进步扶起来,我刚想过去,张进步就摇摇晃晃地坐起来,冲我说:"马爷,我终于知道窦瘕咋吃人了,它是先跟人打架,把人累死后再吃。"

张进步这话伤害性不大,但侮辱性极强。

正在舔舐伤口的窦瘕听见,似乎十分生气,突然像疯狗一样暴跳如雷,随即发出了婴儿的啼哭声,六肢痉挛,浑身抽搐,简直要抽过去了。

刚刚经过一战的张进步,此时对窦瘕已经失去了畏惧心。

他从地上站起来,一边抚摸着窦瘕的尾巴,一边念叨:"人生就像一场戏,因为有缘才相聚,别人生气你不气,气出病来无人替。你若气死谁如意,况且伤神又费力……"

黄小意和尚锦乡已经笑得立不起身,抱着肚子直叫唤。

直到张进步把诗都念完了,窦瘕的气还没消。他还打算重头再念一遍时,窦瘕实在受不了了,长啼一声,身形缓缓消失,隐入黑暗中。

“走了吗？”张进步问我。

只有我看得出窫窳并没有走，只是重新回到了黑影的状态，但出于对一个生灵的尊敬，我撒了个善意的谎："走了。”

可是张进步并不打算放过它，边走边念叨："这么个大玩意儿，看起来咋咋呼呼的，怎么是个草包……”

我迎上去，一把抱住他，猛拍了几下他的脊背。他哇哇乱叫："大哥，我骨头已经快散了。”同时也抱住我，在我耳边说，“好兄弟，不说了。”

后来，尚锦乡问张进步："你知道窫窳为什么没吃你？"

“它倒是想吃，牙口不好啊。”

尚锦乡摇摇头："我也是才想清楚，你知道斯芬克斯吗？"

“不知道。”

“就是古埃及的狮身人面像。”尚锦乡说，"斯芬克斯也是长着翅膀的狮身人面怪兽，它是世界上最善于撒谎的生物，所以任何在它面前撒谎的人，都会被视为对它的侮辱，而被它扼死吃掉。其实窫窳跟斯芬克斯非常像，它知道世界上所有人的名字，凡是在它面前报假名者，都会被它吃掉。但如果是说真名，它就没办法。”

“这是你编造的吧？”

“中国古代衙门口都会立两个石狮子，其实那并不是狮子，而是窫窳。‘窫’字从‘契’。‘契’，就是契约，签名约定之后，就不能再改变。倘使巧言令色，弄虚作假，就要受惩罚。法律对没有违法的人，只有保护作用。”

“那为什么它会被传为吃人凶兽呢？”

“据说窫窳本是一个善良仁慈的神，为什么会被同为天神的危所杀呢？神话记载不详，但我猜这是天帝的一个计划。所谓慈不掌兵，义不掌财，情不立事，善不为官，太善良的人做事容易没有原则，天帝派人杀死它，又将它复活，就是让它懂得人心险恶，执法应无情。所以后来它才会性格大变，吞食人类。”

“这么说来，它吃的都是坏人？”

尚锦乡嘻嘻一笑："这都是我猜的，没什么根据。”

“小姨谦虚了，神话嘛，神神道道地说话，要什么根据？”

不过尚锦乡这番话，倒是让张进步更加坚信自己就是个好人。

窫窳隐身后，危机正式解除。我们决定到广场中心的高塔里，看能不能找到什么出路。

要说它是塔吧，也不像。百米高的建筑，五十米的门洞。

门洞是敞开的，虽然高，却极为狭窄，就像是一棵参天大树上裂了条缝，宽度只能容一人通过。

张进步本来打头，但被黄小意拉住。

"刚才你当先锋，现在轮到我了。"说着，她就率先钻了进去。

张进步紧跟在她后面，接着是尚锦乡，我留在最后，还是担心窦窳那家伙出什么幺蛾子。不过，它黑乎乎地蹲伏在地上，就像睡着了一样。

黄小意的状态还是不好，可以看出来，她一直都在强撑着，不想连累我们。我们心里都清楚，但谁都不愿意提。

衰老对每个人都无可避免，但一天之内衰老几十岁，任凭是谁都难以接受。我现在希望的，反而是能再见到李哈儿，希望他能有办法让黄小意恢复，哪怕我答应他的条件。

我相信只要我活着，李哈儿一定还会找上来。

唯一的障碍，就是黄小意自己了。按李哈儿的说法，如果她不是心甘情愿地接受，就无法实施转生。

不过我已经想好了，反正我也活不久了，就在我将死之前，来完成这件事。只是不知道黄小意能不能撑到那时候。

尚锦乡说中了，这真是一个教堂。

上千平方米的房间里空空荡荡，唯一的可见之物，就是一尊巨大的雕像。雕像是一个妙龄少女，相貌端庄，神态娴雅，身姿袅袅婷婷，不可方物，身上披着繁花草木，身边有云雾缭绕，虽寂然不动，却似信步徜徉。

雕像不知道是什么材质制成，泛着微光，站在不同角度，看到的是不同的颜色，或如朝阳般绚烂，或如月光般皎洁，或如霞光般明艳，或如美玉般柔和，或如鲜花般妍冶。

站在她脚下，让人不觉有自惭形秽之感。

"这就是瑶姬吧？"尚锦乡轻轻地说。

"应该是，"我说，"只有青木族的缔造者，才配得上这样的尊贵位置。"

早先在龙山县城初喝梯玛酒时，阿豚介绍说，酒的秘方里，有一味是武陵山中的瑶草。因为人们通常把传说中的仙草叫作瑶草，所以当时我们以为，那是为了吹嘘酒的功能而故弄玄虚。

后来李哈儿在山上说到瑶草时，提及瑶姬。

在传说中，瑶姬是炎帝的女儿。不过关于炎帝女儿的传说非常多，精卫也是他的女儿。如果炎帝是一个人，瑶姬和精卫就是苦命亲姐妹——一个未成年，死后化为精卫鸟；一个未嫁，死后化为瑶草。

但尚锦乡说过，"炎帝"并非一个人，只是一个尊称。有人说神农是第一代炎帝，其实神农也不是一个人，而是一个部族。

我们又从李哈儿处所知推断出，神农部族很可能是青木族的一支，可青木族的缔造者却是瑶姬。所以，瑶姬是炎帝女儿的说法，应该只是古人以讹传讹的结果。

虽然瑶姬身份不明，但李哈儿说，瑶草的确是真实存在的。他在湘西最高峰的大灵山上，就寻到过一株。

那株瑶草只是一株亭亭玉立的纤细小草，盈盈不满一尺，却占据了大半亩地的园子。李哈儿解释说，瑶草根系极其发达，每一条根须都能生长几米、十几米，甚至几十米长。他当初为了移植这株小草，花了小半年的时间。

我在武陵山区长大，对山中草木如数家珍，可还真没见过他说的这种草。李哈儿说它是瑶草，就算我不认可，也无法反驳。

不过，听他这么说，我脑子里想到的是另一个东西。

孔孟荀曾说过，在战士们于七曜山洞穴发现的那个铜洗里，栽种着一棵植物，枝叶已经干枯。开始，大家并没有重视，后来打算把它清理出来时，才发现它的根已经扎进了厚厚的铜壁。

父亲的笔记里，重点描述了铜洗上的窾窬，而对那株植物只是一笔带过，并没有多说。以父亲的严谨态度，对待那株植物如此草率，让人费解。

我没见过那株植物，也极少能想起它，可是听李哈儿说着瑶草，我却莫名其妙把它们联系到一起。我对此没有任何根据，可能仅仅是因为它们都有发达的根系吧。

无论是神话传说，还是历史古籍里，都从未记载过瑶姬的死因。花季少女，未嫁而亡，不外乎是疾病或者遭遇意外。但不论哪一种，以瑶姬的身份来说，她没有被复活是很让人意外的。灵山十巫既然能复活窾窬，那复活瑶姬，应该也不算太困难。

莫非瑶姬自己不愿复活？

面对栩栩如生的瑶姬雕像，我心潮起伏，思绪万千。

恍惚之间，我仿佛看见瑶姬在对我微笑，我想叫他们来看，却发现不知什么时候，他们三个已经不见了。偌大的厅里，只剩下我一个人。

我心里一阵发慌，刚想喊叫，就闻到一阵清幽的暗香从身后袭来，转身一看，竟然是瑶姬。

她一袭青衣，风姿绰约，款款向我走过来。她的脸似乎被流动的雾霭笼罩，若隐若现，让我无法看清她的容貌。

直到她走到我面前，向我伸出手，我竟然生不起丝毫闪躲的念头，任凭她抚摸着我的脸颊。她的手像云霞般轻盈，仿佛一阵暖风掠过我的皮肤，渗入每一个毛孔，细雨般落在身体的各处。顿时，我的体内犹如百草萌动，绿意盎然。

这是一种前所未有的感受，温暖、清澈、神圣而润泽，让我放下所有防备和警觉，如沐春风，同时也泪如雨下。

我想说话，却什么都说不出来，像受了千般委屈的孩子，啜泣不止。

瑶姬眼睛如星闪烁，轻轻发出一声叹息，手指抚过我的面颊，擦去我的泪水，又在我的鼻尖轻轻刮了一下。

我体内有什么东西怦然裂开，就像一朵蒲公英，被风吹散，沸沸扬扬，顺着一条条血管飞遍全身，最后像雪花般融化，了无踪迹。

随即，我感觉身体里原本有的许多裂缝，被一一填充。

我茫然地看着瑶姬，即使近在咫尺，也无法看清她的容貌。

这时，她微微向前，嘴巴凑到我的耳边，轻轻说了几句什么。我能感受到她呼出的微弱气息，却听不见她的声音。

我刚想让她大声点儿，她却转身离开，就在她转身的一刹那，雾霭流转，我看清了那张脸。

竟然是王笑蝉。

琅琊王氏传人、不平人处刑人、我从未见过的母亲——王笑蝉。

我一时失神，愣在了原地。

当我回过神来，想开口叫住她时，她已经化为一片白云，倏然而逝。

但去莫复问，白云无尽时。

第六十一章
黄泉

当我醒过来时，面前是三张惊异的脸。

原来，我刚才竟然靠在瑶姬雕像前，睡着了。

据张进步描述，睡梦中的我一会儿笑一会儿哭，不停地说着梦话，最后竟然冲着雕像，大叫了一声"妈"。

"你竟然管瑶姬叫妈？"张进步哈哈大笑，"人家可是未出阁的小姑娘。网上叫爸爸的常见，抱着神女叫妈的，你也是古今第一人了。"

我把刚才的梦给他们讲了一遍，他们也觉得非常奇怪。

"王笑蝉的照片我也看了，跟雕像长得不一样啊。"张进步疑惑地说。

瑶姬的雕像，的确跟王笑蝉差别甚大。但刚才那种感觉，实在是太真实了。我又把那种从未有过的感觉，尽可能准确地描述了一遍。

尚锦乡和张进步面面相觑。

只有黄小意说："你说的这种感觉，应该就是母爱吧。"

母爱是什么？我不清楚，尚锦乡也不清楚，张进步看起来也不甚明了。这时，我看见尚锦乡眼睛里泛起一阵莫名的忧伤。

"马爷，你妈要是瑶姬，那你父亲不就是传说中的楚襄王吗？楚襄王的儿子活到现在，那可是比李哈儿还要老的老妖怪。"张进步笑着说。

"襄王有意，神女无心。楚襄王爱慕神女，但神女并没有答应她。"黄小意说，"我以前演过《巫山云雨》的舞剧，对这段故事滚瓜烂熟。"

"你扮演的是神女吗？"

"是的，神女感动于襄王的痴心，但只是送给他一块玉佩而已。"

张进步对我不是楚襄王的儿子，十分失望。他说："马爷，我觉得你家老爷子肯定知道你妈的下落，只是没来得及告诉你。我们要是出去，先不管其他的，先找老爷子。只要找到他，真相不就大白了吗？"

"可是我们怎么出去呢？"黄小意问到了关键。

尚锦乡说："我觉得，既然瑶姬化身为马龙的母亲，与其在梦中相会，必然有深意。"

"小姨，梦你也信啊。"

"我信。古籍记载，瑶姬将精魂寄身于瑶草，但她生性活泼，经常化身为各种形态，在人间游走。许多神女的传说，都是因此而生。"

"那她应该给我们指条明路才对嘛。"

"马龙，你能不能想起刚才瑶姬对你说的话？"尚锦乡问。

我摇摇头："声音太小了，没听见。"

张进步着急地说："好好想想，亚细亚孤儿团能不能活着出去，就看你了。"说着，他就要给我按摩。

"老三你别打扰他。"黄小意说。

"我没打扰他啊……"张进步嘀咕着，但也不再说话了。

本来就是个梦而已，却被当真了，我顿时压力山大。

我闭上眼睛，使劲儿回忆梦的细节，尤其是回想瑶姬在我耳边说的话。可无论怎么想，也只能感受到微微的气流，听不见任何声音。

最终我还是放弃了。我睁开眼，十分抱歉地对他们说："对不起，我真想不起来。"

他们都安慰我说想不起来就算了，他们越是这样，我就越焦躁。

尚锦乡拉住我说："我记得你跟魁人对话时，要用手接触，你要不要试试……"她仰头看着雕像。

"魁人是生物体，可这雕像不是活物啊。"

"试试嘛，你跟魁人交流之前，它也是一块大石头。"

尚锦乡这话提醒了我。她说得没错，李哈儿带我们刚见到馗人时，我们也把它当成了一块石头。

"马爷，小姨说得对，你刚才做梦的时候，就是依靠着雕像。"

既然这么说，我决定试试。于是我走到雕像前，伸出右手，放在她的小腿上。刚开始没什么感觉，我体内那个独立存在的意识也没有任何反应。但刚过了一会儿，我突然觉得手心一紧，有一种触电的微麻感。

随即，我的眼前出现了一些画面，正是刚才的梦，但我并非参与者，而是旁观者。我看着瑶姬凭空出现，走到马龙身边，抚摸着他的脸。我脑子一动，想看瑶姬说话时的画面，刚有了这个念头，画面就像按了快进键，直到瑶姬把嘴凑到马龙耳边，才停下来。

可是我此刻的位置，无法看清瑶姬的嘴，正在想有什么办法，画面已经像三维模型一样，开始变幻角度，一直调整到我需要的方位。

我尝试用意识放大画面，果然如我所愿，画面大到只能看到瑶姬的嘴和马龙的耳朵。我从来没有从这个角度看见过自己的耳朵，忍不住在心里一乐。

然后，我按下了"播放键"，只是瑶姬说得太快，我也并非唇语专家，并没有辨认出她说了什么。

于是，我放慢了速度，来来回回，反复观看了好几遍。

终于，我辨认出了瑶姬所说的每一个字。

那是一首诗，总共四句，每句五个字：

"殡后已脱蝉，遗魄在黄泉，灵台下长路，武陵草芊芊。"

认是认出来了，可这是什么意思呢？

我把手从雕像上拿开，画面在我脑子里迅速消失。

"怎么样？"张进步焦急地问。

我点点头："大概知道她说了什么，可是……"

"可是什么啊？"

"可是我不懂。"

"外语吗？英语、法语还是日语？"

"是一首诗。"我把诗一字一句念出来，"这是我第一次读唇语，可能有些字不太准确。"

尚锦乡从随身的小包里拿出笔和小本子，让我把诗写下来。

她盯着诗一字一句读了好几遍，说："从字面意思看来，这应该是一首悼亡诗。"

"有没有指明出路？"张进步问。

"殡，是人去世后安葬；脱蝉，是指像蝉一样脱掉躯壳，蝉褪去壳后，才能御风而飞翔，获得自由。"

"那意思就是让我们去死呗？"

尚锦乡摇了摇头，说："前两句应该连起来读。殡后已脱蝉，遗魄在黄泉，就是人去世后，褪去躯壳，而魂魄会遗落在黄泉。"

"还不就是死吗？"

尚锦乡说："关键在第三句：灵台下长路。灵台的解释有很多种，一般把祭台叫灵台；文人往往把心称为灵台；道家把额头之处叫灵台；此外，还有一颗叫灵台的星宿。无法判断应该选择哪一种释义。"

"那第四句呢？"我问。

"第四句简单，就是说武陵山的草木繁盛。"

"马爷，你能不能再想办法问问瑶姬，这诗究竟是什么意思？"

黄小意打断他说："人家可能把路都指明了，是我们自己没本事找到。你好意思，我还不好意思呢。"

"这就不是什么好意思不好意思的事儿。你不好意思，你来破解。"

"好啊，"黄小意说，"锦乡是学者，知道的多，就想得复杂。要我说，既然瑶姬化身马龙母亲来指路，肯定就是想让我们出去，但又不能明说。所以，我们应该从字面来看。"

尚锦乡点点头说："小意姐说得对，是我想多了。"

黄小意赶紧说："我不是这个意思，只是从人之常情来判断，母亲对儿子不会故意刁难。"

她分析道："马龙的母亲叫王笑蝉，那么这首诗的前两句，应该是说她自己已经去世了，脱蝉，脱去了王笑蝉的躯体，所以借用瑶姬来与儿子马龙见面。"

"那'灵台下长路'呢？"

"锦乡说得没错，这句才是关键。人只有去世了，才有灵位，供奉灵位的台子是灵台。灵台下长路，就是说从供奉她的灵台，沿着一条长路往下走，就能重新见到武陵山的青山绿水。"

"灵台在哪儿？"

我们同时抬头看着瑶姬的雕像。

刚才众人沉迷于瑶姬的风姿，竟然一直站在她面前，舍不得离开。黄小意分析以后，虽然也不知道对不对，但至少给我们指出一线生机。于是，我们分头从两边绕到了雕像后面。

令人失望的是，后面也没什么特别的地方。

"要不你去问问窫窳？"张进步悄悄对我说。

"滚！"

我们再次打量这个大厅，都不需要查资料，就可以做出论断，这绝对算得上全世界最大的单体木质建筑。每一处都打磨得特别光滑，甚至看不见落灰，与巫载城别处相比，这里简直就像每天都有人打扫。

一有了这个念头，所有人都无法平静了。

莫非这里真有人打扫吗？

李哈儿从青木族人那里学会了控制异兽，让它们成为自己的奴隶，帮自己干脏活儿累活儿。那青木族原有的那些木客、山魈和羽人之类的异类生物仆役，去了哪里呢？

按道理说，打扫神殿这种事，应该是它们的职责。可是找遍大厅，也没有一丝一毫的异兽气息，更不要说什么通往下方的长路了。

究竟是哪里出了错？

我再一次打量大厅，突然心里一动："我们理解错了。"

"哪里错了？"

"灵台既然是供奉的台子，那就不是说雕像，而是说供着雕像的台子。那么……灵台应该是指我们所在的这个位置。"

所有人恍然大悟。

"那还得出去，要在外面找。"

等我们走出那个细长的门洞后，我前后扫视，竟然没有发现窫窳的影子。我们花了二十分钟，才绕着高塔转了一圈，但依然没有什么发现。

尚锦乡忽然对我说："马龙，你看地面上这些树根旋涡，有没有熟悉的感觉？"

我还没说话，张进步就说："这个不就是水德那个水波纹吗？"

别说，还真是像，只不过不止五瓣。

尚锦乡说："我一直怀疑，你那个吊坠并没有丢，而是在某个时间，进入你身体里了。"

我笑着说："你可别吓我。"

尚锦乡摇摇头："你不是一直觉得自己体内有另一个意识存在吗？"

"没错。"

"我觉得应该就是它。"

虽然我对尚锦乡的说法有些怀疑，却无力反驳。龙山县城那夜莫名发高烧后，吊坠就不见了。当时张进步还开玩笑说，是被我高烧孵化了，但我们并没有当真。可也就是从那时开始，我的体内出现了另一个意识。

尚锦乡看着我说："青木源自瑶水，水为万物之源，木的力量就是源自水。吊坠是瑶水族科技的产物，其中蕴含着瑶水之力……"

"你的意思是，吊坠既然能启动瑶水族的机关，对青木族的机关也有作用吗？"张进步问。

"没错，我甚至怀疑我们能进入巫裁城，跟吊坠也有很大关系。"尚锦乡说。

第六十二章
黄泉路上无老少

〇

◄ ‖‖‖‖‖‖‖‖‖‖‖‖‖‖‖ ►

这也是我心里的疑惑。

天纵英才如李哈儿，用了千年光阴，尚无法进入巫载城。而我们这几个歪瓜裂枣，竟然歪打正着，一下就进来了。

主角光环是不是有点儿太强了？

想来想去，在龙山县城被处刑人阿抱袭击之前，虽然有些离奇，但总体还在可控范围内。但自那晚以后，一切都变得不一样了。

而最大的变故却是发生在尫人体内，本来就是一个"绑架胁迫案"，结果因为莫名其妙与尫人产生了沟通，就像打开了蓝胡子的秘密房间，完全进入了一种不可思议的状态。

那么打开房间的钥匙是什么？

尚锦乡说的没错，除了奶奶留下的吊坠之外，别无他物。可如果真按她所说，吊坠已经融入我的体内，那我是不是就成了一个人形钥匙？

直到现在，我终于实现了小学时候的理想——做一个有用的人。

钥匙，真是太有用了。

当初吊坠打开烽火岛上的机关，我其实什么都没干，吊坠的钥匙功能自己就启动了。但现在，我已经在灵台区域，却没有触发任何机关。就像买了一个新电器，却没给说明书，只能发挥想象力了。

张进步的建议是，让我在地上驴打滚，把每一个树根旋涡都滚一遍，要是真有机关，肯定可以触动。

我知道这是他对我刚才骂他滚的报复，所以不予采纳。

但尚锦乡也说："根据之前的经验，触碰应该是有用的。"

可是这个广场这么大，我要都摸一遍，估计胳膊都得磨损半条。

正在发愁时，张进步忽发灵感："你去摸摸刚才窦窳站着的地方。"

虽然没什么根据，但死马当作活马医，我们走到刚才张进步和窦窳打架的地方，伸手摸了个遍，没有反应。

"咱们刚才是在哪儿看见窦窳的？"

我指了指几百米外，刚开始看见火光的地方。

"要么再摸摸那儿？"

"没用的。"

"试试嘛。要是没用，就不摸了。"

我们走回那团火球燃烧的地方，但此时火球早就无影无踪，地上连一点儿烧烤的痕迹都没有。

我大致判断了位置，俯身开始沿着一圈树根，逐寸触碰。

我还没什么感觉，就听见身后他们三个开始叫喊："动了，动了！"

回头一看，他们正盯着高塔下方处。

"别停啊，继续摸。"

我只好伸手，继续沿着刚才的树根抚摸。

树根坚硬、阴冷而潮湿，摸起来就像是石头一样。摸着摸着，我突然发现手下面的树根开始缓缓蠕动。稍一抬头，才知道不只这一根，所有树根都像长虫一样游动起来。

整个广场活了，树根旋涡以顺时针方向旋转，让人眼前发晕，脚下发软。一不小心，就会被脚下的树根带离原地。只一会儿工夫，我们几个人就被分开，各自朝着不同方向旋转。

张进步招呼了一声，我们才跟跟跄跄跑到一起，互相挽着胳膊，免得被水波一样的树根冲散。

幸好这样的旋转并没有持续太久。等树根速度减慢，缓缓停下来后，我们面前高大的灵台脚下，出现了一个螺旋状黑洞。

"就这？"张进步惊异地问。

黑洞的直径不超过十米，但深不见底，站在洞口可以感受到很强烈的潮湿气流，却没有异味儿。

"应该不是封闭的，"张进步问，"你们带火没？我的火机丢了。"

我和黄小意摸了摸兜，都没有打火机。

"没有火，那就只能上高级生物实验法了。我先下去，要是不缺氧，你们再下来，怎么样？"张进步说。

"怎么又是你？这次轮到我了。"我说。

"你们别争了，一起下。"尚锦乡说。

正在想怎么下去，却见黑洞里面缓缓亮了起来，不一会儿，一只青鸟从里面飞上来，紧接着又是一只。

有了青鸟的亮光，我们才算看清楚洞里面的情况。

洞口下面，竟然是深不见底的悬崖，一条又粗又大的树根蜿蜒扭曲，延伸到下方无边的黑暗里。

"莫非这条树根，就是诗里说的长路吗？"我心想。

"门已经打开，路已经铺好，箭在弦上，不得不发了。"

张进步且说且掉转身体，攀着一层层较细的根须，落到那条大树根上。尚锦乡、黄小意和我，也陆续爬下去。

树根有一多半都长在崖壁里面，突出的部分有一米多宽，但弧度颇大，虽然行走没问题，可万一脚下打滑，就万劫不复了。

好处是悬崖上细小的树根非常多，柔韧度也很强，完全可以当安全绳使用。张进步打头，我殿后，四个人互相提醒着，沿着树根一路向下。

青鸟不是时时都有，老半天才会飞来一只，大部分时间，我们都走在黑暗里，虽然不是伸手不见五指那种黑，但行走起来还是十分困难。

每到平处，我们都会停下来休息片刻。

我感觉黄小意的状态越来越差了，好几次都脚下打绊，似乎提脚都有些困难。但她还是坚持着，不让张进步扶她。

走了一个多小时，前路还是遥遥无期。我们都放弃想象最终目的地在哪里，只是麻木地向前走。

有一只青鸟飞过来，似乎对我们非常好奇，一直在我们周围盘旋。张进步忽然问："这是什么东西？"

在他所站立位置的峭壁上，出现一个闪亮的半球体，表面光滑，直径约有三米，看质地应该是某种银白色的金属，本身不发光，但可以反射青鸟的光。球面上刻有花纹，仔细看像是某种符号，跟饕餮身上那种符号有相似处，但不是完全一样。

我伸手摸了摸，也没有任何生命迹象。

继续往前走，一路上竟然遇到好几十个一模一样的圆球，仅有的区别是嵌在悬崖里的深度不同，显得大小不一样。其中一个露出了大半，直径约莫超过五米。

我对地质构造一窍不通，无法根据岩石判断这里的地层，也就无法判断其形成的年代。但可以看出这里的岩层非常复杂，主要是黄绿色，间或有紫红色和灰绿色岩层，偶而还能认出白色云母和石英岩。

这些圆球看起来不像是后来者嵌入的，而是在岩层形成时就在这里。如果真是这样，那估计起步就得几千万年，甚至几亿年。

尚锦乡为不能把圆球上的符号画下来而惋惜。

我劝她说："你是人类历史的研究者，这些东西，很显然已经超出了人类的领域。"

"就是就是，"张进步说，"学术研究也得有禁区，不能啥都去碰。那句话怎么说的来着，生命是有限的，为人民服务……不对，应该是知识是无限的，用有限的生命，追求无限的知识，累死你。"

话音刚落，只听"哎呀"一声，黄小意倒下了。

幸好张进步眼疾手快，把她拉住，才没让她从万丈悬崖上掉下去。所有人都被吓出一身冷汗。

"实在不好意思，我撑不住了。"黄小意说。

"没事儿，我也快累死了。歇歇再走吧。"张进步说。

黄小意摇摇头："我走不动了，也不想走了。就把我留在这儿吧。"

"别说这种幼稚话，我们好不容易走到这儿，你想留下，我们还不同意呢。别担心，我和马龙把你背出去。"张进步斩钉截铁地说。

张进步和我轮换背着黄小意，继续往前走。

因为黄小意的缘故，大家都心情沉重，谁都不说话。

黄小意开口说："生老病死是自然规律，这段时间跟你们在一起，我很开心。

跳舞是跳不动了，我给你们唱首歌吧。"

说完，黄小意就轻轻唱了起来。

"楚山秦山皆白云，白云处处长随君。长随君，君入楚山里，云亦随君度湘水。湘水上，女萝衣，白云堪卧君早归……"

她的声音越来越微弱，到最后几乎听不到了。强撑着唱完，黄小意说："好累啊，我睡一会儿。"

我担心她一睡不醒，想阻止她入睡。

但尚锦乡拉住我说："让她睡吧。"

我不知道我们走了多久，简直要把一辈子的路都走完了。

就在我们全身麻木，精神快要崩溃的时候，曙光出现了。

那真的是曙光啊，金灿灿的，在前面不远处闪烁。再往前走了几百米，我们才相信并非幻觉。

路的尽头，是一条蜿蜒的河流，浮光跃金，光彩夺目，仿佛流淌的不是水，而是一整条河的阳光。虽然距离河水只有几百米距离，可以清晰地看到它舒缓流淌，却听不见一丁点儿水声。

张进步似乎忘记了疲惫，欢喜雀跃地朝河流奔过去。跑了几十步，才转过身来，对我说："找个地方，把小意姐放下，喝点儿水。"

河岸是平整的岩石，没有丝毫砂石泥土，当然更没有杂草。

我把小意放下来，摸了摸她的脉搏，还在跳动，心里轻松了少许。

"尚，用你的空水瓶到河里打点儿水。"

"这水……能喝吗？"

我看张进步正趴在河边洗脸，就问他水能不能喝。

"我没敢喝，颜色这么鲜艳，像是有毒。"

"有毒你还洗？"

"水有毒不能洗脸吗？"张进步反问。

这时尚锦乡把瓶子里最后几滴水倒进黄小意嘴里。黄小意竟然醒来了，她艰难地抬起头，看着河说："竟然走到黄泉了。"

黄泉？难道我们刚才走的那条长路，就是黄泉路？黄泉路不是鬼魂走的吗？难道我们已经死了，现在只是鬼魂？

我走到张进步身边，悄悄把这个想法给他讲了。

张进步说："你有什么异样的感觉吗？"

"那倒没有。"

"没有就无所谓了。"他又问，"鬼魂会老吗？"

"应该不会吧，吸血鬼都不会老。"

"那为什么会有老鬼？"张进步说，"我还真希望我们是鬼呢，那样小意就不会有事了。"

我看着张进步问他："你爱上她了吗？"

"可以爱，但现在这种情况，根本来不及嘛。"他沉默了一会儿，又说，"你也把脸洗洗吧，死也死体面点儿。"

我看张进步洗了这半天，似乎也没什么事，就俯下身，想伸手掬水洗脸。可是手刚入水，耳边就"轰"的一声响，一时人声鼎沸，仿佛身处车水马龙的闹市之中，还能听见商家的叫卖声，夫妻的吵架声，孩子的喧闹声……当我把手收回来后，一瞬间，所有的声音就全都消失了。

我的脑袋有点儿发蒙，这是这么回事？

第六十三章
小意变小花

张进步看出了异样，问我怎么回事。

我摇了摇头，没有说话，深吸一口气，再次把手伸进水里。

我该怎样描述我看到，听到，还是感觉到的景象？我用了很长时间，才让自己的震惊平复下来。

我不敢说自己看到了终极，但我的确看到了一个世界。

眼前这条金灿灿的河，且容我暂时把它叫作黄泉，并不是一条河。里面流淌的水，也并非只是水，其中还有数以亿计的生灵。

这些生灵，并非人类通常意义上的微生物，而是和人类一样，创造出高度文明的生命——菌人。

木客曾说，物通人性者，高大者为尳，细小者为菌。尳人我已经见识了，但只是一个单独的个体。

而菌人，却是个完整的世界，一个与人类的社会形态极其相似的世界。我甚至觉察到，人类社会形成目前的形态，与菌人密切相关。

菌人并非细菌，体型比细菌大百倍，样貌随心意而变，只有颜色不变。它们也会生老病死，寿命比人类还要短，但从不生病，也不会衰老。每个菌人在诞生时，就明确知道自己的死期，所以不追求虚妄之物，而是用有限的生命体验世界万象。

菌人最初过着游牧生活，在世界各地以驯化和放牧菌群为生，千万年前才逐渐定居，形成如今的社会形态。

可以说，菌人是这个世界最早创造出文明的物种。它们从不发动战争，不论是内战，还是对其他种族。不是因为弱小，而是因为过于强大。菌人可以在很短的时间，吞没这个世界所有的有机生物。

我把这些信息转化为语言，告诉张进步和尚锦乡。

张进步大惊失色，他在为刚才自己用菌人洗脸而后怕。

尚锦乡说："《山海经》里提到过菌人，但通常都以为是小人国，像《格列佛游记》里那种火柴人。唐代史学家杜佑的《通典》里也有小人的记载，但那就更大了，身高三尺，因为害怕被鹤吃掉，经常求助于大秦。"

我摇摇头说："那些都不是菌人，菌人之强大超乎想象。上古的神人，都受过它们的恩惠。你们知道息壤吗？"

"是大禹治水时，所用的一种会自己生长的土壤。"

"没错，息壤其实就是菌人。"

大禹的父亲鲧，与菌人合作治水。菌人之强大引起其他人的恐慌，于是他们合伙谋害了鲧。

鲧死后，菌人令菌群守护其遗体，三年不腐。直至禹出生，菌人才带走了鲧的身体。这件事被后人以讹传讹，说成鲧的尸体化作黄龙飞走。

大禹治水时，又请菌人。菌人唯恐禹再受迫害，将其引荐给巫山神女瑶姬，瑶姬派遣青木族人协助大禹，菌人暗中相助。最终制服了洪水。

"看来菌人和青木族关系不错。"张进步说。

"传说，服用长生药之前，必须先服用菌人才有效。"尚锦乡说，"这可以侧面证明二者关系密切。"

我还在考虑，要不要把另外一个信息告诉他们，因为实在是过于骇人听闻。张进步看我沉默，就说："还有什么吓人的事儿，就一股脑说了吧。反正今天走路走麻木了，感觉不是那么敏锐。"

我笑了笑说："你知道巫截城里的青木族人去哪儿了吗？"

"这我咋知道。"

"他们离开灵乙城，进入巫截城后，不是不想出去，是出不去了。"

"不是因为李哈儿吧？"

"那不至于，李哈儿对于他们来说，算不上什么。但具体是什么原因，我也不清楚。"

"那他们去哪儿了？"

"转生了，而且不止一次地转生。"

"哎哎哎，你别告诉我，他们转生到菌人身上了。"

"没错，青木族所有人，都借用菌人的身体，留存了自己的生命。"

张进步眼睛一亮，压低声音对我说："小意是怎么回事？"

"根据一些片段的信息，我推测，在武陵山中有一种能量，可以称之为万物有灵，就是说接触到这种能量的事物，可以迅速进化。可是人类要是沾染，就会变得衰老。你还记得七曜山那帮衰老的山民吧，他们跟小意是同一种情况。"

"有办法恢复吗？"

"没有。但可以换一种方式活下来。"

"太好了！"张进步差点儿跳起来，但马上感觉气氛不对，这才谨慎地问我，"什么方式？"

"转生。"

"也转成菌人吗？"尚锦乡问。

"那也太惨了，跟她见个面，还得背着显微镜。不过，能活下来，总算是好的。"张进步说。

"这只能算一种选择。"

"还有其他选择吗？太棒了！"

我指着黄泉对岸："你们看那里有什么？"

他们顺着我的手指方向看去，黄泉的金光过于灿烂，把河岸两边映衬得十分暗淡。遥遥望去，依稀可见一片鲜艳的红色。

"曼珠沙华？"尚锦乡不确定地问。

"啥玩意儿？"张进步问。

"彼岸花。"尚锦乡说。

"不过我们都叫龙爪花，学名红花石蒜。"我补充。

张进步突然说："我发现人跟人真是不一样，同一种植物，小姨叫作彼岸花，你瞧瞧，多美！可你呢，叫红花石蒜，你咋不叫蒜泥白肉呢？"

"红花石蒜之所以叫彼岸花，很重要的原因是它在日本节气'秋彼岸'时开花，那几天相当于日本的清明节。"

尚锦乡说："我记得小意姐说，奶奶以前养过一株。"

"没错，是我父亲从山里移植的。"

"传说中，彼岸花只在黄泉开放，是忘川彼岸的接引之花。原本以为都是神话传说，想不到竟亲眼所在，难道这条河，就是忘川吗？"

"传说多想象和附会，我们也不用太纠结是不是真的。"

"你刚说的其他选择是什么？"

"仍然是转生，小意只需游过黄泉，生命寄托在一株彼岸花上，获得无尽永生。"

"这选择，还不如没有。"张进步沮丧地说。

"为什么？"

"要么成为细菌，要么成为石蒜，你愿意吗？"

"我愿意。"黄小意虚弱的声音从身后传来。不知什么时候，她竟然挣扎着站起来，听到了我们的对话。

"小意你听我说……"张进步本能地开口，却不晓得该说什么。

黄小意看着我，微微一笑："念念不忘，必有回响。我一直想养一株彼岸花，没想到自己会变成一朵花。我愿意做彼岸花，但我有一个条件。"

我们静静地看着黄小意，谁都没有开口。

"我不想留在这里永生，如果你们离开，请把我带走，带回家。行吗？"黄小意满含期待。

我沉吟片刻，张开双臂抱住她说："当然行！"

"需要我怎么做？"

"很简单，游过黄泉。"

"我会失去记忆吗？"

"不会。"

"我能认出你们吗？"

"可以。"

"你们还能认出我吗？"

"当然。"

"真好。"黄小意放开我，和张进步、尚锦乡一一拥抱，转身吃力地走向黄泉。

她每走一步，都会停下来休息，步履非常艰难，却无比坚定，一直走到河边，才转过身来，招招手说："待会儿见。"然后直直地倒了下去。

黄泉没有丝毫波澜，尽管黄小意奋力划水，金灿灿的水面上也安静如常。河面虽然不宽，黄小意却游了很久。最终，我们目睹她上岸，脚步轻盈，身形已恢复了她原本的样子。

她停下脚步，仿佛要回头，但终于还是没有回，义无反顾地走向黑暗中的那片鲜红。

这一刻，除我以外的两人，都泪流满面。

我长叹一声："不要伤心了，这也是权宜之计。"

张进步听出我话里有话，抹着脸问："什么意思？"

"没什么，生命保住了，至于有没有其他什么可能，就看机会了。"

"你是说小意还有可能活过来？"

"她本来就没死。"

过了一会儿，他又问我："你这方法究竟靠不靠谱？"

"青木族有把生命寄托于草木的能力，只是这里没有其他植物。其实小意最适合仙人掌。"

"扇我吗？"张进步自己说着也笑了。

小意转生，算是完成了一件大事。一大块石头落地，我们浑身的疲惫劲儿就上来了。躺着休息时，尚锦乡问起拜树的事。

我说这件事我也不甚清楚，青木族自己也不知道木崇拜因何而来，甚至菌人都不知道。

武陵山中的巫觋族，自古就以寿木为信仰，木水之所以分制，与信仰分歧有关。瑶水族与世无争，一心只研究长生之术，但其中以瑶姬为首的一部分人认为，应该用自己掌握的能力，去帮助当时尚在蛮荒状态的世人。他们掌握着发荣滋长的能力，与信仰寿木的巫觋族异曲同工，有共同信仰的人最终走在一起，形成了青木族。

青木族对华夏文明的影响非常之大，虽然世界各地都有形形色色的"树崇拜"，但唯有华夏的树木崇拜，会把树崇拜和长生相结合。这其中就与巫的"绝地通天"能力分不开，而树也成了联系天地之间的天梯。

"是这样，"尚锦乡说，"《山海经》里的建木就起到天梯作用，另外还有扶桑木，据说十个太阳就是挂在扶桑枝上。中国的西南地区，树木崇拜尤其繁盛，四川三星堆出土的巨大青铜树，就是古人树木崇拜的实证，可能也是受了武陵山中巫族的影响。"

"青木族的树崇拜影响广泛，而武陵各族的拜树仪式，却是青木族主动所为，目的是利用人类的精神力，为寿木提供能量。作为回报，青木族会让一些信徒长寿，甚至通过转生延续生命。"

"当肥料啊？"张进步说。

"别说那么难听，交换而已。但寿木为何需要人的精神力，这方面的信息似乎被禁锢了。但是青木族人放弃灵乙城后，这种交换就结束了。"

"那后来的拜树者呢？比如邓元宝那些人？"

"我猜都是李哈儿搞的鬼。"张进步说，"李哈儿装神弄鬼，接手了青木族留下的木崇拜信仰，控制了那些树崇拜者。"

"所以我怀疑，李哈儿在青木族这里学到的东西，远比他自己说的要多，其中就包括转生手段。"我说。

"可能还不只是青木族，他继承了刘子骥的所有记忆。刘子骥成道那一套东西，不是青木族的吧？"

"不是。青木族最神奇的能力，除了转生以外，就是与草木的沟通能力，而且还不是所有人都具备，只有祭司才行。"

"李哈儿要学会这个，那就真正逆天了。"

"李哈儿利用转生术，让自己的信徒转生在进入武陵山的游客身上，再利用他们原本的身份，在各地传播树木崇拜，汲取各地古树的生命力为寿木所用。他以为借此就可以解开巫载城之谜，但终究徒劳。"

"噢噢噢，我明白了。难怪邓元宝说他已经不是邓元宝了，我还以为他是洗心革面重新做人，原来是换人了。"

"邓春秋拿到我的吊坠后，应该是被邓元宝看见了。他报告了李哈儿，这才有了后来华涛带人一路追随我们到日本的事。"

"我估计邓春秋是发现了儿子的异常行为，才被灭口。"

我想起邓元宝那张阴恻恻的脸孔，不由浑身发麻。"是啊，躯壳是邓元宝，但灵魂已经不是了。"

"那我们现在怎么办？"

"还能怎么办，过河啊。"

"不是说黄泉路上有奈何桥吗，怎么没看见啊？"

第六十四章
窾窳蛋

‹ ‖‖‖‖‖‖‖‖‖‖‖‖‖‖‖ ›

我们上岸的头一件事，就是寻找黄小意。

举目四望，尽是曼珠沙华，一片红色的海洋，无边无际，让人心慌。

花丛中只有一条窄窄的小道，通向远处。

"我去，怎么没有一株是小意姐的模样？"张进步心急如焚。

"别着急，我们先往前走。"

"找不到怎么办？"

"能找到。"

花海无边，我们三个像海上漂浮的草叶，很快就被一种淡淡的花香所迷惑，失去了方向。幸好小路虽然狭窄，却没有中断，我们沿着小路，一路向前。

我看见小意的时候，是在小路的转弯处。无垠的花海里，只有一丛青绿色小草，纤细的长叶微微晃动。

彼岸花的特性就是先花后叶，花与叶生生相错，永不相见。

殡后已脱蝉，遗魄在黄泉，灵台下长路，武陵草芊芊。

瑶姬化身为王笑蝉所念的四句诗，如今全部应验，只是谁都没想到，竟然是应验在黄小意身上。

当灵台下的长路走完，她化作武陵山中的一丛小草。

"你确定就是她？"张进步蹲在小草边，将信将疑。

"当然。"

"她为什么不开花呢？"

尚锦乡说："花落叶生，小意姐生如夏花之绚烂，暂时谢幕，自然会生出绿叶。"

"哎哟，小姨，你真是太会说话了，别说是我，如果小意姐能听见这话，也会偷着乐。"

"进步，你以后别叫我小姨了。"尚锦乡忽然说。

"怎么了？"

尚锦乡没说话。

"行吧，那我该叫什么呢？马爷你怎么称呼她的？"

我笑着说："别拉扯我，我们不一样。"

"也对，太亲昵的不适合我。那我叫你嫂子吧，反正你们不都订婚了吗？"

"不好听。"尚锦乡笑了，"你也叫我姐吧。"

"你有我大没？"

两个人正在算年纪的时候，我小心翼翼地开始挖掘那株石蒜，土壤十分疏松，徒手也并不吃力，唯一担心的就是那些根须。所以我几乎是一点一点把土抠开，最后连草带土捧起来。

刚才张进步问我，能不能确定它就是小意，如果他有通感功能，现在就可以通过我感受到小意。我的手心里，仿佛有一股暖流，流淌着喜悦、伤感、欣慰和遗憾。我不能说此刻的它还是一个人，但它的确是一个完整的生命，我熟悉和关爱的生命。

尚锦乡用刀割掉随身小包的包盖，把里面东西都扔掉，刚好可以当一个暂时的花盆。石蒜耐干旱，有湿土包裹，至少保证它三天不会有问题。因为张进步主动要求，我们就把"小意"交给他保护。

花海没有边际，彼岸没有尽头。就算走再长时间，都像是在原地打转，眼前是一样的景象，脚下是同样的路。

"马爷，再走下去你就成驴爷了。"

"怎么讲？"

"只有那些专业的驴友才这么走。"

"那我们不走了吧。"

张进步一屁股坐在地上，说："早就等你说这句话了，老子现在饿得头晕眼花肝发颤。"说着就倒在地上。

"咦，什么东西？"张进步仰头看着天上说。

我和尚锦乡同时抬头，乍一看黑黢黢，似乎什么都没有。但盯着看一会儿，就看到无边的黑暗表面，隐隐显出一些密密麻麻的纹理，纵横交错，仿佛一张遮天蔽日的巨网。

"难怪我们走不出去，天网恢恢，疏而不漏。"张进步感慨。

尚锦乡脸色一暗，轻轻叹息说："天网四张，万物尽伤。"

"不要这么悲观，"我笑着安慰他们，"这个地方是原本就存在的，又不是专门为我们所设，所以漏与不漏，跟我们没有太大关系。"

我这么说，纯属是为了给他们信心，强行解释。

"虽然我知道你在胡说，但就借你吉言吧。"张进步说，"那我先睡一会儿，真是有点儿扛不住了。"话音刚落，他就打起了呼噜。

尚锦乡问我要不要也睡一会儿。

我说睡不着。

我们两个人坐在花海里，随口聊一些闲事儿。

聊着聊着，就说到她的身世。我让孔孟荀帮她去中日友好医院查询，一直也没有回音。

刘天雨跳下深不见底的地洞，生死未卜。这么大的事，按说老孔应该知道，但他也没跟我联系，不知道是啥意思。以刘天雨的能耐，按理说不会轻易遭遇不测，可是人生无常，谁知道呢？

尚锦乡说："如果我们能出去，我一定要去重庆找那个叫安蓝的舞蹈演员。"

"她的身份肯定是李哈儿编造的。"

"没关系的，一个大活人，总还是有人认识她。"

"真要问的话，还不如问骑桶人。从他见到你的怪异神情，就知道他肯定认识那个女人。"

"嗯，我还想让蔡先生来武陵一趟，亲眼见见骑桶人，也算完成他父亲的一个心愿。"

"蔡先生啊，我倒是挺想认识你这位老师。"

"没问题的。"

我们聊了多久，呼噜声就在耳边响了多久。

就在我刚想叫醒张进步的时候，他猛然跳起来，指着天边说："看，那是什么？"

我以为他睡迷糊了，还在做梦。可是抬头一看，却看见一群青鸟，从天边划过，璀璨的光芒让整个花海愈发鲜红。

与此同时，一道巨大的阴影在花海中显现，竟然是有什么东西，挡住了青鸟的光芒。我赶紧转身，发现在花海的深处，不知什么时候隆起了一座银光闪闪的高塔。与之前巫载城里的灵台高塔不同，这是一座真正的塔形建筑，一共十层，形制诡异，每一层都是一个大圆球，所以整座塔看起来，像是一串冰糖葫芦。

张进步喊道："快走快走，等天黑了，又看不见了。"

我来不及问他究竟做了什么神奇的梦，拉起尚锦乡，就跟着跑过去。

这座塔距离我们不足千米，当我们快接近它的时候，张进步忽然停下来，压着嗓子说："窫窳。"

其实我也看见了，在通向塔门的路两边，竟然排列着几十头窫窳。它们姿势各异，有站有蹲，有伏有爬，虽然一动不动，但绝非雕塑，而是真正的窫窳。

我们蹲在草丛里，观察了老半天，它们还是纹丝不动。

"不会是死的吧？"

"试试不就知道了，反正它们也杀不死我。"张进步说着，就跳了出去，还一边走一边喊，"行不更名坐不改姓，我叫张进步。俗话说，跟着张进步，有吃又有住，说的就是我。"

喊了大半天，窫窳都没有动静。张进步走到其中一头窫窳跟前，伸手摸着它的尾巴，冲我们喊："没事儿，出来吧，都是死的。"

我刚想出去，突然看见那头窫窳的脑袋转向了张进步。

"小心，它还活着。"

张进步抬头看着窫窳，诧异地问："兄弟，你还活着吗？"

窫窳没有反应，安静得像个美男子，含情脉脉注视着张进步。

张进步摆摆手说："别这么看我，小心我把持不住。"

尚锦乡终于"扑哧"一声笑了出来。

看着暂时没有威胁，我们从花丛里钻出来，也走到窫窳身边。

张进步问我："你知道这是什么吗？"

"窫窳啊。"

"我觉得应该叫窫窳尸，就是窫窳的遗体。而且你注意到没，这些窫窳其实是有区别的，说明并不只有一头。"

我把那些窫窳一头头看过去，果然如张进步所说，每一头虽然相貌差别不大，但身上的符文各不相同。

"我怀疑，我们刚才在悬崖上看见的那些大圆球，就是窫窳蛋。"

尚锦乡问："窫窳是卵生动物吗？"

"那谁知道啊。"我说。

张进步指着塔问我："你看像什么？"

"糖葫芦啊。"

"仔细看。你看塔身表面，是不是也有符文。"

"的确有。"

刚才离得远没有注意到，现在走近了，才发现那些塔身的圆球上，的确绘制着神秘符文。

"这个塔就是用窫窳蛋壳造的。"

"蛋壳哪有这么大？"

"你这就是机械唯物主义，既然世界上有窫窳，就可能有大窫窳和小窫窳，就像巨人和正常人。窫窳是神兽，出几个大个子不是很正常吗？"

"行吧，反正我现在正处于三观破碎期。"

张进步说的不是没道理，既然窫窳是个生物群体，就可能有首领。就像狼群，头狼的个头一般都比普通的狼要大。那么窫窳的首领比普通窫窳大似乎也是对的。

"尚姐……咋这么别扭呢？你说把所有窫窳身上的皮剥下来，组合在一起，会不会是一本十分好看的小说？"

尚锦乡一阵无语，不过她还是认真回答："你要是剥下来，我来帮你破解文字。"

"可惜手机没电了，要不就可以拍下来。"

惋惜了半天，终于要进塔了。

"紧张不？"张进步问我。

"还行，就是有点儿累。这一回要是出去了，我们得喝两天大酒。"

"可惜小意姐喝不成了。"

"万一出不去呢？"我问。

"如果出不去，那就是因为你的想象力不够。"

"你俩说什么呢？"尚锦乡在门口喊。

越靠近塔门，我越觉得张进步关于蛋壳的猜测是正确的。

我从没见过这么不规则的塔门，简直就是后现代艺术家的设计——鸡蛋上用硫酸腐蚀了个洞，洞口周围全是密密麻麻的坑。

整个塔身都是银灰色金属，表面有一层羽毛状细纹，敲上去没有一点儿动静，看来墙壁非常厚。

张进步率先进去后，大叫一声，跳了出来。

"我去——死人。"

我赶紧钻进去，率先看到的，是银光闪闪的地面上，直直地趴着一个人。仔细打量后才发现，那人的身体，包括脸部，全都嵌进了地面，应该已经死了很久。尸体身材高大，超过两米，身上穿着树皮一样的浅褐色衣物，但编制得十分精细。

尚锦乡告诉我："这是葛布，用葛藤植物的茎皮纤维制成，传说由葛天氏发明，传授给人类。"

"难道葛天氏也是青木族的？"张进步跟进来说。

我对古人的尸体倒是没什么兴趣，但很快就被墙上的壁画所吸引，凑近看才知道是浅浮雕。

画面雕刻在金属内壁上，比海底石洞里那些壁画要清晰得多，就算《清明上河图》也难以企及它的精细。

而我只看了一眼，就震惊了。

画面的内容，我比较熟悉，就是老木讲的木客创世神话。

第六十五章
十巫塔

太古之初，世界荒芜，一团树冠状生物从宇宙遥不可及之处来到地球，它的躯干在画面上显得如此庞大。最终落在地球上的它，从比例来说，也绝不显得渺小。

随着它的出现，地球上产生了山脉和河流。

它在地球上扎根，磅礴生长，开花，结果。巨大的花朵如一团团白云，游荡在世界尽头，继而世界各地就出现了繁盛的植物。

然后，大树结出了果子。画面在这一区域，描绘得特别细腻。果子自上而下，总共九层，每一颗果子的大小形状，都不相同。

接着大地上出现了生灵，如老木所说，分别是神人、神兽、灵、人、禽兽、游鱼、虫、馗人与菌人。

这些画面的雕刻者，几乎堪称科学家。他们用纤毫毕现的精准画风，把每一种生灵的形象，全都绘制下来，唯有在"灵"的位置一片空白。但仔细看，就会发现那里并非空白，而是画着一种近似透明的有形生物。

神人的相貌大多与人类相似，但身材要高出许多，只有个别存留着某些动物特征。它们一个个看起来或高大威猛，或宝相庄严，或仪态万千，即使是画面，也能让我感受到一种压迫，却并不恐怖。

而神兽就不一样了，几乎一大半都无法描述，狰狞可怖，一看就是随时把人类当零食的主。它们虽然叫兽，但少有常见动物的影子，倒像是儿童信手涂鸦出来的怪物。奇怪的是，在这些神兽里，竟然没有窥窬。

老木讲创世神话只提及树木信仰，却没有提到植物的特异性。可是这幅壁画用很大的篇幅，描绘了一个神奇的植物世界。原来花草树木也跟动物一样，具有灵性，可以相互沟通，有自己的社交生活，还曾创造过自己的文明。

我们沿着墙壁看画，不时就一些疑问聊几句。

忽然，听见张进步说："咱们是不是已经上了一层？"

我前后扫视一圈，没发现有什么变化。

张进步指着地上的尸体说："人变了。"

果然，地上趴着的那具尸体，似乎换了一个，体型明显小了，原本浅褐色的葛衣，也变成了乳白色苎麻衣。

再看周围，我发现门洞不见了，空间面积似乎也少了一圈。

尚锦乡看着头顶，表情惊异地说："竟然在上面。"

我抬头看去，弧形的天花板上趴着一个人，脸直直朝下，容貌苍古，眼睛紧闭，但栩栩如生，似乎只是睡着，而且嘴巴大张，像是在呼叫着什么。他身上穿的，就是那件褐色的葛衣。

不知不觉间，我们竟然到了他的下面。

"不是应该上去吗？怎么下来了？"张进步疑惑地问。

尚锦乡说："上下都只是一种感觉，并不存在真实的上与下。就像生活在地球上的人，无论生活在哪个位置，都会觉自己在上面。"

"没错。"我说，"宇航员在太空，只有左右，没有上下。"

"你们说得都对，但我总觉得哪儿有问题。"

我说："那就不管上下了，先看画，看能不能找到出路。"

植物文明对我们仨这种典型人类思维来说，绝对是抽象的。植物的社会形态，生产、生活形式以及情感交流方式，我们都无法理解。不过通过画面可以看出，它们也曾极度追求扩张和享乐主义，后来衰落于自然条件的变化，那些巨大到不可思议的植物城市，都化为煤炭。

当地面的尸体再次发生变化时，我们知道，又来到了第三层。

上面的尸体是一位女性，相貌四十多岁，额头凸起，高鼻梁，深眼窝，嘴巴半张，隐约看见舌尖微微伸出。

尚锦乡忽然问："他们不会就是灵山十巫吧？"

"非常有可能，十层塔，每层一个，刚好是十巫，他们这是在干什么呢？"张进步说。

讨论了半天，我们也没说出个究竟，只好继续看壁画。

第三层壁画描述的是兽类文明。在这个世界里，我看见好些熟面孔，它们都被李哈儿关在地下暗河的牢狱里。当然更多的看上去都很陌生。兽类文明层级森严，高度集权，社会形态单一，但也形成了发达的生物文明。它们那些复杂的生物实验，让人不寒而栗。譬如，它们把活体生物改造成乐器，通过跳跃或者奔跑来制造旋律。你无法想象一组兔子编钟，或者一头风琴野鹿。

尚锦乡激动地说："《山海经》里所有珍禽异兽，都能在这里找到原型，但《山海经》描述的，是兽类文明灭亡许久后的状态，这里才是鼎盛时期。可惜，再伟大的文明，终究都要成为猎奇者的风景和猎物。"

等到第四层，我们同时抬头看。第三位巫师是一个黑发中年人，颧骨高耸，嘴唇微微张开，像是在呼唤一只猫。

而第四位巫师，身材极其矮小，看上去最多一米二，也是穿着葛衣，质地却十分粗糙。

第四层的壁画愈发看不懂了，分明只有一些造型奇异的建筑物，如同电路图一样错综复杂的管道，从地上一直蔓延到地底深处，却看不见创造者和居住者。我们看了好一会儿，才算解开疑惑。

这似乎是一种无形的异质生命，虽然无形，却有颜色。雕刻者简直是天才，利用金属反光时隐约变幻的颜色，显现出了这种生命体。

它们通过管道一样的建筑，连通了一个庞大的世界。按照我的理解，这种生物的能量源是风。但张进步认为是炁体源流，我不知道他说的是啥。

第五层画风突变，开始转抽象。

无尽星空中，两种不同颜色的光线交汇在一起，凝结成一团浓稠的东西，像是液体，又像是烟雾。中心是一个让人炫目的旋涡，就像煮了一锅幽暗的稀粥，翻滚沸腾，闪烁着星星点点。外围仿佛有无数条节肢动物的脚，密密麻麻，像船桨般一刻不停地划动。时不时有浓密的光团从中心被抛出来，扭曲着，消失在星空。

"这是什么东西？怎么有一种繁殖的味道？"张进步说。

我看了看尚锦乡，她也是一脸茫然。

第六层终于恢复了正常画风，却愈发玄幻。内容接近于魔兽战争，天上、地下、水里，甚至地底都打成一团，有庞大的个体，但更多的是不同种族的军团作战。战争的激烈程度非比寻常，地壳都被干成了碎片，海洋沸腾，山脉断裂，火山爆发，岩浆涌动，一些大陆沉没，一些无法描述的巨大生物随之陨落，无数生灵灭绝，所有的植物化为灰烬，地球上空被厚厚的云层覆盖，岩层被五颜六色的血液渗透。

"这想象力完胜好莱坞。"张进步说。

第七层一无所有，唯有无尽的荒芜。巨大到不可思议的石城，了无生机，被厚厚的泥土所覆盖，形成新的山脉、丘陵和盆地。

张进步指着一处说："这里应该就是李哈儿说的四川盆地吧？"

天府之城！

一座由横断山脉、大巴山脉、武陵山脉和云贵高原合围而成的矩形城市；一座被紫红色的血液浸透的远古之城。

无数远古生灵，在战争中流尽最后一滴血，被深深地埋葬于地下，经过千万年的时光，分解成晶莹透彻的盐。

它们究竟在为什么而战？

当我们把目光投向武陵山时，心底渐渐生出一种不祥之感。

整座武陵山，就像是一棵大树的树冠，没有树干，只有树冠，而且与第一层壁画里那个外来的树冠状生物非常像。

"我去，这武陵山不会是一具尸体吧？"张进步捅破了我们内心深处包裹的那层恐惧。

惶恐之间，我们看到了一丝绿芽，自武陵山中冒出来。

此时我们已经到了第八层。

"寿木！"尚锦乡叫道。

画面上，那一丝绿芽极速成长，很快长成一座小山。而在地下，它的根部比树冠都要大，深深地扎入一处断裂层。

但我们同时也发现了异样，一种墨绿色的东西，正沿着树根向上蔓延，漫山遍野新生的草木，以及山中的飞禽走兽，都被其污染。生物的界限被打破——一些树木长出了节肢在山间行走，一些动物变形成墨绿色的黏液，甚至山间的巨石都挣扎着想要离开。

在断崖深处，一种怪兽被孵化出来，竟然是窫窳。可是当它们爬出地面，躯体就熔化了。在此后漫长的时光里，密密麻麻的窦窳前赴后继，化为乌有。直到有一天，终于有一头窦窳沿着寿木之根爬出来，在日光下，完好无损。

它狞笑一声，漫山遍野的生灵都瑟瑟发抖，拜服在它的脚下，跟随着它，走出了武陵山。

第九层，人类登场。

因为此时的画面集中于武陵山脉，时间跳跃性非常大，所以并未描述人类因何而生。

九个相貌迥异的人，围在窦窳周围，在举行什么仪式。按照传说，这应该就是灵山十巫在复活窦窳，可为什么只有九个人？

仔细看那九个人，与塔里这些遗体的相貌区别非常之大。

但是窦窳迟迟没有醒来，九个人转而围坐在寿木之下，似乎在和寿木对话。此时可以看到，寿木竟然有枯萎的迹象，叶子基本上已掉光，枝干也渐渐干裂。

反而是根部完全被浸染成墨绿色，散发着幽幽的荧光。

武陵山的生物也已灭绝大半，剩余的不管是动物还是植物，全都在木质化，形态畸形，神情扭曲，看起来无比痛苦。

"受不了了，我得歇会儿。"张进步哀鸣一声，坐在地上，"哇哇哇哇哇……马龙快来看，这是谁？"

我赶紧转身，竟然已经到第十层了，正中间的位置，盘腿坐着一个人。

更怪异的是，他穿着一件现代式样的黑色卫衣，身材瘦削，微微低着头，就像是在打盹。

我心里产生了一个莫名的想法，但还是不敢确定，小心翼翼地走过去，蹲下来。

我看见了她的脸，与我心里所想的一模一样。

她闭着眼睛，但依然可以看出眉目清秀，白皙的皮肤上没有沾染一丝尘埃，挺拔的鼻梁彰显了她的英气，嘴巴微微张开，嘴角上翘，还有两个浅浅的小酒窝。

我心潮澎湃，也不知道该做什么，就学她的模样，盘着腿，坐在她面前。我盯着她看了好一会儿，忍不住笑了。

张进步看着我笑，也笑了。

我问他："你笑什么？"

"那你笑什么？"

尚锦乡看着我俩莫名其妙，就走过来，看了看黑衣人，"哦"了一声，也笑了。

第六十六章
若木

在三十岁这一年，我亲眼见到了我的母亲王笑蝉。

我见到她的时候，她已经去世了。我有遗憾，但并不悲伤。

一方面，这是我有记忆以来，第一次见到她，虽说母子连心，但感情是需要培养的，我没有这个机会。十分遗憾。

另一方面，她去世了，但她并没有死。我无法用科学来解释这些，但我不是科学家，不需要对任何人解释。我自己知道就行。

有人也许会问，你们是怎么蹚过黄泉的。

我可以编造无数种方法，天花乱坠。但我不愿意骗人，那里蕴含着生死的秘密，在我自己也没搞明白之前，不想轻易讲出来。

但我必须说的是另外一件事。

关于若木。

若木与寻木、建木同为上古神话中的三大神木。

建木生于天地之间，颇为神异，有哲学意义，可能长在每个人心里，不可考据。

寻木长千里，在拘缨国南，生河上西北。这是《山海经》里关于寻木的记载。拘缨国，是传说中的北方古国名，没有人知道在哪儿。我要是没有进入十巫塔，自然也不知道。

尚锦乡告诉我，拘缨本为九婴转音。而九婴是上古凶兽，与窫窳齐名，长着九个头，牛头龙尾，能喷水吐火，叫声如婴儿啼哭。因为祸人间，被羿射杀。

但是，目睹了十巫塔第六层记载的那次魔兽世界大战，我们才知道，九婴不只是一头凶兽，还是一个国家。远古时期，它们曾是一方霸主，有自己的邦国——九婴国。也就是后来被以讹传讹的拘缨国。

战争是台绞肉机，对凶兽也不例外。在那次战争中，九婴国全民参战，死伤惨重，几被灭族。到神人统治时期，最后一头九婴被羿射杀。而九婴国所在地，就在甘肃天水、定西和甘南一带。

拘缨国南，黄河上游西北，寻木的位置，大致应该在四川阿坝与青海的交界处。

塔中的文字符号非常晦涩难懂，并没有说明我们脚下这棵化身为武陵山的树，究竟是什么。

但根据人形电脑尚锦乡的博闻强记，配合张进步的想象力，我推测出这棵树应该就是传说中的若木。

关于若木的位置，尚锦乡根据古籍说了好几种，有说东极，有说西极，有说南海，有说北省。但我们还是决定参照《山海经》中的原文。

"南海之外，黑水青水之间，有木名曰若木，若水出焉。"

尚锦乡说这一段出自《海内经》，这部分的其他条目提到海都是用的"之内"，只有这一条是"之外"，所以她认为这是误记，应该是南海之内。

关于黑水和青水，也是众说纷纭。但关于若水有权威的史料记载。无论是司马迁的《史记》，还是郦道元的《水经注》都记载，黄帝的长子昌意，德行不足，被贬到若水，娶了蜀山氏女，生颛顼于若水之野。所以，普遍认为若水就位于西南山区。

张进步说："这就对了，一条河不可能发源于一棵树，所以若木并不是一棵树，而是一座山，或者说是一座像树的山。"

尚锦乡又说，《海内经》里讲，西南方向，黑水流经的地方，有一处都广之野，后稷就葬在这里。这里生长各种美味的庄稼，各种五谷自然生长，无论春夏都能播种。鸾鸟唱歌，凤鸟起舞，长寿之木开花结果，各种草木繁荣生长，有各种各样的鸟兽，聚居在一起。这里的草，无论冬夏，皆不会死。

"我去，这不就是说巫臷民吗？"张进步大叫道。

"后面其实还提到了鸟首人身的鸟氏，龙首食人的窫窳，还要不要再说？"

"差不多了，"我笑着说，"这样一来，大致就清楚了。"

之所以要说到若木，是因为它与我母亲息息相关。

若木可能并不叫若木，只是先人觉得它像木，所以才叫成了若木。那我们就借用这个名字。

根据十巫塔中壁画推论，若木本不属于地球，但是地球最早的居民之一，它的出现改变了地球的气候和生态，滋生了万物，这当然是好事。但若木有个副作用，就是"万物有灵"，它可以感染万物，让其产生灵识，成为自己的"信徒"，以至于自然界中产生了无数形形色色的种群。

经过无数光阴后，若木化为山脉，沉睡于地下，但并未死亡。

它体内的某种能量，会通过各种途径向外扩散，发荣滋长，严重影响后来进化出的物种。

于是巫出现了，他们具有跟草木沟通的能力，不忍生灵绝迹，于是尝试用某种秘术催眠若木，让其彻底沉睡。

大约一万多年前，姆大陆因另一位与若木相似的不可思议之物苏醒而沉没，那里的瑶水族迁移到神州大陆。他们掌握着强大的自然科技能力。于是，巫族试图与他们合作，并愿意提供长生术，但被当时的瑶水族人拒绝了。他们想要将自己转变成另一种生命形态，以预防灾难再临。

但是瑶水族中，以瑶姬为首的一部分人与族内发生分歧。于是瑶姬带着自己的人来到武陵山，与巫族合作。

巫族面临的困难是，他们可以让若木沉睡，但每过千年，它就会醒来一次，体内的邪恶之力就会泄露。巫族想利用自然之力，将这种邪恶的力量封堵。

于是，瑶姬主动寄生于可以传递能量的瑶草，以瑶草发达的根系结成一个巨大的天网，将整座武陵山包裹起来，阻挡邪恶力量外泄。

而十巫，生生世世将自己困在塔上，不停转生，将死将生，借用生命奥妙之音，念出先天十字真言，催眠若木：

唵，嚛，咪，嚾，咭，叭，哑，喑，吡，啶。

这就是第十层壁画上所记录的内容。

第十层的位置，本应该放置着瑶姬的躯体，却不知为何，换成了我的母亲。她又是如何来到此处？

难道真如李哈儿所说，这就是她接受的任务，以换取不平人对我的饶恕吗？那么在黄泉水边，引领我们渡河那人，她究竟是谁？

十巫塔下——按照张进步的说法应该是塔顶，是一个半透亮的树木人面图形。

当我看着它的时候,那五只眼睛仿佛也在看着我,眼睛后面翻滚着墨绿色的粘稠浓雾,让我晕眩失神。

只是一瞬间,我就清醒过来,却发现我们三个人正站在寿木的树洞里,洞外阳光灿烂。刚才发生的一切,仿佛只是我们做的一场梦。

唯一可以证明它发生过的,就是张进步脖子上那株茂盛的红花石蒜。

不,彼岸花。

尾声

沿着来时的路，我们走回度假村。

游客依然熙熙攘攘，但没有李哈儿的影子。

我们找到鱼经理，他告诉我们，李哈儿到甘南考察去了，临走之前还留给我们一封信。

那是一个鼓鼓囊囊的大信封，信封里有一张纸条和一个木雕面具。

面具是一个老太太脸，涂满红漆，慈眉善目，唯一怪异的地方是长了三只眼。

"三眼地母？"尚锦乡惊异地说。

"什么东西？"

"氐族人的信仰。"

"李哈儿不就是氐族吗？"张进步说，"看看写了啥。"

我打开纸条，只有两行字。

"云横秦岭家何在，雪拥蓝关马不前。"

"这不是你家老爷子临走时留下的诗吗？"张进步惊讶地问，他拿过去看了看，说，"我去，怎么笔迹都一样。"

"那诗不是我父亲留下的，是李哈儿模仿的笔迹。"我说。

"那他究竟留话了吗？"

"留了。"

"什么？"

"但去莫复问，白云无尽时。"

从武陵山出来后，我先联系了孔孟荀，把刘天雨追踪怪兽失踪的消息告诉他。

他说已经知道了，让我不用担心，因为御龙氏是异兽的克星。

我本想把一路的经历告诉他，才说个大概，他就提醒我电话里讲话不方便，等见面后再详聊。

他告诉我，已经让人去中日友好医院查了尚锦乡的身份。

医院的档案里记载，在1985年，中日友好医院曾经接收过一个病例，是一对双胞胎连体女婴，肩膀连在一起。

医院为她们做了分离手术。手术非常成功，女婴半个月后就出院了。由于当时的档案并不详细，他们还找到了当初的主刀医生。

据医生回忆，手术本身不复杂，难的是术前备血，医院找不到与两个婴儿相符的血型，因为她们的血型是极其罕见的P型血，那时国内的血库里没有这种血液。后来，不知道通过什么渠道，医院从日本调取了三百毫升的P型血，不过在手术中并没用上。

关于女婴的身份，医院和医生都说不明白。

医生隐约记得，当时有人说过，那是一对弃婴。但时间太久，他也记不得究竟是谁说的。

几天时间，能查到这么多并不容易，看来老孔上心了。他说还在继续查，有消息随时通知我。

我问他处刑人的事。

"马龙兄弟，这件事我也没办法。"他沉默了一会儿又说，"不过你现在最大的威胁，应该是你基因里的问题吧？"

"基因阻断的事，是真的吗？"我问。

"这是个科学问题，我无法回答。但根据档案看，不是无中生有。"

"那就是说我死定了嘛！"

孔孟荀没有回答，他问我接下来的想法，我说我得去找李哈儿。

"找他干什么？"

"看有没有什么办法，把黄小意变回来。"

"不要抱太大的希望。"老孔劝我，但他并没有说理由。

听我说起王笑蝉的事后，他又说："这一次还是有收获的，至少你知道你妈是谁了。"

"知道了有什么用？"我问老孔，"我师父跟你们一起去天坑，为什么你没跟我说过？"

"你说黄起吗？他是军方的人，不重要。"

"那你是谁的人？"

"我是中介。"他打了个哈哈。

挂了老孔电话，我鼓了半天勇气，才拨通师父的电话。这个电话打得无比煎熬，不过最终，我们都接受了既成事实。

世事无常，终究是事已至此。

黄小意变成一株彼岸花，说起来荒诞而不可思议，但师父也就这么接受了，他似乎丝毫都没有怀疑我的解释，反而庆幸女儿通过这种方式延续了生命。

师父说他还在重庆，问我方不方便去一趟。

当然方便。

尚锦乡去里耶码头找骑桶人，无果而返。也不知是巧合，还是别的原因，骑桶人竟然跟着"非遗"文化团到"东盟"各国巡回展演去了。

我把孔孟苟查到的消息转述给尚锦乡。她非常讶异，催着我们马上到了重庆。到重庆后，我带着彼岸花独自去见师父，张进步陪尚锦乡去查访安蓝。

一天后，我们重新碰面，尚锦乡看起来非常沮丧。

原来，重庆的确有两个叫安蓝的舞蹈演员，他们都找了，但都不是那个神秘女人。看来李哈儿又撒谎了。

随即而来的另一件事，让本来就沮丧的尚锦乡心情愈发低沉。

她收到一封邮件，她的导师蔡哲伦忽发怪病，进了重症监护室。

蔡哲伦虽然是东亚研究所的历史学权威，但年纪并不算大，还不到六十岁。只是他患了什么病，邮件里并没有写明。

一边是我命不久矣，另一边是恩师吉凶难测，尚锦乡左右为难。

我劝她马上订机票飞台北，跟恩师见一面，免得留下终身遗憾。

她想拉我一起去，可是我办理通行证至少得一周，时间肯定来不及。我只好宽慰她说，基因溃散这种事本来就不科学，所以我不一定真会死；就算是真的，也不会就死在这一两周，到时候她肯定回来了。

　　劝了大半夜，她才勉强答应，在我的催促下定了次日飞台北桃园机场的机票。

　　第二天，我们一起打车去了机场。送走尚锦乡后，张进步问我："那我们现在怎么办？"

　　"你说呢？"

　　"你还能活多久？"

　　"可能一个月，或者更短。"

　　"我去，要不咱还是去找李哈儿算了，他留话不就是这个目的吗？再说了，事到如今，我们也只能是死马当作活马医。"

　　我们查询路线后，当即订票，登上了飞往甘肃天水的飞机。

怪谈**文**学**奖**

由捧读文化发起
鼓励原创小说创作

全国总经销

捧 读 文 化
触及身心的阅读

出 品 人　张进步　程　碧

特约编辑　孟令堃

封面设计　陈旭麟 @AllenChan_cxl

封面插画　hum

怪谈文学奖
微信公众号

关注我们
免费阅读小说，了解大奖征文详情

出版投稿、合作交流，请发邮件至：innearth@foxmail.com
了解新书，图书邮购、团购、采购等，请联系发行电话：010-85805570